Toque Perigoso

MAYA BANKS

Toque Perigoso

TRADUÇÃO DE

FERNANDA LIZARDO

HARLEQUIN

Rio de Janeiro, 2023

Título original: Just one touch

Publisher: Omar de Souza
Gerente Editorial: Mariana Rolier
Assistente Editorial: Tábata Mendes
Copidesque: Iris Figueiredo
Revisão: Mariana Oliveira
Diagramação: Ilustrarte Design e Produção Editorial
Design de capa: Osmane Garcia Filho

CIP-BRASIL. CATALOGAÇÃO NA PUBLICAÇÃO
SINDICATO NACIONAL DOS EDITORES DE LIVROS, RJ

B17t

Banks, Maya

Toque perigoso / Maya Banks ; tradução Fernanda Lizardo. - 1. ed. - Rio de Janeiro : Harlequin , 2017.

288 p. : il. ; 23 cm.

Tradução de: Just one touch

ISBN 978-85-398-2532-5

1. Romance americano. I. Lizardo, Fernanda. II. Título.

17-44673 CDD 813
CDU 821.111(73)-3

A Harlequin é um selo da HarperCollins Brasil.

Contatos: Rua da Quitanda, 86, sala 218 — Centro — 20091-005
Rio de Janeiro — RJ
Tel.: (21) 3175-1030

um

Ela corria pela floresta sulcada, os arquejos de medo jorrando de seus lábios enquanto tentava inalar o oxigênio tão precioso. Mais um galho de árvore a atingiu dolorosamente no rosto e ela ergueu a mão como uma reação automática. Ela desviava a fim de se proteger de outros obstáculos ocultos naquela noite muito escura, onde o céu nublado escondia a lua minguante, cegando-a enquanto continuava a se chocar, por acidente, pela floresta.

Era apenas uma questão de tempo antes que sua ausência fosse notada, e eles não esperariam até o amanhecer, há apenas uma hora, para soltar os cães para rastreá-la. Eles estavam em vantagem. Ela não tinha nenhuma.

Seus pés se embolaram nas raízes expostas da árvore e ela caiu de cara no chão, o ar sendo brutamente arrancado de seus pulmões. Ficou deitada ali, tentando respirar ao mesmo tempo que as lágrimas ardiam em suas bochechas. Rangendo os dentes, determinada ela se levantou com um salto e saiu em disparada mais uma vez, ignorando a dor excruciante que dominava todo o seu corpo.

Eles iam encontrá-la. Jamais descansariam até tê-la de volta. Ela não podia parar. Não podia desistir. Preferia morrer a voltar.

Um arrepio percorreu sua espinha quando ouviu um coiote uivando ao longe. Parou bruscamente quando mais uivos se juntaram ao primeiro, muito mais próximos do que antes. O som da matilha inteira ganindo e latindo, para então finalizar em uivos longos e apavorantes, lhe causavam calafrios na pele já um tanto arrepiada por causa do frio.

Eles estavam bem na frente dela. Eram o único obstáculo até o espaço aberto que representava sua liberdade. *Possível* liberdade. Mas então percebeu: se os coiotes estavam próximos, talvez os cães enviados para rastreá-la relutassem em segui-la por causa deles.

Suas chances com os coiotes selvagens eram infinitamente melhores, e preferíveis, do que o destino que a aguardava caso a arrastassem de volta para o complexo. O céu já estava começando a clarear a leste, mas não o suficiente para garantir uma visão nítida do caminho. Sabendo que precisava continuar a todo custo, ela avançou, afastando um espinheiro grosso enquanto tentava atravessar a vegetação densa.

Seus pés descalços já estavam dormentes. O frio e os muitos arranhões e hematomas os entorpeceram. Mas ela era grata por isso. No momento em que recuperasse o tato, sabia que ficaria sem ação.

Quanto mais precisava avançar? Tinha estudado os mapas, aproveitando todas as oportunidades, assumindo grandes riscos para mergulhar nas áreas além do complexo. Sabia que o caminho escolhido — ao norte — era o mais curto da densa floresta que cercava o prédio. Tinha decorado todos os marcos e havia tomado uma suposta rota para aquela direção a partir das muralhas ao norte do complexo.

Mas e se ela não estivesse seguindo em linha reta? E se estivesse simplesmente correndo em círculos? Um soluço quase escapou da sua boca ensanguentada, mas ela o conteve, afundando os dentes no lábio para se distrair com a dor.

E então um novo som a congelou. O pânico percorreu sua espinha e ela ficou paralisada de pavor. Cães. Ainda ao longe, mas o som era inconfundível, e um com o qual ela já estava intimamente familiarizada. Cães de caça. E ela certamente havia deixado rastros de sangue por toda a floresta, formando uma trilha que seria moleza para os cães rastrearem.

Com um soluço, avançou novamente, sua luta mais desesperada do que antes. Saltou pelos tocos e galhos derrubados, caindo meia dúzia de vezes durante a corrida frenética, alimentada pelo desespero e por uma vida de aflição.

Sua coxa sentiu uma pontada de cãibra e ela arfou, no entanto, ignorou a dor incapacitante. E então outra pontada na lateral do corpo. Ai, Deus. Colocando a mão na cintura, massageando o músculo tenso, ela voltou para o céu o rosto marcado pelas lágrimas.

Por favor, me ajude, Deus. Eu me recuso a acreditar que sou a abominação que eles dizem. Que devo ser castigada por algo que não foi minha escolha. Eles não fazem o Seu trabalho. Eu não posso — não consigo — acreditar nisso. Por favor. Conceda-me misericórdia e graça.

Os cães pareciam mais próximos e ela já não ouvia mais nem um único coiote. Talvez estivessem assustados com a algazarra e com a quantidade de cães na caçada. Uma nova pontada de cãibra quase a fez cair de joelhos, e ela percebeu que em breve não seria mais capaz de correr.

— Por que, Deus? — sussurrou. — Qual pecado eu cometi?

E então de repente ela irrompeu pelo último emaranhado de ramos e arbustos, e ficou tão chocada por não haver mais nenhum obstáculo que tropeçou e desabou para a frente, caindo de cara em uma... estrada de cascalhos?

Ela bateu as mãos no chão, cravando os dedos na sujeira e no cascalho. Gotas de sangue encharcavam a terra, e ela limpou a boca e o nariz com pressa, usando a manga de seu casaco esfarrapado.

E aí foi tomada por uma alegria indescritível. Tinha conseguido!

Ela se levantou depressa, repreendendo-se. Ainda não tinha conseguido nada. Havia apenas saído da floresta, e agora era um alvo mais fácil do que antes. Mas pelo menos saberia para onde estava indo.

Pelo menos torcia por isso.

Ela começou a correr pela estrada, passando rapidamente para a vala quando as pedrinhas começaram a machucar seus pés delicados. A área gramada não era muito melhor, mas pelo menos assim ela não deixaria uma trilha de sangue tão evidente.

Para seu choque, a apenas poucos metros à frente havia o que parecia ser um pequeno posto de gasolina e uma barraquinha de frutas. Ela acelerou, seu olhar indo de um lado para o outro enquanto se aproximava. Até mesmo olhou para trás, apavorada com a possibilidade de flagrar os cães. E pior... os anciões.

Ainda sem ver nada nem ninguém, ela continuou a correr em direção ao posto de gasolina, sem ter ideia do que faria quando chegasse lá. Conhecia pouco do mundo moderno, além dos livros, revistas e jornais que espiava. Parecia estranho e assustador, muito maior do que poderia imaginar em seus sonhos mais loucos. Mas ela se armara com o máximo de conhecimento possível na preparação para aquele dia.

Sua liberdade.

Ao chegar a posto, viu uma velha caminhonete estacionada na frente com uma lona cobrindo totalmente a carroceria. Olhou para os lados e em direção ao posto, pensando rapidamente em suas opções. Então ouviu vozes.

Ela se agachou atrás do carro na mesma hora, com o coração batendo apressado e a respiração saindo em arquejos dolorosos.

— Vou levar esta produção para nossa banca em Houston. Espero estar de volta às duas da tarde. Você precisa de algo da cidade, Roy?

— Desta vez não, Carl. Mas tenha cuidado. Fiquei sabendo que o trânsito está uma desgraça nessa manhã. Algo sobre um engavetamento na estrada interestadual.

— Tomarei cuidado. Você também, se cuide. Te vejo mais tarde.

Tomando uma decisão rápida, ela levantou a lona um bocadinho para espiar a traseira da carroceria aberta e, para seu deleite, ver que havia espaço suficiente para ela entre os caixotes cheios de frutas e vegetais. Da forma mais rápida e silenciosa que podia, se esgueirou pela traseira, o corpo gritando em protesto. Aí deslizou a lona de volta, esperando que estivesse do mesmo jeito que ela havia encontrado, então se arrastou para a frente o máximo possível para não cair.

O homem mais velho estava dirigindo para a cidade. Aquela imagem a apavorava. A ideia de ser engolida por uma cidade tão grande quanto Houston era paralisante. Mas também lhe daria vantagens. Certamente os anciões teriam muito mais problemas para rastreá-la em uma cidade repleta de vida, sem mencionar que não teriam como sequestrá-la em plena luz do dia. Duas coisas que poderiam fazer facilmente enquanto ela permanecesse naquela região rural isolada bem ao norte de Houston.

Ela prendeu a respiração quando sentiu a caminhonete se agitando assim que o motorista fechou a porta, o motor foi ligado e o veículo começou a dar ré. Ela levou um punho à boca inchada e mordiscou os nós dos dedos quando a caminhonete parou de dar ré, para, um segundo depois, começar a se movimentar novamente. Nesse momento ela percebeu que tinham tomado a estrada de cascalho.

Obrigada, Deus. Obrigada por não se esquecer de mim. Por me deixar saber que não sou o que eles alegam que eu seja, e que Você não é o Deus vingativo que eles dizem que é.

dois

ISAAC WASHINGTON PEGOU O COPO de café para viagem, dois pãezinhos e saiu do pequeno centro comercial a poucas quadras dos escritórios da Devereaux Serviços de Segurança, a DSS. Por causa da popularidade daquela padaria, e por ser a hora do rush matinal em Houston, ele precisou estacionar do outro lado da rodovia, no estacionamento ampliado do aglomerado de lojas.

Que bom que estava no inverno – ou o mais próximo do inverno que o clima de Houston conseguia chegar –, assim não ficaria pingando de suor durante a longa caminhada. O ar estava meio geladinho, cortesia da frente fria da noite anterior, uma bela mudança depois do calor opressivo do verão e do outono.

Ele estava quase chegando na caminhonete quando percebeu que a porta lateral do motorista estava aberta. Filho da puta! Ele sempre esquecia de trancar a porcaria da porta e, bem... muitas vezes deixava a chave na ignição quando ia dar só uma passadinha rápida em algum lugar.

Ele largou o café e os pãezinhos, sacou rapidamente a arma e se posicionou entre dois carros antes de avançar devagar pela frente, mantendo-se abaixado enquanto se aproximava de seu veículo.

Ele continuou a contornar outros carros, até que só lhe restou ir para a esquerda. Então foi se esgueirando pela traseira, a fim de surpreender quem quer que estivesse tentando roubar a porcaria da caminhonete, encurralando o safado entre a porta aberta e uma pistola carregada.

Com cautela, ele se esticou o suficiente para obter uma boa visão do criminoso, e franziu a testa quando viu uma figura delicada usando um casaco de capuz todo esfarrapado. Os jeans também não estavam no melhor estado, e o capuz cobria a cabeça do sujeito. A julgar pelo tamanho, parecia um adolescente à procura de diversão.

Quem quer que fosse, era uma incompetência total no quesito roubo de veículos. O cara nem mesmo estava verificando os arredores para se certificar de que o dono – ou qualquer outra pessoa – pudesse estar se aproximando. Quando ele começou a se ajeitar atrás do volante, Isaac soube que precisava agir, e torcia para que o cara não estivesse armado também.

— Pode ficar quietinho *aí* — ameaçou Isaac, entrando no campo de visão do meliante, apontando a arma para as costas do moleque.

O adolescente ficou rígido, e lentamente se virou para encarar o homem. Isaac perdeu o fôlego de uma vez só quando deu uma boa olhada no "garoto" que tentava roubar seu carro.

Uma jovem o encarava com olhos arregalados e assustados. Ela havia ficado mais pálida que o natural, o que evidenciou ainda mais o sangue e o inchaço na boca e no nariz. Mesmo vestida como estava, na condição em que se encontrava, a única coisa que passou pela cabeça de Isaac era que ele devia estar olhando para um anjo.

Mechas de cabelos loiros claríssimos escapavam do capuz, moldando a pele machucada que, normalmente, era lisa feito porcelana. O sangue era incompatível com aquela imagem. Quando o olhar dele passeou pelos trajes rotos, Isaac notou que ela estava descalça. O clima não chegava a estar congelante, mas estava frio demais para alguém ficar circulando por aí usando aquele tipo de roupa, e descalça ainda por cima.

— Por favor, não me machuque — sussurrou ela, com os lábios tremendo.

O corpo inteiro dela tremia, as mãos erguidas em um gesto de rendição. A revolta que Isaac estava sentindo minutos antes evaporou e foi substituída por um forte instinto protetor, e também por uma raiva de qualquer pessoa que fosse capaz de ferir uma mulher tão pequena e de aparência tão inocente.

— Qual o seu nome? — perguntou com gentileza, abaixando a arma, antes de guardá-la no coldre.

O pavor ardia naqueles olhos azuis cristalinos. Ele nunca tinha visto uma tonalidade de azul tão singular nos olhos de alguém. Isso, combinado aos cabelos loiros sedosos e à pele clara e delicada, só consolidou a imagem do anjo em sua mente.

— Eu-eu n-não po-posso te dizer — gaguejou ela.

A expressão dele suavizou.

— Você está metida em alguma encrenca? Posso te ajudar. Meu trabalho envolve ajudar pessoas que estão com problemas.

Ela negou meneando a cabeça enfaticamente.

— Por favor, apenas me deixe ir embora. Desculpe por... — Ela se calou e sua mão ficou pairando fracamente, apontando na direção do carro. — Eu simplesmente não sabia mais o que fazer.

— Querida, acho que você não deu uma boa olhada no seu estado — disse Isaac gentilmente. — Você está muito machucada e ensanguentada, e não está vestida para este clima. Nem mesmo está usando sapatos.

— Eu preciso ir — sussurrou ela. — Eu *preciso* ir.

Isaac deu um passo à frente, sentindo a urgência dela e sua partida iminente. Ele não sabia porque era tão importante impedi-la de ir embora, mas, que merda, como ele poderia deixá-la simplesmente partir nas condições em que aquela mulher misteriosa se encontrava?

Ela recuou abraçando o próprio corpo, um gesto protetor que provavelmente era instintivo e nem um pouco consciente. Ele sentiu a própria expressão ficar sombria ao se questionar por que ela tinha tanto medo de um completo desconhecido. Mas, mais uma vez, Isaac entendia o ponto de vista dela. Eles não se conheceram exatamente nas melhores condições. Com certeza não enquanto apontava uma arma para ela.

— Me deixa comprar alguma coisa pra você comer. Acabei de sair da padaria, mas, quando vi minha porta aberta, larguei meu café e os pãezinhos. E acho que algo quentinho ia ser uma boa pedida para você.

Ele notou o anseio nos olhos dela à menção de comida e café quente, e seu olhar percorreu automaticamente a figura esbelta, notando a magreza. Os olhos fundos sugeriam não só a falta de sono, mas também de uma alimentação adequada.

Mas que merda! Ela apresentava todas as características de uma vítima de abuso doméstico. Namorado? Marido? Que inferno, talvez fosse o pai. Ela parecia jovem o suficiente para ser uma adolescente. Seus olhos eram a única coisa que a faziam parecer mais velha. Olhos que já tinham visto demais. Mais velhos do que a idade dela. Educados da maneira mais difícil, na Universidade da Vida de Merda.

— Juro que não vou machucar você — disse ele, com uma voz tranquilizadora que poderia muito bem ser usada com um animal selvagem. — Garanto que não vou ligar para a polícia ou entregar você por tentativa de furto de automóvel.

O rosto dela ficou ainda mais pálido à menção da polícia, e ele se repreendeu pelas próprias palavras imprudentes.

Quando ela abriu a boca para falar, Isaac ouviu o zunir familiar de uma bala. Então o carro ao lado dele estremeceu com violência assim que o tiro atingiu o pneu, o eco reverberando alto a distância.

— Abaixe-se! — gritou ele, pulando para a mulher.

Assim que abraçou a cintura dela, Isaac rolou para levá-la ao chão e protegê-la com seu corpo. Ao mesmo tempo, buscou por sua arma quando mais tiros atingiram a caminhonete e o carro ao lado, e então a dor explodiu em seu peito.

Isaac abriu a boca, em choque, e por um momento foi incapaz de se mexer. Então a força abandonou suas pernas e ele desabou como um balão desinflado, caindo no chão com um baque ao lado da mulher, que estava esparramada no concreto a meros trinta centímetros de distância.

— Não. Não! — gritou a mulher, a voz rouca. — Não, não, *não*!

O rosto dela assomou sobre o dele, preocupação e agonia deixando seus traços mais marcantes do que antes. Uma sensação de choque — e fracasso — o assaltou quando sentiu seu corpo começando a se desligar. Depois de tudo o que tinha presenciado e contra o qual tinha lutado nos últimos anos, era *assim* que ele ia terminar?

— Me escute — disse ele, rouco, assustado quando sua voz saiu em um último fio de sussurro. — Entre no meu carro. As chaves estão nele. Caia fora daqui. Busque um lugar seguro. Você não pode fazer nada por mim. Estou morrendo.

— Não! — negou ela. — Não vou te abandonar! *Não vou!*

Ela se aproximou, atordoada, e de repente seu rosto pairava sobre Isaac, os olhos azuis quase prateados quando o capuz voltou a cobrir a cabeça dela, e uma cascata de cabelo claro e cacheado esvoaçou ao redor do pescoço com a mesma selvageria das mãos delicadas passando pelo peito ensanguentado dele.

— Vá — grunhiu Isaac, tossindo e depois sufocando quando o sabor metálico do sangue invadiu sua boca.

Então ela fechou os olhos e enrugou a testa em agonia, e Isaac ofegou quando as palmas femininas apertaram o seu peito. Era como ser atingido por um raio. Uma descarga elétrica. O coração dele falhou uma vez para então parar. Sua visão ficou borrada, os traços delicados da mulher se tornavam mais fracos.

Ele parou de lutar contra o inevitável, a morte. Então relaxou, esperando que o fim chegasse a qualquer momento, assim que a frieza atingisse o seu interior. Mas uma sensação incrível o sacudiu de volta à consciência. Calor. O ardor mais maravilhoso que tinha sentido na vida lentamente começou a penetrar em suas veias, carregando consigo os sussurros da esperança, de um novo começo.

Ele tentou falar, protestar, perguntar se era o fim, mas tudo o que conseguiu foi arquejar quando sua visão clareou mais uma vez, e viu a tensão insuportável gravada em todos os traços do rosto daquela mulher estranha.

Isaac jamais tinha experimentado uma sensação mais maravilhosa. Ser aquecido de dentro para fora. Seu coração e pulmões pareciam relaxar e se aquietar, e não havia dor, apenas... uma sensação de ressurreição. Como se um cirurgião estivesse com as mãos dentro do peito de Isaac, consertando meticulosamente o dano fatal causado pela bala.

Ele conseguiu levantar a mão, chocado por ainda ter forças para isso. Então inspirou fundo, um cheiro doce e estimulante, e se admirou por não sentir mais dor e, o mais incrível, por não conseguir descrever as sensações de modo algum. Nenhuma droga, nenhum narcótico ou analgésico seria capaz de produzir uma sensação tão maravilhosa.

Isaac pegou o pulso da mulher, cravando os dedos na pele, inconsciente do que estava fazendo, mas sabendo que ela precisava parar. Ela estava em perigo. Os atiradores ainda estavam por ali. Poderiam estar até mesmo se aproximando agora.

Ao sentir o toque de Isaac, os olhos dela se abriram, mas foi ele quem ficou espantado ao ver o turbilhão de cores brilhantes que tomavam aqueles olhos que antes eram azul-claros.

— Não — disse ela entredentes. — Eu ainda não acabei. Você precisa me deixar terminar. *Não* vou deixar você morrer.

Ele deixou a mão cair, entorpecido com o choque do que estava testemunhando — não, vivenciando. Até aquele momento, ele tinha pensado que nada poderia abalá-lo, surpreendê-lo, que não havia nada de inacreditável naquele mundo onde vivia e trabalhava. Mas ele jamais tinha imaginado tal poder, tal dom. Só Deus detinha o poder sobre a vida e a morte, não é?

Mas isso não era realmente verdade. Homens e mulheres matavam uns aos outros todos os dias. Os seres humanos decidiam sobre a morte muito mais do que decidiam sobre a vida, e mesmo assim esta mulher...

O corpo inteiro de Isaac estremeceu e sacolejou, como se ele estivesse tomado um choque de um desfibrilador. Ele sentiu o concreto frio através do casaco encharcado de sangue e percebeu que estava quente. Vivo. Inteiro. E respirando.

Isaac encarou a mulher com admiração, só para ver o completo desespero lavar aqueles olhos bondosos. As mãos dela puxaram os joelhos junto ao peito, abraçando-os enquanto balançava o corpo de um lado a outro, lágrimas escorrendo pelas bochechas.

A noção do que estava acontecendo foi rápida. Ao salvá-lo — *curando-o* —, ela abriu mão de qualquer oportunidade de escapar. A resignação no rosto da jovem partia o coração dele, mesmo enquanto estava ali deitado, ofegante, maravilhado por estar vivo. Ele correu a mão sobre o peito com cautela e a afastou para ver a mancha de sangue na palma. Mas o sangue só vinha de suas roupas. *Ele* já não estava sangrando. Não havia mais uma ferida no peito. Só restou um pouco de fraqueza, ou talvez ele estivesse em choque — quem não estaria? Isaac não estava bem para subir no veículo, muito menos para ajudá-la a fugir. Ambos acabariam sendo mortos, ou ele acabaria sendo morto *de novo*. A única chance que ela tinha seria se mandar dali, largando-o para trás.

Ele se aproximou e agarrou o tornozelo dela, sacudindo-a suavemente para chamar sua atenção. Ela o fitou com olhos perturbados enquanto ele gesticulava para o carro.

— Rápido, antes que eles venham! As chaves estão lá. Vá!

Ela negou enquanto mais lágrimas escorriam pelo seu rosto.

— Mas que merda! Saia daqui! Tenho reforços a caminho e minha arma. Alguém vai chegar para me ajudar em alguns minutos. Pelo amor de Deus, *vá*!

Pela primeira vez, a esperança cintilou no rosto feminino, mesmo com o choque ainda estampado em seus olhos. Isaac começou a se levantar quando de repente se flagrou deitado de novo, coberto pelo corpo dela, no instante em que ouviram o som de tiros, que fizeram uma dezena de furos na lateral da caminhonete.

Os olhos dela estavam arregalados, um vórtice turbulento de dor, tristeza e terror abjeto. Ele *sentia* o olhar intenso dela até os ossos, o peso dele, arrastando-o diretamente para suas profundezas turbulentas. Não havia um único pedacinho daquela mulher que não estivesse suplicando a ele e, quando ela falou, Isaac se encolheu com a angústia tão intensa em cada palavra.

— Você deve se esconder. Eles não sabem o que fiz. Ninguém pode saber. Nunca fale de mim para ninguém. *Por favor* — implorou ela, as mãos pequeninas envolvendo as dele, levantando-as e pressionando-as ao peito. Ele sentiu a batida errática do coraçãozinho contra os nós dos dedos e depois registrou o fato de que ela estava tremendo muito.

Isaac não se atreveu a alertá-la de que a poça de sangue onde ainda estava deitado iria entregá-los como uma sentença de morte, ou ela desmoronaria completamente. Do jeito que as coisas estavam, ela se agarrava ao fio mais frágil de esperança. Ao soltar as mãos, a perda de contato de repente o fez sentir-se desolado e vazio, como se uma parte dele tivesse morrido. Mas Isaac a incentivou a entrar no carro mesmo assim, usando um tom muito ríspido e autoritário de propósito, enquanto ele a encarava com seu olhar mais contundente e impositivo.

— Vá enquanto pode, merda. Eu disse que alguém vai chegar para me ajudar a qualquer momento. Não se atreva a permitir que aqueles filhos da puta coloquem as mãos em você.

Deus, ele esperava não estar mentindo para ela quanto aos reforços. Tinha conseguido apertar o botão do "deu merda", nome dado por sua colega de trabalho, Eliza, ao *transponder* que todos eles carregavam. Ele não estava muito longe da sede. Merda, já era para alguém ter entrado em cena.

— Pelo amor de Deus, *escute* o que estou falando — berrou ele. — Eu não sei quem diabos você é, moça, ou o que diabos você fez. Mas não vou deixar que uma pessoa que acabou de salvar minha vida seja morta.

Ela se levantou, aos tropeços, mantendo a cabeça abaixada, e deslizou entre a porta e o interior do carro. Virou-se e olhou uma última vez para Isaac, e ele pôde jurar que ela estava implorando por seu perdão. A porta bateu atrás dela e o motor foi ligado. Ele estremeceu quando a caminhonete arrancou, parando de repente, os freios guinchando em protesto.

Ah, droga. Talvez não tivesse sido uma boa ideia mandá-la fugir. Aparentemente a garota não sabia sequer dirigir. Que inferno, ela não parecia nem mesmo ter idade para dirigir. Ele cerrou os dentes, frustrado por sua incapacidade de oferecer a proteção que ela precisava tão desesperadamente, e apenas torceu para ter tomado a decisão certa.

Testando as reações de seu corpo, ele rolou de barriga, e em seguida foi se arrastando para a frente do veículo, os nós dos dedos brancos por causa da força com que segurava a arma. Ele se inclinou com pesar contra o gradeado do para-choque do carro remanescente e aguardou, ainda esfregando o peito com uma das mãos, sem acreditar.

— Isaac — chamou uma voz baixa e distante. — Qual é a situação?

Isaac exalou de alívio quando Zeke, um dos mais novos recrutas da DSS, anunciou sua chegada.

— Você conseguiu reforços? — perguntou Isaac, alto o suficiente para se fazer ouvir.

— Dex está comigo. O que está rolando, cara?

— Atiradores. Não consegui localizá-los, mas não estavam perto quando dispararam pela primeira vez. Não faço ideia se ainda estão em cena ou se estão se aproximando. Muita cautela, e espero que vocês estejam com um belo armamento.

Ele ouviu Dex bufando em um tom zombeteiro e tomou sua suposição como verdade.

— Você foi atingido? — quis saber Zeke.

Isaac abriu a boca para responder e logo fechou. Como diabos responderia a essa pergunta? Sim, ele tinha levado um belo de um tiro. E agora deveria estar a caminho do necrotério para ganhar uma etiquetinha no dedão do pé, mas era como se a ferida nunca tivesse acontecido. Como se seu coração e seus pulmões não tivessem sofrido um golpe fatal. Como explicar *isso* aos seus companheiros?

— Não temos tempo para perguntas. Eu explico mais tarde. Me deem cobertura. Apenas se cuidem para que *vocês* não levem um tiro no rabo.

— Isso nem está nos meus planos, cara — retrucou Dex. Então ele fez uma pausa de um segundo. — Você precisa de um médico?

— Não. Só de um carro.

— Shadow está na área, patrulhando para encontrar os atiradores. Se ainda estiverem por aqui, ele vai cuidar disso — informou Dex.

Isso era bem verdade. Shadow tinha esse codinome porque ele era exatamente isso: uma sombra que ninguém era capaz de detectar. Ninguém jamais se dava conta que ele estava em seu encalço, até ser tarde demais.

— Boa ideia — murmurou Isaac. — Mas diga a ele para olhar para todos os lados. Havia mais de um. Os tiros foram disparados de pelo menos três ângulos diferentes.

— Ele vai cuidar disso — falou Dex com confiança. — Estou mais preocupado em como você está.

— Eu estou bem — insistiu Isaac. — Só não gosto de ser um alvo fácil.

— A gente vai tirar você daqui rapidinho. Apenas relaxe e mantenha a guarda. Zeke e eu vamos dar cobertura, e Shadow vai cuidar de qualquer ameaça que ainda esteja por aí.

Mas o que preocupava Isaac era que ele não tinha sido o alvo. Seus pensamentos congelaram. Ou... talvez fosse? Os tiros não tinham sido direcionados à mulher. Nenhuma bala tinha atingido o veículo que estava mais próximo dela, enquanto ele, por outro lado, tinha sorte por ainda estar inteiro. Ele não era o alvo daquilo, nem tinha sido um tiroteio aleatório de amadores. Era um sequestro premeditado, que tinha resultado em danos colaterais — quase. Eles o queriam morto, e a mulher viva. Pelo menos uma das metas tinha sido alcançada com sucesso.

De qualquer forma, o misterioso anjo estava metido em sérios problemas, e ele não se perdoaria se a deixasse indefesa por aí, fugindo dos canalhas que deixaram bem claro que não eram nada bonzinhos. Ele não fazia ideia do que queriam com ela, mas, mesmo enquanto contemplava os motivos para isso, ele esfregava o peito, completamente curado, sem sinal daquele tiro muito real. Se bem que seu peito imaculado dava uma boa ideia do porquê havia um monte de assassinos atrás daquela mulher em fuga e bastante assustada.

Se as habilidades dela fossem conhecidas — e ele era capaz de apostar seu último centavo que alguém sabia sobre seu dom milagroso —, eles a queriam. Havia um sem-número de facções que fariam de tudo para tê-la.

Que se fodam.

Ela havia salvado a vida dele. E, mesmo que não tivesse feito isso, depois de olhar para aquele trapo ensanguentado e ferido, nem o diabo iria impedi-lo de mover céus e terra para lhe dar uma *puta* certeza de que ela estaria protegida o tempo todo. Isso era pessoal. Esta não era uma missão da DSS na qual a vítima seria atribuída a uma equipe ou a outro homem. Agora ela era *dele*, para ser protegida. E se Caleb, Beau ou Dane tivessem algum problema com isso, que fossem para o inferno. Ele entregaria sua demissão e assumiria o trabalho por conta própria.

— Mas que porra...? — rugiu Zeke quando ele e Dex apareceram na frente de Isaac. — Você disse que não foi atingido. Puta merda, tem sangue para todo lado. Você precisa de uma ambulância, precisa ir ao hospital *agora*.

Isaac suspirou e depois simplesmente afastou a camisa embebida de sangue para que pudessem ver a pele imaculada.

— Olha, caras, eu sei o que parece, mas se eu contasse o que aconteceu, mesmo com as merdas que vocês já presenciaram trabalhando na DSS, provavelmente vocês me enfiariam numa ala psiquiátrica.

— Experimente — disse Dex calmamente.

Isaac exalou e aí contou a história toda, desde o momento em que viu a porta do carro aberta até o instante em que levou um tiro fatal no peito e foi milagrosamente curado pela mulher misteriosa.

Para o crédito deles, a única reação foi um arquear de sobrancelhas.

— E aí você simplesmente permitiu que ela fosse embora? Sem proteção? Para aqueles canalhas meterem outro tiro nela? — perguntou Zeke, descrente.

— Eu dei meu carro para ela — retrucou Isaac, olhando feio para Zeke. — Eu não estava em condições de *me* proteger, muito menos a ela, e não podia justificar um risco desses quando sabia que meu reforço chegaria em poucos minutos.

Shadow surgiu, aparentemente do nada, mas sua carranca indicava que ele havia sido inteirado de toda a explicação. O que era bom, já que Isaac não estava a fim de relatar tudo de novo.

— E de quê serve isso a ela agora? — perguntou Zeke em um tom persistente.

Isaac balançou a cabeça diante da lerdeza de Zeke. E reforçou seu olhar de reprimenda, suas narinas inflando de irritação.

— Ela pegou o meu carro da *empresa*.

A percepção cintilou nos olhos de seu companheiro de equipe.

— Você vai atrás dela? — perguntou Shadow, atraindo a ira de Isaac, que tinha se voltado de Zeke diretamente para ele agora.

— Que merda de pergunta é essa? — rosnou Isaac.

— Beleza, então *quando* vamos atrás dela? — perguntou Dex.

— Agora, sim — respondeu Isaac com impaciência. — Que merda, pelo visto ela nem sabia dirigir direito, então, segui-la não é bem a tarefa mais difícil do mundo. Enquanto estamos desperdiçando tempo aqui reconstituindo um monte de merda que pode esperar, pode ser até mesmo que eles já a tenham alcançado a essa altura.

Zeke ofereceu um olhar preocupado.

— Não é melhor você ir para a emergência do hospital, ou pelo menos para uma clínica particular da DSS, só para ver como estão as coisas?

— E dizer a eles o quê, exatamente? — retrucou Isaac, sua paciência chegando ao limite. — Que levei um tiro no peito que atingiu meu coração e pulmões? Que sangrei feito um porco, que senti que estava morrendo, e então, do nada, uma mulher misteriosa colocou as mãos em mim e me curou? Que *senti* a ferida sendo fechada de dentro para fora? Acreditem, se fossem me examinar, não encontrariam nenhuma evidência de ferimento a bala.

Dex assobiou.

— Essa merda é muito louca.

Isaac bufou.

— Depois de saber do que Ramie, Ari e Gracie podem fazer, você não deveria se surpreender com mais nada.

— Sim, cara, mas isto é diferente — disse Shadow baixinho. — Ela *cura* as pessoas. Ela o tirou da beira da morte. Você mesmo disse isso: que sentiu que estava morrendo, apagando e, no entanto, agora ninguém teria como dizer que você foi ferido. Isso vai além das habilidades paranormais das nossas mulheres.

— Verdade — concordou Isaac, soltando o ar. — Agora você está entendendo. É por isso que preciso encontrá-la o mais rápido possível, antes que outra pessoa a capture. Ela vai ter um alvo nas costas pelo resto da vida. Provavelmente sempre teve. Agora que sei da história, tudo faz sentido, e entendo porque ela tentou roubar meu carro, porque seu rosto estava tão maltratado e usava umas roupas ferradas. Que inferno, ela não tinha nem sapatos, pelo amor de Deus.

A expressão de Zeke ficou sombria, a ponto de se tornar sanguinária.

— Você não mencionou que algum desgraçado a espancou.

As reações de Dex e Shadow foram tão violentas quanto.

— Me ajudem a levantar e vamos botar o pé na estrada. Precisamos ativar o sistema de rastreamento da minha caminhonete, aí vamos poder saber onde ela está e até onde conseguiu ir, ou se ainda está no meio do trajeto.

Embora tivesse ficado implícito, as expressões sombrias de todos refletiam a noção de que a mulher já poderia estar nas mãos de seus sequestradores.

três

— Porra! — disse Isaac entredentes do banco do carona, com Zeke ao volante e Shadow e Dex no banco traseiro da caminhonete.

Os homens entraram em alerta, e Zeke olhou de soslaio para Isaac.

— O que está rolando?

— O dispositivo de rastreamento não detectou nenhum movimento desde a primeira vez que a encontrei há alguns minutos.

Shadow deu de ombros.

— Talvez ela tenha se escondido em algum lugar.

Isaac se virou para trás e deu uma olhada feia para Shadow.

— Você não viu os olhos dela, cara. Nunca vi olhos que fossem janelas para a alma de alguém até olhar os dela. Não acredito de jeito nenhum que ela pararia de fugir depois que pegou meu carro.

Zeke ficou pensativo.

— E, ainda assim, ela ficou lá para salvar seu rabo.

Isaac suspirou e esfregou o rosto com uma das mãos.

— Sim. Ela parou por mim. E por quê? Não entendo. Nunca vi uma mulher tão apavorada e aquilo me tirou do sério. Mas quando eu disse para ela ir embora, que não havia esperança para mim porque eu estava apagando depressa, ela se recusou. E depois... Deus. Assim que ela me curou, ficou arrasada porque soube que tinha aberto mão da chance de fugir, por minha causa.

— Que caráter — murmurou Dex.

— Sim, nem me fale — rosnou Isaac.

Por que ela tinha escolhido salvá-lo?

As pessoas desesperadas não costumam pensar em nada além de si mesmas e, no entanto, ela tinha arriscado tudo, parecia pesarosa por ele estar morrendo.

Ele queria uma resposta para suas perguntas, mas para isso precisava encontrar a mulher.

— Então onde estaria sua caminhonete? — perguntou Shadow. — Se está parada, deveria ser fácil encontrá-la, certo?

Isaac ergueu o transmissor, mas não deixou transparecer o medo que tomou seu peito ao constatar o que eles encontrariam. Ou não encontrariam.

— Cinco quilômetros de distância — disse Zeke, baixinho. — Numa região isolada. Pelo menos ela teve o bom senso de chegar a um ponto afastado.

— Mas que inferno, duvido que ela sequer soubesse para onde estava indo — rebateu Isaac. — Ela nem mesmo parecia saber dirigir direito, a propósito, nem parecia ter idade para dirigir.

— Como ela é? — perguntou Shadow com curiosidade.

— Como um anjo — murmurou Isaac. — Um anjo ensanguentado, ferido e *lindo*. Os olhos mais azuis que já vi e longos cabelos encaracolados e bem claros. Que merda, talvez tenha sido tudo alucinação e eu esteja louco para cacete.

— Você não tem imaginação suficiente para inventar que levou um tiro ou a parte em que encontramos você deitado numa poça do próprio sangue — rosnou Dex.

— Ali na frente — indicou Zeke com uma voz sombria.

Assim que ele falou, os homens sacaram suas armas. Zeke parou alguns instantes depois e eles saíram do veículo, armas a postos.

— Vamos ficar em duplas — disse Isaac. — De acordo com o rastreador, é só seguir reto, na floresta, pouco além da estrada. Zeke, você fica comigo. Shadow, você e Dex, contornem e venham pela frente.

Shadow e Dex se infiltraram na floresta enquanto Isaac e Zeke tomaram a rota direta para onde a caminhonete deveria estar. Eles mal adentraram na mata quando Isaac parou e ergueu a mão para Zeke, apontando a caminhonete estacionada ao acaso em uma grande área de arbustos, como se a mulher tivesse tentado dirigir diretamente para lá. Para se esconder.

Isaac xingou, sem se esquecer, nem por um instante, da grandiosidade do altruísmo e da boa vontade dela em arriscar tudo para que ele não morresse. Não havia maneira de ele permitir que ela ficasse por conta própria. Uma vez que estivesse com ela, faria tudo ao seu alcance para estimulá-la a se abrir e com certeza não permitiria que ela assumisse um risco daquele outra vez.

Ele se aproximou do veículo furtivamente, enquanto Zeke examinava a região. Quando ele espiou o banco do motorista, seu coração apertou e sua pulsação acelerou. Mas que merda. Será que tinham conseguido pegá-la? Então espiou no banco traseiro e seus joelhos bambearam de alívio. Até ele vê-la por completo.

Ela estava com o corpo enroladinho, numa posição de proteção, e, mesmo enquanto dormia — e ela estava totalmente apagada —, havia rugas profundas em sua testa e ela se contraía e dava pequenos gemidos. Ou ela estava inconsciente?

Será que ele tinha feito aquilo a ela? Será que ficou tão debilitada por tê-lo salvado que se vira incapaz de se defender?

E então ele amoleceu de um jeito que nunca imaginou ser capaz ao ver as lágrimas silenciosas escorrendo pelo rosto dela.

Zeke não foi menos afetado e murmurou um sombrio:

— Puta merda, o que vamos fazer, Isaac?

— Ela vem comigo — disse Isaac, em um tom que não permitia discussão. — De jeito nenhum vou deixá-la na mão daqueles filhos da mãe. Só Deus sabe o que fizeram para ela antes que conseguisse fugir.

A expressão de Zeke ficou ameaçadora.

— Acho que a gente deve colocar uma equipe à disposição dela, para garantir proteção integral.

— Ela fica comigo — vociferou Isaac.

— Dane vai querer um relatório completo e uma declaração de como isso vai se desenrolar.

— Foda-se o que Dane quer. Ela é minha. Isso não tem nada a ver com Dane. Ela não é um cliente, tecnicamente. Portanto, o que for feito vai ser do meu jeito, eu decido.

Zeke arqueou os sobrancelhas, mas sabiamente não insistiu.

Isaac abriu a porta traseira com cuidado, pois não queria despertá-la com nenhum barulho repentino. Ela já havia suportado medo e estresse demais. Ele queria acabar com aquela merda toda por ela. Mas também sabia que ela não iria confiar tão fácil em ninguém. Ele precisaria ser paciente e extremamente gentil com esta mulher.

Ele hesitou, prestes a tocá-la, enquanto observava aquela bolinha que ela havia virado. A mulher parecia tão frágil que ele estava com *medo* de tocá-la. Que inferno, as mãos dele eram enormes em comparação aos ossos, mãos e braços dela. E se a machucasse sem querer? Mas de jeito nenhum permitiria que outra pessoa a carregasse, para onde fosse.

Prendendo a respiração, ele correu uma das mãos pelo braço dela, com muita delicadeza, testando seu nível de consciência. Mas nem sequer deveria ter se preocupado. A reação dela não passou de um tremelique. Era óbvio que estava esgotada, e a culpa o atingiu de pronto.

Ela era a porra de um milagre. Ele ainda estava entorpecido e descrente por estar ali inteiro, sem qualquer sinal de que havia sido baleado, em vez de estar em um necrotério onde seus colegas de equipe teriam que enfrentar a infeliz tarefa de identificar o corpo dele.

Sabendo que precisava se apressar, Isaac deslizou uma das mãos sob o corpo macio dela e então colocou a outra debaixo de suas pernas. Ele a ergueu sem esforço e começou a se afastar do veículo, prestando muita atenção a cada respiração, movimento ou expressão facial dela.

A mulher ainda não demonstrava qualquer sinal de que iria despertar, o que tanto o preocupava quanto aliviava. Segurando-a bem junto ao peito, próximo o suficiente para sentir os batimentos cardíacos dos dois, Isaac foi caminhando em direção ao outro veículo, mesmo enquanto dava ordens aos seus companheiros de equipe.

— Livrem-se da minha caminhonete e depois desativem o dispositivo de rastreamento. Eu o destruiria, mas Beau daria um chilique. Mas façam com que fique inativo por um tempo. Quando tudo estiver seguro... alguém vai poder recuperá-lo.

Quando tudo estiver seguro. Aí estava uma afirmativa importante. Sabendo tão pouco — na verdade, nada — sobre a situação em que havia se metido, ter alguma ideia de quando aquilo tudo teria um fim era a menor de suas preocupações. Saber o necessário a fim de manter aquela mulher em segurança e protegida contra qualquer mal? Essa era a sua prioridade. Ela salvara a sua vida sem saber absolutamente nada a respeito dele além do fato de que estava morrendo bem na sua frente. De modo algum que permitiria que ela sofresse ou sentisse medo de novo.

— O que você quer fazer? — perguntou Shadow enquanto Isaac colocava a mulher no banco traseiro com muito cuidado.

Quando Isaac ficou satisfeito por ela estar o mais confortável possível, ele se voltou para flagrar seus três companheiros ao redor, com expressões preocupadas e interrogativas.

Por mais que Isaac odiasse a ideia de abandonar a mulher que ele já considerava como sua — a ideia de ter alguém como sua inteira responsabilidade era muito maluca —, sabia que não poderia simplesmente desaparecer sem dar uma explicação a Dane e a Beau. Ele passou a mão pelos cabelos e murmurou um palavrão. Então encarou os três homens com um olhar intenso.

— Preciso entrar e deixar Dane e Beau a par do que está acontecendo, e avisar que vou ficar fora de serviço por um tempo. Preciso que vocês três a levem para minha casa e tranquem o lugar. Eu não quero que a percam de vista nem por um segundo. Confio em vocês para garantirem que nada aconteça a ela. Vou ser rápido e voltar assim que der, mas preciso que vocês façam isso por mim.

— Você sabe que faremos o que for preciso, cara — disse Zeke com tranquilidade. — Mesmo depois. Isso não é algo que você deveria fazer sozinho. Não é assim que a gente trabalha e você sabe disso.

— Mas esta não é uma tarefa oficial — começou Isaac.

— Cale a porra da boca — disse Dex com grosseria. — Tudo bem que a gente não trabalha para a DSS há tanto tempo quanto o restante de vocês. Somos os recrutas novatos. Mas já estamos aqui por tempo suficiente para saber que não é assim que essa porra funciona. Somos uma equipe... uma família... E isso significa que não vamos deixar você na mão só porque ela não é um caso oficial. Então pare de falar merda. Não posso responder pelos outros, mas estou com você enquanto for preciso. Vou dar cobertura e fazer o que tiver que ser feito. É só pedir.

Zeke e Shadow não se manifestaram, mas suas expressões diziam tudo. Eles também não pretendiam ir a lugar algum.

Isaac soltou um suspiro de alívio.

— Valeu. Agradeço de verdade. Vamos cair fora. Preciso que vocês a levem para minha casa. Um de vocês tem que ficar o tempo todo com ela. Não quero que ela acorde sozinha e entre em pânico. Os outros dois precisam vasculhar todo o perímetro para garantir que ninguém estará espiando. Não vou demorar muito lá na sede e encontro vocês na minha casa o mais rápido possível.

— Saquei — disse Zeke. — Ninguém vai se aproximar dela, Isaac. Juro pela minha vida.

Isaac assentiu.

— Nunca tive dúvidas disso. Dane só contrata os melhores, então, mesmo que eu não soubesse o quanto vocês são competentes, só o fato de ele ter contratado e aprovado os três já seria suficiente para eu confiar minha vida a vocês... e a dela também.

Dex jogou as chaves da caminhonete para eles e Isaac deu uma última olhadela na mulher que o curara milagrosamente. Ele odiava deixá-la, mesmo que por um instante, mas não tinha escolha. Apertando as chaves, se obrigou a dar meia-volta e seguir para o outro veículo.

— Mantenham-me informado — pediu, virando-se por um momento. — Quero ser avisado quando ela acordar, saber como está. — E então respirou fundo e olhou para seus colegas, sem se importar com o que eles poderiam ler em seu tom ou expressão. — Mantenham-na em segurança, por mim — sussurrou ele.

— Você sabe que vamos fazer isso — disse Dex, baixinho. — Agora vá, para que você possa voltar logo para ela.

quatro

ISAAC ESTACIONOU NA GARAGEM DA sede da DSS no centro de Houston e saiu rapidamente. Precisava resolver aquilo de maneira breve e gentil, para lidar com as possíveis consequências. Ele não dava a mínima se receberia ou não o carimbo de aprovação de Dane e Beau. Não teria negociação. Se eles não aceitassem, ele simplesmente iria embora.

Ficou surpreso por pensar assim ao sair do elevador no andar dos escritórios da DSS. Pedir demissão? Ir embora? Largar um emprego que significava sua vida inteira? O emprego que o consumira a ponto de abrir mão de todo o resto? Ele jamais teria imaginado *qualquer* cenário no qual escolheria outra coisa além deste emprego — seus colegas, sua... *família*. Mas ele nem precisaria pensar duas vezes nesta situação.

Aquela mulher precisava de ajuda e ele lhe devia mais do que jamais poderia pagar. E também era óbvio que ela estava numa encrenca daquelas... e se não a protegesse, quem o faria?

Isaac entrou nos escritórios e quase trombou em Eliza. A abraçou com força e ela nem ameaçou cortar suas bolas; pelo contrário, retribuiu o abraço com a mesma intensidade.

Quando ele se afastou, deu uma boa olhada nela, sem deixar passar nenhum detalhe. Ela parecia relaxada. Feliz. Curada. Havia uma luz suave e inédita em seus olhos. Isaac imaginava que aquele era o resultado do amor e da redenção sobre uma pessoa.

Então ele percebeu algo mais e franziu a testa.

— O que diabos você está fazendo aqui, Lizzie? Você só ia voltar ao trabalho daqui a…

Ela franziu a testa.

— Três semanas. Sim, sim, eu sei. Não sei quem é o maior babaca nessa história: meu *marido*, por ter providenciado três meses de folga, ou Dane, por ter concordado. E tudo sem meu conhecimento e sem ninguém *me* perguntar quanto tempo eu gostaria de passar fora.

— Você levou um tiro, mulher. Você quase morreu — lembrou-lhe ele bruscamente. — Dê uma folguinha, para você e para a gente também, ok? Principalmente para aquele pobre diabo com quem você se casou. Você quase morreu nos braços dele. Que merda, você morreu mesmo.

Os olhos dela se suavizaram e então Eliza franziu a testa outra vez.

— Eu entendo, mas três meses? Como se eu não tivesse tirado folga o suficiente antes do casamento.

— Ah, faça-me um favor, Lizzie. Não force para voltar ainda. Não até eu ter uma oportunidade de conversar com você, ok?

O olhar dela se tornou penetrante de imediato, e a preocupação tomou seu rosto quando deu um passo atrás.

— O que está acontecendo, Isaac?

Ele passou a mão pelos cabelos. Se Lizzie continuasse de folga, poderia ser de grande ajuda para ele. Significaria que poderia recrutá-la para ajudar com seu problema atual. Ele poderia contar com a ajuda dela e do marido, Wade Sterling. Ele tinha contatos que Isaac não tinha.

— Olha, não tenho tempo agora, Lizzie, juro. Tenho uns trinta segundos para encurralar Beau e Dane enquanto os dois estão no mesmo escritório. Mas vou te colocar a par da história mais tarde, ok? Talvez eu precise da sua ajuda. Da sua e da de Sterling.

Eliza enrugou a testa ainda mais, cada vez mais preocupada ao absorver as palavras dele.

— Precisa que eu fique por aqui até você terminar, então?

Isaac suspirou e balançou a cabeça nagativamente.

— Eu entro em contato com você e Sterling depois, se isso não for um problema. Preciso cuidar de um negócio depois de falar com Beau e Dane.

— Por que Wade e eu não damos uma passadinha na sua casa depois? Que tal às sete? Eu levo o jantar — ofereceu ela.

O alívio deixou a cabeça de Isaac um pouco mais leve. Ele estava preocupado para cacete por precisar largar sua "pequena carga" para falar com Lizzie e o marido, mas se eles fossem até sua casa, não só veriam seu "problema" em primeira mão, como ele não precisaria abandoná-la.

— Seria ótimo. E obrigado, Lizzie.

— Quando precisar, Isaac. Você sabe disso — disse ela suavemente. — Agora vá, assim posso ir para casa, e, depois de dar um sermão no meu marido, vou avisar que nossos planos mudaram para esta noite.

Isaac sorriu.

— Tem certeza de que não vai ser outra coisa que você vai dar para ele?

Eliza fez uma careta e mostrou o dedo do meio antes de sair do escritório. Isaac riu e manteve o sorriso até ela ir embora. Então respirou fundo e correu para a sala de Dane, onde sabia que Beau também estaria.

Ele bateu uma vez à porta e depois enfiou a cabeça no vão.

— Vocês dois têm um minuto?

Dane pareceu surpreso por vê-lo, mas Beau franziu a testa.

— Onde diabos está a minha caminhonete? — exigiu Beau. — E por que diabos você ficou off-line mais cedo hoje?

Isaac revirou os olhos enquanto se sentava diante da mesa de Dane.

— Ela está bem e inteira... ou quase. Eu só tive alguns problemas técnicos.

Dane levantou uma sobrancelha.

— Esses problemas envolvem a conversa que você quer ter com a gente?

— Sim — respondeu Isaac depois de uma breve hesitação.

A careta de Beau se transformou em uma expressão de dúvida e preocupação.

— Está tudo bem, Isaac?

Isaac esfregou a nuca, sem saber direito como ia explicar o que tinha acontecido naquela manhã. Eles provavelmente iam pensar que ele finalmente tinha perdido o que lhe restava do juízo. Então simplesmente botou tudo para fora, sem rodeios. Era o único jeito como sabia fazer as coisas.

— Nesta manhã, quando parei para comprar café e pãezinhos, alguém tentou roubar meu carro. Então eu fui baleado no peito e quase sangrei até morrer na porcaria do estacionamento.

Os dois homens ergueram os respectivos pares de sobrancelhas.

— Mas que porra…? — perguntou Dane com a voz grave e alarmada. Depois piscou. — Espere aí. Você disse tiro. No peito. Então como é que você está sentado na minha frente, *contando* calmamente que levou um tiro fatal, e por que você não está em numa merda de hospital... e quem foi o imbecil que tentou te matar? E por que diabos só estamos sabendo disso agora?

A fúria de Dane crepitou pelo escritório, mas ele era seriamente protetor para com os homens e mulheres que trabalhavam na DSS.

— Ele não *tentou* me matar — disse Isaac com toda calma. — Ele *matou*. Eu estava morrendo. Sabia que estava. Eu consegui *sentir* que estava acabado pra mim. Eu sabia que era o fim. A coisa mais assustadora que já vivi, e ainda assim… eu estava calmo. Aceitando, acho. Nunca pensei de fato na morte, o que é estúpido, eu sei, ainda mais considerando o que a gente faz e tudo do que já escapamos por um triz. E depois do que houve com Lizzie… — Ele parou quando Dane estremeceu e ficou pálido. Dane ainda estava lidando com o fato de quase ter perdido Lizzie, quando ela quase morreu, do mesmo jeito que Isaac, que estava sentado ali relatando com tranquilidade que também quase tinha sido abatido.

Beau e Dane trocaram olhares intrigados e alarmados. Então ambos balançaram a cabeça, como se estivessem tentando entender o que diabos Isaac estava tentando dizer.

— Mas que porra é essa? — perguntou Beau em voz baixa. — Isaac, você tem certeza de que está bem?

Isaac suspirou e esfregou os olhos.

— Olha, eu sei que parece doideira e que vocês dois estão se perguntando se vão precisar me arrastar para a ala psiquiátrica. Depois de terminar de explicar o que rolou hoje, se vocês ainda tiverem dúvidas, podem telefonar para Zeke, Dex e Shadow, porque eles estavam todos lá. Eu fiz um chamado pelo botão "deu merda" e eles chegaram alguns minutos depois.

— Então onde eles estão agora? — quis saber Dane, semicerrando os olhos.

Isaac ergueu a mão.

— Eu vou chegar lá. Apenas me deixem terminar.

— Um de nós está perdendo a cabeça — murmurou Beau. — Acho que pode ser eu. Finalmente. Preciso de umas férias. Com minha esposa.

Se eu fosse capaz de garantir que ela ficaria livre de encrencas por mais de um dia, a gente tiraria férias. Agora mesmo.

— Deixe-me voltar à parte em que alguém tentou roubar meu carro.

— Não foi a mesma pessoa que atirou em você? — perguntou Dane.

Isaac negou com a cabeça.

— Quando voltei para a caminhonete, notei que a porta do lado do motorista estava aberta e fiquei puto por ter deixado as chaves na ignição. Larguei a comida, saquei minha arma e surpreendi a pessoa. Estava na cara que não era um profissional, e igualmente óbvio que ela não tinha ideia da merda que estava fazendo.

— Ela? — questionaram os dois, interrompendo a frase.

Isaac assentiu antes de continuar.

— Ela nem mesmo conferiu se tinha alguém por perto. Quando estava prestes a entrar, eu cheguei por trás e apontei minha arma, mandando que ficasse parada. Foi só quando ela se virou que eu me dei conta de que era uma mulher, e não a porcaria de um moleque. E, Jesus… ela parecia um anjo. Os olhos mais azuis que já vi. Pele clarinha de porcelana e cabelo loiro e longo cheio de cachinhos. E ela estava descalça. Mas, pior do que não estar vestida para o clima e de tentar roubar meu carro, foi ver que algum babaca tinha metido a mão nela e arrebentado a cara dela.

As expressões de Dane e Beau ficaram sombrias. Dane deu um rosnado e agarrou a beira de sua mesa.

— Até onde dava para ver, ela estava ensanguentada e machucada em boa parte do rosto, no pescoço. E sabe-se lá qual era a gravidade dos ferimentos nos lugares que não estavam visíveis… Ela ficou apavorada ao me ver e implorou para que eu não a machucasse. E começou a se desculpar, pelo amor de Deus, por estar tentando roubar meu carro. Ela disse que não sabia mais o que fazer, que precisava fugir. — Isaac respirou fundo antes de continuar:

— Eu estava tentando acalmá-la quando alguém abriu fogo contra a gente. Tiro de rifle, e de uma boa distância. Eu a fiz se abaixar ao mesmo tempo que saquei a minha arma. Foi quando fui baleado bem no coração. Porra! Nunca senti nada parecido, e eu nunca mais quero sentir aquela merda novamente.

Dane e Beau estavam olhando com perplexidade para o peito de Isaac, coberto por uma camiseta simples, sem indícios de ferimentos em qualquer lugar que fosse.

— E é agora que a história fica esquisita, mas, bem, vocês dois certamente estão acostumados a coisas estranhas e inexplicáveis, então, pode ser que nem pisquem quando souberem.

Dane franziu as sobrancelhas um pouco, enquanto Beau simplesmente permaneceu concentrado, com a atenção focada na história de Isaac.

— Eu estava morrendo e percebi que não ia ter jeito. Já tinha chamado reforços e sabia que alguém estava a caminho. Falei para a mulher pegar meu carro e ir embora, sair dali antes que o atirador chegasse perto o suficiente para matá-la ou levá-la. E agora eu sei que eles não a teriam matado, mas certamente a teriam levado.

— O que aconteceu? — perguntou Dane calmamente, sentindo que algo grandioso estava por vir.

— Ela ficou histérica e começou a gritar *não* sem parar, e que não ia me deixar morrer. Não ia! E depois... Jesus. Eu nem sei como explicar isso, mas ela tocou com as mãos em mim. O corpo inteiro dela enrijeceu e sua expressão chegou ao ponto da agonia. Parecia que *ela* fora atingida pelo tiro e que estava com uma dor horrível. E, simples assim, ela me curou, cacete. Eu senti o calor dela fluindo de dentro para fora enquanto se espalhava pelo meu corpo inteirinho. Foi como... um milagre. Ela é um tremendo milagre. Meu milagre. Depois, foi como se nada tivesse acontecido. E ela ficou arrasada, abraçou os joelhos, balançando o corpo num completo desespero. Percebi que ela havia aberto mão de qualquer chance de fugir ao escolher me salvar. Eu ainda estava um pouco fraco, provavelmente mais pelo choque do que por qualquer outra coisa, e sabia que o reforço chegaria em breve. Mas ela poderia não ter tanto tempo assim, então, mais uma vez eu disse a ela para pegar meu carro e se mandar. Ela finalmente obedeceu, e me arrependi de ter falado aquilo quando notei que ela não parecia saber dirigir direito.

A testa de Dane enrugou novamente.

— Quantos anos tem essa mulher?

Ele deu de ombros.

— Não faço ideia. Meu palpite é uns vinte e poucos, mas quem vai saber? Deu para perceber que alguém poderia facilmente confundi-la com uma criança ou adolescente, mas os olhos dela... Jesus, quando você a encara, enxerga alguém muito mais velho.

— Então você a perdeu? Ela se foi? — perguntou Beau, incrédulo.

Isaac fez uma careta.

— Claro que não, porra! Fiquei esperando Dex, Zeke e Shadow chegarem. Expliquei tudo a eles, porque, quando viram todo aquele sangue, quiseram me levar direto para o hospital. Usando o dispositivo de rastreamento, acompanhamos o trajeto da caminhonete, até que ela se meteu numa região arborizada a uns bons quilômetros de distância, e eu a encontrei no banco traseiro, inconsciente e chorando enquanto dormia.

— Jesus — murmurou Beau.

— Nem diga.

— Então o que exatamente você precisava conversar com a gente? — perguntou Dane, perplexo.

Isaac respirou fundo quando encarou os dois sujeitos que ele considerava não apenas amigos, mas sua família.

— Ela não é um cliente da DSS, mas de jeito nenhum vou dar as costas para ela. Eu a deixei com os outros para poder conversar com vocês dois, mas depois vou voltar e fazer o que for preciso para que ela se abra para mim. Vou protegê-la e descobrir um jeito de acabar com qualquer ameaça que exista contra ela.

Ele fez uma nova pausa e, por um momento, deixou que os outros absorvessem sua declaração.

— E eu preciso pedir uma licença para fazer isso — disse ele calmamente.

Beau franziu a testa e Dane levantou a cabeça, semicerrando os olhos de raiva.

— Que merda é essa? — rosnou Dane. — Licença? Que diabos, Isaac?

— Eu não posso dedicar todo o meu tempo e minha concentração à DSS e fazer algo por ela ao mesmo tempo — disse Isaac em voz baixa. — Não seria justo com ela, nem com vocês. Se for um problema, então vou me demitir e vocês podem botar outro no meu cargo.

— Você vai calar a boca agora e parar de falar merda antes que eu perca o que resta da minha paciência — rebateu Dane.

Beau pareceu igualmente insatisfeito.

— Quando é que você pensou que Beau, eu, ou qualquer um da DSS daria as costas a uma pessoa que não só está correndo grande perigo e precisando de ajuda, mas também que salvou alguém muito querido para todos nós, só porque ela não é um cliente que está pagando pelo serviço? — questionou Dane entredentes. — Jesus Cristo, Isaac. Quase perdemos você hoje e a mulher que você jurou proteger é o único motivo pelo qual estamos todos aqui nesta sala em vez de organizando o seu funeral. Você vai protegê-la, tudo bem, mas todos nós vamos fazer o mesmo. Ela é prioridade total da DSS a partir de agora.

— Isso significa muito para mim — disse Isaac, com um nó na garganta.

— Você não percebe, não é? — murmurou Beau. — Você arriscou sua vida pela pessoa mais importante da minha. Da vida de Zack. Da vida de Wade. Você arriscou sua vida por nós várias vezes. Dane e eu acabamos de ficar aqui sentados ouvindo você falar que quase morreu. Só não foi dessa para melhor porque essa tal mulher arriscou a vida dela para salvar a sua. E você acha que isso não é importante para a gente? Que ela não seria importante para a gente, não importa quem seja, o que fez ou não, ou que tipo de bagagem ela traz? Ou que todos nós não teríamos um papel na proteção dela, eliminando a ameaça?

O nó na garganta de Isaac cresceu.

— Ela é muitíssimo especial — murmurou Dane. — Quero dizer, Deus, quando penso no que Ramie, Ari, Tori e Gracie são capazes de fazer, já é incompreensível o suficiente. Mas essa tal mulher livrou você da morte. Ela fez a porra de um milagre. Eu ficaria mais surpreso se ela não estivesse em perigo, ou se não tivesse um bando de bundões tentando sequestrá-la para se aproveitar de seus poderes. Porque, Isaac, ela sempre vai estar em perigo. Não vai fazer diferença se eliminarmos a ameaça atual. Com o dom que tem, ela nunca vai estar em segurança.

— Eu sei — disse Isaac suavemente. — Mas ela nunca vai ficar sem proteção.

A sala ficou em silêncio enquanto Dane e Beau digeriam a reação de Isaac, mas eles não comentaram nada.

— Onde ela está agora? — perguntou Dane.

— Na minha casa, por enquanto, com Dex, Shadow e Zeke montando guarda. Preciso voltar o mais rápido possível. Não quero que ela fique lá. É muito arriscado.

— Você tem algum plano? — perguntou Beau.

— Sim, ou pelo menos uma ideia. Só preciso terminar de desenvolvê-la quando voltar e, espero, conseguir alguma informação dela.

— Avise se precisar de alguma coisa. E me refiro a *qualquer coisa*, Isaac — pediu Dane. — Se não se importam, prefiro não precisar providenciar nenhum funeral para um dos meus.

Isaac deu um sorriso frágil.

— Você sempre foi igual a uma galinha cuidando dos pintinhos.

— Você tem andado demais com Lizzie — resmungou Dane.

— Não, mas eu a vi quando ela estava saindo, e não estava muito satisfeita com você — entregou Isaac com um sorriso malicioso.

— Lizzie só está chateada porque, além de trabalhar para um babaca arrogante e superprotetor, agora também está casada com um, portanto, ela não tem para onde correr.

Beau e Isaac riram, mas eles também sabiam que era a mais pura verdade.

Isaac se levantou.

— Odeio cortar a conversa tão rápido, mas preciso ir. A mulher que resgatei ainda estava inconsciente quando a deixei, então, tenho que voltar para entender essa merda toda.

— Você vai nos deixar a par de tudo mais tarde? — perguntou Dane.

— Ligo para vocês. Só não posso prometer que tipo de informação vou conseguir dar.

— Já está bom assim. E tenha cuidado, Isaac. Não quero que você leve um tiro de novo.

— Nem ferrando — murmurou ele ao sair do escritório de Dane.

Isaac parou à entrada e se voltou àqueles dois homens, que para ele não eram apenas seus chefes, mas também sua única família.

— Preciso que vocês sejam pacientes. Não quero arrastar a DSS para isso por enquanto. Não até estar a par da história toda e saber com o que estamos lidando. É perigoso demais. Se fizerem alguma conexão entre mim, ela e a DSS, aí todos vocês estarão em perigo. As nossas garotas estarão em perigo. É óbvio que essa mulher é altamente procurada e que eles não vão parar por nada até botar as mãos nela. Agora que sei o que ela pode fazer, entendo o porquê. Isto é maior do que qualquer coisa com a qual já nos deparamos, e eu não quero que ninguém nesta empresa sofra uma represália como quase aconteceu comigo. Eu sei que isso faz com que os fanáticos por controle dentro de vocês enlouqueçam, mas preciso que mantenham a calma e aguardem meu movimento. Não vou fazer nada estúpido. E com certeza vou ligar se e quando precisar de ajuda. Mas, por enquanto, tenho que minimizar todos os riscos e manter a mulher fora do radar. Mas vou mantê-los informados. Ninguém vai ficar no escuro. E a qualquer momento, se pressentir que estamos em perigo, vocês serão os primeiros a saber.

Dane assentiu lentamente.

— Não faça o que Eliza fez, Isaac. Vou ficar bem puto. Não vá sozinho para proteger o restante de nós. Somos crescidinhos e fazemos nossas escolhas. Você é família e nenhum pedido seu é grande demais. Por enquanto, concordo com sua jogada, mas não vamos ficar muito tempo de braços cruzados, só esperando. Descubra o que precisa saber, e logo, para que a gente possa avaliar a situação e elaborar um plano. Se ela é capaz de fazer, e fez, tudo o que você descreveu, as pessoas que estão atrás dela não vão simplesmente desistir e se afastar ao primeiro obstáculo. Eles só vão se esforçar mais para capturá-la e não vão se importar com o tipo de confusão causada no processo. E, Isaac?

O olhar de Isaac se voltou para o chefe da equipe e depois pousou em Beau, que estava olhando para ele com a mesma intensidade.

— Sim?

— Você precisa entender o que está assumindo. Esta não é uma missão temporária na qual eliminamos uma ameaça e aí o cliente vai embora, são e salvo, pronto para retomar sua vida. Alguém com as habilidades dessa mulher vai ser um alvo eterno. Sempre vai ter alguém querendo usá-la, controlá-la, e jamais vai desistir. Você precisa pensar em tudo isso antes de decidir o quanto quer se envolver nessa história. Você já está no radar deles e quase morreu. Não há vergonha nenhuma em desistir e deixar que um de nós assuma a proteção dela. É só pedir que eu providencio.

A raiva ferveu nas veias de Isaac e por pouco ele não conseguiu se conter. Muito pouco. Só a ideia de que estes homens e esta empresa assumiriam grandes riscos por ele o impedira de meter um soco na cara de Dane.

— Ela é minha, Dane. De mais ninguém. Eu disse que pediria *se* e *quando* eu precisasse de reforços ou ajuda. Até lá, é melhor que nenhum de vocês tenha o nome associado a ela ou seja visto por perto. Essa mulher arriscou tudo para me salvar quando eu não tive como dar conta dos filhos da puta que tentavam capturá-la. Ela selou nossos destinos naquele momento, porque agora não vou a lugar nenhum. Preciso de tempo para ouvir o lado dela da história, e tenho a sensação de que ela não vai me passar informações assim, sem mais. Vou precisar de tempo para ganhar a confiança dela, e vou provar a ela que pode confiar em mim. Agradeço a oferta. Mais do que vocês imaginam. Mas essa mulher não é uma cliente ou missão da DSS. Ela é minha, e vou protegê-la com a vida.

Dane suspirou, mas assentiu e ergueu a mão para frear Isaac antes que ele saísse.

— Se você conseguir alguma informação da parte dela, ligue para Quinn e coloque-o para investigar. Deus sabe que ele passa 24 horas por dia com aquelas porcarias de computadores. E isso vai servir para dar a ele trabalho de verdade, e fazer com que nos impressione com suas proezas técnicas. O orgulho dele ainda está meio ferido porque Lizzie é provavelmente melhor em hackear do que ele, mas ela prefere se fingir de burrinha para poupá-lo do constrangimento.

Dane bufou ante a ideia de ver Lizzie se passando por burra, mas ela era meio molenga com o irmão caçula da Devereaux, e Isaac não ficava surpreso ao pensar que ela fingia saber menos só para fazer Quinn se sentir melhor.

— Boa ideia — disse Isaac quando se virou para sair, apressado. — Vou ligar para ele caso eu tenha qualquer informação que precise ser desenvolvida.

cinco

Isaac estacionou em sua garagem e entrou em casa rapidamente. Foi recebido por Dex, cuja expressão não lhe dizia nada.

— Como ela está? — quis saber Isaac.

Dex deu de ombros.

— Apagada feito uma lâmpada. Mal se mexeu quando a carregamos e a colocamos na sua cama.

Na cama dele. Algo dentro de Isaac se acalmou diante daquelas palavras, como se tudo tivesse se resolvido. Mas a preocupação superou o desvio de atenção momentâneo.

— Ela não acordou nem uma vez?

Dex negou com a cabeça.

— Nós nos revezamos para vigiá-la. Não queríamos que acordasse e surtasse, por isso tratamos de deixar sempre alguém no quarto com ela para tranquilizá-la, se despertasse. Mas ela só se mexeu um pouquinho. Parece que está completamente sem energia.

Isaac franziu a testa, e passou por Dex a caminho do quarto. Zeke estava na sala de estar vendo televisão. Isaac parou à porta de seu quarto e se voltou para os dois.

— Eliza e Sterling vão vir lá pelas sete com o jantar. Como Lizzie está oficialmente de licença por mais três meses e Sterling é um homem muito talentoso, recrutei a ajuda deles. Se possível, quero manter a DSS fora do radar. Não quero que minhas atitudes botem o perigo bem na porta de todos. Nossas mulheres já sofreram o suficiente, e não serei a causa de mais dor para ninguém.

— Você quer que a gente fique aqui para a reunião? — perguntou Zeke, com cautela.

Isaac olhou para ele e depois para Dex.

— Sim. Mas só se vocês quiserem ficar. Isso não é oficial. E vocês não vão ser remunerados.

Dex franziu a testa.

— Foda-se. Você acha que nossa oferta tem a ver com dinheiro?

Isaac negou meneando a cabeça.

— Não, mas vocês precisam saber no que estão se metendo e o que isso significa.

Zeke sacudiu a cabeça.

— Apenas cale a porra da boca antes que me deixe mais irritado. Vá ver sua garota e dê uma folguinha a Shadow. Vamos deixá-lo ciente dos planos.

Isaac aceitou as palavras de Zeke, assentindo, e então abriu a porta e entrou em seu quarto.

Ele respirou fundo quando pousou o olhar em seu anjo misterioso. Ela estava encolhidinha no meio de sua cama, os cachos indisciplinados esparramados sobre o travesseiro. As contusões eram visíveis no rosto dela, mas não havia mais sangue e ela não estava usando aqueles trapos de quando fora trazida para ali.

Um ciúme irracional rastejou por ele, agarrando seu peito quando Isaac se virou para onde Shadow estava sentado.

— Você a despiu?

Isaac falou como um rosnado antes que tivesse tempo de controlar sua explosão.

Shadow piscou em surpresa.

— Não fui eu. Mas que merda, cara, não dava para colocá-la na cama com aqueles trapos e sangue por tudo que é lado. E a gente precisava saber a extensão dos ferimentos. Não tinha como ter noção do quanto estava ferida. E imaginei que você gostaria que ela descansasse com conforto, e que não acordasse acreditando ainda estar presa no mesmo pesadelo.

Isaac fechou os olhos, desejando retirar o que disse e o fato de que tinha praticamente despido a porra de sua alma para seu colega de trabalho.

— Desculpe — disse ele bruscamente. — Ela... ela está bem?

Shadow se levantou e foi até Isaac, seu olhar jamais pousando na mulher; em vez disso, permaneceu fixado em Isaac.

— Não parece nada grave. Mas pelo visto ela apanhou muito. Está com algumas contusões no abdômen e no quadril, além de hematomas no rosto, mas o sangramento parou há muito tempo. A maior parte do sangue fresco era... seu.

— Cristo — murmurou Isaac. — Que animal machucaria um anjo desses?

— Boa pergunta, mas você não vai conseguir suas respostas até que ela acorde. E eis aqui um conselho, cara. Se você não quiser matá-la de susto, tire essa cara feia. Ela já vai estar apavorada o suficiente quando acordar na cama de um desconhecido, depois de tudo o que passou. Você vai precisar pegar leve se quiser que ela confie em você.

Isaac deu um longo suspiro e esfregou o pescoço, cansado.

— Tá, entendi. E valeu, cara. Agradeço pela ajuda. Dex e Zeke estão esperando você lá fora. Eles vão te botar a par do que está acontecendo ou do que vai acontecer.

Shadow tomou aquilo como uma dispensa e, com um aceno de cabeça, saiu do quarto, deixando Isaac a sós com a mulher que salvou a vida dele. Ele se aproximou da cama em silêncio e sentou ao lado dela, observando aqueles traços delicados e machucados. A raiva voltou a consumi-lo. Era este o preço que ela pagava por seu dom milagroso? Um que fazia as pessoas caçarem-na para poder controlá-la?

Ele sabia a resposta. Claro que sim. Havia testemunhado o inferno que as outras mulheres da DSS toleraram, cada uma dotada de um incrível talento psíquico ou sobrenatural. Mesmo agora, elas estavam vulneráveis. Eram alvos. Mas também contavam com a melhor proteção possível. E tinham maridos que as adoravam e que morreriam por elas. Assim como o restante da DSS, que também colocaria a vida em risco, para protegê-las.

Mas este anjo não tinha nada. Nem ninguém. Até aquele momento.

Incapaz de resistir, Isaac correu o dedo suavemente pela bochecha inchada dela, e aí ajeitou carinhosamente um cacho atrás da orelha. Inclinando-se, deu-lhe um beijinho na testa.

— Ninguém vai te machucar, nunca mais — sussurrou ele, um juramento. — Você nunca mais vai precisar enfrentar o mundo sozinha. Eu vou te proteger com a minha vida. Uma vida que você salvou, mesmo eu não sendo nada seu.

Ela se remexeu, inquieta, e Isaac congelou, com medo de tê-la acordado. Era óbvio que ela precisava dormir. Um sono reparador. Além de todo o inferno que tinha suportado antes do incidente do estacionamento, o ato de curá-lo reduziu o que sobrou da força dela. Graças a Deus, ele a encontrara antes que alguém pudesse tê-lo feito.

Mas ela simplesmente se aconchegou mais nas cobertas, enterrando a cabeça no monte de travesseiros. Incapaz de resistir ao impulso, Isaac se aproximou e cuidadosamente envolveu aquele corpo esbelto com um braço, puxando-a para se aninhar ao corpo dele, que era muito maior. Ela suspirou quando o calor que vinha de Isaac a envolveu, e se aninhou mais, como se quisesse, ou pelo menos necessitasse, de seu calor e segurança.

Ela afastou a cabeça do travesseiro e a pousou no peito dele, seu cabelo fazendo cócegas no nariz de Isaac, ao mesmo tempo que o perfume dela o invadiu. Foi um gesto de confiança, ainda que ela não tivesse ciência disso. Ou talvez aquela mulher tivesse sido privada de qualquer tipo de contato humano, ternura e gentileza por tanto tempo, que agora estava sendo atraída por isso.

Ele se acomodou, puxando-a mais até eles ficarem pele com pele, então fechou os olhos, pensando que estava ferrado. Totalmente ferrado. Deveria manter uma certa distância. Tinha tanta coisa que não sabia, e não podia se dar ao luxo de ficar criando suposições. Ele não era esse tipo de homem. Era um homem que lidava com fatos, frios e cruéis. Com a verdade. Não com hipóteses, com o *talvez*. Em seu ramo profissional, presumir qualquer coisa poderia significar a morte.

Ela se encaixava tão bem nele. Tão pequenina e frágil, e aquilo aumentou os instintos protetores em Isaac de uma forma inédita. Ele não conseguiu resistir a tocar e acariciar a pele delicada, muito embora aquilo o fizesse se sentir um babaca, por se aproveitar enquanto ela dormia.

Seus dedos correram levemente pelo braço dela, subindo e descendo, e depois acariciaram seu cabelo longo e encaracolado. Ela lhe trazia contentamento, o que era ridículo, considerando o perigo muito real no qual todos estavam envolvidos e o fato de ele não saber nada a respeito dela. Talvez essa mulher pertencesse a outra pessoa.

O bom humor dele se foi imediatamente. Se ela pertencesse a outra pessoa, então esta pessoa não a merecia, e certamente não a protegia ou cuidava dela como deveria. Independentemente de como as coisas costumavam ser, agora ela era dele, e muito embora Isaac soubesse que essa era uma declaração arrogante e presunçosa, também sabia que era verdade.

Ele foi arrancado de seus pensamentos por uma batida leve à porta.

— Eliza e Wade estão aqui — chamou Zeke baixinho.

Relutante, Isaac se desenredou do corpo dela, já sentindo falta daquele calor e da maciez. Ah, sim, ele estava completamente ferrado. Mas sua prioridade era mantê-la em segurança. Qualquer outra coisa vinha em segundo lugar. Até mesmo como se sentia em relação a ela.

Com sorte, ela continuaria dormindo até conseguir montar um plano com Eliza e Sterling. E só aí ele a acordaria e explicaria a situação. E torceria muito para que ela não resistisse a tê-lo como uma parte muito permanente em sua vida.

Ele era um homem que sabia o que queria e jamais hesitava em correr atrás de seus objetivos, e não era agora que ia mudar seu jeito de viver. Esta mulher era dele e o futuro dos dois estava atrelado. Não seria fácil. Ele não esperava que fosse, mas nada que era bom vinha com facilidade, e ele não permitiria que ela fosse embora sem uma boa briga.

Ele jamais saía derrotado.

seis

Isaac voltou em silêncio para o quarto para encontrar a sua garota ainda dormindo. Só que ela estava mais agitada do que antes. Revirava-se, inquieta, com filetes silenciosos de lágrimas escorrendo pelas bochechas pálidas e machucadas. Quando Isaac notou o choro, sentiu o peito se apertar de dor.

Sem hesitar e sem pensar se deveria, Isaac puxou as cobertas e se deitou ao lado dela. Envolveu-a e aconchegou a cabeça dela sob o seu queixo. A mulher tremia, mesmo dormindo, e ele daria qualquer coisa no mundo para poder acabar com o medo que sabia que ela sentia em todas as horas do dia.

Foi instintivo. Isaac nem sequer pensou no que estava fazendo ao dar um beijo nos cachos suaves do cabelo loiro. Queria ficar daquele jeito e simplesmente curtir o contato, mas eles não tinham tempo. Ela não tinha tempo.

Afastou-se, relutante. Pôs a mão no ombro dela, sacudindo-a de leve.

— Querida, eu preciso que você acorde. Pode fazer isso por mim?

Ela franziu as sobrancelhas e suas pálpebras tremularam como se estivessem muito pesadas para se abrir. Ela comprimiu os lábios e o medo tomou seus traços assim que se enrijeceu sob o contato dele.

— Ei — chamou ele, com delicadeza. — Não vou te machucar. Nada mais vai te machucar de novo. Preciso que você acredite nisso. Agora, você pode abrir os olhos pra gente conversar?

Ela ficou rígida e se afastou, os olhos se abrindo lentamente, mas Isaac ficou bem desapontado quando viu que o pânico tinha inundado todo o rosto da jovem. Ela começou a se arrastar para trás na cama imediatamente.

Ele segurou o pulso dela para impedir que caísse do outro lado da cama e soltou um palavrão quando seu gesto a deixou ainda mais alarmada.

— Querida, ouça-me. Eu nunca vou te machucar, e se você continuar se afastando, vai se estatelar no chão. Precisamos conversar. Só isso. Você pode confiar em mim o suficiente só para conversarmos?

Ela mordiscou o lábio, nervosa, e Isaac nunca se sentiu tão tentado a capturar aqueles lábios entre os dele e fazê-la parar de ferir a si mesma. E nem mesmo sabia o nome dela ainda, que dirá conhecer o histórico de vida.

A paciência não era uma de suas virtudes mais fortes. Mas que inferno, esta palavra sequer fazia parte de seu vocabulário, no entanto, ele sabia que precisaria ir devagar e fazer uso de todas as reservas que possuía para não oprimi-la ou exigir logo todas as respostas que queria.

Para a satisfação de Isaac, ela se ajeitou alguns centímetros no colchão para não cair, então se recostou nos travesseiros que estavam perto de suas costas. Ela olhou nervosamente para ele, que soltou seu pulso. Não porque quisesse, mas porque precisava que ela soubesse que podia confiar nele e que não faria porcaria nenhuma para deixá-la desconfortável.

— Como foi que cheguei aqui? — perguntou ela em voz baixa. — Onde estou?

— Você está num lugar seguro — disse ele com firmeza. — E sobre como você chegou aqui, encontramos minha caminhonete numa região arborizada e você estava apagada no banco de trás. Você passou umas boas horas desacordada e era um alvo fácil lá, estacionada ao ar livre, inconsciente. Qualquer um poderia ter encontrado e levado você. Sou grato pra caralho por ter te encontrado primeiro.

— Por quê? — sussurrou ela.

Sua reação o enfureceu. Isaac precisou reunir todas as suas forças para não explodir. Céus, esta mulher estava tão acostumada a ser tratada com desdém que ficou perplexa por alguém demonstrar uma verdadeira vontade de querer ajudá-la. Por ver que alguém se importava.

— Você me salvou — resmungou ele. — Se arriscou imensamente para salvar alguém que nem mesmo conhecia, e eu não poderia jamais te deixar lá, vulnerável ao que quer que aqueles canalhas que te perseguiam vinham planejando fazer.

Lágrimas invadiram os olhos da jovem, e ela rapidamente se virou para o outro lado para que ele não visse sua angústia. Aproveitando a oportunidade, Isaac segurou o queixo dela com gentileza, para que o encarasse.

— O que foi, querida? Por que está chorando?

— Porque eles nunca vão desistir de mim — disse ela com uma voz resignada. — Nunca vão parar de me procurar, nunca vão desistir, e vão acabar com qualquer um que se meter no caminho, assim como tentaram fazer com você.

— Sorte a minha, então, que eu tinha meu anjo da guarda particular para me salvar.

— Você deveria se afastar de mim o máximo possível — alertou ela, totalmente séria. — Ninguém que me ajuda fica seguro.

Isaac rosnou e a garota se sobressaltou, observando-o aflita. Ele se aproximou mais ainda e tomou as bochechas dela entre as mãos, envolvendo seu rosto pequeno com as palmas.

— Você não vai se livrar de mim, linda. Agora, tem outras coisas sobre as quais precisamos conversar, e não temos muito tempo. Preciso de algumas respostas para poder cuidar da sua segurança.

— Quanto menos você souber sobre mim, mais seguro vai ficar — avisou ela em voz baixa.

— Que se foda! Vamos deixar uma coisa bem clara agora. Você não está me protegendo. Eu estou protegendo *você.*

Isaac pode jurar ter visto o alívio cintilar nos olhos dela antes de ser substituído pelo medo. Ele ia acabar com aquele medo de uma vez por todas, nem que fosse a última coisa que fizesse em vida.

— Qual o seu nome, querida? — perguntou, com gentileza.

Ela piscou, surpresa.

— Não posso ficar te chamando de "linda" ou "querida" para sempre. — explicou Isaac.

Ela corou, o que ele achou adorável.

— Ninguém nunca me chamou de nada bonitinho antes — disse ela, melancólica.

— Eu não disse que vou parar de te chamar de linda, querida ou uma série de outras palavras carinhosas, mas preciso saber seu nome, porque ninguém mais vai te chamar dessas coisas além de mim — disse ele.

A surpresa brilhou nos olhos dela, e então corou de novo. Isaac precisou de toda sua força de vontade para evitar beijá-la.

— J-Jenna — balbuciou ela.

— Sobrenome?

Para a surpresa de Isaac, a vergonha invadiu o rosto dela, que se virou para o lado. Dava para ver as lágrimas brilhando na pontinha de seus cílios. Que merda…?

— Eu não sei — sussurrou ela. — Sempre fui apenas Jenna. Não sou importante o bastante para ter um sobrenome.

Mais uma vez: que merda…?

— Jenna é um nome bem bonito. Combina com você. Um nome perfeito para uma mulher bonita.

Ela se voltou para encontrar o olhar dele, com uma expressão esperançosa. Jesus, será que Jenna estava tão acostumada à rejeição que sempre a esperava em todos os momentos? Será que não percebia o quanto era meiga e estonteante ao mesmo tempo? Pergunta besta. Claro que não. Eis aí uma mulher que nunca tomara conhecimento de seu valor. Uma mulher que sentia que não valia nada. Ele teve vontade de socar a parede.

— Qual é o *seu* nome? — perguntou ela, tímida.

— Isaac. Isaac Washington. Ao seu dispor, moça — disse ele com um sorriso encantador.

Ela sorriu também e, minha nossa, que sorriso! Ele jurou que tentaria arrancar o máximo de sorrisos de Jenna que conseguisse, porque algo lhe dizia que ela não costumava sorrir muito, e nem tinha muitos *motivos* para sorrir.

Então de repente ele ficou sério.

— Jenna, eu preciso fazer algumas perguntas e nós não temos muito tempo, porque vou levar você para um esconderijo daqui a uma hora. E sei que você vai ter um monte de perguntas também antes de confiar em mim de olhos fechados. Eu entendo isso.

Ela enrijeceu, e a apreensão mais uma vez cintilou em seus olhos.

— Por favor, não tenha medo, querida. Não de mim. Nunca de mim.

— Eu tenho medo *por* você — confessou.

Isaac suspirou.

— Tudo bem, antes de entrarmos no que eu realmente gostaria de discutir, acho melhor dizer a você quem e o que sou para diminuir seu medo.

Ela pareceu meio intrigada.

— Eu trabalho para uma empresa de segurança. De proteção particular. Nós somos os melhores, Jenna, e não estou me gabando. Nosso trabalho é proteger as pessoas e somos muito bons nisso. Então você não precisa se preocupar comigo nem com nenhum dos homens que vão participar da sua proteção.

Ela arregalou os olhos ao ouvir aquilo.

— Eles vão oferecer proteção periférica, mas sou eu quem vai te acompanhar pessoalmente. Só eu — repetiu, de forma brusca. — E ouça bem, Jenna, porque não faço promessas levianas. Qualquer um que tentar machucar você ou tirá-la de mim vai ter que enfrentar graves consequências.

— Mas você nem me conhece — disse ela timidamente.

— Você está certa. Mas vou conhecer.

Aquilo saiu como uma promessa. Trivial e inevitável. Ela ficou atônita demais para reagir.

— Mas por quê? — perguntou ela, engasgada.

Ele tocou sua bochecha, oferecendo a mais leve das carícias.

— Você pode não saber o motivo ainda. Mas vai saber. — Outra promessa. — Agora, me conte sobre quem está te perseguindo. Imagino que essas pessoas estejam atrás de você por causa de seus dons.

A expressão dela ficou amarga, mas, antes que pudesse responder, uma batida forte soou à porta. Ela se sobressaltou, seu olhar se voltando bruscamente para a porta fechada, e Isaac gritou:

— Agora não! Seja o que for, pode esperar. Apenas me dê um minuto — vociferou, frustrado.

Em vez de ir embora como Isaac tinha pedido, a pessoa bateu de novo. Com mais força do que antes, e desta vez não aguardou convite para entrar. Sterling irrompeu porta adentro, segurando algumas roupas de Eliza e com uma expressão sombria.

— Precisamos ir embora. *Agora.* Temos companhia. Meus homens acabaram de relatar uma movimentação no quadrante norte, o que quer dizer que Eliza e eu precisamos sair agora também. Espere quinze minutos e depois siga para oeste. Um dos meus homens vem te buscar e te levar para um esconderijo. Nós não temos tempo para discutir a coisa toda, a menos que a gente queira perder tempo, e nem fodendo vou fazer isso quando a segurança da minha esposa está em risco e ela ainda nem se recuperou totalmente do tiro que levou.

Isaac xingou pelo péssimo timing, mas sabia que a segurança de Jenna e dos outros vinha em primeiro lugar. Ele teria que esperar para conversar com Jenna quando chegassem ao local onde se acomodariam. Ele se voltou para ela, todo profissional agora, e lhe entregou as peças de roupa que Sterling tinha jogado nos braços dele.

— Vá se vestir, e seja rápida. Tem um banheiro ali — falou ele, apontando para outra porta no quarto. — Você precisa se apressar, Jenna. Não temos muito tempo.

Jenna saltou da cama e correu para o banheiro, já arrancando a camiseta que um dos homens de Isaac vestira nela antes de fechar a porta atrás de si.

— Três minutos, querida. E aí vamos ter que cair fora — berrou Isaac, alto o suficiente para ser ouvido do outro lado da porta.

Isaac se voltou para Sterling e então o encarou com seriedade.

— Agradeço por isso mais do que você é capaz de entender. Mantenha Lizzie em segurança. Eu não quero que ela se machuque porque está me ajudando.

— Ninguém vai botar a mão na minha esposa — disse Sterling num tom rígido. Então deu meia-volta e se foi.

sete

Isaac ficou com Jenna na parte de trás da casa, onde estava escuro e longas sombras se lançavam pela porta dos fundos. Um leve sussurro foi a única indicação de que não estavam mais a sós, e então Shadow apareceu, quase indiscernível, exatamente como costumava fazer.

— Dex, Zeke e Knight examinaram o perímetro, e parece que eles morderam a isca e estão seguindo Sterling e Eliza.

— O que diabos Knight está fazendo aqui? — perguntou Isaac.

Shadow ofereceu um olhar feio.

— Se você acha que ele está nessa pelo dinheiro, mais do que a gente, então pode ir se foder.

— Eu nunca disse isso.

— É mesmo? Então por que você espera que *qualquer um* de nós vá ficar parado quando um dos nossos está em perigo e uma mulher inocente está sendo perseguida por babacas que já a sequestraram uma vez?

— Gratidão — sussurrou Isaac.

— Foda-se sua gratidão — resmungou Shadow.

Isaac riu.

— Alguém já falou para você como é gentil recebendo agradecimentos?

— Mesmo que ela não estivesse machucada e sua segurança não estivesse em jogo, aquela mulher salvou você. Isso é o suficiente para mim... para nós. Ela vai ter nossa proteção, você gostando ou não.

Ele quase agradeceu novamente, mas apenas balançou a cabeça sorrindo.

— É bom ter um reforço — disse ele. — Nunca disse que não ia participar.

Shadow verificou seu relógio de pulso.

— Hora de ir. Sterling arranjou uma caminhonete, mas vamos ter que andar um bom pedaço, e precisamos ficar escondidos e fazer o mínimo de barulho possível.

Isaac se virou, apertando os dedos de Jenna.

— Você está preparada, querida?

Ela parecia atordoada e em choque, como se ainda estivesse tentando processar os acontecimentos daquele dia. Então Jenna assentiu muito levemente. Mas, quando deu um passo, Isaac não deixou de notar seu leve calafrio, ainda que ela tivesse tentado disfarçá-lo.

— Foda-se — murmurou ele.

Então tomou o corpo delicado nos braços, encaixando-a bem juntinho ao peito, e saiu correndo logo atrás de Shadow.

— Isaac, o que você está fazendo? — perguntou ela, perplexa.

— Você está machucada, de jeito nenhum vou te obrigar a caminhar pela floresta no meio dessa escuridão.

— Você não consegue me carregar o caminho inteiro — queixou-se ela, o constrangimento anuviando suas palavras.

— Não? — desafiou ele. — Querida, você é pequenina. Mal dá para sentir o peso. Além disso, vamos mais depressa assim, e quanto mais rápido chegarmos ao ponto de encontro, mais segura você estará. Lá, vou pedir que um médico te examine. Estou preocupado que você possa ter quebrado algumas costelas e, a propósito, Jenna... você vai me dizer exatamente como você ganhou estas contusões. Todas elas.

Isaac soou mais incisivo do que pretendia, e ela enrijeceu em seus braços — se foi de medo ou de constrangimento, ele não soube dizer.

— Eu *nunca* vou te machucar, Jenna — disse ele com gentileza. — E você não tem motivo para sentir vergonha. Nunca. Entendeu?

Ela enterrou o rosto no peito dele, evitando as declarações, mas aquilo não o incomodou porque, ao se aconchegar mais ao corpo dele, Jenna revelou um novo gesto de confiança, mesmo que não estivesse ciente disso.

Um veículo escuro apareceu adiante e Isaac acelerou o passo, doido para tirar Jenna o mais depressa possível da zona de perigo. Então o zunido inconfundível de uma bala soou assim que Shadow grunhiu ao lado dele.

— Merda. Merda! — rugiu Isaac. Ele saltou para a porta aberta do carro e jogou Jenna no banco traseiro, onde Knight bloqueou sua queda e imediatamente a levou ao chão, fora da linha de tiro.

— Shadow, você foi atingido? — quis saber Isaac assim que o colega se jogou no banco do carona do carro.

— Não importa — grunhiu Shadow. — Vamos dar o fora daqui.

O sujeito que Sterling tinha enviado para levá-los ao esconderijo não perdeu tempo e pisou fundo, rugindo pela região arborizada enquanto Zeke, que estava no terceiro banco com Dex, ergueu a cabeça, olhando para os bancos da frente.

— Shadow, cara, *você foi atingido*?

— Eu disse que não importa, cacete. Temos merdas mais importantes para nos preocuparmos agora — rebateu Shadow. — Não é nada.

Apesar das tentativas de Knight de manter Jenna abaixada entre ele e Isaac, ela levantou a cabeça, seu rosto uma pura máscara de tristeza ao olhar para Shadow. As lágrimas se acumularam em seus olhos e Shadow soltou um palavrão, mas não perdeu a paciência com ela, nem sequer levantou a voz. Em vez disso, adotou um tom delicado que Isaac jamais tinha ouvido seu companheiro usar.

— Estou bem, lindinha. Certamente já passei por coisa pior. Agora você precisa ficar abaixada até a gente avisar que é seguro se levantar.

Ignorando o comando suave e afastando tanto as mãos de Knight quanto as de Isaac, que tentavam fazê-la ficar encolhida no piso, Jenna se inclinou sobre o banco da frente e gentilmente puxou a camiseta de Shadow para o lado, revelando o sangue escorrendo, que podia tanto ser de um tiro de raspão quanto de um tiro certeiro.

— Sinto muito — disse ela com a voz embargada, lágrimas fazendo seus lindos olhos brilharem.

Antes que alguém pudesse dizer diretamente que ela não tinha motivos para se desculpar, Jenna estendeu a mão e tocou a ferida sangrando, espalmando os dedos. Aí fechou os olhos e a tensão ficou evidente em seu rosto. Os outros a observavam, fascinados, mas Isaac já havia testemunhado o milagre que ela era e não estava gostando de ver que Jenna passaria por tudo de novo. Mesmo que fosse necessário.

A expressão sofrida de Shadow se abrandou, e então ele relaxou e olhou para Jenna embasbacado, descrente. Ele fechou os olhos e Isaac pôde jurar que as rugas profundas e sulcos sempre presentes em seu rosto suavizaram-se quando a paz o dominou. Ele parecia arrebatado pela experiência mais incrível de todas. Para o espanto de Isaac, quando Shadow finalmente abriu os olhos, havia um leve brilho de lágrimas ali, que se foram antes mesmo que ele pudesse registrar.

A mão de Jenna caiu e ela desabou nas costas do assento no qual tinha se inclinado para alcançar Shadow, suas forças aparentemente drenadas. Hesitante, Shadow correu a mão bem de leve sobre os cabelos dela, acariciando os fios como se tentasse oferecer ao menos uma fração do bem-estar que Jenna tinha acabado de proporcionar a ele.

— Essa foi a coisa mais incrível que eu já senti... vivi, Jenna — disse ele, cada palavra envolta pela sinceridade. — Não sei como agradecer. Não só por isso, mas pelo que você fez por Isaac. Não sinto esse tipo de paz desde que era criança, e você me deu isso. Eu me senti acolhido no fundo da minha alma, de dentro para fora. Você tocou lugares que pareciam uma pedra de gelo antes mesmo de você nascer. Não pretendo entender seu dom, mas o que você precisa compreender é que você é uma *dádiva*. Uma dádiva muito especial. Mais especial do que você um dia será capaz de entender. E se eu tivesse que adivinhar, mais especial do que qualquer pessoa já tenha tentado fazer você se sentir. Eu não minto, Jenna. Não fico falando besteiras para fazer as pessoas se sentirem bem. Não tenho papas na língua. Sou sincero e digo as coisas na cara. Sempre. E estou dizendo que você é uma pessoa linda por dentro e por fora e, além disso, tem a alma mais bonita que já encontrei. É a segunda vez que você se coloca em risco para salvar alguém que não conhece. Eu sei que está com medo e sei que provavelmente não confia em ninguém, e não pode se dar ao luxo de confiar. Mas estou fazendo uma promessa aqui e agora. Pela minha vida, Jenna. Pela minha *vida*. Isaac vai proteger você. Eu vou proteger você. Nós vamos proteger você. Isaac é um homem muito bom, um dos melhores, e você sempre vai ter minha gratidão por tê-lo salvado em vez de se salvar. Você pode confiar nele. Ele nunca vai te decepcionar. E o restante de nós vai dar cobertura a ele o tempo todo. Você não está sozinha nisso. Pode confiar na gente, porque nós vamos garantir que aqueles babacas nunca mais coloquem as mãos em você. Entende o que estou dizendo?

Jenna tremia, tanto de fadiga extrema quanto de emoção. Seus olhos reluziam de lágrimas acumuladas ao alternar olhadelas entre Shadow e Isaac.

— Eu quero acreditar em você — sussurrou ela, a voz entrecortada.

Isaac não aguentava mais ficar de fora daquela cena. Ele pôs as mãos nos ombros de Jenna, girando-a para encará-lo, e aí a puxou para seu peito, ouvindo o suspiro cansado enquanto apoiava o rosto úmido dela em seu pescoço.

— Então acredite, querida — sussurrou Isaac ao ouvido dela. — Todo mundo precisa acreditar em alguma coisa. Eu quero que você acredite em mim.

— Todo mundo sempre vai embora — disse, engasgando. — Ninguém nunca fica. Nunca cumprem as promessas. As pessoas mentem. Falam uma coisa e querem dizer outra. Magoam...

Ela ficou absolutamente imóvel, recusando-se a dizer mais alguma coisa. Isaac se eriçou de ódio. Ele sabia muito bem o que ela esteve prestes a dizer. Eles a machucaram. Deus, ela passou a vida inteira sofrendo. Sendo tratada como subumana. Sendo usada para a conveniência alheia, sem dúvida. Isso o enfurecia e ao mesmo tempo partia seu coração.

— Nós vamos falar sobre quem te machucou — disse ele com firmeza. — Mas agora você está exausta por ter curado Shadow e ainda temos uma hora de estrada, então quero que tente relaxar e descansar um pouco. Tente não se preocupar com nada. Nós vamos proteger você, linda. Se você não acredita em mais nada, se não confia em mais nada, ao menos tente guardar essa verdade em seu coração. Nós vamos protegê-la e eu vou cuidar de você, e não faço promessas que não posso cumprir. Os outros podem falar uma coisa e querer dizer outra, mas não sou assim. Nenhum de nós é assim. Quando damos nossa palavra, damos mesmo.

Sem se importar que os outros estariam vendo ou por não saber nada ainda sobre a mulher em seus braços, além do fato de que ela estava em uma grande encrenca e era um anjo, Isaac lhe deu um beijo nos cabelos macios para selar seu voto.

Ela se conteve por um momento, mas por fim relaxou em seu abraço. Em segundos, ela estava completamente sossegada. Aquecida, molinha e inconsciente, o peso dela era uma preciosidade contra o corpo dele.

Por um longo tempo, ninguém disse nada, embora muitos olhares estivessem sendo lançados para ela e para Shadow. Depois de meia hora, Shadow se virou no banco e olhou primeiro para Jenna, para ver se ela ainda estava dormindo, depois para Isaac. Havia uma emoção bruta fervilhando em seus olhos, geralmente ilegíveis.

— Jesus Cristo, Isaac. Você não me disse como... — Ele balançou a cabeça. — Que merda, nem tenho palavras para explicar, então como posso esperar que você consiga fazer o mesmo?

— Eu estava confuso demais na hora e convencido de que eu *tinha* morrido e de que ela estava me acolhendo no paraíso — disse Isaac, sério.

— Aquilo foi a coisa mais... — Novamente, ele balançou a cabeça. — Jesus, eu ainda não tenho palavras. Foi a coisa mais bonita e serena que já experimentei na minha vida. Parecia que meu corpo tinha sido invadido pela luz do sol liquefeita, me aquecendo de dentro para fora, apagando qualquer dor, preocupação ou culpa. Removendo uma vida inteira de dor e pesar e substituindo por algo mais precioso do que qualquer coisa que já tive. Ela é um milagre daqueles, cara.

— Eu sei — disse Isaac calmamente.

Meu milagre.

Não conseguia evitar fazer aquela reivindicação possessiva que fervilhava da parte mais profunda do seu coração. Era loucura, era estar ferrado de uns dez jeitos diferentes, era algo saído diretamente de um filme de ficção científica, mas uma verdade simples prevalecia: Jenna era dele desde o instante em que tinha colocado as mãos no seu peito e Isaac sentiu o toque dela penetrando até sua alma. Ela o salvara, e Isaac nunca mais ia permitir que alguém voltasse a machucá-la.

Os olhos de Shadow estavam carregados de preocupação quando voltaram a observar Isaac atentamente.

— Você ao menos sabe como vai ser a vida dela? Como vai ser? Sempre vai ter um bando de filhos da puta tentado sequestrar e usar essa garota, e mesmo que ela tivesse alguma chance de ter uma vida normal, se o dom dela vier a público, ela nunca mais vai ter um momento de paz. As pessoas nunca lhe dariam sossego. Sempre haveria alguém querendo que ela salvasse um ente querido, alguém ferido, alguém morrendo. E isso exige uma parte das forças de Jenna. Eu *senti* isso. Eu sei quanto dano causei a ela, mesmo que tenha sido a coisa mais bonita que já ganhei. Ela vai se desgastando aos poucos, Isaac. E, se fizer isso muitas vezes, não vai sobrar mais nada e ela vai ficar destruída.

Isaac sentiu um aperto no peito e um nó na garganta quando compreendeu as palavras de Shadow. Ela já estava tão desgastada. Shadow estava certo. Jenna tinha muito pouco sobrando para oferecer, e ainda assim não havia hesitado em entregar tudo a ele e a Shadow, dois desconhecidos a quem não devia absolutamente nada.

— Você disse que iria protegê-la — comentou Zeke atrás dele. — Que todos nós iríamos. Mas será que a gente dá conta, Isaac? Será que a gente consegue? Isso é muito maior do que as habilidades de Ari, Ramie, Gracie e Tori. Isso é muito maior do que todos nós. Como diabos podemos garantir a ela qualquer tipo de segurança? Como podemos fazer promessas que nem sabemos direito se vamos conseguir manter?

— Eu *vou* protegê-la — rosnou Isaac. — Eu nunca vou deixá-la a mercê do tipo de vida que você acabou de descrever. Nunca vou permitir que ela viva o inferno que viveu até agora.

— Você pode prometer isso? — desafiou Dex, sendo franco pela primeira vez. — Mesmo sem saber nada a respeito dela, quem é, quem está atrás dela ou mesmo sem saber o que *ela* deseja? Tem certeza de que quer isso? Você entende bem em que está se metendo?

— Vou deixar essa passar, e só essa, mas se alguma vez você me perguntar essa merda de novo, a gente vai ter sérios problemas. Ninguém está obrigando você a participar. Esta não é uma tarefa oficial, então, se quiser ficar de fora, é só avisar. Volte para a sede e peça a Dane para escalar você para outro caso.

— Olha, cara, só estou cuidando de você. Ela vem com uma carga enorme e dois de vocês já quase se tornaram efeito colateral dessa bagunça. Só preciso saber se você está com a cabeça no lugar e se pensou direito — disse Dex calmamente.

— Eu dou conta dessa carga enorme e de todos os fardos que dizem respeito a ela de agora em diante — rebateu Isaac, seus olhos e palavras ardentes. — Eu nunca disse que seria fácil. Mas nem ferrando vou virar as costas para esta garota e atirá-la aos lobos.

— Então acho melhor bolarmos um plano quando chegarmos ao esconderijo do Sterling — disse Dex. — Com a velocidade que nos encontraram no último, estou preocupado para cacete com o que estamos enfrentando. É óbvio que eles não estão de brincadeira, e também está na cara que não dão a mínima para quem se mete no caminho, ou se vão precisar eliminar quem se coloca entre eles e seu objetivo.

— Vou saber mais a respeito assim que conversar com Jenna — falou Isaac enquanto a aninhava mais perto de seu corpo. — Assim que eu ouvir tudo o que ela tem a dizer, vamos ter uma ideia melhor do que estamos enfrentando e saberemos como agir.

oito

Sterling saiu das sombras onde eles encostaram o carro, perto de uma casa muitíssimo isolada e muito difícil de achar e provavelmente fora de qualquer mapa, que tinha sido construída para se camuflar perfeitamente à encosta onde havia sido entalhada. Ficava em uma área florestal, e em certo momento o veículo sacolejara muito, já que não havia estrada ou trilha para deixar o caminho mais suave, fazendo com que Isaac tivesse que segurar Jenna com muita firmeza para que ela não caísse de seu colo.

Em vez de a mata densa rarear conforme se aproximavam da casa, as árvores e arbustos ficavam muito mais fartos. Era um lugar perfeito para esconder alguém, porque não era facilmente localizável nem por terra nem pelo ar.

— Você foi atingido quando saiu? — quis saber Sterling.

Knight saiu de seu lado do carro para permitir que Dex e Zeke descessem de trás, enquanto Isaac tomou o lado oposto e ajudou Jenna a descer com cuidado, sem soltar a cintura dela, até ter certeza de que estava firme. Ela parecia fatigada. Completamente exausta.

Knight apontou para Shadow com o polegar.

— Ele levou um tiro, mas está bem agora.

Sterling xingou.

— Vou pedir ao meu médico para dar uma olhada.

— Estou bem — alegou Shadow, contornando a frente do veículo. — Está vendo?

Ele puxou a camisa ensanguentada para exibir uma pele totalmente perfeita, sem evidência de nenhum trauma.

— Mas que porra...? — exclamou Sterling.

— Jenna — respondeu simplesmente. — Agora, precisamos entrar. Ela está cansada. Todos estamos. E ainda vamos enfrentar muita merda.

O olhar penetrante de Sterling passeou por Jenna, com um toque de preocupação em sua expressão geralmente indecifrável.

— Entrem e fiquem à vontade — disse ele com tranquilidade. — Eliza e eu vamos servir comida pra todo mundo em alguns minutos. Até lá, sintam-se em casa.

Dito isso, Jenna lançou um olhar assustado para Sterling e a confusão ficou evidente em sua expressão. Isaac focou na surpresa óbvia que Jenna demonstrava e se perguntou por que o assunto "comida" tinha feito ela reagir daquele jeito.

Então Isaac cerrou a mandíbula ao perceber que não fazia ideia de quando tinha sido a última refeição decente dela.

De repente a expressão de Jenna se abrandou.

— Ah, agora entendi. Eu tinha compreendido errado, desculpe.

Sterling inclinou a cabeça, mas suas palavras ainda foram gentis, quase como se ele estivesse com medo de assustar um animal silvestre.

— Entendeu errado o quê, querida?

— Você estava sendo um bom anfitrião — disse ela, atraindo a atenção de todos, que se perguntavam de onde diabos saíra aquele tipo de declaração e por que ela tinha dito algo assim. — Você quis dizer que Eliza estava cozinhando e você só estava avisando aos homens que logo eles poderiam comer.

Isaac passou a mão pelos cabelos, confuso com a esquisitice do que ela estava falando.

Sterling se mostrou não menos perplexo.

— Não, não foi nada disso que eu quis dizer — explicou ele, com o cuidado de não parecer estar repreendendo-a. — Eu fiz a maior parte da comida. Eliza ajudou, apesar de que, na maior parte do tempo, só atrapalhou mesmo, além de ficar questionando a minha masculinidade — acrescentou ele com uma risada.

Jenna ficou boquiaberta, chocada, e então a curiosidade abarrotou suas feições.

— Você não está zangado com ela, está? — perguntou, ansiosa.

Isaac ficou pasmo e seus companheiros tiveram basicamente a mesma reação. Sterling também pareceu surpreso, mas depois sua expressão se suavizou e ele pegou a mão de Jenna a fim de tranquilizá-la.

— Claro que não estou com raiva. Amo Eliza demais. Ela é o mundo para mim.

Jenna pareceu atordoada por ele expressar abertamente seu amor pela esposa. Então corou e olhou para baixo assim que percebeu que estava sendo observada por todos.

— Desculpe. Não estou em posição de questionar você.

Jesus, mas isso ficava ainda mais esquisito a cada minuto que passava, e Isaac sentiu um mal-estar na boca do estômago.

— Vamos lá, vamos entrar, ou Eliza vai se perguntar onde estamos — disse Sterling, incentivando todos a irem na frente.

Isaac se postou ao lado de Jenna, certificando-se de que ela estava firme o suficiente para caminhar sozinha.

Quando eles entraram na casa, Jenna se afastou de Isaac, com uma expressão de admiração. Ela começou a examinar o ambiente, parando para correr os dedos quase com reverência por algumas das fotos e enfeites, permitindo que suas mãos passeassem sobre o mobiliário caro.

De vez em quando, ela franzia os lábios e a testa, desorientada, como se não tivesse ideia do que eram alguns itens. Os outros observaram seu comportamento estranho e trocavam olhares confusos.

— É aqui que você mora? — perguntou ela a Sterling com uma voz suave.

— Esta é uma das muitas casas que tenho — respondeu ele. — Mas não é aqui onde Eliza e eu moramos de verdade.

— É lindo — comentou ela, melancólica. — Todas as casas são assim?

O coração de Isaac quase se partiu. Que tipo de inferno ela havia sofrido a ponto de nem saber como era uma casa normal?

— O lugar onde eu ficava era bem diferente disto aqui — disse ela com tristeza. — Eu nunca vi uma casa de verdade. Deve ser legal.

Então, como se percebesse estar revelando algo que ainda não estava pronta para compartilhar, Jenna se calou e olhou para as próprias mãos, dando fim a novos rompantes de sinceridade. Em vez disso, recuou até a outra ponta da sala de estar e abraçou o corpo em um gesto de proteção.

Não houve um único homem naquele ambiente cuja expressão não refletisse fúria absoluta.

— Ei, não está passando o jogo? — perguntou Dex, jogando-se em um dos sofás e apontando o controle remoto para a televisão. Era óbvio que ele estava tentando tirar o foco de Jenna e aliviar a tensão pesada que tinha dominado a sala.

Assim que a TV ligou e o ruído alto preencheu o ambiente, Jenna quase morreu de susto e soltou um grito assustado. Ela olhou para a tela da TV, horrorizada, grudada no chão.

— O que é isso? — exigiu saber, em um tom quase histérico. — O que é esta coisa?

Por mais estranho que os companheiros de Isaac tivessem considerado o comportamento anterior dela, agora havia preocupação genuína, e era óbvio que ninguém sabia como lidar com a situação.

Isaac tentou tocar o ombro de Jenna, sentindo a tensão irradiando dela em ondas.

— É uma televisão, querida.

Ele não tinha pensado que fosse possível vê-la ainda mais apavorada do que antes.

— Desligue! — berrou ela com uma voz estridente. — É o agente do diabo. É maligno. Não é permitido. É *proibido*!

Ela estava prestes a chorar, suas mãos em punhos apertados junto às laterais do corpo, quando Dex rapidamente desligou a TV.

Eliza enfiou a cabeça na porta da sala de estar.

— O rango está servido, rapazes. Venham enquanto está quente.

Isaac deixou Jenna encarando a televisão, tremendo tanto que os dentes dela trincavam. Ele sussurrou para Eliza, de modo que Jenna não ouvisse:

— Acho que é melhor Jenna e eu comermos aqui e o restante de vocês na cozinha. Preciso de tempo. Tem algo muito errado aqui e ela está bem mais do que chateada. A situação toda é tão maluca que nem consigo entendê-la direito. Preciso fazer com que ela fale comigo e conte tudo o mais rápido possível, e ela não vai fazer isso numa sala cheia de gente.

— Se eu puder fazer qualquer coisa para ajudar, você sabe que farei — disse Eliza, com compaixão em sua voz.

— Eu sei, Lizzie, e agradeço. Jenna é diferente de todo mundo que já conheci. É como se fosse uma criança no corpo de um adulto, e não conhece as coisas cotidianas com a qual você e eu já estamos acostumados. Tenho um pressentimento horroroso sobre a vida dela antes daqui.

— Basta olhar nos olhos dela para ver que é uma mulher muito ferida, Isaac. Você vai ter que ir devagar, sem pressionar demais.

— Só espero conseguir que ela confie em mim o suficiente para se abrir, porque, até lá, estaremos de olhos vendados. Não faço ideia de quem está atrás dela, embora o motivo seja bastante óbvio. Já passamos por coisas assim com Ramie e Ari, mas isto é muito maior do que tudo o que já enfrentamos para protegê-las. Acho que ela foi mantida em cativeiro e obrigada a usar seu dom durante muito, muito tempo. E o fato de ter conseguido escapar diz muito. E imaginar o que ela passou quase me faz perder as estribeiras. — Isaac olhou para Jenna a distância antes de continuar:

— Quem quer que esteja atrás dela, está agindo para valer, e não vai desistir. Eles atiraram em mim e em Shadow. Se não fosse por Jenna, eu teria sangrado até morrer em poucos minutos.

Algo sombrio e selvagem lampejou nos olhos de Eliza.

— Nem pense nisso, Lizzie — alertou Isaac. — Você ainda está de licença, gostando ou não, e nem mesmo se curou completamente da sua experiência de quase morte. Se eu achar, nem que seja por um minuto, que você está planejando qualquer coisa, não vou hesitar em dedurar você não só para Sterling, mas também para Dane.

O aborrecimento cintilou na expressão dela. Franzindo a testa, Eliza se voltou para a bancada da cozinha e serviu dois pratos, pegou talheres para Isaac e Jenna, e depois os entregou a ele.

— Vou garantir que vocês tenham a privacidade necessária — disse ela, apesar de sua irritação. — Wade e eu vamos sair depois do jantar, de qualquer forma, mas ele vai deixar vários de seus homens nos arredores da propriedade para ficar de olho nas coisas.

Isaac sorriu.

— Você sabe que me ama, Lizzie.

Ela revirou os olhos e fez um gesto para enxotá-lo.

Isaac voltou à sala de estar, onde Jenna ainda estava paralisada no mesmo lugar em que ele a deixara. Ele suspirou e sentou-se no sofá, colocando os pratos sobre a mesinha de centro.

— Venha comer comigo, querida. Não quero nem pensar em quando foi a última vez que você fez uma refeição decente.

Jenna se aproximou, espiando os pratos. Ao sentar-se, cheirou com prazer. E aí arregalou os olhos quando viu o bife, a batata assada cheia de temperos e os aspargos grelhados.

Seu olhar hesitou ao se voltar para Isaac.

— Quer dizer que eu posso comer tudo isto?

Ele enrugou a testa.

— E por que você não poderia? Como pode ver, eu tenho meu prato.

Ela torceu os dedos, nervosa, e entrelaçou as mãos.

— É só que nunca tive permissão para…

Ela se calou, imediatamente se fechando mais uma vez, então pegou o garfo e a faca, olhando para seu prato como se não soubesse qual parte da refeição gostaria de experimentar primeiro.

E, em um piscar de olhos, ela se distanciou, as muralhas se ergueram, e Isaac soube que não seria capaz de conseguir nenhuma resposta naquela noite para as perguntas que estavam na ponta da língua. Que droga! Mas os trechos que ela tinha revelado sem querer o deixou frustrado e irritado, e lhe deu a noção de que, seja lá de onde ela tivesse vindo, fossem quem fossem seus captores, Jenna jamais tinha sido tratada com mais decência do que se trata um bicho.

Havia algo espiritualmente simples nela, uma nuvem de inocência e ignorância sobre as coisas mais básicas que o fazia acreditar que havia sido mantida firmemente enclausurada. Uma prisioneira que nunca tivera permissão para sair de onde quer que fosse o inferno onde ficava encarcerada. E o fato de conhecer tão pouco do mundo moderno também lhe dizia que ela havia ficado presa por tempo demais.

Isaac suspirou, notando que ela estava tensa e cautelosa, provavelmente à espera de que ele começasse a exigir respostas a qualquer momento. Afinal, ele tinha dito exatamente isso a caminho do esconderijo. Que Jenna teria que contar tudo a ele.

Querendo conceder a ela uma noite na qual não ficasse tão sobrecarregada a ponto de vacilar sob o peso de tanta preocupação, Isaac roçou a ponta do dedo na bochecha feminina e macia.

— Apenas coma, Jenna. A gente vai conversar quando você confiar em mim para me deixar entrar e então contar do que você está fugindo. Até lá, só me resta provar que nunca vou te machucar, que sempre vou te proteger e que estou disposto a esperar até que esteja disposta a me contar seus segredos.

Isaac quase gemeu, porque Jenna o olhava como se ele fosse o único homem na Terra. Como se fosse uma espécie de herói. O herói *dela*. Os olhos de Jenna brilharam com lágrimas, e seu sorriso... Jesus, o sorriso. Atingiu-o em cheio.

— Ninguém nunca foi legal comigo — disse ela, quase sussurrando. — Eu desisti de acreditar que ainda havia bondade no mundo, mas você e todos os outros me mostraram que existe. Você nunca vai ter noção do quanto isso significa para mim.

Ele teve vontade de chorar diante da sinceridade daquelas palavras. A tranquilidade e displicência com que Jenna confessou que ninguém jamais havia lhe dedicado algum tipo de gentileza. E, no entanto, ela era um anjo em um mundo que jamais lhe mostrara misericórdia. Seu anjo machucado. Um anjo com asas quebradas e louco para voar. Isaac fez um voto de que ela voltaria a voar, independente de quanto aquilo poderia lhe custar.

— Coma — pediu ele com uma voz meio rouca por causa da emoção. Foi a única coisa que conseguiu dizer sem se arriscar a desabar. Ele queria socar a parede; mais do que isso, queria pôr as mãos nos desgraçados que haviam feito Jenna sofrer, que a fizeram viver um inferno durante tanto tempo.

Ela atacou o bife primeiro, empolgada, e Isaac ficou observando sua expressão quando provou o primeiro pedaço. Jenna mastigou reverentemente e então fechou os olhos, suspirando profundamente quando saboreou a carne.

— Gostoso? — provocou ele.

— Incrível — suspirou ela.

Isaac percebeu que ela espetava o bife e a batata assada com entusiasmo, deleitando-se a cada mordida. Na verdade, ele nunca tinha visto alguém ter tanto prazer com uma refeição tão simples, mas ele se lembrou de que era improvável que Jenna tivesse se deliciado com qualquer coisa que já comera. No entanto, apesar de seu óbvio deleite com o bife e a batata, ela nem encostou nos aspargos.

— Também não curte muito os vegetais? — provocou Isaac.

Mas então ele amaldiçoou as próprias palavras e a tentativa de aliviar o clima ao vê-la desviar o olhar mais uma vez, inquieta.

— Eu só tinha permissão para comer vegetais — disse ela, a cabeça abaixada de vergonha. — Às vezes, pão, como uma recompensa quando eu...

Mais uma vez, ela se interrompeu antes de revelar mais informações.

Isaac ignorou a raiva que fervia em suas veias, determinado a tornar aquela refeição agradável para seu anjo o máximo possível.

— Então vou garantir que você nunca mais precise comer nada que não queira — jurou ele, solenemente.

O sorriso de Jenna foi pequenino, mas ela levantou a cabeça de novo e boa parte da vergonha que obscurecera seus olhos desapareceu. Só para fazê-la sorrir de novo, Isaac se inclinou e espetou os aspargos com o garfo, colocando-os em seu prato.

— Agora a presença desagradável deles desapareceu do seu prato e não vão mais interferir no seu bife e na sua batata — disse ele com um sorriso exagerado.

O sorriso dela se alargou e, mais uma vez, Isaac experimentou aquela sensação de ter levado um soco no estômago, o que o deixou momentaneamente sem fôlego. Mesmo machucada e frágil, ela era a mulher mais linda e delicada que ele já vira.

— Pronto. Assim é melhor. Gosto quando minha garota sorri.

Jenna piscou surpresa, e Isaac se perguntou se teria ido longe demais na brincadeira. Havia tristeza nos olhos dela, mas também o que parecia ser um lampejo de esperança e anseio, como se, mais do que qualquer coisa, Jenna quisesse pertencer a alguém.

Mas que se dane. Jenna poderia até não saber, mas pertencia a alguém, sim. Ela pertencia a Isaac.

nove

Um pouco cedo demais, os outros começaram a retornar para a sala de estar, e Jenna voltou ao modo de observação, encolhendo-se no sofá como se quisesse se tornar invisível enquanto apenas olhava os outros interagirem.

Isaac usou como pretexto a necessidade de abrir espaço para os outros se sentarem para se aproximar de Jenna até ficarem lado a lado, suas coxas se tocando. Eliza se adiantou para recolher os pratos de Jenna e Isaac, mas, antes que ela pudesse devolvê-los à cozinha, Sterling já estava lá, pegando-os das mãos dela, sem deixar de se inclinar e lhe dar um beijo caprichado primeiro.

— Precisamos ir — disse Sterling para Isaac e seus homens. — Mas meus companheiros vão ficar para proteger o perímetro, e, se precisar de alguma coisa, não pense duas vezes antes de me telefonar.

Jenna ficou olhando Eliza e Sterling, seus olhos brilhando em choque, mas aguardou até que saíssem da sala para fazer um comentário a Isaac:

— Por que ele *beijou* ela?

Dava para ver que ela estava profundamente confusa e, diabos, ele também.

— Ele a ama — respondeu Isaac. — Eliza e Wade são casados. Porra, ele mal consegue manter as mãos longe dela durante a maior parte do tempo — acrescentou com uma risada.

A expressão de Jenna não mudou.

— Os homens nunca beijavam as esposas — disse ela em voz baixa. — Diziam para mim que eu não era digna de ser beijada, de receber tal consideração, mas nenhuma das mulheres ganhava beijos. Elas eram como bens, casadas ou não. Acho que não entendo bem o objetivo de beijar.

Isaac xingou baixinho. Quantos anos Jenna realmente tinha? Era maior de idade? Sabia que ela parecia jovem e que, sem dúvida, havia um ar de inocência e ingenuidade ali que jamais tinha encontrado antes, mesmo em garotas muito novas. Jesus, se Jenna nem mesmo fosse maior de idade, isso significava que ele era quase vinte anos mais velho e que não tinha nada que ficar tendo fantasias com os dois juntos.

— Existem muitos motivos para se beijar alguém — explicou ele, quase sussurrando para que os outros não ouvissem. Isaac sabia que Jenna ficaria muito constrangida se alguém escutasse aquela conversa. — Os beijos podem ser um gesto de carinho. Amizade. Podem ser uma demonstração de paixão. De amor. De desejo por alguém. Ou podem mostrar a uma pessoa que ela é profundamente estimada.

A expressão de tristeza e anseio de Jenna denunciou a Isaac que ela jamais tinha sentido qualquer uma dessas coisas, ou, no mínimo, ninguém havia demonstrado aqueles sentimentos por ela.

Ele se inclinou para a frente, colocando a mão na nuca dela para puxá-la para si, e lhe deu um beijo na testa.

— Viu só? — disse ele, rouco. — Não é tão ruim, não é?

Ela o olhou com estranheza, o rubor marcando suas bochechas, os olhos brilhantes e a respiração já ofegante. Então ela ergueu a mão trêmula para tocar o ponto exato onde ele beijara, como se estivesse perpetrando a lembrança.

— E, querida, se tem alguém digna de ser beijada, de ser abraçada, de receber o máximo de atenção, essa pessoa é você. Não sei que tipo de besteira andou ouvindo e sei que as ouviu por vezes o bastante e por tempo suficiente para acreditar nelas, mas vou provar que você está enganada, nem que seja a última coisa que eu faça.

Ela virou para o outro lado, mas não sem antes de Isaac notar o brilho traidor das lágrimas naqueles lindos olhos e a tristeza na qual ela parecia se afogar. Mas que merda, ele odiava lutar contra um inimigo desconhecido e sem rosto. Pior ainda: odiava lutar contra a crença já profundamente arraigada em Jenna de que ela não valia a pena.

Ele sabia que deveria estar pressionando-a para responder as perguntas que tinha e para fornecer as informações necessárias, não só para mantê-la protegida e em segurança, como também a seus companheiros de equipe, que estavam sob perigos mais iminentes. As pessoas que perseguiam Jenna a queriam a todo custo. Viva. Mas ele e seus colegas de equipe eram dispensáveis, simples obstáculos na busca pelo prêmio definitivo.

Isaac sabia que não tinha a menor noção do horror que Jenna tinha sofrido, mas o pouco que sabia já era o suficiente para instaurar uma fúria diferente de qualquer coisa que já havia sentido. Nem mesmo ficar sabendo das provações horrorosas enfrentadas por Ramie antes da criação da DSS e ter vivenciado em primeira mão o sequestro e tortura de Ari, Gracie e Eliza, o fizeram sentir-se tão enfurecido.

Como ele reagiria quando finalmente soubesse de tudo? Quando chegasse a hora em que Jenna confiaria nele o bastante para se abrir, precisaria ser forte e controlado em nome dela. Uma rocha na qual ela pudesse se apoiar. Seu abrigo e escudo contra qualquer coisa ou qualquer pessoa que pudesse feri-la novamente.

Mas Isaac também sabia que seria a coisa mais difícil que precisaria fazer na vida. Ficar lá sentado, imperturbável e sem perder a cabeça, enquanto Jenna contaria tudo o que fora obrigada a suportar. Ele iria querer massacrar qualquer coisa em seu caminho para libertar aquela raiva terrível que fervilhava dentro de si, mesmo agora, *antes* de ficar sabendo de tudo; mas não podia se dar ao luxo de perder o controle, assustá-la e fazê-la se retrair. E, pior ainda, *rejeitá-lo.*

Zeke falou, quebrando o silêncio:

— Eu sei que Sterling tem homens a postos, mas acho que deveríamos alternar nossos turnos da madrugada. Não vai doer se a gente redobrar os cuidados.

Dex e Knight assentiram em concordância.

— Eu fico com o primeiro turno — disse Shadow, levantando-se. — Eu gostaria de testar o quanto consigo me aproximar dos homens de Sterling sem ser notado. Não adianta nada tê-los aqui se o trabalho deles não valer merda nenhuma.

Os olhos preocupados de Jenna encontraram os de Shadow.

— Por favor, tenha cuidado — implorou. — Já causei tanto mal a todos vocês. Não poderia suportar se mais alguém fosse ferido ou até mesmo morto por minha causa.

Shadow se mostrou mais tranquilo na mesma hora, e então simplesmente foi até ela e lhe deu um beijo na cabeça. Nem um único homem naquela sala passou incólume à declaração ou ao sentimento de culpa, tão pesado em sua voz. Todos pareciam dispostos à batalha, e não estavam sozinhos. Isaac queria liderar a porcaria da guerra e punir até o último desgraçado que havia transformado a vida de Jenna em um inferno.

— O restante de vocês, durmam um pouco. Vou acordar Dex daqui a três horas. Isaac, sua única função é garantir que Jenna esteja em segurança o tempo inteiro.

Jenna franziu a testa quando Shadow desapareceu, e então ela se virou para Isaac, com dúvida e confusão em seus lindos olhos azuis.

— Então... que tipo de beijo foi *aquele*? — sussurrou. — Eu nunca percebi que havia tantas motivações ou razões para beijar — emendou ela.

— Foi um beijo afetuoso e para te tranquilizar — esclareceu Isaac. Pelo menos, assim esperava. Ele precisou reunir todas as suas forças para não rosnar quando os lábios de Shadow a tocaram, ainda que tivesse sido apenas um leve contato com o cabelo dela.

Isaac levou Jenna ao quarto onde ela ficaria, no final do corredor, de forma que estaria ladeada por dois quartos, o dele e o de Dex. Quando Isaac acendeu a luz e entraram, Jenna arregalou os olhos, fascinada.

— É aqui que vou dormir? — perguntou baixinho.

— Gostou? — quis saber, preparado para trocá-la de lugar caso o quarto não agradasse.

— É o quarto mais bonito que já vi — disse Jenna, deixando escapar um suspiro. Ela olhou para Isaac, que se viu desesperado para fazer o que fosse necessário para aliviar a ansiedade dela.

— O que foi, Jenna? — perguntou ele com ternura.

Ela mordeu o lábio, olhando entre ele e a cama.

— Eu... eu vou dormir na cama?

Ele levou um instante antes de responder, pois a raiva turvou sua visão e precisou conter suas palavras furiosas. Infelizmente, Jenna entendeu seu silêncio como a resposta e, decepcionada, baixou os ombros triste e desanimada.

— Claro que você vai dormir na cama. Jenna, querida... Onde você pensou que fosse dormir?

Ela corou.

— Nunca me deixaram dormir em uma cama ou mesmo nas macas. Sempre dormi em um estrado no chão, que às vezes era retirado para me castigar.

Isaac arregalou os olhos de pavor e Jenna comprimiu a boca, virando-se para o outro lado. O que foi bem conveniente, porque a expressão dele a teria deixado um tanto assustada. Algum dia, e não importava quanto tempo levasse, ele faria com que todos os imbecis que abusaram de seu anjo pagassem muito caro. Não seria rápido e misericordioso. Mas seria justo.

Graças a Deus, a atenção de Jenna foi atraída de volta à cama, assim não viu a sombra nos traços de Isaac. Ela correu os dedos pela colcha com reverência e depois acariciou os travesseiros macios, com os olhos ávidos.

Ele não conseguia segurar a compostura nem por um minuto mais. Queria destruir alguma coisa. Queria sangue. O sangue de todas as pessoas responsáveis pelo aprisionamento de Jenna.

— Por que você não vai se arrumar para dormir? Está exausta e precisa descansar — disse ele bruscamente.

Diante do olhar interrogativo dela, Isaac apontou para a camiseta grande e o short de pijama que Eliza havia deixando perto dos pés da cama.

— Estarei no quarto ao lado, se precisar de alguma coisa, ok?

— Está bem — sussurrou ela. — Boa noite, Isaac.

— Boa noite, querida.

Jenna parecia tão vulnerável, parada ali no meio do quarto, que Isaac precisou reunir todas as suas forças para ir embora.

Já à porta, ele se virou uma última vez.

— Lembre-se, estou bem ao lado. Nada pode te machucar aqui, ok? Se precisar de *qualquer coisa*, venha falar comigo.

Jenna deu um leve sorriso, assentindo. Foi apenas depois dessa confirmação que Isaac saiu, fechando a porta.

dez

Isaac estava deitado em silêncio no escuro, olhando para o teto, os pensamentos consumidos pelo anjo de olhos azuis no quarto ao lado. Será que ela conseguiria dormir? E, se conseguisse, será que pesadelos perturbariam seus sonhos?

O que havia naquela mulher que alcançava uma parte de seu coração e de sua alma que jamais tinha sido tocada? Ele poderia apresentar explicações razoáveis, como o fato de Jenna ter salvado sua vida. Ou o fato de ele ter escolhido proteger inocentes como uma vocação. Ou o fato de Jenna estar perdida num mundo do qual tinha pouca compreensão ou conhecimento. Ou o fato de precisar dele.

Mas a simples verdade era que Isaac precisava dela tanto quanto Jenna precisava dele, e não havia um motivo que fizesse sentido.

Isaac já havia encontrado muitas mulheres vitimadas que necessitavam desesperadamente de ajuda, de proteção, sua e da DSS, mas jamais se sentira tão possessivo quanto com Jenna. Ele sempre tinha feito o seu trabalho, mas missões com mulheres vítimas de violência sempre o irritavam e incitavam seus instintos protetores. Ele era assim, nunca fora de ficar parado quando uma mulher estava em perigo ou sendo abusada.

Mas seu anjo não era simplesmente qualquer vítima. Ela não era só uma mulher com problemas que precisava de proteção. E ele não tinha ideia do que fazer com tal constatação. Não conseguia sequer chamar de *constatação*, pois no fundo de sua mente, sempre suspeitou que Jenna seria muito mais importante em sua vida do que um simples caso de proteção.

Isaac se dera conta disso desde o momento em que ela colocara as mãos em seu peito e ele a sentira no âmago de sua alma.

Não era sexual. Pelo menos não de todo, porque Isaac seria um desgraçado mentiroso se não admitisse que a desejava com todo o seu ser. Era espiritual, e ele se sentia um idiota por devanear sobre coisas como a sorte e o destino, mas como poderia chamar de qualquer outra coisa, quando, desde o momento em que Jenna o tocara, ele sentira uma ligação que transcendia qualquer desejo ou necessidade física?

Mas Isaac estava se consumindo de culpa por ter pensamentos sexuais, luxuriosos e desejosos com uma mulher que, talvez, nem tivesse idade para ser imaginada de tal forma. Ela tinha a inocência de uma menina, com o corpo de uma mulher muito sensual. Merda! Era óbvio que, independentemente da idade, Jenna havia passado a maior parte da vida encarcerada, isolada do mundo real. Ela ficava encantada ou apavorada com as coisas que ele e outros achavam normais.

Jenna estava condicionada a um outro mundo.

Isaac franziu a testa. Aparentemente, Jenna havia sido doutrinada desde uma idade muito tenra. Sofrido lavagem cerebral. Aprendido sobre uma realidade alternativa distorcida para se ajustar às pessoas que a mantinham presa. Pessoas que fariam qualquer coisa para tê-la de volta. Jenna era um ativo valioso para eles. Insubstituível. Isaac se perguntava quando os poderes dela haviam começado a se manifestar e se fora isso que a salvara de um destino muito pior. Mesmo os desgraçados mais estúpidos perceberiam a proporção do que tinham em mãos.

Ele rolou para pegar seu celular e discou o número de Eliza, sabendo que era tarde e que Sterling provavelmente não ficaria nada satisfeito, mas Eliza, dentre todas as pessoas, entenderia suas desconfianças. Ele precisava trocar ideias com alguém.

— Tomara que seja por um bom motivo — resmungou Eliza ao telefone. — Porque eu estava prestes a alcançar um *senhor* orgasmo, e Wade está puto o suficiente para atirar meu telefone na piscina e fazer greve de sexo por uma semana.

Isaac explodiu numa gargalhada quando ouviu Sterling ao fundo.

— Minha nossa, mulher, será que dá para separar o trabalho das nossas vidas sexuais? — reclamou Wade.

— Aparentemente não — respondeu Eliza com acidez. — Já que um de meus estimados colegas de trabalho me ligou exatamente no meio do melhor e maior momento de prazer da minha vida.

— Você ainda não viu nada, gata. *Ainda* — comentou Sterling com uma voz sedosa. — Estou guardando para quando você for uma menina *muito* boazinha. Assim você vai ter algo para desejar.

— Lizzie, pare. Por favor. Estou te implorando. Agora vou precisar limpar meus olhos *e* meus ouvidos com cloro. Eu não teria telefonado se não fosse importante. Só me dê alguns minutos e vou deixar vocês voltarem às suas... hum... atividades noturnas. E meu conselho, se me permite: esforce-se para ser uma menina *muito*, *muito* boazinha.

Ela bufou, mas então todo o humor abandonou seu tom.

— Manda ver.

— Eu estava deitado aqui, pensando em Jenna e na esquisitice da situação. É quase como se ela tivesse sido condicionada e doutrinada durante muitos anos para aceitar uma realidade alternativa e rejeitar qualquer retrato do mundo moderno.

— Sim, eu notei isso.

— E se ela tiver vindo de um daqueles grupos de sobrevivência? Livre do controle governamental. O governo e o mundo moderno são os inimigos. Isso explicaria a ausência de familiaridade com os sentimentos mais básicos da vida cotidiana.

Eliza parou por um momento.

— Pode ser, mas não acho que é isso. Esses grupos são muito conscientes do mundo ao redor. Na mente deles, precisam ser para saberem como sobreviver, resistir a invasões, a sequestros, etc. Além disso, toda aquela história de como as mulheres foram tratadas em sei lá que porcaria de lugar deturpado onde elas moravam? Não é assim que a maioria desses grupos operam, e eu digo a maioria porque sempre tem uma exceção. Eles têm esposas, famílias, filhos, e são muito protetores em relação aos seus. Eles não as tratam como gado reprodutor, ou as privam de amor e carinho. Eu diria que você se meteu numa situação fodida em que uma pessoa ou mais só jogam pelas regras que elas mesmas criaram. Esses são os tipos mais perigosos, porque, na cabeça deles, não estão fazendo nada de errado. Mas foram enganados. Primeiro por Jenna, que fugiu da prisão, e depois por nós, que a ajudamos. O lance deles é o controle e, se perdem esse controle, se tornam perigosos e instáveis. Mais do que já são.

— Não quero atrair más lembranças para você, Lizzie — disse Isaac calmamente.

Ele quase podia ouvir o sorriso de Eliza pelo telefone.

— Ele está morto, Isaac. Não tem nenhum controle sobre mim. Ele só vai poder me machucar se eu permitir, e só pode fazer isso através das minhas lembranças ou dos meus sonhos, e Wade é muito bom em mantê-lo fora da minha cabeça.

Isaac riu.

— Imagino que sim. Obrigado, Lizzie. Eu só precisava de outro ponto de vista. Isso está me enlouquecendo. Sei que precisamos de respostas, mas não vou pressioná-la. Não vou obrigá-la a fazer nada. Eu quero que Jenna confie em mim o suficiente para me dizer por conta própria.

— Compreensível — disse Eliza calmamente. — E inteligente da sua parte. Boa sorte. E eu sei que nem preciso dizer isso, mas seja gentil com ela. Jenna parece estar muito perto de surtar.

— Você está certa. Não precisa dizer isso, mas obrigado de qualquer maneira.

— Sempre que precisar, Isaac. E tenha cuidado, ok? Prefiro não ficar sabendo que mais alguém com quem me importo andou quase se encontrando com a morte.

— Agora você sabe como me senti quando foi com você, Lizzie.

— Boa noite — sussurrou ela.

Isaac colocou o celular na mesinha de cabeceira e ficou muito quieto, a mão automaticamente buscando a arma quando sua porta foi levemente aberta. Então a fresta aumentou, e Isaac pôde ver Jenna iluminada pela luz fraca do corredor, com o cabelo despenteado como se estivesse inquieta e não conseguisse dormir. Isaac afastou a mão da arma.

— Isaac? — chamou ela baixinho.

— Sim, querida, estou aqui.

Ela deu um passo hesitante, seu nervosismo evidente na postura e no comportamento.

— Desculpe. Eu não queria acordá-lo.

— Você não me acordou — tranquilizou ele. — Algum problema?

Jenna mordeu o lábio e olhou para baixo, e Isaac soube que, se estivesse um pouco mais iluminado, teria visto o rubor que certamente tomava as bochechas dela.

— Ei, venha cá — disse ele.

Jenna avançou, parando aos pés da cama. Ela continuava evitando olhá-lo, procurando mais alguma coisa na qual se concentrar.

— Jenna, olhe para mim — pediu com gentileza.

Finalmente ela ergueu o olhar, e Isaac ficou desconfortável com a inquietação nos olhos azuis.

— Qual é o problema, querida?

— Eu queria perguntar... quero dizer, se você não se importar... eu queria... bem, é estúpido, mas não consegui dormir porque estou com medo — sussurrou ela. — Você se importaria se eu ficasse aqui com você?

O coração de Isaac quase parou. Era a última coisa que esperava que Jenna fosse pedir, mas de jeito nenhum se negaria a atendê-la. Saber que ela estivera deitada no quarto ao lado, sem conseguir dormir porque estava com medo, partiu o seu coração.

— Claro que não me importo. Feche a porta, ok? E então venha para cá.

Jenna se virou e refez os poucos passos para fechar a porta. Em seguida caminhou até junto da cama e, para a perplexidade absoluta de Isaac, se sentou no chão, levando os joelhos ao peito, obviamente planejando dormir ali.

— Jenna, não — disse ele, mais áspero do que pretendia.

Seu tom a assustou, e então ela pareceu arrasada, lágrimas de vergonha tomando seus olhos.

— Desculpe — disse ela, engasgada. — Eu não devia ter vindo. Aqui não é meu lugar. Não fique bravo, por favor. Eu não suportaria se você ficasse bravo comigo.

Isaac ficou momentaneamente sem palavras quando ela se levantou apressada. Mas, antes que Jenna percebesse, ele tinha se movimentado e se posto na frente dela. Isaac colocou as mãos nos ombros de Jenna com muita delicadeza, obrigando-a a olhá-lo.

— Querida, não estou com raiva de você. Estou bravo porque pensou que fosse para dormir no chão. Você nunca mais vai dormir no chão, fui claro?

O olhar chocado de Jenna só se intensificou quando Isaac simplesmente tomou seu corpo esbelto nos braços e se inclinou sobre a cama, colocando-a no lado oposto ao que ele costumava deitar, de modo que sua cabeça estivesse aninhada nos travesseiros. Então Isaac se deitou ao lado, puxando as cobertas sobre os dois.

— Venha cá — disse ele novamente, sua voz suave e exibindo um grande pedido de desculpas.

Jenna se arrastou desajeitadamente por alguns centímetros, até ele. Isaac a abraçou e a puxou contra o peito, envolvendo-a com força, de modo que a bochecha dela pousasse em seu coração e ele pudesse apoiar o queixo na cabeça loira.

Jenna estava rígida como uma tábua e Isaac mal conseguia senti-la respirar enquanto ela assimilava toda aquela situação. Ele sentia o pânico que ela emanava, bem como a sua pulsação acelerada e a respiração cada vez mais ofegante.

— Relaxe, Jenna — pediu ele. — Nada pode te machucar aqui. Agora... do que é que você estava com medo? Você viu alguma coisa? Ouviu algo?

Aos poucos, ela começou a relaxar, embora tivesse parecido uma eternidade antes de finalmente se render e suas curvas delicadas se fundirem ao corpo enrijecido de Isaac.

— É bobagem — murmurou ela, obviamente envergonhada, agora que tinha superado seu susto inicial.

— Não existem regras quando se trata de medo, querida. Todo mundo tem medo de alguma coisa, e ele pode atacar a qualquer momento, sem aviso. Mesmo a coisa mais simples e despretensiosa pode desencadeá-lo. O que foi que te assustou?

— A janela — começou ela. — Como meu quarto fica no meio, a única janela dá para os fundos da casa e tem vista para... o nada. Está escuro, e a janela é tão grande e fica tão perto da minha cama, e só consegui pensar no quanto seria fácil para alguém me levar pela janela antes que vocês percebessem. Eu era doida para encontrar janelas. Odiava o quarto onde me mantinham porque o sol não batia ali. Não tinha nada além de quatro paredes. Mas agora odeio as janelas, porque sei o que há lá fora, esperando por mim, e como é fácil invadirem por elas.

— Isso não é estúpido, querida — tranquilizou Isaac. — É inteligente, e significa que você está ciente do que acontece ao redor e dos possíveis perigos associados à situação. Mas eu prometo que nada vai te machucar aqui neste quarto enquanto você estiver comigo. Jamais vou permitir que alguém tire você de mim. Consegue confiar em mim, Jenna?

Ela se aconchegou ainda mais junto ao peito forte, as pernas de ambos se encontraram até que Isaac finalmente prendeu a perna dela entre as suas e a enlaçou, dando-lhe calor e consolo.

— Eu confio em você — sussurrou ela. — Eu sei que não parece, porque não contei nada até agora, ou pelo menos não muito. É só que tenho tanta vergonha...

As lágrimas embargavam a voz dela. Isaac levou uma das mãos ao cabelo loiro e lhe deu um beijo no alto da cabeça, sentindo o perfume dos fios.

— Você não tem nada do que se envergonhar, Jenna. Eu gostaria de poder fazer você enxergar isso, acredite. Deus, não consigo entender porque você deveria sentir vergonha. Ao menos percebe o quanto é uma pessoa boa? O quanto você reluz? É visível para todo mundo. Sua gentileza, sua compaixão, sua bondade. E sua beleza — sussurrou ele. — Nunca vi uma mulher mais bonita do que você.

Ela cravou as pontas delicadas dos dedos no peito dele e Isaac sentiu um leve tremor, o efeito que suas palavras causaram nela. Então, Jenna levantou a cabeça para poder fitá-lo nos olhos.

Era óbvio que ela estava tensa, e carregava o olhar mais adorável e tímido ao examinar o rosto dele.

— Posso te perguntar uma coisa? — quis saber Jenna em um sussurro que ele precisou se esforçar para ouvir.

Com os dedos ainda enredados no cabelo dela, Isaac puxava os fios com muita ternura enquanto os acariciava do comprimento até as pontas, enrolando as mechinhas nos dedos.

— Você pode me perguntar qualquer coisa, sempre — prometeu ele.

— Posso... posso beijar você?

O calor disparou dentro dele. Seu sangue percorreu uma trilha ardente pelas suas veias até Isaac ter certeza de que seu interior havia se transformado em pura lava derretida. Ele a encarou com olhos semicerrados, famintos, quase gemendo com o dilema diante dele. No momento em que o pedido dela foi registrado, Isaac se viu duro feito pedra, e a última coisa que queria era assustá-la com uma ereção monstruosa.

Quando Jenna começou a falar alguma coisa, muito provavelmente para se retrair ou pedir desculpas, Isaac pôs um dedo nos lábios dela.

— Primeiro eu preciso perguntar uma coisa — começou ele, a voz rouca.

Jenna o olhou confusa, mas fez que sim com a cabeça.

Rezando o tempo todo, Isaac respirou fundo e perguntou:

— Quantos anos você tem, querida?

Jenna franziu a testa e Isaac se censurou, porque mais uma vez a vergonha tornava aquelas feições tristes e distantes.

— Não sei — murmurou ela.

— Não entendi — disse ele, genuinamente confuso.

— Eu tenho pouquíssimas lembranças da minha vida antes de... deles.

Ela estremeceu de aversão quando disse "eles", e sua pele se arrepiou. Isaac a aninhou e começou a passar as mãos pelos seus braços, esforçando-se para aquecê-la.

— A maioria das memórias são aleatórias, fragmentos breves, que desaparecem antes que eu consiga me prender a elas e encontrar algum sentido. Eu acho que tinha mais ou menos uns dois ou três anos quando fui morar com eles, e passei quase vinte anos lá, mas é tudo tipo um borrão, entende? No começo eu marcava a passagem dos dias, até que percebi que ninguém ia me resgatar e que o tempo não significava nada. Parei de contar porque não parecia ser importante. Eu não era importante — disse ela dolorosamente.

Isaac ergueu o queixo dela, obrigando-a a olhar para cima, desejando que Jenna visse a sinceridade em sua expressão e em suas palavras.

— Você é importante, Jenna. Nunca pense o contrário. *Você é importante.*

Ela engoliu um soluço e enterrou o rosto no pescoço dele, agarrando seus ombros com as duas mãos. Quando ela finalmente se afastou, o fitou com súplica.

— Eu quero beijar você, Isaac, mas não sei como. Quero que seja tudo o que você disse que poderia ser. Quero fingir um pouquinho. Você me ajuda?

Com o polegar, Isaac limpou as trilhas de lágrimas em cada bochecha dela.

— Seria um prazer, anjo.

onze

Os DENTES DE JENNA TRINCAVAM enquanto ela pensava pela sexta vez se deveria entrar no quarto de Isaac. Sabia que era errado. Proibido. Que seria chamada de prostituta ou coisa pior. Mas queria *isso*, mesmo sem ter muita certeza do que era.

Durante toda sua vida, enxergara o ato de beijar como nada. Não tinha nenhum exemplo de carinho ou consideração porque ninguém nunca beijava ninguém. Os homens tratavam as mulheres do grupo com frieza, com indignação. Como se fossem bens voltados para seu prazer e nada mais. Nunca tinha passado pela cabeça dela que um homem pudesse beijar uma mulher por carinho, afeição ou mesmo amor.

Por que Isaac a beijara? E foram duas vezes. Não nos lábios, mas ela ainda sentia o toque cálido de seus lábios nos lugares que ele tocara, e nunca mais queria se esquecer daquela sensação.

Será que teria coragem de ser tão direta e ousada? Tão descarada a ponto de *beijá-lo*? Isaac não pareceu se importar com a ideia, mas ele vinha sendo legal o tempo todo e talvez fosse só isso.

Timidamente, Jenna aproximou os lábios dos dele até que pudesse sentir seu hálito delicado soprando em seu queixo. Ela queria beijá-lo, mas lhe faltava coragem para ser tão ousada, então se inclinou um pouco para o lado e plantou um beijo muito delicado no cantinho da boca de Isaac.

Ele soltou um gemido suave e então a abraçou, segurando-a bem firme e quieta, colada ao seu corpo. Então Isaac abaixou a boca e tomou os lábios dela exatamente como Jenna desejara fazer. Ele foi tão delicado que os olhos de Jenna se encheram de lágrimas.

Isaac se demorou ali, a pressão calorosa e suave de seus lábios contra os dela incitando sensações que o corpo de Jenna não compreendia. Ele passou a língua pelos lábios dela suavemente, arrancando-lhe um suspiro em resposta. Depois, Isaac investiu com a língua, sondando, lambendo a pontinha da dela antes de recuar e retirar-se por completo, e foi dando continuidade ao beijo até parar, concluindo o ato ao selar os lábios de ambos, deixando o corpo inteiro de Jenna corado e queimando de consciência.

Quando Isaac se afastou, seu olhar estava concentrado nela, penetrante, avaliando sua reação.

— Que tipo de beijo foi esse? — sussurrou Jenna, aturdida e abalada pela experiência.

— Um que diz eu me importo muito com você e que você é uma mulher muito especial.

— É verdade? Eu sou? — perguntou ela, perplexa.

Isaac suspirou.

— Eu não sei quem fez você sentir que era indigna, como se não fosse nada, porque ainda não confia em mim o suficiente para dividir isso, mas Jenna... isso é uma grande bobagem. É uma besteira completa. Você é um milagre, querida, e não me refiro ao seu dom.

— Eu confio em você, Isaac — disse ela, encarando-o nos olhos com fervor. — Desculpe se o fiz sentir que não merecia minha confiança. Só estou preocupada. Não quero que você ou nenhum de seus amigos se machuque ou seja morto por minha causa. Eu não suportaria se alguma coisa acontecesse com você, com qualquer um de vocês.

Isaac envolveu o rosto dela entre as mãos com ternura, atraindo-a mais para seu abraço.

— Jenna, quero que me escute. Escute de verdade, ok? Não vai acontecer nada comigo ou com nenhum dos meus homens. Nossa função é proteger você. E não o contrário. Entendeu?

— Você não faz ideia do quanto eles são implacáveis — disse ela às lágrimas. — Ou quais são os planos dele.

— Não, não faço mesmo — respondeu ele calmamente. — Porque você não se abre para mim. Se quer mesmo me proteger e aos outros, a melhor coisa que pode fazer é confiar em mim e me contar tudo. Não temos como nos preparar para o pior se não soubermos o que é o pior.

Jenna abaixou a cabeça, tomada pela culpa esmagadora. Isaac estava certo. O que era a vergonha dela em comparação às vidas valiosas deles? Jenna estava sendo egoísta, escolhendo seu orgulho sobre a insegurança deles.

— Desculpe — pediu ela, sufocada. — Sei que você está certo. Preciso contar tudo. Você não tem sido nada além de uma boa pessoa comigo, sendo que eu só tenho ficado aqui, envergonhada, e meu orgulho pode acabar matando todos vocês.

Isaac a apertou num gesto de consolo.

— Ninguém culpa você, linda. Mas eu não vou mentir. Estou ficando louco por não saber o que aqueles desgraçados fizeram. Quero matar até o último deles para que você se sinta segura e, então, pare de fugir, sempre com medo. E, querida, você pode confiar em mim para cuidar de você. Se me deixar entrar, vou garantir que nada mais te machuque ou assuste outra vez.

— Eu confio em você — disse Jenna suavemente, tocando o queixo dele com a barba ainda por fazer.

Jenna nunca havia conhecido um homem como Isaac. Tão formidável, um guerreiro, e ao mesmo tempo tão gentil e paciente, que a fazia ter vontade de chorar.

— Então você vai me contar tudo? — perguntou ele, acariciando o cabelo dela. — E digo tudo mesmo. Quero saber tudo sobre você, Jenna. O que faz você feliz, o que a deixa triste, o que faz você sorrir e, principalmente, o que a deixa com medo e assustada.

Jenna não percebeu que tremia, ou que estava visivelmente alarmada até Isaac se sentar e a puxar para sentar em seu colo, aninhando-a nos braços. Ele acariciava as costas dela, e lhe beijava na cabeça.

— Você está tremendo, querida, e o pânico está estampado no seu rosto. Está segura comigo. Nada vai encostar em você enquanto estiver nos meus braços. Preciso que você relaxe e respire fundo algumas vezes, tente ficar calma. Não precisamos conversar sobre isso agora. Vou esperar o tempo que for necessário até que você esteja preparada para me contar, ok? Eu jamais vou te pressionar.

Jenna ficou em silêncio por um longo momento, lutando contra as lembranças dolorosas e humilhantes. Isaac não quebrou o silêncio. Simplesmente continuou a abraçá-la, ninando-a em um movimento calmante, a mão acariciando de leve as suas costas enquanto aguardava pacientemente, quase como se sentisse a batalha intensa dentro dela.

— Eu faço parte de uma seita — começou Jenna, corajosa, seu olhar disparando para Isaac em busca de qualquer sinal de julgamento ou condenação. Mas ele não reagiu, nem cessou as carícias suaves nas costas dela.

— Estou dizendo "faço parte", mas fazer parte indica uma escolha consciente, o que não aconteceu comigo — disse ela, com amargura. — Eu era uma prisioneira e era tratada como tal.

Com isso, a expressão de Isaac ficou sombria, mas ele permaneceu em silêncio, esperando que Jenna continuasse.

— Não estive sempre com eles — continuou ela, melancólica. — Ou, pelo menos, acho que não. Tenho lembranças de quando eu era pequena. Acho que lembro dos meus pais. Eu me lembro de um homem... talvez meu pai. Ele me jogava para o alto e dava beijinhos no meu nariz.

As pálpebras dela ardiam com as lágrimas enquanto Jenna se esforçava para reunir aquelas lembranças em sua mente, querendo retê-las e desejando que fossem genuínas. Naquela única vez, alguém a amara e a desejara.

— Ele sempre sorria para mim. E a mulher... não tenho tantas memórias com ela, mas me lembro dela preparando um bolo de aniversário para mim, e de quando soprei as velinhas.

— Quantas velas? — perguntou Isaac, interrompendo-a pela primeira vez. — Faça um esforço, querida. Quantas velas havia no seu bolo?

Jenna franziu a testa, concentrando-se na imagem fugaz da festa, o homem cantando "Parabéns pra você" fora do tom, mas com uma voz repleta de amor. Ela fechou os olhos, concentrando-se no bolo. Era de glacê cor-de-rosa, com muitas flores de cores variadas. As velas estavam alinhadas, os filetes de fumaça se dissipando rapidamente quando as soprou.

— Quatro! — exclamou empolgada. Ela se virou para olhar para Isaac. — Havia quatro velas no bolo. Eu tinha quatro anos — completou em voz baixa. Então, sua expressão ficou triste e ela baixou o olhar. — Essa é a última lembrança que tenho dos meus pais.

— Você deve ter sido sequestrada pouco depois do seu quarto aniversário — disse Isaac suavemente. — Quantos anos você passou com a seita?

Ela foi tomada pela vergonha de novo.

— Eu não sei — sussurrou triste. — O tempo parece um borrão para mim. A seita nunca comemorou aniversários. Pelo menos não os meus.

Isaac ficou tenso de encontro a ela e Jenna sentiu a raiva fluindo dele em ondas.

— Tentei usar os aniversários das outras pessoas para marcar a passagem do tempo, mas elas estavam sempre chegando e indo embora.

Jenna estremeceu.

— Era proibido, para qualquer um, ir embora depois que se juntasse à seita, mas as pessoas desapareceram ao longo dos anos e nada foi dito a respeito disso. Ninguém questionava a ausência delas. Era como se nunca tivessem existido.

O abraço de Isaac se intensificou e ele lhe deu um beijo na testa.

— Não pense neles agora, linda. Fique aqui comigo, no presente, onde nada pode machucar você. Nunca mais.

Ela se aninhou em busca de consolo e permaneceu em silêncio por um longo momento.

— Meu melhor palpite sobre o tempo que permaneci com eles é dezenove ou vinte anos. Então eu teria 23 ou 24 anos agora, certo?

Isaac a apertou mais de encontro a si e pareceu aliviado.

— Sim, linda. Você teria 23 ou 24 anos. Mas é um pouco difícil de acreditar. Você tem a aparência e o jeito de alguém muito mais jovem. Tão inocente para alguém da sua idade.

A reação dele a intrigou, mas Jenna não o questionou. Estava perdida no passado. Depois de manter um silêncio rigoroso durante tanto tempo, era como se uma barragem tivesse explodido e as lembranças tivessem vindo numa torrente.

— Acho que fui alvo por causa das minhas habilidades curativas. Mas como eles descobriram? Nunca entendi como poderiam saber, sendo que eu era tão jovem. Mas desde o início fui mantida separada dos outros, me chamavam apenas quando eu precisava curar as lesões de algumas pessoas. Eles me convenceram de que eu era um instrumento de Deus e que era meu dever ajudar àqueles que necessitavam. Mas, ainda assim, me mantinham em completo isolamento. Eu só curava os anciões ou aqueles do alto escalão da seita, ninguém mais.

— Anciões? — perguntou Isaac, a testa enrugada em confusão.

— Eles eram os líderes. E detinham a autoridade absoluta sobre todo mundo. Havia cinco deles. Mais velhos. Todos na seita os temiam e serviam. A palavra deles era lei; alegavam que eram mensageiros diretos de Deus e que devíamos aceitar suas palavras e seus julgamentos como vindos do próprio Senhor.

— Que belo jeito de garantir obediência absoluta e de jamais ter suas atitudes questionadas — murmurou Isaac.

Jenna assentiu, inflexível.

— Questionar um ancião era o maior pecado que um membro poderia cometer, e as punições eram severas. Aqueles que questionavam ou discordavam, desapareceram e nunca mais foram vistos ou mencionados.

— Filhos da mãe! — xingou Isaac.

Ela olhou para as próprias mãos, lutando contra uma emoção há muito reprimida.

— O que é, querida? — perguntou Isaac, abraçando-a um pouco mais apertado.

— No começo, quando eu era muito jovem, eles me tratavam como se houvesse algo especial em mim. Me falavam que eu era o instrumento de Deus, escolhida diretamente por Ele, sabe, como se isso me fizesse mais digna, de algum modo. Mas depois percebi que era assim que faziam lavagem cerebral em mim e garantiam minha submissão. — Jenna ficou em silêncio recordando aqueles momentos, antes de continuar:

— Conforme fui ficando mais velha, comecei a questionar algumas coisas... Por exemplo, por que uma mulher na seita morria no parto quando eu poderia tê-la salvado? Diziam-me que era a vontade de Deus e que eu não deveria interferir. Uma vez retruquei, ingenuamente, dizendo a eles que todas as vezes que eu curava alguém já estava causando uma interferência. Por que receberia um dom de Deus se fosse para usá-lo de maneira seletiva, e apenas sob o comando dos anciões? Por que apenas alguns na seita eram merecedores da misericórdia e da cura, ao passo que outros não eram? Depois disso, levei uma surra e me marcaram como uma abominação. O instrumento de

Satanás... A partir desse momento, o dever da seita era expulsar os demônios de mim.

Isaac xingou com violência, seus braços se afrouxaram ao redor de Jenna enquanto as mãos se fechavam num punho.

— Eles me mandaram renunciar a Satanás e assumir que meu dom era maligno e contra a vontade de Deus. Eu me recusei e fui espancada de novo. Depois fui trancada num porão sem luz, sem água e sem comida, e fiquei abandonada lá até já não ter forças para comer ou beber, quando finalmente me ofereceram alguma coisa. Ao decidirem me tirar de lá, eu já não conseguia nem me levantar, muito menos andar. Passei tantos dias lá que, no final, perdi as contas.

A fúria de Isaac era tangível e imensa, flutuando no ar que os cercava. Seu corpo inteiro estava tenso, os músculos contraindo e relaxando enquanto ele procurava controlar sua reação ao relato do que Jenna sofrera nas mãos da seita.

Pensando unicamente em acalmá-lo de algum modo, ela tocou-lhe o peito, muito hesitante, e o fitou com súplica nos olhos. Implorando-o em silêncio para se acalmar e talvez emitindo um alerta de que aquela história só ia piorar. Isaac colocou a mão sobre a dela, que descansava contra o seu coração, apertando de leve, reconhecendo seu pedido silencioso, e oferecendo-lhe a segurança, o conforto e o incentivo dos quais ela necessitava tão desesperadamente para poder continuar.

Mas antes que Jenna pudesse prosseguir, Isaac levou uma das mãos dela à boca, dando um beijo muito terno na palma. Depois, segurando a mão de Jenna como se fosse um tesouro, ele a levou ao seu queixo, de modo que os dedos dela tocassem sua barba por fazer. Isaac deixou a mão dela ali por um longo momento, ainda a segurando enquanto a encarava atentamente. Havia mais do que apenas compaixão, consolo ou mesmo uma forma de incentivo refletido no olhar sombrio de Isaac, pensou Jenna, sem conseguir interpretar exatamente o que era. No entanto, causava nela emoções completamente desconhecidas. Era algo que ela jamais havia experimentado. E estava gostando. Talvez até demais.

O olhar e o toque de Isaac aqueceram-na por dentro. Partes de sua alma, há muito gélidas, pareciam atingidas pelos raios do sol pela primeira vez. Mas talvez o mais confuso para Jenna não fosse apenas sua conexão emocional com aquele homem, ou o fato de que ele fora capaz de conquistar sua confiança de forma tão automática, tão fácil. Jenna nunca se sentira segura em toda sua vida, nunca estivera a salvo com outra pessoa por perto. Porém, naquele momento sentia como se nada nem ninguém pudesse machucá-la enquanto estivesse com Isaac.

Não, por mais confusa que ela devesse estar por causa da fé que depositava naquele guerreiro, era sua reação física que a chocava mais. Toda vez que Isaac a tocava, sempre que a olhava daquele jeito profundo — coisa que fazia com muita frequência —, ela se via confusa e constrangida por constatar que seus seios inchavam e ficavam mais sensíveis. Seus mamilos formigavam e enrijeciam como botões de flores, como se estivesse implorando pelo toque de Isaac. Mais constrangedor ainda era que suas partes íntimas ficavam úmidas e hipersensíveis, e Jenna precisava resistir à vontade súbita de se tocar... *lá embaixo.*

Respirando fundo, envergonhada pelo rumo de seus pensamentos, Jenna sacudiu-se mentalmente e se preparou para continuar com tudo o que ainda tinha a revelar.

Quando abriu a boca para prosseguir com a história, Isaac pegou uma de suas mãos e levou aos lábios, deixando um beijo carinhoso na palma antes de pousá-la em seu colo, sem soltá-la, apenas entrelaçando os dedos dos dois, mantendo-os unidos enquanto descansavam entre seus corpos.

— Convocaram uma reunião que todos os membros da seita foram obrigados a participar. Eles me arrastaram para o meio de todo mundo e me jogaram no chão. Mais uma vez, me incitaram a confessar que o mal morava dentro de mim e que só Deus podia decidir sobre a vida ou a morte. Fui condenada a renunciar a Satanás, a renunciar ao meu dom e a implorar aos anciões por perdão e misericórdia.

Lágrimas de raiva escorriam pelas bochechas de Jenna, que revivia o incidente como se tivesse sido ontem. Ela empinou o queixo para que pudesse mirar nos olhos de Isaac.

— Eles exigiram que eu implorasse aos anciões por misericórdia e perdão — continuou ela amargamente. — Não a Deus. A *eles*. Acreditavam que eram deuses e estavam lá, me acusando de ser maligna. Dizendo que Satanás morava dentro de mim, quando eles eram os culpados de tudo pelo que estavam me acusando. Eu os desafiei. Expus tudo. Não devia ter feito aquilo, mas, por Deus, eu não podia fazer o que eles estavam exigindo. Não sei como encontrei forças para me levantar sozinha, mas fiz isso, e os encarei, olhando diretamente cada um. Disse que eles estavam errados. Que *eles* eram os maus. Não eu. Que Deus não era imperfeito e que Ele havia me criado, e havia me dado o dom para ajudar os outros. Falei que Satanás era maligno e que nunca teria o poder de conceder a ninguém o dom de curar, de fazer o *bem*. Eles me amarraram a um pelourinho e disseram que iriam expulsar os demônios de mim, nem que fosse a última coisa que fizessem.

— Jesus — murmurou Isaac, abraçando-a com força. — Minha linda, pare. Você não precisa reviver isso.

— Mas eu vou — disse ela às lágrimas. — Você precisa saber de tudo, Isaac. Para que entenda com o que está lidando e por que precisei fugir do inferno no qual vivi durante tanto tempo.

Ele encaixou a cabeça dela debaixo de seu queixo e a envolveu com seus braços fortes, criando um refúgio, um lugar seguro onde Jenna pudesse ter a sensação de que nada jamais voltaria a feri-la.

— Eu aguentei pelo máximo que consegui. Juro que aguentei — falou Jenna, a voz falhando.

— Minha linda, pare — implorou Isaac. — Você acha que precisa se explicar para mim? Você não fez nada de errado! Que droga, não vou permitir que você ache isso. Não vou deixar que você sinta vergonha por ter cedido quando eles a açoitaram até quase matá-la.

— Mas foi isso. Eu fui tão estúpida. Eles não iriam me matar. Jamais fariam isso. Simplesmente estavam me punindo e preparando o palco. Foi tudo uma atuação. Um fingimento. Precisavam de mim para seus propósitos egoístas e não pensavam em mais ninguém na seita que talvez necessitasse do meu poder de cura. Eles fizeram de mim uma pária. Foi tudo uma encenação cuidadosa para me alienar do restante da seita, garantindo que ninguém jamais me ajudaria. Assim eu ficaria completamente isolada e sozinha para que os anciões pudessem fazer o que quisessem comigo.

Um rosnado baixo e feroz saiu da garganta de Isaac, fazendo Jenna despertar da dor por reviver lembranças tão cruéis.

— Eles não tentaram apenas isolar você, Jenna. Tentaram destruir você.

— E conseguiram — disse ela devagar, desviando o olhar, ávida por esconder sua vergonha e fraqueza.

— O caralho que conseguiram! — vociferou Isaac, fazendo com que ela se sobressaltasse, quase caindo do seu colo.

Ele se acalmou imediatamente, embora a raiva ainda estivesse ardendo em seus olhos, então a ajeitou de novo em seus braços, reposicionando-a no colo. Isaac se remexeu até conseguir tomar o rosto de Jenna entre as mãos. Seu toque era intensamente macio. Seus polegares roçavam as maçãs do rosto dela com a delicadeza de uma pluma, suas carícias tão sutis quanto as asas de uma borboleta.

— Olhe para mim, Jenna.

Relutante, ela levantou os olhos para encontrar os dele e sentiu as lágrimas inundando-os novamente quando viu tanta emoção refletida ali. Havia ternura, compreensão. Compaixão, porém não piedade. Para seu choque, ela também via orgulho, mas havia mais. Algo que ela não seria capaz de descrever, porque jamais vira em lugar algum. Era um sentimento que a aquecia de dentro para fora, que lhe dava paz num momento em que seus pensamentos eram tudo, menos pacíficos.

— A mulher que está sentada aqui em meus braços não está destruída — disse ele com ferocidade. — Você pode estar abatida... e eles podem ter ferido você... que merda, eles te machucaram mesmo... Mas, querida, não conseguiram destruir você.

As palavras de Isaac só a fizeram ter mais vontade de chorar.

— Então por que me sinto tão despedaçada, tão em frangalhos por dentro? — perguntou Jenna com um fiapo de voz, gaguejando quando os soluços formaram nós em sua garganta. — Por que parece que não tenho ideia de quem sou? Que não sou nada e que nem mesmo existo? E que, mesmo que eu seja alguém, nunca mais poderei juntar as peças dessa pessoa, e serei para sempre o que fizeram de mim?

Isaac a encarou, tomado de tanto apreço e respeito, que Jenna teve vontade de se enroscar junto a ele, numa bolinha tão pequena para que ninguém nunca mais pudesse vê-la outra vez. Ela sabia o que de fato era, e não era essa pessoa que Isaac pensava ver. Era a mulher fraca e digna de pena, que não tivera força de vontade para desafiar o que sabia, do fundo de seu coração, ser muito errado.

Isaac a olhava como se ela fosse importante. Com uma admiração que Jenna não merecia. Mas, Deus, como queria ser uma mulher digna de ter um bom homem, alguém como Isaac, que se impunha contra o mal todos os dias. Que a olharia do mesmo jeito como Isaac estava olhando-a agora. Como se fosse digna. Só que Jenna não era. Ela trouxera, para Isaac e para as pessoas na vida dele — pessoas com quem ele obviamente se importava — dor, perigo e decepção. Como ele conseguia ao menos suportar olhar para ela, ainda mais com aquela compreensão tão calorosa e gentil?

— Você não é o que eles tentaram fazer de você, Jenna — insistiu Isaac. — Linda, todos podem ser dobrados, mas nem todos se quebram. Se eles tivessem te destruído, se tivessem conseguido o que queriam, você acha mesmo que estaria aqui comigo agora? Você acha que teria encontrado a coragem de desafiá-los, mesmo depois de apanhar sem parar? Você acha que teria encontrado um jeito de escapar e fugir, apesar do medo que sentia do mundo desconhecido para o qual estava fugindo? Você pode pensar e dizer o que quiser sobre se achar um fracasso, um poço de fraqueza e indigna de qualquer coisa boa neste mundo, mas sabe de uma coisa, minha querida...? Eu vou contestar todas as vezes que sua linda boquinha falar essas bobagens. Mesmo que leve uma eternidade, vou fazer você enxergar a mulher que vejo toda vez que te olho.

Ela corou, o calor invadindo suas bochechas até o rosto parecer estar pegando fogo.

— E eu vou te dizer mais uma coisa — continuou ele, com uma expressão mais severa e um novo tom na voz, indicando que falava seriamente. — Eu jamais vou permitir que eles te levem de volta para lá.

Ele acariciou a bochecha de Jenna, roçando as costas dos dedos levemente sobre a pele, deixando uma sensação peculiar de formigamento em seu encalço.

— Nunca mais vou permitir que eles coloquem as mãos em você. E, além do mais, se tivermos a sorte de vê-los machucados ou, ainda melhor, à beira da morte, você não vai levantar um único dedo para curar aqueles pobres-diabos. Eu pretendo caçar cada um daqueles canalhas e fazê-los pagar por cada marca, cada soco, cada chicotada, por cada hematoma e cada palavra que eles já disseram para fazer você se sentir um nada.

O pavor explodiu no coração de Jenna, quase paralisando-a em sua intensidade.

— Não! — irrompeu ela.

Isaac a olhou surpreso, mas antes que pudesse dizer qualquer outra coisa, Jenna se desvencilhou dele e enterrou o rosto nas mãos. Ela chorava de desespero, porque sabia que teria que contar seu último segredo vergonhoso. O que a tinha forçado a acelerar seu plano de fuga.

— Minha linda, o que houve? — perguntou Isaac, preocupado.

Jenna ergueu a cabeça e o viu estremecer diante da crueza em sua expressão.

— Você não pode ir atrás deles, Isaac — disse ela histericamente. — Não são os anciões que estão atrás de mim agora.

doze

Isaac olhou para Jenna, em estado de choque, mesmo com sua mente ardendo de raiva. Já estava sentindo uma fúria que jamais conhecera, e agora descobria que tinha mais? Uma ameaça mais perigosa ao seu anjo do que havia imaginado? Isaac nem sequer parou para ter um insight do tipo "Mas que porra...?" ao pensar nela como seu anjo, como se pertencesse a ele. Jenna sempre fora sua, desde o início, desde o momento em que ela dividira a bela luz de sua alma. Agora Jenna estava dentro de Isaac, ligada a uma parte tão profunda que não havia esperança ou mesmo a ideia de um dia arrancá-la dali. Havia apenas duas coisas que ele sabia neste momento: Jenna era dele, e Isaac a protegeria de qualquer ameaça que tivessem que encarar.

Ele estendeu a mão para tocá-la, mas Jenna se afastou, o medo e a culpa nublando seus lindos olhos. Foda-se! Isaac a abraçou mesmo assim, segurando-a firmemente contra si, até ela parar de resistir e ficar quieta, com os soluços fazendo tremer o seu corpo. Isaac jurou que aqueles desgraçados pagariam caro por essas lágrimas. Por todas as lágrimas que Jenna um dia tinha derramado por causa do inferno em que eles transformaram a vida dela.

— Jenna, querida, acalme-se e pare de chorar — pediu Isaac, abraçando-a e ninando-a enquanto meses... merda, anos de dor e tristeza reprimidas circulavam pelo corpo dela. — Eu preciso que você me conte tudo, amor — pediu ele suavemente. — Preciso saber como mantê-la a salvo, e isso significa que você precisa me contar tudo. Não há nada que não possa me contar. Entendeu? Não há nada que vá me deixar desconfortável em relação a você, e com certeza nada vai me convencer a te abandonar.

Jenna ficou completamente imóvel, seus soluços diminuindo até parar. E ficou tão quietinha que Isaac começou a se preocupar. Então se virou, olhando para ele com a sinceridade mais pura refletida nos olhos. Jenna parecia tão inocente e totalmente desprovida de maldade. Mas como poderia ser diferente, tendo passado a vida isolada do mundo, tendo como única fonte de conhecimento um monte de sádicos loucos e depravados?

— Você está falando sério? — perguntou ela, a ansiedade evidente em sua voz.

O coração de Isaac amoleceu totalmente. O aço rígido em torno dele estava se derretendo.

— Sempre falo sério, e não faço promessas que não posso cumprir — respondeu ele, olhando-a atentamente, a guarda baixa para que Jenna pudesse enxergar dentro dele com facilidade.

Ela voltou a baixar a cabeça, descansando as mãos entre os corpos deles, retorcendo-as ansiosamente.

— Querida, não fique assim — pediu ele. — Diga-me do que você tem tanto medo, assim eu posso resolver.

— Não quero que nada aconteça a você ou aos seus homens por minha causa — sussurrou ela.

— Jenna, olhe para mim — disse Isaac, começando a soar como um disco arranhado. — Você esqueceu que, se não fosse por você, eu estaria morto, e Shadow estaria no hospital, levando pontos e fazendo um inferno por ser obrigado a ficar sob cuidados médicos?

A expressão dela só ficou mais triste.

— Se não tivesse tentado roubar o seu carro, nenhum de vocês teria se machucado, para começo de conversa.

— Mas então, eu não teria você. Aqui, agora, em meus braços. Eu diria que valeu a pena quase morrer — disse ele baixinho.

Jenna olhou-o, chocada, engolindo em seco várias vezes enquanto tentava controlar suas emoções.

— Ninguém jamais se importou com tudo o que aconteceu comigo — disse ela, muito contida. — Só o suficiente para garantir que eu ainda era capaz de fazer o que os anciões queriam.

Isaac tentou disfarçar a neblina vermelha da fúria que crescia dentro de si e se concentrou na mulher em seu abraço, esperando que Jenna lhe confiasse até o último de seus segredos. Ele a tirou no colo e a colocou deitada ao seu lado, e então se virou para que pudessem se olhar, deitados lado a lado.

Jenna piscou e depois corou, o desconforto evidente em seu rosto.

— Isso não é muito adequado — sussurrou ela. — É um pecado eu estar deitada na sua cama. Desculpe. Não estava pensando direito quando entrei aqui.

— Jenna, eu quero que você preste bem atenção no que vou te dizer. Primeiro, estou muito feliz porque você veio até mim quando estava com medo. Quero que você sempre me procure quando alguma coisa, qualquer coisa, te amedrontar. Em segundo lugar, eu quero que você se esqueça de todas as coisas que aprendeu na porcaria daquela seita. Eles estão errados. Você sabe que estão. É por isso que quis tanto fugir. Não só porque te tratavam como lixo, ou porque abusavam de você e a usavam para seus propósitos egoístas. Além de tudo isso, tudo que ensinaram a você foi errado. Não apenas errado, mas tão distorcido que não consigo nem entender direito. Eu entendo que tudo o que te ensinaram foi reforçado em sua mente durante a maior parte de sua vida, e por isso é difícil simplesmente esquecer tudo em alguns minutos, dias ou semanas, mas é aqui que preciso que confie em mim, querida. O fato de você estar na minha cama não é errado. No momento, estamos apenas conversando. Mas também não vai ser errado quando eu fizer amor com você.

Um olhar horrorizado cruzou o rosto dela.

— Não! Eu não quero isso. Eu *nunca* vou querer isso. — Ela estremeceu. — É *horrível*.

Um rugido maçante começou a ressoar nos ouvidos dele, e Isaac teve de cerrar o maxilar para evitar que aquele rugido furioso escapasse.

— Eles estupraram você, Jenna? Botaram as mãos sujas em você? Violentaram você? Eles alguma vez te obrigaram a fazer sexo com *alguém*?

Ela estremeceu de novo.

— Não, mas eu vi... — Jenna balançou a cabeça. — Não quero falar sobre isso. Por favor, não me obrigue a falar sobre isso agora — implorou ela.

— Eu só quero saber uma coisa, e então não, querida, você não vai precisar falar mais nada agora.

Isaac disse a palavra *agora* de propósito porque *iria* querer voltar ao assunto depois. Obviamente era um assunto traumático para Jenna e ele precisava saber o porquê. Só a ideia de ter que ouvir seu anjo lhe contando que alguém a violentara já era suficiente para descontrolá-lo.

— Por acaso um daqueles desgraçados já tocou em você ou machucou-a sexualmente? — rosnou ele entredentes.

Ela corou, mas meneou a cabeça negativamente. *Graças a Deus*. Isaac respirou fundo para controlar a raiva que ameaçava consumi-lo.

— Eu era uma pária. E era proibido. Mas não pelas razões que você está pensando. Não era porque eles estavam me protegendo ou porque se importavam que eu pudesse me machucar. Os anciões tinham uma superstição idiota de que se eu perdesse minha virgindade, também perderia meu dom da cura. Fiquei muito grata por essa ideia absurda — sussurrou ela. — A estupidez e a ignorância deles foi a única coisa pela qual senti alguma gratidão.

Finalmente, Isaac pode respirar de novo, até que ela falou as palavras seguintes:

— Mas isso estava chegando ao fim — disse ela, o medo inundava suas feições. Dessa vez ainda mais nítido e mais cru do que qualquer pavor que Jenna tinha demonstrado até então.

Antes que Isaac pudesse exigir saber o que as palavras queriam dizer, Jenna continuou, sua voz tremendo tanto quanto seu corpo.

— Eu sempre planejei fugir — confessou. — Era a única coisa que conservava minha sanidade. A ideia de escapar um dia. Mas eles eram muito cuidadosos e me mantinham trancada a maior parte do tempo. As únicas vezes que consegui escapulir do meu quarto foram depois de sessões de cura. Porque eu sempre fico muito fraca e exausta, então eles relaxavam um pouco na vigilância. Me jogavam no meu quarto, mas ninguém se dava ao trabalho de ficar de olho. Eu fingia que minha fraqueza era bem maior, até parecia que ficava totalmente impotente depois de curar alguém. Então eu me enfiava num dos quartos dos anciões, onde eles guardavam informações supostamente proibidas. Foi assim que aprendi sobre o mundo exterior, o pouco que tive tempo de aprender. E também com os ensinamentos confusos e contraditórios da seita. Eu sabia que levaria tempo, anos até, para aprender o suficiente e planejar minha fuga, mas eu não me importava. Fiquei obcecada com isso e foi o melhor jeito que encontrei de lidar com os castigos que sofria. Eu me imaginava em liberdade em algum lugar bem longe, onde fosse só mais um rosto na multidão e ninguém soubesse quem eu era ou o que sabia fazer. Eu só queria ser normal e ter uma vida normal — disse ela, com os olhos reluzindo pelas lágrimas.

A tristeza de Jenna fazia o peito de Isaac doer, porém, mais do que vê-la feliz, ele queria ser a pessoa a fazê-la feliz.

— Agora você pode ter tudo isso, linda — disse ele suavemente, acariciando a bochecha dela e limpando as lágrimas.

— Mas eu não posso — disse ela com tristeza. — Nunca vão parar de me procurar.

— Conte-me sobre *eles*. Quem são eles. E, se vivia em tal isolamento, como alguém fora da seita saberia sobre você ou ao menos da sua existência?

— Porque os anciões me venderam — disse ela amargamente.

— Mas que porra? Para quem venderam você, Jenna? É por isso que você fugiu?

Ela assentiu com pesar, mordendo o lábio para evitar chorar de novo.

— Eu sabia que tinha que aproveitar a chance de escapar ou nunca mais teria outra oportunidade.

— Para quem eles venderam você? — repetiu Isaac, paciente. — E são eles que estão atrás de você agora? As pessoas que atiraram em mim e em Shadow?

Ela se encolheu, corando de culpa.

— Eu não sei exatamente quem são, só que são perigosos — murmurou ela. — Eles tinham armas. Sempre carregavam armas. Ofereceram muito dinheiro por mim, mas os anciões apresentaram algumas cláusulas. Uma delas era que eu fosse disponibilizada sempre que eles precisassem de meus serviços, e outra era que eu permanecesse intocada.

Ela corou profundamente.

— O líder deles queria falar comigo a sós e disse que eu era propriedade dele agora, e então riu e falou: "Esses idiotas acham que, se você perder sua virgindade, seus poderes desaparecerão. Mas você e eu sabemos que isso não é verdade, não é?".

Ela estremeceu e encolheu mais o corpo, grudando-se mais ainda a Isaac, embora ele duvidasse que Jenna estivesse consciente disso.

— Ele me disse que ia adorar dormir com uma virgem, que seria o responsável por me deflorar, e que depois seus homens poderiam transar comigo sempre que quisessem. Ele riu mais ainda e me disse que os anciões nunca mais usariam meus poderes novamente, não importava qual tivesse sido o acordo. Ele planejava matar todos que aparecessem para fazer uso de meus poderes.

Isaac xingou brutalmente, cerrando as mãos em punhos apertados quando o desejo de matar voltou. E ele mataria. Até o último daqueles desgraçados antes de permitir que eles tocassem no que pertencia a ele.

— A troca foi acertada alguns dias depois e eu soube que precisava fugir. Tive que aproveitar a oportunidade, porque, mesmo que eu terminasse morta, seria preferível a ser vendida àqueles homens.

Isaac fechou os olhos, sofrendo por ver alguém tão inocente sendo exposta a tanto mal ainda tão jovem. A noção de que ela estivera disposta a abraçar a morte com tanta tranquilidade como alternativa a ser usada e degradada por seus compradores, que a tratavam como um bem, quase o destruiu.

— Deus estava comigo — continuou ela, baixinho, surpreendendo Isaac à menção de Deus. Ele pensava que, pela forma distorcida como a seita apresentara a figura de Deus, Jenna já tivesse perdido toda a fé em um ser superior. — Um dos anciões sofreu um infarto. Ele estava morrendo e fui chamada para curá-lo. Todos sabiam o quanto seu estado era grave. Até aquele caso e depois... com você... eu nunca tinha curado alguém tão próximo da morte. Então fiz o suficiente apenas para que ele não morresse e fingi estar completamente incapacitada, drenada e exausta. Eu disse que precisava descansar e que, só então, faria uma segunda sessão para curá-lo por completo, mas que ele não morreria. E que depois seria como se o infarto nunca tivesse acontecido ou de que ele esteve algum dia estado à beira da morte.

Jenna olhou para baixo, envergonhada, e Isaac franziu a testa ao encará-la de maneira questionadora, esperando que ela continuasse.

— Eu queria matá-lo, deixá-lo morrer — sussurrou ela. — Só ajudei porque sabia que seria minha única oportunidade de finalmente fugir de tudo aquilo.

— Ele merecia morrer — rebateu Isaac. — Não perca nem um minuto sentindo vergonha por ter desejado a morte dele, linda. Depois de tudo o que te obrigaram a tolerar, é meramente humano sentir o que você sentiu. Nem mesmo Deus poderia culpá-la se você o tivesse deixado morrer.

A reafirmação de Isaac pareceu acalmá-la e Jenna respirou fundo.

— Eles me arrastaram para o meu quarto e me jogaram lá dentro, e voltaram para rezar pelo ancião. Para rezar — disse ela com desprezo. — Como alguém é capaz de rezar a Deus para salvar o mal em pessoa? Eles nem pensaram que eu pudesse fugir, pois tinham testemunhado o quanto eu sempre ficava fraca depois de curar alguém. E, embora eu tivesse exagerado muito a minha condição na maioria das vezes, *fiquei* muito fraca, e demorei um pouco para ganhar forças para me arrastar até a porta e fugir. Eu tinha encontrado mapas em um dos escritórios dos anciões em outra ocasião, então já conhecia a planta do complexo e qual direção era a rota mais curta através da mata densa que cercava o lugar. Consegui escapar em silêncio e depois corri muito. Estava tão escuro e eu, apavorada. Não conseguia ver para onde estava indo, e simplesmente torcia para estar correndo em linha reta através dos bosques, e não andando em círculos.

Isaac sentiu seu estômago se agitar, imaginando o quanto ela ficara indefesa enfrentando Deus-sabe-o-quê na floresta, ainda fraca depois da sessão de cura forçada. Ele nunca tinha desejado tanto o sangue de alguém quanto queria ver aqueles bandidos sangrarem por tudo o que fizeram ao seu anjo. Isaac nunca achou que matar alguém a sangue frio fosse divertido, mas naquele instante sabia que, se um dia pegasse algum deles, seria capaz de estraçalhá-los usando apenas as mãos.

— Pouco depois de entrar no bosque, sabia que tinham me descoberto, porque ouvi os cachorros.

Jenna foi tomada por um calafrio, o corpo trêmulo quando ela se aproximou ainda mais dele, quase como se estivesse tentando rastejar para dentro de Isaac, onde poderia sentir-se acolhida e segura.

— Eu sabia que tinha muito pouco tempo antes de me alcançarem, então corri o mais rápido que pude e rezei por misericórdia. E por ajuda.

E quando pensei que não tinha mais esperanças, tropecei na floresta e caí de cara numa estrada de cascalho. Estava começando a clarear o suficiente para conseguir enxergar ao longe. Vi um posto de gasolina na estrada. Corri, rezando o tempo todo para existir um jeito de chegar na cidade. Eu sabia que era o último lugar que esperavam que eu fosse, porque nunca tinha visto o mundo para além do complexo. Quais eram minhas chances de sobreviver por cinco minutos numa cidade do tamanho de Houston? Eu me escondi na carroceria de uma caminhonete que estava transportando produtos para a cidade e, quando o motorista parou depois do que pareceu uma eternidade, desci e continuei a correr.

Ela contorceu a boca de encontro ao peito de Isaac, as palavras seguintes abafadas pela pele dele.

— Acho que foi obra do destino eu estar tão perto do estacionamento onde seu carro estava, destrancado.

— Sim — disse Isaac num tom baixo. — Graças a Deus... Sempre vou deixar minhas chaves na ignição.

Jenna recuou um pouco e Isaac notou que ela franziu a testa e seus olhos voltaram a ficar temerosos.

— O que foi, Jenna? — perguntou ele bruscamente.

— Isaac, os anciões não carregavam armas, e certamente não têm nada que poderia ter sido disparado contra você de uma distância tão grande.

Jenna agarrou a mão dele, apertando-a junto ao peito, e Isaac sentiu o coração dela galopando descontroladamente sob sua palma.

— Como eles ficaram sabendo? — sussurrou ela. — Como poderiam ter me encontrado tão depressa? Eu esperava que eles fossem levar uns dois dias para vir atrás de mim.

Isaac franziu a testa quando pensou nas palavras dela.

— Provavelmente estavam vigiando o complexo o tempo todo, para o caso de você fazer exatamente o que fez. Então seguiram você, rastreando todos os seus movimentos. Se eu não tivesse te encontrado e interrompido o roubo do meu veículo, eles a teriam levado dali do estacionamento mesmo, ou te seguido, ou forçado sua saída da estrada, ou te sequestrado na primeira parada.

— Então como foi que você e seus homens me encontraram antes deles, depois que eu saí da estrada?

Isaac suspirou.

— Eles estavam distraídos e sendo obrigados a se defender quando meu reforço chegou e começou a atirar. Duvido que estivessem esperando alguma resistência. Provavelmente pensaram que seria fácil pegar você. Eu tenho um dispositivo de rastreamento na minha caminhonete que nos conduziu diretamente até a caminhonete. Infelizmente, isso também fez com que *eles* fossem direto até você, e foi assim que encontraram minha casa e atiraram em Shadow quando estávamos saindo para vir para cá.

Jenna se levantou num sobressalto, sua camiseta se esticando firmemente sobre os seus seios exuberantes.

— Então também não estamos seguros aqui — disse Jenna, em pânico.

— Shhh, querida, eu preciso que se acalme — tranquilizou Isaac. — Nós saberíamos se eles estivessem em algum lugar perto desta casa, mas você está certa. Não podemos ficar aqui. Vou ter que dar alguns telefonemas enquanto descobrimos nosso próximo passo.

Ela lambeu os lábios, tensa, e Isaac quase gemeu pelo gesto sexy e inocente.

— Você ficará a salvo? — perguntou Jenna, hesitante. — Seus homens estarão a salvo?

A expressão de Isaac ficou sombria e a raiva travava uma batalha feroz dentro dele. Jenna só estava preocupada com ele e sua equipe. Nenhuma palavra sobre a própria segurança ou se eles seriam capazes de cuidar da segurança *dela*. Será que Jenna achava que valia tão pouco assim?

Claro que achava. Quando é que ela havia demonstrado o contrário? Isaac foi tomado pelo desgosto. Jenna passara a vida inteira sendo espancada, desvalorizada, ouvindo repetidas vezes que não era nada, que não era importante, sendo que bastou alguns instantes para que se transformasse no mundo inteiro dele.

Incapaz de resistir e superando um segundo de preocupação pela possibilidade de assustá-la, Isaac a abraçou e a puxou para si, mergulhando uma das mãos nos cachos sedosos e claros de seu cabelo enquanto levava seus lábios aos de Jenna.

Isaac a beijou um tanto hesitante primeiro, avaliando-lhe a reação, mas, para sua surpresa, Jenna derreteu junto ao seu corpo, moldando-se firmemente a ele como se estivessem destinados a se encaixar. Então, Isaac aprofundou o beijo, lambendo os lábios dela, persuadindo-os suavemente a se abrir sob seu pedido persistente. Com um suspiro, Jenna abriu os lábios apenas o suficiente para receber a língua de Isaac, entrelaçando-se à dela, absorvendo a doçura de seu gosto.

Ele jamais havia sentido algo tão certo em sua vida. Tão *perfeito*. Jenna era feita para ele, assim como Isaac era feito para ela. Ele estaria fodido se algo voltasse a separá-los um dia. Se arriscaria por ela todas as vezes, iria se colocar entre Jenna e qualquer perigo. E, acima de tudo, Isaac sabia que uma coisa era verdadeira, sob todas as outras: Jenna pertencia a ele. Não tinha como algo tão certo não estar destinado a ser o que era.

— Nunca mais vou deixar que alguém volte a te machucar, Jenna — sussurrou Isaac de encontro aos lábios dela. — Tanto eu quanto toda a minha equipe estaremos dedicados à sua segurança assim que eu soar o alarme e convocar uma reunião para traçar nosso próximo movimento.

O olhar de tristeza de Jenna foi o suficiente para partir o coração dele em um milhão de pedacinhos.

— Eu não sou ninguém, Isaac — disse, em um tom que deixava nítido que acreditava em cada palavra. — Você não pode arriscar tudo por mim. Acha que eu seria capaz de ter paz sabendo que você, *que algum de vocês*, foi ferido ou morto por minha causa?

— É aí que você se engana, querida — disse Isaac com sua voz mais amável, que nunca tinha imaginado usar com uma mulher. Nenhuma que fosse. — Você é tudo para mim. Meu mundo inteiro. E se pensa que, depois de finalmente encontrá-la, depois de tantos anos faltando um pedaço de mim, eu simplesmente vou deixar que se vá, então vai descobrir bem rápido o quanto está enganada. Você é minha, Jenna. Entende isso? Você é *minha*. E eu sou responsável pelo seu bem-estar, sua proteção, sua felicidade, por fazer você sorrir e rir, e por fazer com que todos os seus sonhos se tornem realidade. Se você confiar em mim, juro que farei cada uma dessas coisas acontecer.

Jenna estava em estado de choque. Lágrimas se acumularam em seus belos olhos enquanto encarava Isaac com uma confusão atordoada.

— Você está falando sério? — Ela mal conseguiu falar por causa do nó na garganta, repetindo a mesma dúvida que havia manifestado antes.

— Nunca falei tão sério na minha vida. Mas isso não pode ser uma via de mão única, Jenna. Eu preciso saber que você sente ao menos alguma coisa por mim. Preciso que me dê esperanças de que não estou sozinho aqui e que sente ao menos um pouco do que sinto quando olho nos seus olhos, quando a toco e quando a beijo.

Ela corou, baixando o olhar, mas não sem antes Isaac notar que ela tinha o desejo de ser especial em seus olhos. Foi tão forte essa vontade que Isaac sentiu vontade de chorar, por tudo o que ela jamais tivera e tudo com o que sonhara.

— Confie em mim, Jenna — pediu ele com a voz rouca, quase implorando, algo inédito em sua vida. — Me dê a chance de provar meu valor. É tudo o que peço. Só uma chance. E que você deposite sua confiança e seu coração em minhas mãos. Vou tratá-los como a preciosidade que você é!

— Sou toda errada, Isaac. Como você pode querer isso… eu? — perguntou Jenna chorando. — Como posso ser digna de um homem como você?

Ele franziu a testa, apesar dos melhores esforços para não fazê-lo.

— Essa é a maior besteira que já ouvi na vida e não quero isso saindo da sua boca linda de novo. Estamos entendidos?

Jenna estava tremendo, mas assentiu mesmo assim, com as bochechas corando enquanto encarava os lábios de Isaac, os mesmos que tinham acabado de beijá-la.

— Eu nunca soube — disse ela com admiração.

Isaac inclinou a cabeça para o lado, tomando a bochecha dela na palma da mão.

— Do que você está falando, meu bem?

— Aquele beijo foi tão lindo — admitiu, hesitante. — Tão íntimo. É diferente de tudo o que já senti e não entendo direito as sensações causadas por ele.

Isaac sorriu com ternura para Jenna, e a beijou com carinho mais uma vez.

— Você vai entender isso e muito mais muito em breve, linda. Prometo.

Então ele suspirou e se afastou.

— Eu quero que você se deite e tente dormir um pouco. Está exausta, e preciso de você descansada para o que vem por aí. Preciso dar uns telefonemas e traçar nosso caminho. Eu te acordo daqui a algumas horas, e juro que não vou esconder nada de você. Combinado?

Lentamente, Jenna assentiu, olhando para a cama ansiosamente. Sem esperar que ela tomasse a iniciativa, Isaac a pegou nos braços e a colocou na cama, a cabeça apoiada nos travesseiros macios. Ele a cobriu e a beijou uma última vez.

— Boa noite, doce Jenna. Durma bem por mim, ok? Eu preciso de você forte para o que virá. Então, prometa que vai descansar e deixar os detalhes por minha conta.

— Eu prometo — respondeu ela, melancólica.

— Essa é minha garota — comentou Isaac, com carinho. — Abajur aceso ou apagado?

— Aceso — respondeu Jenna, ansiosa. — Eu não gosto do escuro.

Incapaz de resistir, ele se inclinou para lhe dar um último beijo, profundo e demorado.

— Boa noite, amor — sussurrou Isaac. — Sonhe comigo.

treze

Isaac digitou uma série de códigos criptografados que sinalizaria a todos os membros da DSS que estava rolando um problema do caralho e que todo mundo precisava chegar logo a um dos poucos esconderijos que não tinham sido violados ao longo dos anos. Por mais que Isaac não quisesse envolver a DSS, sabia que não tinha escolha depois de tudo o que Jenna lhe confidenciara.

Isto era muito maior do que uma operação para um homem só ou mesmo para uma equipe pequena. Isaac precisava de todas as pessoas disponíveis nesta missão. Isso poderia significar a diferença entre a vida e a morte, e entre Jenna ser salva ou voltar a ser sequestrada e submetida a uma vida infernal na posse dos homens que a perseguiam.

Isaac sabia que Tori, a irmã caçula de Caleb e Beau, assim como as esposas deles e a mulher de Zack, acompanhariam seus maridos por dois motivos. Um: nenhum dos homens queria perder as mulheres de vista quando um deles estivesse correndo algum perigo em potencial. E dois — Isaac quase sorriu ao pensar nesse —, as mulheres insistiriam para vir, independente de quanto os maridos contra-argumentassem, em especial Ari, por ser capaz de detonar uma pessoa sem nenhuma arma além da sua mente cruel e vingativa quando o perigo ameaçava quem ela amava.

Ficou óbvio que Dane, Beau e Caleb não estavam satisfeitos por Isaac e os quatro novos recrutas estarem escondidos num local providenciado pelo marido de Eliza, Sterling.

— Agradeço pela presença de todos — disse Isaac solenemente.

— O que está acontecendo, Isaac? Sem enrolação. Isso tem alguma coisa a ver com Jenna? — exigiu Dane.

Isaac ergueu as mãos quando Dex, Zeke, Knight e Shadow se levantaram do sofá, os braços cruzados, as expressões inescrutáveis.

— Estamos aqui porque queremos estar — disse Shadow bem baixinho, ainda assim se fazendo ouvir. — Isso não teve nada a ver com a DSS ou com nossos cargos lá, e com certeza não teve porra nenhuma a ver com dinheiro. Então, pode pegar sua remuneração e enfiar no...

Dane riu, mas a expressão de Beau parecia uma tempestade.

— Seria bom você se lembrar de quem assina seus contracheques — disse Beau.

— Na última vez que verifiquei, foi Dane quem nos contratou, nos treinou e quem assina nossos contracheques — rebateu Dex. — Até onde sei, se ele não tiver nenhum problema com isso, e Dane ainda não manifestou nenhum, então meu único trabalho é me reportar a ele e receber ordens dele e de Isaac, desde que Isaac esteja no comando.

Três das quatro mulheres que Jenna olhava com curiosidade reviraram os olhos e fizeram caretas para os homens antes de se virarem e se apressarem para onde Jenna estava parada. A quarta mulher permaneceu onde estava e Jenna notou que ela parecia triste e assustada. Será que ela se ressentia de Jenna por ter causado tanto transtorno na vida de todos?

— Estamos muito felizes em conhecê-la, Jenna — disse Ari calorosamente depois de se apresentar, seguida pelas outras duas, Ramie e Gracie, que também explicaram quem eram seus maridos. — Acho que depois de ouvir a nossa história, você não vai se sentir tão sozinha quanto pensa e vai ver que definitivamente *não* é uma aberração.

Jenna ergueu ambas as sobrancelhas num questionamento, e então Ari pôs-se a descrever o poder que cada uma delas possuía, o quanto eram diferentes e, ainda, como foram úteis quando se juntaram para salvar seus homens.

Jenna ficou boquiaberta, e Ramie e Gracie riram.

— Agora, não vá contar isso a *eles*, mesmo que seja verdade. Eles gostam de achar que nos mantêm enroladinhas em plástico bolha em casa, onde nada pode encostar na gente. — Ela revirou os olhos novamente. —

Não importa que a gente os tenha tirado de mais de uma situação crítica combinando nossos talentos e usado-os para derrubar os bandidos.

Jenna olhou para além do grupo de mulheres, para a mulher solitária que ainda estava de pé sozinha num canto, abraçando o próprio corpo numa postura protetora, com a cabeça abaixada para que ninguém conseguisse captar seu olhar.

— Quem é ela? — perguntou Jenna com calma. — Ela parece tão... vulnerável. — Basicamente como Jenna se sentia, mas, naquele momento, algo na outra chamava sua atenção, fazendo-a se esquecer dos perigos que ela mesma corria. Estava mais preocupada por estar expondo a outra mulher aos fanáticos que a perseguiam.

Os olhos de Ramie ficaram sombrios e ela suspirou.

— Aquela é Tori, a irmã mais nova de Caleb e Beau. Ela passou por tanta coisa. Também tem um dom, mas é algo que mais frustra e machuca do que ajuda.

Jenna franziu a testa em confusão.

— Ela foi sequestrada há alguns anos por um assassino em série muito sádico que fez coisas com ela que nem dá para descrever, antes de acontecer o resgate. Poucas horas antes do horário que ele planejava matá-la. — Ari falava baixinho. — Ela sonha com o futuro. Com coisas que vão acontecer, mas muitas vezes não consegue entender o sonho. Ou não conhece as pessoas que aparecem, o que a impede de avisá-las. Se ela sonha com quem conhece, os sonhos não são nítidos e sucintos. Ela vê imagens e situações, mas não os eventos que levam ao acontecimento em questão. Isso faz com que se sinta impotente. Entre seus sonhos com o futuro e seus pesadelos com o passado, ela nunca está em paz, jamais se sente segura... e quem pode culpá-la? Não consigo imaginar ter que lidar com o que ela lida. Apenas uma dessas coisas já é suficiente para arrasar uma pessoa, mas as duas juntas? Ela se acha fraca e incorrigível, mas o que não percebe é como alguém precisa ser forte para suportar o que ela passou e o que ainda passa, e aguentar a pressão. Ela é muito mais forte do que acredita.

Jenna olhou para Tori novamente, seu coração se enchendo de tristeza. Ela concordava com a avaliação de Ari. Aquela não era uma mulher fraca ou irrevogavelmente ferida. Se fosse o caso, Tori não estaria aguentando firme e enfrentando cada dia.

Enquanto pensava no assunto, as palavras apaixonadas de Isaac lhe voltaram à mente, tão semelhantes aos seus pensamentos sobre Tori. Ele lhe disse que ela não estava destruída, que não era fraca. Que uma pessoa mais fraca jamais teria aguentado por tanto tempo o que Jenna suportou, e nunca teria sido capaz de fugir.

Era uma revelação impressionante e proporcionava uma nova visão de si que ela nunca tinha imaginado até então. Será que Isaac estava certo? Se era válido para Tori, poderia ser válido para ela também? Jenna não gostava de pensar em si como uma mulher fraca, impotente e destruída. Queria ser forte e digna da maneira como Isaac e o restante da equipe pareciam enxergá-la. Talvez ela precisasse reconsiderar a avaliação de si mesma e parar de chafurdar em autocomiseração, agindo como uma vítima desamparada. Se ela não fosse capaz nem de ajudar a si, daí como poderia esperar que alguém mais pudesse ajudá-la?

— Você parece prestes a desmaiar — disse Gracie em sua voz calma e doce. — Por que não senta um pouco? Isso provavelmente vai levar um tempo e eu juro que, se Isaac se meter a esconder qualquer coisa, as meninas e eu vamos deixar você a par de tudo.

Jenna sorriu e sufocou um bocejo.

— Agora que você mencionou, estou bem cansada.

Quando as mulheres se voltaram aos seus maridos, Jenna recuou para o outro lado da sala e afundou as costas contra a parede, agarrando os joelhos e puxando-os para junto do corpo.

Ela encarava a cena com inveja e se sentia profundamente desprovida de algo que nem conseguia nomear ao ver o quanto era óbvio o amor daqueles homens por suas esposas. Eles não passavam um minuto sem tocá-las. Davam beijos em suas cabeças, narizes, pescoços, e até pegavam nas mãos de suas parceiras, vez ou outra, pra beijar os dedos. Não havia nenhum tipo de mal-estar. Quem estava solteiro, levava tudo numa boa e, a julgar pelo rubor nas bochechas das mulheres, elas gostavam muito do contato físico com seus parceiros. Tanto quanto de seus beijos.

Era diferente de tudo que Jenna já tinha testemunhado. Nenhum dos homens na seita beijava suas esposas, agia de forma carinhosa, as abraçava pela simples vontade de tocá-las ou as provocava com risadinhas. Deus, o amor que ardia nos olhos daqueles homens diante de suas esposas era suficiente para fazer Jenna querer sair correndo dali de tanta vergonha.

Será que um dia alguém a olharia daquele jeito? Ela era um produto da seita. Fora ensinada que em todos os lugares do mundo as pessoas se comportavam como as da seita. Exceto que... Isaac frequentemente a olhava da mesma forma que estes homens olhavam suas esposas, e, quando a beijava, qualquer noção anterior de que beijos eram repulsivos evaporava, então Jenna ficava imersa, perdida em um mundo que jamais soubera existir. O que significava tudo aquilo? Claro que Isaac jamais teria sentimentos tão profundos e tão cedo. Mal se conheciam. Mas Isaac era tão convincente. Ou talvez ela estivesse imaginando o que queria ver e sentir, e a realidade estivesse muito longe da fantasia que criara.

Como saberia o que pensar? Em quê acreditar? Como ela, com sua ignorância sobre a vida além dos limites do complexo que fora seu cárcere, deveria saber o que era real ou não? A sua mente estava em um caos absoluto e não conseguia processar o comportamento de Isaac, que considerava completamente estranho, muito menos acreditar que aquilo era normal. E se eles fossem os loucos e ela a única sã?

Jenna quase engasgou quando uma risada áspera queimou sua garganta. Se havia alguém louco ali, era ela. Ela via com ceticismo o amor óbvio entre aqueles casais com ceticismo porque, no fundo, doía saber que aquelas mulheres tinham uma coisa que Jenna daria tudo para ter também.

E ela sempre fora honesta consigo mesma, porque era a única coisa que lhe restava quando tudo o mais em sua vida havia sido uma mentira. A verdade era que sentia uma tremenda inveja de Ramie, Ari e Gracie. O sentimento a corroía mais do que qualquer vergonha ou qualquer ferimento já causado por seus sequestradores. E o corte sequer era delicado ou superficial. Era uma ferida aberta, marcando-a e sangrando até a alma.

Era pecado querer o mesmo que a maioria das outras garotas desejavam ao chegar à maturidade? Ela sempre fantasiara que o mundo exterior seria bem diferente das relações construídas dentro da seita. Sonhava com uma vida normal, com um homem que a amasse, que lhe daria filhos e que não se preocuparia com seus poderes nem se sentiria ameaçado por eles. Mas Jenna jamais soube se o restante do mundo era diferente. Agora que sabia a verdade, isto só aumentava seus anseios. E se fosse tarde demais para ela? Estava muito marcada pela vida, com cicatrizes profundas e intensas demais devido ao seu período na seita para que alguém a olhasse com qualquer outro sentimento que não fosse dó ou desgosto. Ou uma descrença total.

Finalmente, depois do que pareceu uma eternidade, as mulheres, e até mesmo Isaac, que estava ao lado de alguns de seus homens, pararam de olhá-la de relance com preocupação e começaram a fazer planos, discutindo as precauções necessárias.

Jenna enterrou o rosto nos joelhos, balançando de leve para a frente e para trás, encolhida na menor posição que conseguiu, ficando o mais discreta possível para não chamar nenhum tipo de atenção. Não conseguia suportar a pena ou a raiva nos olhos e nos rostos deles. E ela sabia que os havia arrastado para um problema que não cabia a eles resolver, muito menos deveriam ter sido envolvidos.

Jenna precisava fugir o mais depressa possível. Só assim aquelas pessoas, que representavam tudo de bom no mundo, não seriam contaminadas por ela e jamais sofreriam por terem interferido a seu favor.

Mesmo que Jenna acreditasse que Isaac se importava com ela, e mesmo que quisesse ter com ele o que as outras mulheres possuíam com seus maridos, sabia que isso não era um sonho realista. Por causa dela, Isaac podia acabar sendo morto. Talvez esse se tornasse o destino até mesmo dos outros homens ou das outras mulheres. Sabendo disso, como Jenna seria capaz de encarar qualquer um deles? Como poderia conviver consigo mesma ou voltar a se olhar no espelho, sabendo que era motivo de tanta dor e tanta morte? Jenna precisava abandonar seus sonhos ridículos e abraçar a realidade. E a realidade era que ela, e qualquer um que se aproximasse, jamais estariam em plena segurança. Nenhum homem dava conta de viver constantemente desconfiado e se esquivando da morte a cada esquina. E a mataria ver Isaac em perigo ou indo embora depois de experimentar, ainda que por pouco tempo, como seria a vida ao lado de um homem como ele. Jenna sabia que sentiria uma dor profunda ao abandoná-lo, mas ela ficaria ainda mais arrasada se fosse separada de Isaac mais tarde, após terem convivido mais.

Tinha que ser assim. Não apenas para proteger a si mesma, mas também pela segurança de Isaac e de todos os presentes naquela sala. Ela fechou os olhos e levou um segundo para ganhar forças, sabendo em seu coração que aquela era a única opção. Não havia alternativa.

Jenna levantou a cabeça o suficiente para espiar os outros e congelou. Era uma idiota completa, porque, se Gracie realmente possuía a habilidade de ler mentes, então seu plano já era um fracasso.

Quanto mais seu olhar acompanhava as mulheres do grupo, mais amarga era a inveja que crescia em seu interior. Jenna não as odiava ou lhes desejava algum mal, mas sentia uma baita inveja pelo que elas possuíam.

Ela apoiou a cabeça nos joelhos, disfarçando para o caso de alguém flagrá-la encarando as outras e, principalmente, para tentar evitar algum tipo comunicação mental com Gracie. Afastou-se o máximo possível dos outros e encolheu-se, tentando se fazer invisível enquanto examinava o cômodo lentamente, com os olhos escondidos das pessoas a poucos metros de distância. Jenna estudava todos os detalhes, tentando desesperadamente encontrar algum meio de sair dali. Uma risada histérica quase lhe escapou antes que a contivesse, respirando fundo pelo nariz, obrigando-se a se acalmar.

Como exatamente achava que conseguiria escapar destes homens? A raiva de si mesma emergiu em seu corpo com todo o vigor. Ela já havia fugido do impossível e, se tinha conseguido uma vez, então poderia fazer de novo. Só precisava acreditar que era capaz. Mas primeiro era necessário encontrar uma saída e, depois, ela teria que agir quando a atenção de todos estivesse concentrada em outro ponto.

Jenna bufou suavemente contra os joelhos, em um gesto quase silencioso de frustração. A quem tentava enganar? Apenas uns segundos atrás, fora totalmente honesta consigo mesma e, agora, estava ali afirmando que suas chances de fugir sem ser notada eram boas. Mas ela não conseguia decidir o que era o pior. Ser desonesta consigo ou ser pessimista. Nenhuma das opções a ajudaria na situação atual.

Recusando-se a ceder à derrota, não importando o quanto parecesse inevitável, Jenna resolveu parar de se lamentar e agir como uma tola patética e inútil. Sempre havia um jeito. Ela só precisava encontrá-lo.

Sendo extremamente cuidadosa para não ser óbvia, voltou a fazer a avaliação de rotas de fugas e métodos de como escapar, que abandonara por causa do pessimismo. Havia aprendido a ter uma paciência infinita enquanto estava presa na seita, sabendo que, se alguma vez ficasse ansiosa e tentasse escapar antes de ter um plano impecável, jamais teria uma nova oportunidade. Um pouco mais de sorte certamente não cairia nada mal, mas ela tentaria aproveitar toda a sorte disponível.

Permanecendo completamente silenciosa, de modo que nem mesmo sua respiração pudesse ser ouvida, Jenna ergueu a cabeça de um jeito que não fosse notado. Espiando por debaixo de seus braços para examinar o ambiente, procurou uma saída que não estivesse bloqueada por um ou mais dos homens da DSS. Droga! Pelo tamanho dos sujeitos, só bastaria um para criar um obstáculo insuperável para ela.

Jenna prendeu a respiração quando seu olhar finalmente flagrou o que parecia ser a abertura para o porão. Era pequena, mal caberia um daqueles homens grandalhões e musculosos. Certamente seria bem apertada para qualquer um deles. Mas sua figura esbelta poderia escorregar pela abertura facilmente. Aquela portinhola parecia desativada há anos. Como ela sabia que aquela era uma das fortalezas da DSS e um dos esconderijos mais seguros, a porta do porão provavelmente devia ser uma rota de fuga caso ficassem sob algum cerco.

E não era muito longe do local onde ela estava sentada contra a parede. Se conseguisse se arrastar devagar mas sobretudo em silêncio, pelos poucos metros até a abertura, seria possível descer rapidamente sem ser notada.

Tinha que haver uma saída lá embaixo. Aqueles homens teriam se planejado para qualquer eventualidade e, muito provavelmente, teriam múltiplas rotas de fuga para o caso de o esconderijo ser invadido e qualquer uma das saídas estar comprometida ou bloqueada pelo inimigo.

Jenna se encorajou mentalmente, mesmo quando o pânico quase a sobrecarregou ao ponto de entrar em colapso. *Recomponha-se!* Tudo o que precisava fazer era abrir a portinhola e fechar de volta, torcendo para não fazer nenhum barulho. Depois, encontrar a saída que levava ao lado de fora do prédio, e então correr como se a vida dependesse disso.

Não a vida dela. A vida de Isaac. A vida dos homens e mulheres da DSS. O sangue das pessoas que se recusava a ter nas suas mãos, já que ela era o único motivo para todos ali estarem em perigo.

Da primeira vez, quando fugiu da seita, ela havia conseguido encontrar uma rota para a cidade, mesmo depois não tendo sido capaz de ir muito longe antes de se deparar com Isaac — e com um monte de problemas. Mas este não era o ponto. Ela tinha conseguido uma vez e poderia fazer de novo. Jenna simplesmente não podia deixar que o terror a paralisasse e precisava perceber que aquilo não era um jogo de esconde-esconde. Falhar significava ser capturada outra vez, e também poderia significar a morte de todos nesta sala. O sucesso significava que ela continuaria a respirar e que poderia desaparecer para um lugar onde nunca mais representaria perigo para alguém.

Esse pensamento trouxe-a de volta à razão de imediato, e ela prometeu ter extremo cuidado desta vez e não confiar em ninguém. Jenna fora bem sortuda, pois Isaac, afinal, era *confiável*, mas e se tivesse tentado roubar o carro de outra pessoa? Se não fosse por Isaac, ela agora estaria nas mãos de monstros brutais. Nem todos eram bons como ele e seus homens, e, dali em diante, Jenna não se arriscaria mais, não daria nenhuma oportunidade de confiar em alguém apenas para ser traída.

O medo já lhe dera forças antes, quando tinha fugido. Já havia lhe dado a adrenalina necessária para seguir com seu plano. Mas desta vez não poderia contar com nada disso para salvá-la. Era preciso ser inteligente e usar a cabeça se quisesse ter alguma esperança de sair daquele lugar e permanecer viva.

Pouco importava para onde fosse na cidade, só precisava se manter longe de becos escuros e ruas mal iluminadas. De vizinhanças suspeitas. De qualquer coisa que despertasse seu sexto sentido sempre alerta para o perigo. Desta vez, prestaria muita atenção em vez de mergulhar de qualquer jeito nas ruas, procurando de forma frenética por algo, por qualquer coisa, para auxiliá-la em sua fuga.

Seu objetivo era se manter em regiões lotadas, onde poderia se misturar. Sempre ficar nas partes movimentadas da cidade. Nos paraísos de compras. Em lugares onde havia muitas lojas, talvez algum shopping grande. Seria tão fácil se misturar a milhares de pessoas que iam e vinham como formigas em um formigueiro.

Mas antes de se deixar levar pelos planos futuros, Jenna precisava fazer algumas mudanças muito importantes, ou nada do que havia planejado até agora faria qualquer diferença. Sua aparência era muito característica, muito marcante. Então precisava mudar o visual, e bastante.

Seu cabelo e seu traços eram marcantes demais. Isaac a chamava de anjo — seu anjo — com um tom de reverência que a fazia se perguntar se ele realmente a enxergava como um anjo com seus cabelos longos, claros, quase brancos, seus olhos incrivelmente azuis e sua pele quase translúcida.

Jenna precisava tingir o cabelo. Porém não seria capaz de cortá-lo mesmo sabendo que isso a fazia soar não apenas vaidosa, mas muito estúpida. Só que este era seu único ato de rebeldia. Os anciões costumavam ameaçar repetidamente cortar seu cabelo, como um meio de humilhá-la e dobrá-la à vontade deles, mas em todas as vezes ela tinha jurado que se mataria antes de algum dia concordar em curar outra pessoa caso cumprissem as ameaças.

O medo nos olhos dos anciões dizia que sabiam que Jenna não estava blefando, e não estava mesmo. Ela já havia perdido tanta coisa. Por que continuava aguentando a situação? Esta era uma pergunta que tinha feito a si mesma dezenas de vezes ao longo dos anos, só para chorar até dormir, porque não tinha uma resposta.

Talvez fosse o puro desespero gravado em seus traços que os convencia, ou o fato de que ela encarava-os desafiadoramente, como se a morte fosse o ápice de sua liberdade, algo que desejava muitíssimo. Embora eles jamais tivessem cumprido a ameaça vazia, a segurança em cima dela fora reforçada, e passaram a obrigá-la a comer, Jenna querendo ou não.

Muitas vezes, eles a forçavam a se alimentar usando uma sonda e a seguravam enquanto enfiavam uma intravenosa nela, para que pudessem administrar o soro e complementar os nutrientes administrados pela sonda de alimentação. Era como se temessem que Jenna fosse cumprir a ameaça e acabar com toda a sua dor, humilhação e tristeza.

Jenna deveria se envergonhar por permitir que os anciões pensassem isso dela. Que era tão fraca a ponto de dar fim à própria vida em vez de lutar com todas as suas forças por sua liberdade, não importando quanto tempo demorasse. Mas esse pensamento a ajudou a ganhar seu precioso tempo, do qual precisou para cumprir a promessa que tinha feito quando era apenas uma garotinha, presa em um ambiente onde conseguia farejar o mal de forma tão intensa que a enojava, fazendo com que em muitas noites ela vomitasse cada porção de comida ou de líquidos que havia sido obrigada a consumir durante o dia.

Sendo assim, enquanto ela se recusava a cortar um centímetro que fosse de seu cabelo —, e aquilo poderia muito bem acabar se revelando como o pior erro de sua vida —, Jenna poderia mudar o visual de outras formas. Poderia tingir o cabelo com uma cor tão diferente da natural que ninguém jamais a reconheceria. Mas ruivo estava fora de cogitação. Ela simplesmente não conseguia se enxergar como ruiva. Mas poderia ser castanho-escuro ou mesmo preto.

Depois de pensar um pouco, optou pelo preto, como o céu à meia-noite, quando não era possível ver a lua ou as estrelas através da escuridão intensa. Este também era o melhor jeito de passar pelas sombras sem ser detectada. Se a sorte e Deus estivessem ao seu lado, o céu permaneceria nublado para que a lua e as estrelas não pudessem iluminá-la e destacá-la mesmo sob o melhor disfarce. Assim as probabilidades de permanecer despercebida aumentariam muito. Mas melhor ainda era o fato de que a visibilidade estaria limitada a metros, em vez de distâncias muito maiores.

Ela precisaria de roupas novas, e algo bem diferente dos trapos que estivera usando quando fugira do complexo, mas, ao mesmo tempo, nada que atraísse atenção desnecessária. Não, ela queria ser... normal. Jeans. Em bom estado, sem rasgos ou buracos. Um modelo do seu tamanho e não muitos tamanhos acima, que pareciam ter sido encontrados em uma caçamba de lixo.

Já a blusa precisava ser grande, pelo menos dois tamanhos acima, assim não mostraria nada de suas curvas. Durante muito tempo ela amaldiçoara seus seios grandes, seu quadril largo e seu bumbum proeminente que os homens pareciam encarar com um olhar que assustava tanto a ela quanto aos anciões.

Um suéter ficaria perfeito, e era inverno, embora a temperatura nunca ficasse tão baixa naquela faixa do sudeste do Texas até o outro lado de Houston. E um suéter seria volumoso o suficiente para que não precisasse se preocupar com sutiãs.

Ela estremeceu; tinha esquecido completamente dos sapatos, e eles eram caros. Mas talvez pudesse encontrar alguma coisa por um preço decente em uma loja de segunda mão ou no Exército da Salvação, quando fosse procurar pelos outros itens necessários para completar seu disfarce.

Mas outro pensamento a fez estremecer. Conforme Isaac tinha lhe explicado com tanta paciência, não era realista simplesmente ignorar as ideias que sempre fizeram parte de sua vida muito antes de ela adquirir consciência. Apenas com o tempo ela conseguiria ver como o mundo real funcionava e permitir-se jogar de acordo com as regras da sociedade, e não seguindo os ensinamentos retorcidos e repugnantes que os anciões impunham a pessoas jovens e impressionáveis. Isaac disse que, com o tempo — e por "tempo" ele com certeza não se referia a uma reviravolta imediata —, ela conseguiria se recondicionar e ser capaz de admitir não só para si, mas para os outros, que as pessoas que a aprisionaram haviam lhe empurrado mentira após mentira garganta abaixo.

Afastando essa preocupação e a culpa por causa da outra parte do plano, Jenna também sabia que precisava comprar maquiagem e fazer uns testes, ou ir a um profissional e aprender a usá-las, para alterar os traços do rosto.

Ela sempre tinha deixado o cabelo solto, não por escolha, mas por ordem dos anciões, e agora estava morrendo de vontade de ajeitá-los com os inúmeros penteados que vira outras mulheres usando. Achava tudo muito bonito. Até mesmo um estilo desleixado. Como se elas não se importassem com o que os outros pensavam e usassem o cabelo do jeito que sentissem mais à vontade. O que Jenna não faria para ter esse tipo de confiança e assertividade!

Ao revisar a lista que estava fazendo em sua cabeça, a fim de garantir que não tinha se esquecido de nada, Jenna sentiu um aperto no peito e lágrimas idiotas fizeram seus olhos arderem. Será que sempre se sentiria dessa forma quando sonhasse em se permitir ser normal? Quando sonhasse que não teria mais pessoas perigosas e maníacas em seu encalço, que não parariam diante de nenhum obstáculo, capazes até de matar qualquer um que tentasse ajudá-la? Era um sonho impossível. Jenna limpou as bochechas úmidas com as costas da mão, furiosa por estar sentada, sentindo pena de si, quando deveria estar trabalhando para sair dali, *agora*.

Jenna não tinha dinheiro e, quando se deu conta disso, o estômago se revirou e ela balançou a cabeça ainda abaixada contra os joelhos. Era óbvio que o marido de Eliza tinha muito dinheiro. Aliás, nenhum dos homens de Isaac ou mesmo ele pareciam ter o menor problema com dinheiro. Será que sentiriam a falta de algumas centenas de dólares? Ela só pegaria o suficiente para fazer as mudanças necessárias em seu visual e começar a procurar um emprego. Mas esse pensamento só cravava ainda mais a faca em seu coração, aumentando o seu desespero.

Ela não tinha certidão de nascimento. Não tinha carteira de identidade. Sequer fazia ideia de quantos anos tinha. Não sabia qual era o seu sobrenome e não possuía nenhuma experiência profissional, exceto ser uma escrava para aqueles megalomaníacos, e achava difícil que esse tipo de experiência no currículo a levasse muito longe.

Além disso, Jenna não queria o tipo de emprego que só a faria lembrar da vergonha e da humilhação de seu passado. Mendigos não podiam escolher nada. Ela sabia disso muito bem. E em certo aspecto reconhecia que deveria ser grata por qualquer emprego que lhe oferecessem, mas cada pedacinho dela se rebelava por ser tratada como algo muito inferior aos outros. Como se não fosse *nada*.

Jenna fechou os olhos e começou a balançar o corpo mais forte, as lágrimas molhando os joelhos do jeans. Então franziu a testa, recordando-se de uma lembrança. Alguns anos atrás, uma das poucas vezes que tinha conseguido se esgueirar para um dos escritórios dos anciões sem ser vista. Ela estava estudando a planta e os projetos do complexo, buscando a melhor rota de fuga, até que viu um jornal recente. Incapaz de conter sua curiosidade, folheou as páginas com cuidado, parando em uma reportagem sobre a tendência de empresas que optavam por pagar seus funcionários por debaixo dos panos, sem exigir referências, documentação, experiência ou mesmo idade. Mesmo assim, Jenna pensou agora, quem em sã consciência cogitaria contratá-la sem saber nada a respeito do seu passado, mesmo que o pagamento fosse feito clandestinamente?

Ainda assim, a ideia era tentadora demais. Seria um sonho realizado. Ela poderia trabalhar até economizar dinheiro suficiente para sair da cidade e ir para qualquer lugar do país recomeçar onde ninguém saberia quem ela era ou do que era capaz de fazer. Jenna seria mais uma pessoa sem nome e sem rosto na multidão. A emoção que tomou conta do seu corpo não podia ser controlada ou detida, não importa o quanto tentasse. Era estúpido criar esperanças só para vê-las estraçalhadas, mas precisava tentar. Não costumava desistir. Se fosse assim, já teria feito o que os anciões queriam anos atrás.

catorze

Isaac tinha ficado tão envolvido planejando a estratégia e os planos para seu próximo passo para proteger Jenna que não dera uma olhada nela pela última meia hora. Assim que percebeu, se virou freneticamente, procurando-a. Viu-a encolhida junto à parede, do lado oposto da sala, com as pernas coladas ao peito, em uma postura defensiva. A pulsação dele acelerou e, quando notou o leve tremor nos ombros de Jenna, Isaac soltou uma lista de palavrões.

O rosto dela estava enterrado nos joelhos, o cabelo proporcionando uma barreira eficaz para proteger totalmente sua expressão facial, mas Isaac não precisava vê-las para saber que Jenna estava chorando e fazendo o possível para esconder sua angústia. Naquele momento, ela parecia tão solitária e frágil, que Isaac sentiu seu coração doer e jurou amenizar aquela dor da maneira que fosse. Jenna estava sofrendo, então a dor atingia a ele também, porque era impossível ver aquela mulher linda e altruísta suportando tanta dor. Aquilo fazia com que Isaac se sentisse impotente e incapaz, duas emoções que não estava acostumado a experimentar em seu trabalho.

Mas Jenna não dava trabalho e não era uma missão. Ela era simplesmente *tudo*.

— Já acabamos aqui — disse Isaac de forma brusca, sem desviar o olhar de Jenna e de sua postura desanimada, odiando com todas as forças o fato de ela estar chorando em silêncio e se esforçando para não ser um fardo; uma merda de fardo! Quando, em tão pouco tempo, ela se tornara nada menos do que o mundo inteiro de Isaac.

Assim que seus companheiros viram para onde Isaac olhava, houve uma mistura de suavidade e rigidez em suas expressões. Nenhum deles estava feliz por Jenna ter sido ignorada e ter ficado sentada sozinha, assustada e vulnerável, enquanto eles se ocupavam decidindo o próximo passo.

Isaac caminhou até ela, se abaixou e a envolveu, carregando-a e ignorando seu suspiro assustado. Ele aninhou o rosto úmido em seu pescoço para que Jenna fosse poupada do desconforto dos olhares das outras pessoas na sala.

— Shhh, linda — murmurou ele enquanto a carregava para o quarto. — Apenas deixe-me cuidar de você. Não quero que se preocupe com nada. Você nunca deve ter medo ou incerteza quando estiver nos meus braços — assegurou ele em um juramento sussurrado.

Jenna relaxou de encontro a ele, seu corpo se fundindo ao de Isaac quando entraram no quarto e ele fechou a porta atrás de si. Isaac só relaxou o abraço depois de deitá-la na cama, e então pairou junto a ela por um momento, odiando se separar de Jenna mesmo que fosse durante os poucos segundos que levaria para pegar uma de suas camisas enormes para ela vestir para dormir.

Isaac voltou e, lentamente, para não a alarmar começou a despi-la. Jenna engoliu em seco, um leve suspiro escapando de seus lábios fartos e doces, e suas bochechas coraram quando ela rapidamente envolveu o peito com os braços a fim de cobrir os seios.

— Você não precisa ser tímida comigo, Jenna. Você é tão perfeita. Tão linda, que chega a doer. Mas precisa vestir algo mais confortável para dormir. As meninas trouxeram roupas e sapatos, mas esta noite você vai dormir usando a minha camiseta, para que saiba a quem pertence.

Jenna corou, com os olhos brilhantes de prazer. Sua tristeza anterior já tinha se evaporado quando encarou Isaac como se ele fosse um herói, como se fosse o único homem do mundo. Isaac sabia que, se continuasse a ser o único homem do mundo *dela*, conseguiria respirar sem o pânico sempre presente pela possibilidade de perdê-la, ou de vê-la desaparecer de seu mundo levando embora cada fiapo de luz e bondade do mundo.

Isaac sabia que ela era o mundo dele, que ninguém mais existia, mas precisava garantir que ocuparia o mesmo espaço no mundo e no futuro de Jenna. Não havia nada que ele não faria para torná-la sua, para criar um vínculo tão intenso entre os dois a ponto de não haver como fugirem disso.

Com as mãos trêmulas, Isaac vestiu a camiseta pela cabeça de Jenna e lentamente começou a ajeitar a peça em seu corpo, os nós de seus dedos roçando suavemente nos seios dela. Os dois soltaram a respiração com pesar e, de repente, as pupilas dela quase cobriram toda a íris azul-clara, deixando apenas um anel fino ao redor das órbitas escuras.

O peito de Jenna inflou como se estivesse lutando para respirar, enquanto que Isaac estava prendendo a respiração desde que despira aquele corpo curvilíneo, vestindo-a para dormir. O peito dele queimava com a necessidade de oxigênio, e só quando Jenna estava completamente coberta de novo foi que Isaac conseguiu deixar o ar entrar em seus pulmões ávidos.

— Você precisa descansar, querida — disse, colocando-a debaixo das cobertas. — Amanhã vai ser um longo dia e esta pode ser sua última chance de ter uma boa noite de sono em muito tempo.

De repente a expressão de Jenna demonstrava ansiedade, os olhos perturbados, e ela parecia prestes a perguntar alguma coisa, porém hesitou.

— O que foi, querida?

— Onde você vai estar? — perguntou Jenna em voz baixa, seu olhar vagando para as janelas na parede oposta.

— Vou estar onde você quiser que eu esteja — respondeu Isaac simplesmente. — Quer que eu fique? Quer que eu durma na cama com você?

Ela lambeu os lábios, nervosa, a tristeza queimando em seus olhos por um breve segundo.

— Eu quero que você me abrace — pediu Jenna, com os lábios tremendo. O que estaria se passando pela cabeça dela? O que estaria pensando? Isaac ficava louco por não conseguir simplesmente deixar tudo bem para ela e apagar toda a preocupação, o medo ou os pensamento tristes.

— Não tem nada que eu gostaria mais do que ter você dormindo nos meus braços — disse Isaac, pousando um dedo sob o queixo dela e inclinando-o para reivindicar aquela boca do jeito que realmente queria. Ele queria que o sabor dela impregnasse sua língua para sempre. Queria que o perfume dela enchesse suas narinas até que ele não conseguisse sentir o cheiro de mais nada, só o dela, em todos os minutos do dia.

Isaac precisou de toda a sua força de vontade para romper o contato entre seus lábios colados. Ele queria tanto fazer amor com Jenna, que o desejo chegava a doer. Mas ela merecia ser venerada e possuída lentamente, com cuidado e reverência, quando tivessem todo o tempo do mundo, e não quando poderiam ser interrompidos a qualquer momento por não estarem seguros.

Mas em breve estariam. Assim que se mudassem para um lugar seguro, no dia seguinte. Um porto seguro, tão isolado e fortificado que ninguém seria capaz de se aproximar nem um quilômetro daquela verdadeira fortaleza sem que o inferno explodisse de todas as direções. Novamente, ele devia sua gratidão a Sterling. E não era a primeira vez, Isaac lembrou-se, que Sterling não era o que parecia ser. Ele era um curinga que não seguia nenhuma regra, exceto as suas, e levava *muito* a sério a proteção da esposa — e agora havia estendido sua oferta de proteção a Jenna. Isaac não era orgulhoso a ponto de recusar toda a ajuda possível, contanto que seu anjo não fosse tocado pelo perigo ou pela violência. E uma vez que estivessem instalados em segurança no complexo impenetrável de Sterling, Isaac reivindicaria o que lhe pertencia, e se uniria a Jenna tão profundamente que ela nunca se veria livre daquele vínculo.

Ele tirou a cueca boxer, quase sorrindo diante do olhar tímido de Jenna, cheio de curiosidade e aprovação feminina. A inocência dela o encantava. Isaac jamais dera muita atenção a essa coisa de virgindade. Ele não tratava de forma diferente mulheres com pouca ou muita experiência sexual. Mas saber que seria o primeiro — e o último, se dependesse dele — amante de Jenna... o único homem a possuí-la e a receber um presente tão precioso, instigava nele uma enorme onda de possessividade.

Seu lado homem das cavernas veio à tona, grunhindo e rosnando, e Isaac sentiu uma vontade de bater no peito e marcar território. Várias vezes. Ele nem mesmo queria os olhares de outros homens em cima de Jenna, e muito menos quaisquer outra partes. Ele nunca tinha se considerado um homem possessivo, mas quando se tratava de Jenna, a ideia de ver qualquer outro colocando as mãos nela o deixava quase fora de si. Isaac não dava a mínima para como aquilo soava aos outros ou para o que outras pessoas iriam pensar. A única que poderia opinar sobre o controle de seu bem-estar, proteção, cuidado e felicidade era Jenna, aquela mulher aninhada bem firme nos braços dele, naquele corpo muito maior que dominava e envolvia completamente sua figura diminuta.

— Vá dormir, querida — sussurrou Isaac ao ouvido dela, notando os pequenos arrepios na pele macia que desciam pelo pescoço de Jenna. — Bons sonhos, de preferência comigo.

— O que praticamente dá na mesma — sussurrou Jenna de volta, seu suspiro como seda no pescoço de Isaac. Ele a agarrou com muita firmeza, subjugado pelas palavras ditas de forma tão doce. Palavras que lhe davam esperança de que um dia ela iria sentir o mesmo desejo selvagem que o dominava, de coração, corpo e alma. Mas, até lá, até Jenna passar a aceitar tudo o que era e viria a ser para ele, Isaac tinha bastante amor, desejo e determinação por ambos, e nada no mundo jamais o faria abandonar esse presente precioso que tinha esperado uma vida inteira para mimar.

— Me beije uma última vez — pediu ela com uma voz desejosa que desconcertou Isaac e imediatamente o colocou no limite. Algo no jeito como Jenna dissera aquilo o incomodara, causando-lhe um aperto por dentro, um sinal claro de que tinha algo errado. Mas o quê?

Incapaz de resistir ao pedido, muito embora a voz no fundo de sua mente lhe dissesse que tinha algo errado, Isaac a abraçou, para que não houvesse nenhum pedacinho do corpo dela sem contato com ele, e tomou posse daqueles lábios com mais intensidade do que havia feito até então. Ele absorveu e saboreou o gosto e a doçura delicada de Jenna como se estivesse morrendo de fome e ela fosse sua primeira refeição em semanas. Jenna choramingou colada à boca dele, se movimentando inquietamente, seus gestos quase desesperados enquanto se enterrava mais profundamente em seu abraço. Naquele momento sensual, eles se tornaram uma pessoa só. Nada os dividia, não havia nem um centímetro de espaço entre os corpos deles. Nada jamais parecera tão perfeito. Tão lindo e tão certo.

— Você é minha, Jenna — sussurrou Isaac, as palavras tão baixinhas que foram engolidas pelos arfares dela e só foram audíveis para ele. — Eu jamais vou te abandonar. Eu faria qualquer coisa para ter você de volta caso fosse tirada de mim.

Jenna recorreu à paciência — que tinha sido tão importante para sua sobrevivência durante seus anos na seita — enquanto se entregava ao abraço de Isaac, esperando que ele caísse em um sono profundo. Mesmo assim, esperou até ter certeza de que ele havia sucumbido à própria necessidade de repouso antes de iniciar o processo lento e agonizante de sair do abraço protetor, prendendo a respiração e ficando totalmente imóvel ao sinal de qualquer alteração no ritmo da respiração dele, por menor que fosse. Quando finalmente se viu livre e se levantou da cama em silêncio, Jenna examinou, com pressa, as roupas penduradas no closet, procurando o que se adaptava melhor aos seus propósitos.

Depois de vestir meias quentes e um par de botas de caminhada resistentes, Jenna saiu do closet e, embora soubesse que deveria ir embora de imediato, ficou parada junto aos pés da cama, memorizando a beleza de Isaac enquanto ele dormia na cama que compartilharam por algumas horas preciosas. A culpa e o pesar a dominavam devido à traição que estava cometendo contra um homem que se mostrara disposto a arriscar tudo para mantê-la em segurança. O que Jenna realmente queria era ignorar a realidade e escapar para um mundo de fantasia onde só existissem os dois e ela pudesse dormir em seus braços fortes, sendo mimada e protegida todas as noites. Mas Jenna precisava protegê-lo, e a todos os outros que vinham arriscando suas vidas para mantê-la a salvo de um inimigo desconhecido e poderoso que já havia mostrado até onde seria capaz de ir para capturá-la. Ela engoliu sua tristeza e se preparou para o que viria a seguir, e para a dor que traria, não apenas para si. Jenna sabia que Isaac sofreria intensamente por sua traição.

— *Adeus, Isaac* — disse ela sem emitir nenhum som. — Você foi a única e melhor coisa que já aconteceu na minha vida. Nunca vou te esquecer e jamais vou deixar de te amar, mas não posso permitir que sacrifique sua vida pela minha.

Engasgando com as lágrimas, Jenna se virou e saiu do quarto na ponta dos pés, voltando para a sala grande onde ficava a portinhola para o porão. Ela prendeu a respiração quando afastou a porta da escotilha lentamente para abri-la. Inclinando-se, tateou até sentir os degraus de uma escada de madeira que ia descendo sob a estrutura. Com pressa, seguiu pela escada, ainda tateando a cada passo, mas descendo apenas o suficiente para poder alcançar e fechar a escotilha mais uma vez.

Agora a escuridão era desconfortável, e ela precisava confiar exclusivamente em suas mãos e pés para levá-la mais para baixo. Finalmente,

Jenna pisou em uma superfície firme e conseguiu sentir o cheiro de terra. Primeiro esticou os braços para a frente, e depois para os lados, até que suas mãos entraram em contato com uma parede de terra firmemente compactada. Ela estava em um túnel. Agora tudo o que precisava fazer era segui-lo até o fim, e estaria por conta própria, uma fuga de sucesso. No entanto, a cada passo que a afastava de Isaac, mais era consumida pela tristeza.

Depois do que pareceu uma eternidade, Jenna saiu do túnel e entrou em um bosque. Então acelerou o passo, aumentando o máximo possível a distância da casa e de todos que tentavam protegê-la. Não fazia ideia de onde estava ou para onde ia. Tudo o que sabia era que não podia parar nem por um minuto. Jenna correu pela floresta densa que cercava a casa, o que a fez se lembrar de sua fuga do complexo. Depois de muito correr, a floresta se abriu em uma clareira. Ela parou por um momento, congelada. Estar no meio de uma vegetação densa era assustadora, mas a perspectiva de estar em um ambiente aberto era ainda pior. Precisava se apressar e procurar um esconderijo.

Jenna tinha dado apenas meia dúzia de passos quando, de repente, um sujeito imenso se postou na sua frente, fazendo-a parar subitamente. Ela soltou um arquejo de susto e rapidamente se virou para correr, só para perceber que estava cercada.

— Ora, ora, ora — disse o homem que havia parado na frente dela com um sorriso óbvio. — Isso foi como tirar doce de criança. Você caiu direto nas nossas mãos, Jenna. Eu deveria perguntar por que está aqui sozinha e desprotegida... mas como isso facilita demais o meu trabalho, não vou reclamar.

Antes que Jenna pudesse processar a declaração, um raio e depois o fogo explodiram pelo seu corpo, deixando-a completamente paralisada. Por fim, ela caiu como um fantoche, seus músculos em espasmos quando seu corpo entrou em colapso. Lágrimas de dor e choque escorriam silenciosamente pelas bochechas enquanto Jenna ficava deitada chão, completamente impotente, olhando horrorizada para o rosto do mal em pessoa.

quinze

Isaac acordou com a sensação imediata de que tinha algo errado. No mesmo instante, virou-se à procura de Jenna, buscando o consolo do seu corpo macio e delicado. Quando sua mão encontrou os lençóis frios, ele se levantou sobressaltado, o olhar disparando pelo quarto à procura dela. A casa estava silenciosa demais, e o fato de Jenna não estar onde deveria imediatamente acionou o botão *Deu merda*. Isaac saiu da cama num rompante, berrando o nome de Jenna enquanto os primeiros raios do amanhecer começavam a iluminar a casa.

Isaac foi até a sala e xingou quando viu que estava vazia. Correu para a cozinha, sentindo um aperto tão grande no estômago que quase vomitou. Encontrando a cozinha escura, rugiu o nome de Jenna de novo, e os sons de movimentação por toda a casa ecoaram quando os outros membros da DSS e suas esposas se aproximaram.

— Alguém viu Jenna? — vociferou Isaac quando todos surgiram na sala de estar. Eles tinham olhares de pavor, dando a Isaac toda a informação da qual precisava saber. Jenna não estava com nenhum deles, e ninguém teria entrado no quarto dele para roubá-la de seus braços. O que significava apenas uma coisa, que estava sendo recontada no rosto de cada um de seus companheiros.

— Merda — xingou Shadow.

Isaac ficou parado, em choque, sem entender o que sabia ser verdade. Estava totalmente entorpecido e não conseguia formular uma frase sequer. *Deus amado, por que Jenna fugiu?* Será que ele fora enganado total e deliberadamente? Será que se equivocara tanto assim a respeito dela?

De jeito nenhum. Ele não podia, e não ia, acreditar que Jenna era uma grande mentirosa, usando-o até não precisar mais de sua proteção. Isaac se recusava a aceitar isso. Tinha que haver outra explicação.

Ele ficou olhando para todos enquanto a compreensão começava a, lentamente, tomar conta das expressões ao redor da sala, e teve vontade de socar alguma coisa, de dizer que estavam todos errados, até que Knight chamou seu nome baixinho.

Isaac se virou para flagrar o companheiro de pé sobre a escotilha de fuga na sala, com uma expressão sombria.

— Você precisa ver isso, irmão. A escotilha não está totalmente travada, o que significa que alguém a usou na noite passada depois que trancamos a casa.

Isaac perdeu as estribeiras. Socou a parede e um buraco grande se abriu no gesso.

— Isaac, pare. — A voz apaziguadora de Eliza soou por perto, mas ele não queria se acalmar. Era como se tivessem arrancado seu coração. Nada seria capaz de aliviar a dor ou a sensação de traição, que era como uma faca enfiada em seu peito.

Mas foram as palavras de Ramie que chamaram a sua atenção, fazendo-o se voltar para a mulher no mesmo instante.

— Eu posso encontrá-la, Isaac — disse Ramie de maneira suave, fitando-o com aquele olhar envelhecido demais para seu rosto. Olhos assombrados pelos terríveis assassinatos dos predadores que a vitimaram, e que desempenharam um papel fundamental para fazer justiça.

— Ramie, não! — Caleb protestou, a dor em sua voz. — Querida, por favor, não faça isso com você mesma, pelo amor de Deus. Você não tem ideia de onde estaria se metendo.

Apesar da breve esperança que atingira seu peito quando Ramie tinha falado pela primeira vez, Isaac não queria que ela se arriscasse por uma mulher que havia traído a todos.

— Caleb, se ela foi embora por conta própria, então o que eu poderia testemunhar de tão horrível? — perguntou Ramie, com a leve exasperação na voz que costumava acompanhar suas respostas às preocupações do marido. — Pelo menos vou saber onde ela está, se está a salvo e por que foi embora — disse ela, dirigindo a última frase a Isaac, como se soubesse bem demais que ele esperava por respostas.

Ah, sim, ele queria saber por quê, ora bolas.

— Eu quero saber, mesmo que Isaac não queira — disse Shadow, a irritação evidente em seu tom. — Não apenas devo isso a ela, como não acredito nem por um minuto que Jenna tenha brincado com qualquer um de nós. Se foi embora, é porque tinha uma boa razão para isso. Eu gostaria de saber qual é antes de bancar o juiz e o júri a respeito de uma mulher que não merece ser julgada até termos todos os fatos.

Knight remexeu-se à entrada.

— Concordo. Nem por um segundo eu acredito que Jenna tenha nos enganado. Merda! Precisamos descobrir o que a assustou tanto a ponto dela fugir, e precisamos fazer algo agora. Para onde a escotilha leva? Até onde sabemos, é lá que Jenna pode estar agora, enquanto estamos aqui perdendo tempo.

Isaac piscou, repreendendo-se mentalmente. Enquanto estava se afogando em medo, tristeza e descrença, seus companheiros demonstravam mais fé em Jenna do que ele. Que tipo de imbecil fazia isso? Para começar, era sua culpa Jenna ter se esgueirado da cama. Ela jamais deveria ter saído de suas vistas.

Dane falava quando Isaac começou a seguir para a escotilha.

— O túnel leva por um trecho de floresta densa, e depois para um campo aberto a uns dois quilômetros da casa. Shadow, você vem comigo. Vamos verificar o túnel e ver se tem algum sinal de que ela seguiu por ali. O restante de vocês deve se espalhar e cobrir todas as rotas de fuga possíveis.

Seu rosto suavizou ligeiramente quando ele olhou para Ramie.

— Precisamos decidir rápido. A escolha deveria ser exclusivamente de Ramie e, vale a pena dizer, se tivéssemos sido superprotetores com as mulheres no passado, como estamos tentando fazer agora, Lizzie não estaria com a gente hoje.

Uma aceitação sombria apareceu nos rostos de todos quando foram atingidos pelas palavras de Dane. Caleb se afastou, a resignação claramente gravada em seus traços, no entanto, a dor e o medo assombravam seus olhos. Beau e Zack trocaram olhares incomodados, sabendo que Dane estava certo. Sem as garotas, Lizzie teria morrido naquela porcaria de armazém onde fora torturada pelos homens que tinham tornado a vida de Ari e Gracie um inferno. Isaac sabia o tamanho do sacrifício que Ramie estava fazendo, e odiava isso, mas que outra escolha tinha? Ele por acaso teria proibido Jenna de usar seu dom para salvar um de seus colegas – sua família? Mesmo sabendo o que aquilo fazia com ela? Não. Ele não proibiria, e agora compreendia muito mais o pavor de Caleb e sua proteção fervorosa com Ramie.

— Zack e eu vamos para a saída leste — disse Beau, fitando a esposa, seu olhar um comando silencioso para que ela ficasse ali, sem discussões. Ari revirou os olhos, e Gracie seguiu o exemplo ao receber o mesmo olhar certeiro de Zack.

— Você também fica, Tori — disse Caleb com um tom mais terno para a irmã caçula.

Ari e Gracie imediatamente cercaram Tori, cada uma passando um braço em torno da cintura delgada, enviando um recado silencioso para Caleb e Beau de que elas tomariam conta da irmãzinha deles. Caleb lhe enviou um olhar agradecido antes de se voltar para a esposa, puxando-a para seus braços e segurando-a com força, como se já soubesse que ela faria o que fosse preciso para encontrar Jenna.

Todos rapidamente seguiram para a busca, deixando Isaac a sós com Ramie, Caleb, Ari, Gracie e Tori.

Isaac aguardou, o peito apertado e o coração martelando enquanto observava a interação silenciosa entre marido e mulher. Então sua atenção se concentrou apenas em Ramie, sabendo o quanto ela tinha sido altruísta ao oferecer seus talentos outra vez, mas também ciente de que aquilo causava uma grande tensão entre ela e Caleb. Ela estava olhando para o marido, a determinação em todo o corpo, ao mesmo tempo que a compreensão e o amor devido à preocupação de Caleb nitidamente brilhavam em seus olhos.

— Caleb, eu dou conta. Vou ficar bem. Não posso viver sabendo que deixei de ajudar Jenna. Eu preciso fazer isso e preciso que você compreenda — sussurrou Ramie.

Caleb respirou fundo, mas olhou para a esposa com tanto amor e preocupação que aquilo fez o peito de Isaac doer. Ele olhava para Ramie com as mesmas emoções que Isaac sentia por Jenna.

— Eu sei, meu amor. Eu sei.

Houve uma pitada de frustração impotente na voz de Caleb, mesmo admitindo que Ramie não tinha escolha.

— Mas, se alguma coisa der errado, qualquer coisa, vou abortar a missão na mesma hora — disse ele com determinação. — Não vou colocar você em risco. Nunca me peça para arriscar perder você. Não vou pensar duas vezes a respeito.

Ele deu a Isaac um olhar pedindo desculpas, embora suas palavras estivessem sendo dirigidas a Ramie, e Isaac entendeu. Entendia mesmo. Não tinha o direito de pedir a outro homem para arriscar a vida de sua esposa por Jenna, que era a sua amada, não importava o quanto temia que Caleb interferisse e que Ramie não conseguisse localizar Jenna.

— Quer que a gente saia? — perguntou Ari, meneando a cabeça para Gracie e Tori.

— Não.

Caleb e Ramie responderam ao mesmo tempo.

— Apenas as instruções de sempre — disse Ramie sem emoção. — Não interfiram e fiquem quietinhos. Ouçam tudo o que digo e busquem qualquer informação útil.

Estava implícito que, se fosse uma informação ruim, Ramie não só teria poucas lembranças de detalhes específicos, mas também ficaria totalmente incapacitada. Ela poderia até morrer, e era isso que assustava Caleb toda vez que Ramie invocava seu dom.

As mulheres foram para perto de Isaac, e ele compreendeu a intenção delas. Gracie enganchou o braço ao dele enquanto Ari envolveu sua cintura num abraço.

— Nós vamos recuperá-la, Isaac — sussurrou Ari. — Você não pode abrir mão da esperança. Ramie vai encontrá-la.

Mas a que custo? E a maior dúvida: o que ela veria? Será que eles estariam atrasados para salvar a vida de Jenna caso o pior tivesse acontecido? Ele balançou a cabeça porque sabia que não era bom alimentar pensamentos tão desesperançosos. Mas a esperança era cruel enquanto agarrava seu peito, digladiando-se com os piores cenários que assombravam todos os seus pensamentos.

Talvez aquilo não funcionasse. Talvez Ramie não fosse conseguir se conectar a Jenna porque já era tarde demais. Ou talvez Ramie de fato fosse capaz de estabelecer contato, só para descobrir que Jenna realmente o traíra. Isaac bloqueou a mente para essas possibilidades e lutou pelo controle. Uma vez que encontrou um fragmento de sua voz e sentiu-se razoavelmente seguro de que era capaz de falar sem as palavras falharem, ele perguntou a Ramie:

— Do que você precisa?

— De algum objeto que você tenha certeza que foi tocado por ela — respondeu Ramie, seus olhos esperançosos.

Isaac correu para o quarto que tinha providenciado para Jenna, tentando pensar. O que Ramie poderia usar? Jenna o acompanhara vestindo apenas as roupas do corpo. E as peças estavam com Lizzie agora. *Droga.* Ele girou lentamente, tentando encontrar qualquer coisa que pudesse funcionar. Seu olhar pousou na camiseta usada por ela na noite anterior — a camiseta dele. A noite em que Jenna passara em seus braços antes de desaparecer. Isaac a pegou. Teria que servir. Se não servisse... Não ia pensar nisso. Tinha que funcionar, ou sua única opção seria ir até uma seita num local desconhecido, invadir, encontrar algo que pertencesse a Jenna e roubar. Jesus, que situação desastrosa.

Isaac entrou na sala de estar e se abaixou diante da poltrona onde Ramie estava sentada.

— Obrigado por fazer isso — sussurrou ele, a voz rouca. — Sei que o que estou pedindo é demais e não deveria, mas...

— Pare — disse Ramie baixinho. — Você não pediu. Eu me ofereci. E nunca é demais se pudermos garantir que ela está a salvo. Eu estive na mesma posição que ela, apavorada e acreditando que não tinha a quem recorrer. Vi que eu estava enganada. — Ela deu um olhar cheio de amor para seu marido. — Vamos mostrar a Jenna que ela também está enganada.

Isaac engoliu o bolo em sua garganta, esperando que Ramie compreendesse a profundidade de sua gratidão. Ele assentiu, ficou de pé e depois se afastou para lhe dar espaço.

Ramie apalpou a camiseta, hesitante, o medo refletido em seus olhos apesar de suas tentativas de mascarar a expressão. Então respirou fundo e cerrou as mãos ao redor da peça, segurando-a com força ao fechar os olhos. Longos momentos se passaram, o medo e o receio de Isaac cresciam a cada segundo. Então ele notou os olhos de Ramie tremendo ao mesmo tempo que seus dedos apertavam o tecido mais e mais.

O rosto de Ramie foi ficando pálido, e Isaac precisou reunir todas as suas forças para não pular pela sala e começar a exigir respostas. Ele só estava se segurando porque já conhecia o processo de Ramie, e sabia que poderia levar algum tempo antes de ela conseguir informações úteis.

A adrenalina percorria o corpo de Isaac, as mãos trêmulas, os músculos se contraindo de tensão enquanto ele se obrigava a ficar parado e em silêncio. Não *podia* interromper. Isso romperia a conexão dela com Jenna. A única conexão que eles teriam.

De repente Ramie abriu os olhos e o medo estava refletido ali, diferente de tudo o que Isaac já tinha visto. Caleb se aproximou ainda mais quando ela arquejou. Então ela começou a falar, mas aquela forma de falar não era a de Ramie.

— Por favor, não me machuque. Por favor. Vou fazer o que você pedir. Por favor. — A última frase foi um choramingo, e Isaac lutou para não cair de joelhos quando percebeu que estava ouvindo as palavras de Jenna.

— Onde você está, amor? — implorou Isaac, incapaz de se segurar. — Apenas diga onde está.

Mas o rosto de Ramie ficou estranhamente vago e ele soube que suas palavras eram inúteis. Jenna não estava ali. Estava em algum lugar onde precisava implorar às pessoas que não a machucassem, e ele não tinha como impedir. Só lhe restava ficar impotente, na casa onde ela deveria ter permanecido a salvo, e rezar para que não fosse tarde demais.

Então Ramie caiu de costas, batendo no sofá com uma força surpreendente. Um grito de dor cortou o ar e, tanto para o pavor de Isaac quanto de Caleb, apareceu uma grande marca vermelha na palidez alarmante do rosto de Ramie. Ela cambaleou para o lado, inclinando-se precariamente quando Caleb avançou para pegá-la, tomando-a nos braços para aninhá-la contra o peito. Ele começou a passar as mãos pelos cabelos dela suavemente, dizendo-lhe que estava ali e implorando que Ramie voltasse para ele.

Isaac permaneceu paralisado, com medo e fúria. Que *merda* tinha acabado de acontecer? Ele ficou encarando, chocado, a marca vívida na bochecha de Ramie. Era isso que Jenna — seu anjo — estava suportando enquanto ele estava ali, impotente para fazer qualquer coisa senão observar tudo pelos olhos de outra pessoa? Lágrimas queimaram seus olhos como ácido e, por um instante, Isaac teve que desviar o olhar de Ramie enquanto ela se aconchegava, tão frágil, nos braços de seu marido, ou ele temia perder o tênue controle de sua sanidade.

Isaac se obrigou a voltar a olhar para Ramie, tão engasgado que não sabia nem se conseguiria falar. Tentou abrir a boca para perguntar onde estava Jenna, mas o olhar contundente de Caleb o interrompeu.

— Agora, não — rosnou ele, claramente irritado com o abuso que sua esposa havia sofrido, mesmo que em segunda mão. Caleb começou a passar as mãos pelo corpo de Ramie, como se procurasse por qualquer machucado escondido ou evidência de dor, e então enterrou o rosto nos cabelos dela, lágrimas brilhando em seus próprios olhos quando a ninou suavemente.

— Apenas dê um minuto a ela, cacete!

— Não podemos ter um minuto. Precisamos nos apressar — disse Ramie com urgência, o medo em sua voz enviando pontadas de pânico pela espinha de Isaac. — Ela está tão assustada. E tem motivo para isso! Mas sei exatamente onde ela está. — Ramie levantou os olhos inundados para implorar a Isaac. — Não é longe daqui, mas eles planejam levá-la embora em breve. Nós temos que ir *agora*!

dezesseis

JENNA DEITOU-SE NO CHÃO FRIO e duro da sala onde a jogaram de qualquer jeito havia uma hora, as mãos e os pés amarrados tão apertado que já não os sentia mais. Ela dobrou os joelhos, seus movimentos rígidos e desengonçados, enquanto tentava reunir qualquer calor possível para seu corpo entorpecido.

A cabeça doía com o duro golpe que tinha recebido, mas, felizmente, agora eles se mostravam mais preocupados em guardar seu cativeiro para que pudessem planejar a fuga para um lugar mais remoto. Estavam em um lugar não muito distante de onde estivera com Isaac e os outros membros da DSS.

Lágrimas ameaçavam cair dos seus olhos, mas Jenna se recusava a ceder ao desejo de chorar. Não lhes daria a satisfação de saber que detinham o poder de fazê-la desmoronar. Estava apenas grata por finalmente ficar sozinha, enquanto eles se preparavam para sair dali. Estavam esperando por uma retaliação de Isaac e dos outros membros da DSS, mas Jenna não revelaria que eles não faziam ideia de onde ela estava. Se os seus captores se concentrassem em uma ameaça inexistente, não ficariam tão concentrados nela. Ainda.

Muito embora estivesse sendo consumida pela tristeza por causa do que fizera, por deixar Isaac pensar o pior, Jenna soube que tinha feito a coisa certa no momento em que viu sua prisão temporária. O terreno e a parte interna do prédio eram patrulhados por dezenas de homens armados. Isto era bem diferente da seita. Esta propriedade tinha arame farpado ao longo de seus muros, vários monitores mostravam outras áreas, e todos os homens falavam em pequenos dispositivos transmissores ligados a fones de ouvidos. E este era só um lugar temporário! Para onde quer que a levassem, era provável que o lugar fosse ainda mais fortemente protegido, de acordo com o maníaco que lhe informara que, a partir de então, Jenna era propriedade dele e, quanto antes aceitasse, melhores as coisas ficariam.

Ainda que o sofrimento a afligisse ao lamentar pelas coisas que tinha desfrutado por tão pouco tempo e que nunca mais voltaria a ter, Jenna sabia que tinha feito o correto. Isaac e os homens dele não eram páreo para os guardas fortemente armados que vigiavam seu cárcere temporário. Havia uma quantidade muito maior dos caras malvados, e o único resultado, caso a DSS tentasse um resgate, seria uma carnificina. Jenna jamais ficaria em paz se as pessoas que foram tão gentis e protetoras com ela tivessem a morte como recompensa.

Jenna levara anos para escapar dos anciões que não eram tão bem preparados como aqueles homens que a mantinham prisioneira. Sabia que nunca mais seria livre, mas pelo menos podia se perder nas lembranças de alguns momentos roubados de felicidade. Antes, ela não conhecia o que era ser feliz, só sabia das coisas que a seita lhe permitia descobrir.

Mesmo nesse momento doloroso, ela podia fechar os olhos e buscar o consolo nas lindas lembranças que construíra. No mundo novo e incrível que havia descoberto. Na bondade demonstrada pelas esposas dos membros da DSS e em como percebera, depois de observá-las, que o que partilhara com Isaac, ainda que por um breve período, tinha sido especial demais.

Beijar. Diferentes tipos de beijos. Lábios pressionados contra sua testa em um beijo gentil, dado por alguém que realmente se importava com ela. Lábios nos lábios, beijos dados por alguém que a *desejava*. Que sentia desejo por *ela*.

Recordar-se dos beijos de Isaac, tantos tipos diferentes que ele tinha lhe mostrado em tão pouco tempo, era simplesmente mais do que podia suportar, e Jenna finalmente perdeu a batalha que travava para segurar as lágrimas. Elas escorreram por seu rosto ferido, e Jenna percebeu que nem todos os homens eram como os anciões ou os que a compraram da seita como se ela fosse um simples objeto, que eram cruéis e lidavam com drogas e morte.

Havia homens como Isaac, e como os colegas de trabalho dele, que lhe revelaram toda uma nova compreensão sobre os homens e os relacionamentos, mostrando como os exemplos que ela tinha testemunhado estavam equivocados. Seu coração doía pela perda de algo tão lindo quanto o conhecimento que ela tinha recebido nos últimos dias. Pelo mais breve instante, o arrependimento a abateu. Mas Jenna afastou a sensação com força, sabendo que não havia espaço para isso em sua mente e em seu coração. Os homens que a caçavam tinham chegado tão perto do esconderijo. Se ela não tivesse ido embora naquela hora, eles teriam invadido e massacrado as pessoas da DSS.

Ela nunca mais seria livre ou experimentaria o amor que Isaac havia lhe dado sem pedir nada em troca, mas sobreviveria à perda, porque, ainda que não fosse livre, Isaac e todos os seus amigos estariam vivos e em segurança. Sendo assim, Jenna toleraria o que quer que seu captor tivesse planejado.

Isaac aguardava com impaciência, coberto pela escuridão nos arredores da antiga fábrica intensamente fortificada, que parecia ter sido reformada por dentro enquanto, na fachada, mantinha aquela aparência precária de um lugar desocupado. Ele e os outros agentes esperavam Shadow, que estava fazendo o que sabia de melhor: o reconhecimento da área para que eles pudessem ter a exata noção do que iriam enfrentar e, como esperavam, obter a localização precisa de Jenna.

Desde o momento em que Ramie tinha despertado e demonstrado condições suficientes para lhes dar informações mais específicas, Isaac havia paralisado de medo. O desgraçado que comprara Jenna da seita já tinha um belo histórico no quesito compra e venda... de drogas. Durante anos o desgraçado evitara a condenação da lei, pois qualquer pessoa que concordasse em testemunhar contra ele desaparecia misteriosamente ou era assassinada de forma assustadora, um recado claro a quem sequer pensasse em tentar derrubar o maldito narcotraficante.

O próprio canalha se apelidara de Jesus, alardeando que era o filho de Deus. Que apropriado ter ido até uma porcaria de seita em busca da imortalidade e de fato ter conseguido adquiri-la! Ele tinha comprado alguém dotado da capacidade de mantê-lo vivo indefinidamente. Até o dia em que Jenna morresse. Saber disso só trazia um tiquinho de ânimo a Isaac. Jesus, ou Jaysus, como ele era chamado pela polícia e pelas inúmeras unidades especiais que haviam passado anos tentando colocá-lo atrás das grades, iria proteger Jenna com a mesma ferocidade que mataria qualquer um que tentasse afastá-la dele. Porque se Jenna morresse, ou conseguisse fugir, aí Jaysus estaria ferrado de verdade; e agora Isaac estava no clima para acabar com todos os homens que tivessem algo a ver com o sequestro de seu anjo.

Infelizmente, a DSS não tinha tempo nem mão de obra suficiente para montar um ataque completo à fábrica e, por fim, aplicar a justiça que Jaysus merecia. Uma missão como essa levaria dias, e não horas, para planejar, isso sem mencionar que precisariam alistar muito mais reforços e coordenar com a polícia local. Porra! Isaac achava que seria necessário trazer até as Forças Armadas, porque o narcotraficante governava um exército de homens insanamente leais, todos dispostos a morrer por seu líder.

Então a coisa toda teria que ser uma missão furtiva, e ninguém poderia saber que eles haviam estado lá até que já estivesse bem longe com Jenna. Ficar ali esperando pelo sinal de Shadow estava fazendo um buraco no estômago de Isaac do tamanho do Grand Canyon.

Todos os agentes da DSS se ofereceram para a missão, mesmo aqueles que nem sequer conheciam Jenna e não sabiam nada sobre as circunstâncias de seu caso. Isaac era muito grato pela lealdade e a sensação de honra arraigada a cada um de seus companheiros; mas mesmo com todos os agentes se posicionando silenciosamente de tocaia, eles ainda eram superados em número pelo pessoal de Jaysus, pelo menos quatro contra um. E enquanto Isaac estava ali, esperando, só Deus sabia o que Jenna estaria suportando. Não, Jaysus não a mataria, mas faria de sua vida um inferno para garantir sua obediência absoluta. Assim como a porcaria da seita, talvez até pior, tudo de novo — um nome e uma pauta diferentes, mas toda a loucura.

Por um breve momento, Isaac se permitiu parar com a obsessão a respeito da coisa mais importante de sua vida, e voltou a cabeça para cima, fechando os olhos e começando uma oração.

Eu sei que a gente não tem se relacionado muito, Deus. Não falo com você desde que era criança. Naquela época eu estava com raiva, muito amargo porque você não atendeu à minha prece para salvar minha família e me deixou sozinho durante muito tempo. Mas Jenna não perdeu a fé em Você, apesar de ter sido apresentada a uma forma distorcida e pervertida Sua. Ela me deixa desconcer-

tado, afinal, se ainda é capaz de encontrar a fé e confiança em Você em seu coração, então como posso não fazer o mesmo? Jenna está me ensinando. Ao enxergar Você através dos olhos dela, estou aprendendo e tentando ser um homem melhor. Estou começando a entender que tudo acontece por um motivo, mesmo que não sejam compreendidos de imediato, e que as orações nem sempre são atendidas do jeito que desejamos, mas isso não significa que elas não são atendidas um dia. Por favor, mantenha Jenna a salvo por mim. Ela representa todo o bem neste mundo, Deus. Ela é verdadeiramente uma de vocês, um ser de luz, e prometo que vou protegê-la com a minha vida e que nunca vou fazer nada para que ela tenha dúvidas de sua crença em Você, e de Sua graça e misericórdia. Eu não sou digno, mas ela é, e é por ela que peço que seja poupada. Não por mim, muito embora eu seja um egoísta e a queira com toda a minha força, com todo meu coração e toda a minha alma. Não sei se Você pode me ouvir ou se parou de me escutar quando virei minhas costas para a fé tantos anos atrás, mas imploro que salve um de seus anjos e peço apenas mais uma coisa: que a confie a mim, que me salve salvando a ela, porque sem ela eu fico perdido. Agora finalmente percebi que Você escutou meu apelo para não ser deixado sozinho e sem ninguém para me amar, porque me deu Jenna. Estou tentando aprender a ser paciente, Deus, e é difícil. Mas se Jenna for minha recompensa por tal paciência, então jamais pedirei outra coisa. Somente ela.

Isaac abaixou a cabeça, chocado com o seu rosto úmido e com o peso da dor em seu coração. Mas, de repente, foi tomado por um raio de esperança que reluziu sobre seu corpo, aquecendo-o verdadeiramente como se os raios do sol estivessem brilhando sobre ele.

— Obrigado — sussurrou.

Foi tudo o que conseguiu dizer entre lábios trêmulos e um coração repentinamente tomado por tanto amor e alívio, que chegou a deixá-lo tonto. Eles iam resolver isso logo. Isaac tinha tanta certeza disso quanto tinha de que Jenna era a única mulher que ele iria amar por toda a sua vida. Ela voltaria a seus braços, que era o lugar dela, antes mesmo que a noite terminasse. E, se Isaac tivesse que cumprir sua promessa de amarrá-la à cama, não teria qualquer remorso em fazê-lo, porque Jenna jamais fugiria dele outra vez.

A vida — uma sensação de propósito — soou dentro dele, substituindo o medo e o pavor de antes e a terrível sensação de ruína que havia dominado seu corpo enquanto encarava, com tristeza, o prédio do cárcere de Jenna. Agora, Isaac esperava ansiosamente que Shadow desse o sinal verde para que seus homens pudessem entrar, se infiltrar e sair com Jenna sem serem vistos. Em seguida, eles correriam para um lugar seguro e privado, onde Isaac deixaria algumas coisas bem claras para ela, como o fato de que Jenna nunca mais inventaria outro plano maluco para proteger a vida dele e dos outros.

Isaac quase bufou com aquela ideia e sabia que seus homens também adorariam ter uma conversinha com seu anjo, mas teriam que esperar até que ele a deixasse sair de sua cama; e, bem... talvez fossem esperar por muito, muito tempo.

Mesmo sem tempo para planejar um ataque em grande escala, eles possuíam um estrategista extremamente brilhante, o inigualável Quinn Devereaux, o caçula dos irmãos Devereaux e especialista em tecnologia. Ele tinha sido capaz acessar as plantas baixas da fábrica e até mesmo fornecer imagens em infravermelho via satélite que tinham dado a eles uma visão interna daquele esqueleto reformado. Portanto, eles tinham noção exata da quantidade de cômodos do lugar, das rotas de fuga e, o mais importante, da área onde era mais provável que Jenna estivesse sendo mantida.

A coisa toda havia sido planejada até a enésima potência. Uma van grande o suficiente para abrigar a todos e proporcionar um refúgio rápido, estava estacionada em uma área de espera a um quilômetro e meio de distância, com Brent, um ex-piloto de corrida que trabalhava para a DSS desde o início da empresa, esperando para se deslocar e pegá-los em algum ponto ou ficar quieto aguardando a hora de dar o fora.

Com os planos feitos, Isaac se permitia ser agarrado pela presunção, mesmo que antes nem sequer tivera a ousadia de deixar brotar a esperança de que seriam bem-sucedidos, afinal, a possibilidade de um fracasso tinha se revelado tão esmagadora que quase o fez ceder.

O guerreiro e o protetor dentro dele se irritaram com a ideia de não destruir imediatamente o filho da mãe que havia machucado Jenna, mas ele ia esperar, porque a segurança dela era o foco principal. Mas Isaac teria outra oportunidade. Ah, sim, estava ansioso por isso. Sabia que o desgraçado louco não iria simplesmente desistir de sua obsessão por Jenna só por causa de uma tentativa fracassada de tê-la completamente sob seu controle. E quando Jaysus tentasse de novo é que Isaac se vingaria e faria o narcotraficante se lamentar por ao menos *pensar* no nome de Jenna, que dirá em todos os abusos que cometera contra ela.

Um estalido soou em seu fone de ouvido, o sinal de Shadow. E aí mais estalidos começaram a vir em rápida sucessão conforme os homens, um a um, iam se colocando em posição, confiando que o companheiro não os conduziria diretamente para uma armadilha. Isaac sacudiu a cabeça quando atravessou o pedaço da cerca cortada por Shadow. Quando novos recrutas entravam na DSS, eles sempre riam do apelido escolhido por Shadow, mas o sujeito rapidamente calava a boca de todo mundo com sua estranha capacidade de circular à vontade, invisível quando bem entendesse.

Dane e Capshaw se juntaram a Isaac numa das entradas dos fundos, que sabiam levar ao que costumava ser uma antiga cozinha. A velha instalação da lavanderia era adjacente à cozinha, mas não tinha saída externa, por isso precisavam entrar no cômodo. Dex sorriu quando Quinn apareceu com as plantas originais do local, além de projetos atualizados, e quando apontou várias calhas de roupa, todas originárias de salas no andar de cima, todos perceberam o motivo de seu sorriso.

O restante dos companheiros de Isaac viriam de diferentes direções, mas todos tinham como objetivo acessar a sala com as calhas de roupa. Quinn deduzira que os únicos pontos possíveis onde Jenna poderia estar sendo mantida, e que tinha uma daquelas velhas calhas, eram as duas câmaras sem janelas bem no meio do prédio retangular.

Isaac, Dane e Capshaw foram os últimos a chegar ao ponto de encontro e Knight lhes deu um olhar aliviado.

— Precisamos nos apressar — sussurrou Zeke. — Temos três guardas vindo rápido em nossa direção.

Dane se voltou para Eric.

— Fale com Brent pelo rádio e peça para ele trazer a van para o quadrante sul, bem onde cortamos a cerca. Há cobertura suficiente para que não o vejam se ele permanecer entre as árvores e as sombras, e há um acesso para uma estrada que leva até a rodovia. E também vamos economizar um tempão assim que resgatarmos Jenna.

Os outros assentiram e, em seguida, guardaram rapidamente as armas para que não fizessem barulho quando subissem nas duas calhas, mas deixaram-nas ao alcance para o caso de errarem e acabarem surpreendendo uma vítima desavisada.

Isaac firmou as palmas para subir, proporcionando tração contra as paredes estreitas da calha, e se ergueu, repetindo o processo até chegar à escotilha que conduzia à sala. Ele ergueu a mão para que os homens atrás de si esperassem, e sinalizou para que ficassem a postos até sua ordem. Começou uma contagem exibindo um dedo de cada vez e, quando chegou ao três, chutou as tábuas que barravam a entrada da escotilha e mergulhou, rolando enquanto pegava a arma, seu olhar vasculhando o cômodo à procura de um alvo.

Quando finalmente viu a figura encolhida em posição fetal no chão a vários metros de distância, seu coração quase explodiu do peito.

Jenna!

— Deem cobertura — sussurrou aos outros quando se levantou e arrastou-se até ela, pegando o canivete para cortar as cordas das mãos e pés de Jenna.

A raiva correu em suas veias enquanto tirava a corda muito apertada e notava os círculos de carne viva nos pulsos e tornozelos. Isaac a tomou nos braços, envolvendo-a com força o suficiente para sentir o coração dela batendo violentamente de encontro ao seu peito. Então a afastou para ver se havia mais ferimentos, ignorando que ela o encarava boquiaberta, com os olhos arregalados de choque.

Seu cabelo loiro estava desgrenhado e, quando Isaac notou a ferida escura em sua bochecha e o sangue seco onde havia um corte, suas narinas se inflaram em fúria. Deus, pelo menos ela estava respirando. Estava ali. Estava viva e em seus braços. Pela primeira vez desde que acordou sozinho, depois de saber que ela havia desaparecido, Isaac sentiu-se relaxado e finalmente conseguiu respirar sem fazer um esforço sobre-humano.

Os lábios dela formaram um "oh" e seu olhar passou de chocado a perplexo.

— O que você está fazendo aqui? — sussurrou Jenna. Seu rosto perdeu um pouco do ar atordoado e a voz ficou mais urgente ao notar os outros membros da DSS entrando na saleta.

— Vocês não podem ficar aqui! — exclamou ela, agitada. — Ai, Deus, eles vão matar vocês. Precisam ir embora. Depressa! Estou implorando, Isaac. *Vão!*

Jenna retorceu as mãos, atraindo ainda mais a atenção para a pele ferida dos pulsos. Todos os homens estavam encarando o hematoma no rosto dela e a pele ralada dos braços e pernas. A expressão de todos era assassina, e o fato de Jenna implorar para que fossem embora só deixou Isaac mais furioso.

— Se você acha que vou a algum lugar sem você, então está louca — disse ele entredentes enquanto arrastava seu corpo resistente contra a calha de roupas.

Jenna lançou um olhar de súplica a Dane.

— Eles vão caçar cada um de vocês. Vão encontrar a todos — afirmou ela, a voz falhando.

— Ótimo — disse Dane bruscamente. — Estou ansioso por isso.

— Ansioso com "A" maiúsculo — rosnou Zeke.

Jenna ficou encarando-os com perplexidade, os ombros murchando em derrota.

— Ninguém fica para trás — disse Shadow, passando o braço ao redor da cintura de Jenna para envolvê-la com ternura. — É assim que fazemos. Agora venha antes que descubram que estamos aqui.

O medo a fez enrijecer, os olhos dela ficando selvagem ao observar a porta do cômodo. Veio então uma rodada de palavrões e o humor dos homens ficou feroz. Todos estavam praticamente rosnando, possessos não só por Jenna estar mortificada de medo, como por não saberem o quanto ela havia sofrido *depois* que Ramie mostrara o caminho para encontrá-la. Saber de tudo o que fizeram com ela durante o curto espaço de tempo em que Ramie conseguira contato já era mais do que todos ali podiam suportar. Mas também estavam irritados porque, mesmo agora, ela implorava para que fossem embora e se salvassem, como se fossem um bando de homens fracos e sem honra, capazes de abandonar uma mulher indefesa a uma vida de degradação e dor.

Todos a cercaram, formando um círculo de proteção fechado. Quando Jenna afastou o olhar da porta e viu o que tinham feito, seus olhos ficaram brilhantes e vermelhos, e ela fungou de maneira quase silenciosa.

— Hora de ir — disse Dane, lacônico. — Brent está em posição, temos cinco minutos para chegar ao ponto de encontro. Vamos carregar e sair.

Incapaz de ficar parado enquanto Jenna implorava que eles se salvassem e a largassem naquele inferno miserável, Isaac a carregou e seguiu para a abertura da calha.

Shadow se postou na frente dele.

— Vou na frente para poder segurá-la lá embaixo e ter certeza de que não tem ninguém.

— Eu vou logo atrás de você — disse Dane de forma sombria. — Se você ouvir *qualquer* coisa que não seja meu sinal para prosseguir com Jenna, encontre outra saída imediatamente.

Sem querer esperar mais, Shadow passou primeiro os pés e depois encaixou seu corpo imenso pela passagem estreita, mal conseguindo espaço para seus ombros largos. Dane foi logo em seguida, sem hesitar. Isaac levou Jenna para a abertura e a virou de lado para que suas pernas fossem primeiro.

Ela o agarrou com força, seus dedos segurando a camisa dele quando o encarou com um olhar inquieto.

— Onde esse negócio vai dar?

— É uma calha de roupa. Não se preocupe, linda. Shadow e Dane vão te pegar. Não vão deixar que nada aconteça com você. Estarei logo atrás. Eu juro.

Jenna soltou a camisa dele com relutância, mas suas mãos tremiam quando se preparou para descer.

— Use as mãos para controlar sua descida — instruiu Isaac, com carinho. — Segure as laterais da calha e vá descendo aos poucos.

Jenna encarou com pesar os homens ainda de pé atrás de Isaac, todos em estado de alerta e com armas em riste, monitorando a porta e tentando ouvir os sons no corredor.

— Desculpe — engasgou ela. — Vocês nunca deviam ter vindo.

Quando os outros rosnaram em discordância e Isaac sentiu sua pressão sanguínea prestes a explodir, Jenna simplesmente se soltou e desapareceu da vista. Isaac se inclinou para a frente, enfiando a cabeça na borda da abertura, os ouvidos atentos por algum som.

— Peguei — avisou Shadow suavemente. — Venham. Temos pouco tempo.

Um a um, os homens foram descendo rapidamente pela calha e entrando na lavanderia. A sala estava mofada e abandonada. O estado das paredes e das rachaduras no teto e na fundação revelavam o quanto era antiga.

— Com que frequência eles vinham verificar você, querida? — perguntou Dane a Jenna com delicadeza enquanto eles se deslocavam em uníssono em direção à cozinha, por onde haviam conseguido acesso ao prédio.

— Eles me deixaram em paz depois da primeira vez que...

Ela parou, seu olhar baixando e suas bochechas ficando coradas de vergonha.

Os outros trocaram expressões sombrias. Eles sabiam bem que primeira vez era aquela, e por mais que Isaac estivesse enfurecido pelo filho da puta ter colocado as mãos nela, estava aliviado por saber que, a partir daquele momento, ninguém mais a tinha incomodado.

— Eles me amarraram e me largaram no chão — explicou Jenna, o queixo empinando-se, uma provocação reluzindo em seus olhos. Quase como se estivesse se censurando por sentir vergonha por algo sobre o qual não tinha controle. Agora, se Isaac ao menos conseguisse que ela fosse sensata em outros aspectos... — Eu não acredito que eles estivessem muito preocupados com uma possível fuga. Eles estavam ocupados planejando a transferência para um local mais seguro.

Ela baixou a cabeça mais uma vez, mas Isaac viu a fúria ardendo em seus olhos azuis. Era uma contradição impressionante. Fogo e gelo.

— Eu não fui bem um desafio. Ele riu de mim e disse que eu tinha facilitado demais e que estava decepcionado. Então disse que eu podia ter escapado da minha prisão temporária com a seita, mas que nunca mais eu enxergaria para além das muralhas no lugar aonde estava me levando. Ele parecia estar se divertindo muito. Disse que estava cogitando torturar aqueles que o desafiaram, só para depois enviá-los para mim, assim eu teria companhia de vez em quando.

A voz de Jenna se transformou um sussurro e ficou chorosa.

— Mas ele também disse que nunca iria deixar que eu os curasse. Ele só planejava provocá-los com minha presença e a noção do que eu poderia fazer, assim saberiam que a cura e a vida estavam muito próximas, a apenas um toque. E ele queria que eu ficasse assistindo à suas mortes porque sabia exatamente o que isso causaria em uma pessoa como eu.

Jenna estremeceu e Isaac a abraçou de maneira reconfortante.

Knight esticou a cabeça para obter a visão do corredor em ambos os sentidos, da entrada e saída da cozinha, o cômodo para onde deveriam seguir. Então assentiu, e Isaac incentivou Jenna a prosseguir, louco para tirá-la daquele lugar o mais rápido possível.

Assim que ele e Jenna estavam prestes a entrar no corredor, onde ficariam visíveis a qualquer um, a apreensão tomou Isaac. Sem precisar confirmar seu pressentimento, ele fez Jenna recuar, posicionando o corpo na frente dela. Jenna tropeçou, mas Shadow a amorteceu e rapidamente cobriu sua boca com a mão enorme a fim de silenciá-la.

O grupo restante de homens ficou junto à parede da entrada, para que não fossem vistos. A não ser que a pessoa que vinha descendo rapidamente pelo corredor optasse por entrar na lavanderia.

Droga. Isaac esperava que os outros já tivessem saído da cozinha e que estivessem lá fora esperando, porque, caso contrário, estariam todos ferrados. Isaac viu a silhueta de um sujeito imenso passar pela lavanderia e parar à porta da cozinha. Aí olhou lá para dentro e resmungou. Então conferiu relógio e soltou um palavrão antes de erguer um radiocomunicador.

— Quando caralhos o Chopper vai fazer a comida?

— Ele não vai, idiota — estalou a resposta pelo rádio.

— Por que não? Estou morrendo de fome e tenho certeza de que todos os outros também estão.

— Talvez devesse se preocupar mais em fazer o que mandaram você fazer e executar as ordens em vez de ficar pensando na próxima vez que vai entupir esse rabo gordo de comida — disse uma voz sedosa e provocadora pelo rádio.

Jenna ficou rígida, levando as mãos à boca como se sentisse vontade de vomitar. Seus olhos estavam aflitos e ela mordeu o punho ao soltar um arquejo involuntário.

Shadow passou o braço em volta dela para oferecer apoio, e então gentilmente tirou os dedos dela da boca, esfregando as marcas de dentes deixadas por seu nervosismo.

— Acho que estas mãos já sofreram o bastante — sussurrou Shadow ao ouvido de Jenna. — Eles não podem te machucar. Nós jamais vamos permitir que isso aconteça.

Os olhos dela encararam profundamente os de Isaac, e a tristeza deles era tão notável que ele sentiu um aperto por dentro.

— O que é isso, anjinho? — perguntou Shadow, franzindo a testa diante daquela reação extrema.

— Ele vai matá-lo — disse ela, mal conseguindo formar as palavras.

Seu estômago revirou novamente, mas desta vez ela engoliu o mal-estar e fechou os punhos junto ao corpo.

— Precisamos correr. Ele é uma das pessoas de quem falei. Um dos que serão torturados por irritá-lo. E aí vão levá-lo até meu quarto, conforme o outro prometeu, e vai ser deixado para morrer enquanto terei que ficar só olhando.

As lágrimas escorriam pelas bochechas dela enquanto todo mundo trocava olhares de choque. Jenna falava com muita convicção para alguém que não tinha visto nada daquilo acontecer ainda.

Um barulho no corredor distraiu Isaac de Jenna, e ele se concentrou no homem que estivera ali há um instante. Agora dois homens o acompanhavam e o sujeito que se queixara por estar com fome tinha ficado branco feito papel e estava implorando. Ah, Jesus. Que porra! Ele olhou bruscamente para Jenna, sabendo que havia acontecido muito mais do que o que Ramie tinha visto e do que eles presumiram quando Jenna disse que ninguém voltava.

— Nós temos que ir agora! — sibilou Jenna com urgência. — Nós só temos alguns minutos antes de saberem que fugi.

Um nó se formou na garganta de Isaac e Shadow não pareceu muito melhor quando entendeu tudo. Assim que o corredor ficou livre, Isaac puxou Jenna para ele e agarrou sua mão. Shadow pairava do outro lado, enquanto o restante se posicionava na frente de Isaac, Jenna e Shadow.

Eles correram para a cozinha e então pela porta dos fundos, sabendo que Dane já os teria alertado caso a saída estivesse comprometida. Dane ergueu o olhar de sua posição de vigia, aliviado, assim que eles invadiram a noite. Os outros estavam em posições de guarda semelhantes, mas agora todos se convergiam para a cerca que havia sido cortada.

— Situação atualizada para "fujam o mais rápido possível" — vociferou Isaac para Dane.

Escolhendo a velocidade à discrição, os homens dispararam em uma corrida enquanto Isaac simplesmente pegava Jenna e a jogava em seu ombro, acelerando, e logo alcançou os outros, carregando o corpo leve dela.

— O que diabos aquele desgraçado doentio fez com ela? — sussurrou Shadow enquanto corria ao lado de Isaac.

Isaac fechou os olhos. E respondeu num sussurro para garantir que Jenna não ouvisse.

— Acho que está na cara, e não quero que ela reviva isso agora. Tive vontade de vomitar quando percebi e... Jesus, Shadow, você viu os olhos dela?

O rosto de Shadow ficou frio, sua expressão congelada.

— Eu vou encontrar esse desgraçado, nem que seja a última coisa que eu faça.

Um alarme soou assim que Shadow fez seu juramento.

— Preciso que você fique comigo, cara. Você não vai precisar encontrar Jaysus. Ele vai vir até a gente, e vou precisar de toda a proteção que conseguir para Jenna.

Shadow olhou rápido para a carga preciosa no ombro de Isaac. Ela estava pendurada do outro lado, mas segurada com extremo cuidado, para que sacudisse o mínimo possível enquanto percorriam a distância entre o local onde ela fora mantida em cativeiro e o ponto onde Brent aguardava para levá-los rumo à segurança.

— Estou contigo, irmão — disse Shadow, em um juramento silencioso.

dezessete

Isaac olhou para Jenna, que estava aconchegada em meio ao grupo austero de homens da DSS nos fundos da van. Seu rosto estava pálido, os olhos arregalados e inundados por uma infinidade de emoções, que o deixavam fervilhando. Culpa, medo e tristeza. Isaac queria puxá-la para seus braços e jamais soltar, mas não podia fazê-lo até saber por que Jenna tinha fugido e que merda tinha passado por sua cabeça antes de partir de repente. Mas, no momento, ele precisava manter o controle. O que era muito difícil de fazer, já que estava prestes a enlouquecer.

O silêncio era pesado no interior da van e sair dali parecia ser a escolha de todos. Exceto para Shadow, que aparentemente tinha se tornado o herói de Jenna. Outra coisa que confundia seus sentimentos. Se por um lado estava feliz por Jenna ter a proteção de Shadow, por outro, aquilo simplesmente o irritava muito. Qualquer coisa que tivesse a ver com Jenna era função de Isaac, e apenas dele. Era melhor que Shadow não cruzasse esses limites ou teriam problemas sérios.

Shadow virou-se para observar Jenna. O olhar dela estava fixo em algum local distante para além das janelas da porta traseira, o pensamento obviamente a um milhão de quilômetros de distância. A maioria dos homens estavam agachados em posições variadas, encostados nas paredes laterais da van, mas Jenna estava encolhidinha nos fundos, como se tentasse se isolar de todos. Só que Isaac não estava satisfeito com tanta distância entre eles. Cada vez que ela tentava se afastar, ele chegava um pouco mais perto.

— Você está bem, querida? — perguntou Shadow, com gentileza.

Jenna levantou o olhar, assustada, aparentemente chocada por alguém perguntar sobre seu bem-estar. Ela achou que todos estariam chateados com ela. Será que achava que os sentimentos que Isaac nutria por ela haviam mudado de alguma forma? Mas que droga. Assim que chegassem a mais um dos esconderijos da DSS, eles teriam uma reunião seríssima.

Os olhos de Jenna se encheram d'água, brilhando pelas lágrimas, e Isaac apertou o maxilar com tanta força que foi um milagre não ter rachado os dentes.

— Eu lamento — disse ela fracamente, sem responder à pergunta de Shadow. — Eu não queria que isso acontecesse. Sinto muito se continuo causando tantos problemas. Não queria que todos vocês fizessem isso, que assumissem esse tipo de risco. Não sabia mais o que fazer. Vocês já fizeram tanto por mim e continuo estragando as coisas.

Jenna fechou os olhos, virando o rosto para o outro lado para que ninguém visse sua expressão. A cara de Shadow estava tão sombria que ele parecia prestes a explodir.

— Você lamenta porque não está mais com aqueles desgraçados que planejavam fazer sabe-lá-Deus-o-quê com você? — rebateu Shadow. — Deus, Jenna, você ao menos tem noção do que poderia ter acontecido? Todas as formas com que eles poderiam ter te machucado, ter feito você sofrer? Você esperava que a gente simplesmente lhe desse as costas e a largasse na mão daqueles degenerados? Você realmente acredita valer tão pouco?

Shadow lançou um olhar de desgosto para Isaac, como se acreditasse que o companheiro tinha sido incapaz de convencê-la de seu valor, não apenas para ele, mas para Shadow e todos os outros. Isaac não fingia saber exatamente o que havia acontecido naquele momento em que Jenna tocara Shadow, curando-o, mas sabia que um vínculo havia se formado entre eles, assim como um vínculo inabalável se formara no instante em que Jenna o tocara. Ela havia modificado alguma coisa nos dois, dera a ambos algo que nunca tiveram e jamais souberam que precisavam.

— Eu simplesmente não quero que nenhum de vocês se machuque ou morra por minha causa — disse Jenna, com lágrimas escorrendo por suas bochechas em trilhas úmidas. — Não seria capaz de suportar algo assim.

— Você não acha que sentimos o mesmo em relação a você? — rugiu Isaac, fazendo Jenna se sobressaltar e voltar o olhar para ele, o medo cintilando em seus olhos por um segundo. — Mas que droga, Jenna. Não sinta medo de mim. Nunca sinta medo de mim. Jamais vou machucar você e, se Deus quiser, vou destruir qualquer um que um dia fizer isso.

Shadow pareceu satisfeito com a reação de Isaac, mas lançou um olhar severo a Jenna, o qual provavelmente assustaria qualquer pessoa, mas que também carregava um brilho de ternura bem incomum àquele sujeito tão furtivo.

— Prometa que nunca mais vai fazer algo tão estúpido de novo — exigiu Shadow, sustentando o olhar dela mesmo enquanto seus traços se abrandavam ao ver suas lágrimas. — Nós não temos como protegê-la se você não permitir isso.

Ele levantou a mão quando Jenna fez menção de falar.

— Não quero ouvir mais nenhuma palavra sobre a *nossa* segurança ou sobre a sua preocupação com a gente — disse Shadow, endurecendo mais ainda o olhar. — As únicas palavras que quero ver saindo da sua boca agora é que você vai prometer fazer o que eu... o que nós dissermos, e nos deixar fazer o nosso trabalho.

Jenna mordeu o lábio e virou o rosto para a janela de novo, mas não sem antes Isaac e os outros notarem uma torrente de lágrimas riscando suas bochechas pálidas.

Shadow lançou um olhar repleto de significado a Isaac. Inferno, todos na van, incluindo Brent, que estava dirigindo, olharam para Isaac de um jeito que dizia que era melhor lidar com a situação com Jenna e dizer o que fosse preciso para convencê-la a parar com aquela ideia idiota de que os salvaria à custa da própria vida. Dane parecia prestes a começar o próprio sermão, a julgar pelo olhar definitivamente insatisfeito, mas Isaac lhe deu uma olhada em uma espécie de desafio para que o outro não ousasse fazê-lo. Jenna já havia entendido a porcaria do recado, ou talvez não, mas ia entender, porque não era a função daqueles homens fazerem-na entender que ela era o mundo de Isaac a partir de agora. Isso era função dele, droga! Mas se Jenna ainda não havia compreendido isso, ia ter que compreender antes que a noite terminasse.

Isaac engoliu em seco, os lábios contraídos numa linha apertada, muito embora a espera o estivesse matando. Mas nem fodendo ia expor seus sentimentos por Jenna para que mais alguém além dela ouvisse, e nem ferrando iria repreendê-la na frente dos outros, deixando-a ainda mais chateada e constrangida do que já estava. Ele simplesmente lançou aos companheiros um olhar que deixava bem claro que estava marcando território, para que todos recuassem.

Aparentemente conformados com a bofetada silenciosa que tinham acabado de levar, os outros desviaram a atenção de Isaac e Jenna, então prosseguiram a viagem em silêncio.

Mas Isaac não conseguia suportar a distância de Jenna. Muito embora fosse esperar até que estivessem a sós para conversarem, ele não permitiria que ela pensasse que estava chateado. Isaac sentia-se irritado com um monte de coisas, mas não com ela.

Inclinou-se até onde Jenna estava, amontoada pertinho das portas duplas — e tão longe dele quanto possível —, e passou um braço atrás das costas delicadas e o outro debaixo de suas pernas, levantando-a e aninhando-a no colo.

Os olhos arregalados de Jenna encontraram os dele de uma maneira que quase partiu o coração de Isaac. O olhar estava tão apreensivo, como se esperasse um rompante de fúria. Isaac a envolveu e a aninhou bem junto ao peito, segurando-a com tanta força que duvidava que Jenna conseguisse ao menos respirar. Justo, já que ele mesmo sentia como se estivesse prendendo a respiração desde o momento em que acordara e não a encontrara em sua cama.

Ele enterrou os lábios no cabelo loiro e macio, beijando com intensidade o alto de sua cabeça, inalando seu aroma doce. Isaac saboreou a sensação de tê-la em seus braços, seu peso maravilhoso finalmente botando seu mundo no rumo certo após longas horas no inferno.

— Nunca mais faça isso comigo, Jenna — sussurrou ele. — Por Deus, querida, não consigo respirar quando não está comigo. Prometa que nunca vai me abandonar de novo.

Jenna não respondeu, mas foi relaxando aos poucos, a tensão deixando de seus músculos tensos, e seu corpo se moldou ao dele como a metade de um todo incompleto. Isaac fechou os olhos e respirou fundo até conseguir sentir apenas o cheiro dela, até que fosse a única coisa que sentisse ali. Ele nunca, *jamais*, voltaria a viver a agonia de não saber onde ela estava, se estava machucada ou com medo. Por Deus, ele sobreviveria.

Como diabos Caleb e Beau suportaram o que suas esposas tiveram que passar por causa de seus dons? Como Zack fora capaz de sobreviver ao longo de uma década sem saber onde Gracie estava, torturando-se durante todas as horas do dia, perguntando-se o que havia acontecido a ela, se estaria machucada, se precisava dele ou se ainda estava vida?

E, Deus do céu, como Sterling tinha sido capaz de não enlouquecer completamente depois de ver Eliza se jogando na frente dele, levando a bala que o teria matado, passando dias em coma, tão perto da morte que o médico lhe dera apenas cinco por cento de chance de sobreviver?

Ver a mulher que amava sofrendo o inimaginável era capaz de marcar um homem de um modo impossível de esquecer, possível apenas de ser guardado no fundo da mente. A memória retornava em momentos de vulnerabilidade e em pesadelos nunca partilhados, só para não ter que enfrentar a dor crua de recontá-los.

Isaac estremeceu ao se dar conta do quanto tinha chegado perto de perder Jenna. Ela já era tão parte de todos os seus pensamentos que não conseguia imaginar seu mundo sem ela. O suor se formou em sua testa e ele mentalmente afastou o pavor que ainda se agarrava com tenacidade à sua garganta.

Jenna estava ali. Em seus braços. Isaac a abraçava e ela não estava ferida.

Graças a Deus.

Eles entraram na garagem subterrânea de um prédio comum de trinta andares, parecido com vários outros do centro da cidade, tinha até um monte de empresas listadas ao longo dos andares nas placas do saguão. Só que havia apenas um empreendimento de verdade ali, e ficava bem no centro do prédio, no décimo quinto andar. Todo aquele pavimento havia sido convertido em um santuário fortificado, com uma cozinha completa, sala de jantar, duas grandes salas de estar, meia dúzia de quartos e um arsenal inteiro com todos os tipos de armas, muitas delas indisponíveis até mesmo para as Forças Armadas.

O prédio era capaz de resistir a qualquer coisa, exceto um golpe direto de um míssil. Isaac nem queria imaginar a quantidade de dinheiro usada para fortificar todo um arranha-céu, transformando-o numa fortaleza impenetrável. No passado, ele costumava fazer piadas sobre a paranoia envolvida na criação de uma zona de segurança daquelas, mas não estava mais achando graça, e era muito grato pela meticulosidade de Dane, com sua personalidade sempre-preparada-para-o-pior.

O sujeito à frente da DSS era um homem reservado, e provavelmente só havia uma pessoa na organização que conhecia todo seu histórico: Eliza. Mas Isaac duvidava que até mesmo ela soubesse de tudo. Estava óbvio que Dane vinha de uma família rica, mas não ficava se gabando. Em vez disso, adotava uma postura discreta, silenciosa e muito observadora. Ele tinha contatos que renderia orgasmos à maioria dos agentes de inteligência, mas nunca abria mão de suas fontes valiosas — ultrassecretas ou não — e jamais revelava como conseguia acesso a armas de alta tecnologia ou a informações sigilosas que sacava em momentos extremamente oportunos.

Seu lema não era *prepare-se para o pior*. Era *espere pelo pior e esteja preparado para detoná-lo*. Isaac nunca mais faria piada sobre a paranoia de Dane.

Tecnicamente, o edifício não era propriedade da DSS. O prédio, e tudo dentro dele, fora presente de Dane. Alguém tão rico e com ótimos contatos como ele poderia facilmente ser um arrogante e estipular vínculos e condições em relação ao que oferecia à DSS e a qualquer um que trabalhasse para ele, mas Dane não era assim. Ele considerava cada um dos agentes parte da família e os protegia com tanta ferocidade quanto uma leoa a seus filhotes. Era por isso que agora ele estava agachado junto aos outros homens da DSS na van. Porque Dane se envolvia intimamente na maioria das missões e não insistia em liderar todas as vezes — o que provavelmente era a característica que Isaac mais admirava em seu chefe.

Ele tinha visto como alguns de seus outros companheiros se beneficiaram do vasto estoque de armas de Dane. Isaac nunca tinha pensado na importância de toda a proteção que Dane garantia àqueles que considerava parte dos seus, até conhecer Jenna. Dane já tinha sua absoluta lealdade e devoção, mas agora também possuía sua mais profunda gratidão. Afinal, ele estava protegendo a coisa mais importante do mundo para Isaac, uma dívida que Isaac jamais conseguiria pagar.

Em vez de ajudar Jenna a descer do veículo quando estacionaram, Isaac simplesmente a pegou nos braços, enquanto os outros se posicionaram para formar um círculo protetor em torno deles. O grupo caminhou rapidamente em direção ao elevador que os levaria ao décimo quinto andar, enquanto Dane fazia uma ligação rápida para Caleb para confirmar o sucesso do resgate de Jenna e garantir que tudo estava bem no outro espaço, onde Caleb, Beau, Zack e Sterling ficaram para trás junto com suas esposas e Tori, a caçula dos Devereaux.

Dane e Isaac tinham perdido a cabeça quando Beau e Zack, e até mesmo Lizzie, insistiram na missão de resgate. No que dizia respeito a Isaac, com tantas variáveis desconhecidas, e o fato de todos terem se tornado um alvo, as outras mulheres deviam ser protegidas a todo custo.

Elas haviam tolerado muita dor e sofrimento, e a última coisa que Isaac queria era que fossem arrastadas para a briga. Ele e o restante de seus companheiros protegeriam Jenna adequadamente, sem arriscar nenhuma aquelas mulheres resilientes dotadas de dons surpreendentes. Mulheres que eram como Jenna.

Isaac a abraçava agora, mantendo a calma enquanto levava Jenna para um dos quartos mais afastados. Seus dentes doíam devido à força com que cerrava o maxilar, mas ele não ia dizer mais nenhuma palavra até que ambos estivessem a sós e com a privacidade garantida.

Dane ia querer um relatório completo, além de planejar e coordenar seus esforços. Mas isso podia muito bem esperar até que Isaac colocasse o seu bem mais importante em um lugar seguro e que tivesse certeza de que Jenna ficaria lá. Ele se asseguraria de que Jenna nunca mais tentaria fugir outra vez, mesmo que as intenções dela fossem certas.

Por mais que tentasse, Isaac não conseguia acalmar seu estômago se revirando, como se tivesse sofrido intoxicação alimentar. A cada segundo que se passava, aquele mal-estar se intensificava, até ameaçar explodir, independentemente de estar a sós com Jenna e de tê-la em segurança.

Quando Isaac finalmente chegou ao seu destino, fechou a porta do quarto com um chute e se virou para trancá-la, usando a mão que segurava as coxas de Jenna. Ele relutava em largá-la, mas sabia que estava prestes a explodir e não queria fazê-lo com ela em seu colo.

Isaac a colocou na cama e depois deu vários passos para trás, as narinas inflando quando ele inalou várias vezes, sucessivamente.

— Por que você está tão bravo comigo? — perguntou Jenna suavemente, fitando-o com olhos preocupados.

Isaac botou as mãos na parte de trás da cabeça e bufou.

— Eu não estou com raiva de você, linda.

Jenna lhe deu um olhar descrente.

— Tudo bem. Então, por que você está com raiva?

Isaac a olhou incrédulo, depois fechou os olhos e balançou a cabeça, rezando para não perder o controle. Ele literalmente tremia de fúria. Fúria por Jenna não se dar o devido valor. Fúria por não ter conseguido protegê-la. Fúria devido à impotência e a incerteza que tinha sentido. Apesar de acreditar na sua capacidade de garantir a segurança absoluta de Jenna até que cada um daqueles lixos que a consideravam uma propriedade — a propriedade de todos eles — fossem emboscados e abatidos quando viessem atrás dela novamente, e Isaac sabia que viriam. Eles seriam caçados como os animais que eram, e uma boa dose de justiça poética cairia em suas costas. Isaac com certeza preferia a última opção, mas não podia largar Jenna sozinha. Nem mesmo por um segundo, porque havia duas entidades distintas e muito poderosas atrás dela, e ambas tinham olhos e ouvidos em todos os lugares.

— O que diabos você estava *pensando*, Jenna? Sua atitude te levou direto para as mãos do inimigo, e não havia nada que eu pudesse *fazer* a respeito. Eu nem sabia que você estava em perigo, com medo, sendo machucada, até que já era tarde demais para agir. Você *não* faz ideia de como é, amor. *Não. Faz. Ideia.* Porque, se fizesse, não seria capaz de respirar, assim como eu não fui. Não seria capaz de ficar de pé, de sentar ou de fazer qualquer coisa sem sentir os joelhos tão fracos a ponto de te fazer cair, suas mãos tremendo tanto que você não conseguiria atingir um alvo a dez metros com um maldito lançador de *granadas*! Nunca me senti tão impotente na minha *vida*!

A pele de Isaac estava úmida de suor, pois todo o terror reprimido finalmente estava sendo colocado para fora. Era tudo o que ele podia fazer para permanecer de pé e não cair de joelhos naquele mesmo instante, sentindo-se tão fraco pelo alívio.

— Deus, você não é capaz de compreender tudo o que eu estava imaginando que podia estar acontecendo com você, e eu ali, sem poder evitar. Impotente, Jenna. Nossa Senhora, nunca mais quero sentir esse tipo de medo. Eu consigo até sentir o *gosto* do medo. Não creio que eu vá ser capaz de me livrar disso tão rápido. Seis horas, linda. Durante *seis horas* eu te perdi, e não sabia se ia recuperar ou em quais condições você ia estar se eu recuperasse. Pensei o pior, e quando digo o pior, quero dizer *o pior*. Você não tem como entender as coisas terríveis que passaram pela minha cabeça e o que isso *fez* comigo.

Ele estremeceu violentamente, seu estômago se revirando mais um pouco.

— Nunca vou me esquecer dessas seis horas enquanto viver.

Isaac chegou mais perto de Jenna, tentando conter suas emoções tumultuosas, mas ele estava perdendo a batalha rapidamente.

— *Enquanto eu viver*, Jenna. Nunca vou esquecer. Sempre vou me lembrar de como foi acordar e descobrir que você tinha ido embora, sabendo no meu íntimo que tinha algo terrivelmente errado.

O olhar dela tinha um toque de perplexidade e seus lábios se curvaram em um franzir desesperado.

— Eu expliquei por que fiz aquilo — disse ela calmamente, olhando para baixo enquanto juntava os dedos, retorcendo-os, agitada. — Fiz para manter todos vocês a salvo. Não estou *pagando* pela proteção, e você me disse que este é o seu emprego... quero dizer, é o que faz. Você protege as pessoas. A DSS é uma empresa e, como qualquer outra, precisa ganhar dinheiro. Eu posso não saber muito sobre o mundo real e como as coisas funcionam, mas disso eu sei — disse Jenna, com uma leve amargura em seu tom. — Não só estou drenando seu pessoal e seu negócio, como também colocando cada um de vocês sob risco de morte, porque todos sabemos que eles não vão me matar. Pelo menos não até conseguirem o que querem, e, mesmo assim, por que se livrariam de mim quando eu poderia ser útil a qualquer momento? O restante de vocês são dispensáveis. Matar vocês não é nada para eles e só os coloca um passo mais perto de seu objetivo. Eu.

Jenna inclinou a cabeça, com um olhar de pura confusão misturado a uma tristeza profunda e implacável. Ela parecia tão abatida que Isaac teve vontade de uivar, porque parecia que nada que dissesse, nada que fizesse, a deixava feliz ou sorridente. E Jenna era uma mulher destinada a rir e brilhar.

— Pensei que cada um de vocês ficaria feliz em me ver ir embora. Você acha que Caleb, Beau, Zack ou Wade querem perder suas esposas? Ou que os Devereaux querem perder a irmã? Acha que qualquer um de seus colegas quer morrer por uma mulher que nem conhecem e que não está pagando para ser protegida? Você não pode simplesmente parar tudo e concentrar todos os recursos da empresa em que trabalha em mim.

— *O inferno que eu não posso!* — rugiu Isaac, fazendo-a se sobressaltar. Ele olhou-a, totalmente boquiaberto, incapaz de acreditar em tudo o que acabara de sair da boca de Jenna. — Meu Deus, mulher, você simplesmente não *entende*.

Isaac ergueu a cabeça, levantando o olhar para o teto. Massageou a nuca enquanto esfregava os olhos com a outra mão, cansado.

— Jesus... — murmurou ele, balançando a cabeça. Por um instante ficou sem palavras, sem saber o que dizer em resposta à bobagem que Jenna acabara de falar. Mas pior era o fato dela acreditar em cada palavra. Esta era a batalha mais importante de sua vida, e Isaac podia sentir que estava perdendo tão feio que nem chegava a ser engraçado.

Jenna olhou para ele, chocada.

— O quê? O que eu não entendo, Isaac? Não entendo nada disso. Não conheço as regras ou sei de muitas coisas do mundo real. Estou fazendo o melhor que posso, mas não sei o que devo fazer ou pensar ou sentir!

Isaac acabou com o espaço que havia entre eles, puxando-a para seus braços e depois deslizando as mãos pelo corpo dela até chegar no rosto, obrigando-a a olhá-lo e deixando-a incapaz de se afastar. Ele colocou todo o seu sentimento em suas palavras, desejando que Jenna entendesse e aceitasse de uma vez por todas o que ele tinha a dizer, bem como os sentimentos que fluíam junto com as frases.

Sua expressão era feroz, suas ações eram ferozes, mas ele depositaria cada grama de amor recém-descoberto por aquela mulher em cada palavra, em cada faceta de sua expressão e em seu olhar, desejando que ela finalmente enxergasse o seu coração. Só Deus sabia que naquele momento ele estava tão cru e vulnerável diante dela quanto um homem poderia estar. Estava perigosamente perto de cair de joelhos e *implorar*.

Isaac mandou ver. Não fez nenhum esforço para controlar seu tom, suas emoções ou mesmo fingir estar tendo uma conversa calma e racional. Queria gritar ao mundo que a amava tanto que isto *desafiava* todo pensamento ou ação racional. E não dava a mínima se o andar inteiro estivesse ouvindo sua declaração acalorada, contanto que a única pessoa que importava ouvisse. Ouvisse *de verdade*. Ele queria que Jenna *sentisse* isso.

— O que você não entende é que eu me importo com você, Jenna. Eu me importo tanto que está me matando. A ideia de me separar de você dói fisicamente. A ideia de não poder te proteger, de ter falhado, acaba comigo!

Os olhos de Jenna eram dois espelhos em choque e ela permanecia completamente estática nos braços de Isaac.

— Estou tão profundamente envolvido que não tem mais jeito de sair. E, linda, estou *exatamente* onde quero estar. Tão dentro de você que jamais vai se ver livre de mim. Eu quero fazer amor com você com um desespero que está me comendo vivo e que consome todos os meus pensamentos. Quero ter você nua, sem nada entre nós, pele com pele, tão perto quanto duas pessoas podem estar. Quero te dar um filho. *Meu* filho. Assim você vai estar ligada a mim para sempre e não vai ter como fugir. Adoro imaginar você grávida do nosso filho, posso me imaginar amando você para sempre. Construindo uma família com você. Quero ter muitos filhos com você, dessa forma estaremos tão envolvidos um com o outro e com todos os filhos que vamos ter que você nunca mais vai pensar em me abandonar. — Isaac parou para observar se Jenna estava realmente entendendo o que ele dizia, antes de continuar: — Vou cuidar de você tão bem, querida. — Ele acariciava as bochechas dela, suas palavras e expressão suplicando por compreensão e aceitação. — *Ninguém* jamais vai amar você mais do que eu. Não há nada que eu não faça para manter sua felicidade e segurança por todos os dias, pelo restante de nossas vidas. Eu vou te dar a lua se você me pedir. Vou dar tudo o que você sempre quis ou sonhou, exceto...

Isaac tirou uma das suas mãos da cintura de Jenna e passou pelos próprios cabelos, a vergonha tomando seus pensamentos. Há muito ele havia perdido a sua vergonha ou seu orgulho quando o assunto era Jenna.

— Não posso e não vou deixar você ir — disse ele com uma voz cheia de emoção e preocupação enquanto aguardava que ela o condenasse com um olhar. Que o medo ou a decepção tomassem aqueles lindos olhos azuis e seus belos traços. Isaac se preparou para a rejeição, mesmo quando avançou, determinado a revelar tudo. Toda verdade enquanto desnudava sua alma. — Eu não posso te dar isso, linda. Essa é a única coisa que vou negar a você. Porque, Deus me ajude, sou um desgraçado egoísta e me mataria deixar você ir embora.

Isaac respirou fundo e então permitiu que Jenna visse exatamente o tipo de homem que era. Egoísta. Determinado. E tão apaixonado por ela. A mulher que havia preenchido todos os espaços em branco que havia escondido, e que tinha se recusado a reconhecer e aceitara como um pedaço permanente e doloroso.

— Se for preciso, eu amarro você na minha cama todas as noites, assim nunca mais vou me preocupar com a possibilidade de ser abandonado. Vou fazer *qualquer coisa* para manter você ao meu lado. Não importa o que for preciso ou até onde eu tenha que ir. Vou te dar o mundo, o que o seu coração desejar, e apenas rezar para que seu coração nunca deseje se ver livre de mim, porque essa é a única coisa que *não posso* te dar. Sua liberdade. Não posso, Jenna. Gostaria de ser um homem melhor, mas foda-se. Se ser um homem melhor significa simplesmente deixar você se afastar de mim, então eu não quero ser este homem.

Jenna ainda estava imóvel, com os olhos arregalados.

— Deus, sou um desgraçado por ao menos pensar assim, ainda mais por dizer isso em voz alta, sendo que você passou praticamente a vida inteira como prisioneira e, ainda assim, aqui estou, te prendendo de novo e me recusando a te dar liberdade. Mas, minha querida, eu juro que vai ser a prisão mais doce de todas. Juro por minha vida que vou te mimar muito, cuidar de você e te amar tanto que você nunca vai se sentir em uma prisão, pelo contrário, só vai enxergar seu lar para sempre. E um homem que te ama mais do que a própria vida.

Ele ficou mais sério, seus olhos penetrando os de Jenna. Isaac sabia que isso era tudo. Que nada seria mais importante do que este momento. Nenhum emprego, nenhuma missão jamais seriam necessários para sua sobrevivência.

— Vou proteger você com a minha vida. A você e a nossos filhos. Nunca mais vou deixar nada de mau se aproximar. Por toda a nossa vida, vou fazer o máximo para dar tudo o que você poderia desejar, e a única recompensa que quero ou preciso é o seu sorriso e sua felicidade. Por estas duas coisas, vou me matar de trabalhar. Tudo o que eu fizer a partir deste dia será por você, amor. Somente. Sempre. Por você.

Jenna parecia tomada pela emoção, lágrimas quentes correndo como rios pelo rosto, caindo em suas mãos, depressa demais para que ele conseguisse limpá-las.

— Desculpe — começou Jenna, a voz falhando. — Eu nunca quis te machucar. Eu não sabia... Não percebi...

Ah, que inferno! Jenna estava se desculpando. Isaac a silenciou com um beijo, encaixando seus lábios com força sobre os dela, lambendo sua boca até que se abrisse para ele. Isaac mergulhou, acariciando, provando, saboreando e absorvendo a essência dela. Aí a puxou, de modo que não havia mais espaço entre os corpos, firmou a palma da mão atrás da cabeça de Jenna, segurando-a exatamente onde a queria enquanto capturava sua boca num beijo sem fim.

Isaac jamais tinha sentido ou provado algo tão doce. Jamais experimentara algo tão... perfeito... como a sensação de tê-la em seus braços, seu corpo macio se derretendo junto ao dele. Isaac queria uma vida inteira desses momentos, abraçando-a o mais forte possível e saboreando sua proximidade. *Deus, por favor me dê só isso.* Sabia que tinha jurado nunca pedir mais do que a segurança de Jenna, que ela ficasse ilesa, e tê-la de volta, mas precisava fazer esse último pedido. Que ela fosse dele para sempre.

— Jamais peça desculpas — disse Isaac, feroz, quando finalmente se afastou. Ele acariciava as bochechas de Jenna com os polegares, memorizando todos os traços delicados do rosto feminino e aquela beleza que reluzia tanto de dentro para fora que o brilho poderia cegá-lo. — Nunca olhe para trás. Nunca mais. Só para a frente. Me dê uma chance de fazer você feliz e de fazer você me amar. Eu espero para sempre se for preciso, porque no final, depois de ouvir essas palavras de você, não importa quanto tempo demore, nesse momento, tudo valerá a pena.

— Eu já te amo — declarou-se Jenna, engasgada, contornando as emoções que bloqueavam sua garganta. — Eu amei você desde a primeira vez que te toquei. Me mostre seu amor, Isaac. Por favor. Mostre-me como deveria ser. Você me deu as palavras. Agora me dê o seu toque.

dezoito

Isaac congelou, as mãos que ainda seguravam o belo rosto de Jenna tremeram quando se deixou dominar pelas palavras mais lindas que já tinha escutado na vida. Ele não conseguia respirar. O nó em sua garganta era tão grande, que o sufocava e minava sua capacidade de tomar fôlego. Seu coração estava acelerado, agitado, batendo como uma britadeira, e seus olhos ardiam como se estivessem em chamas.

— Você tem certeza, meu doce anjo? — disse Isaac, rouco, as palavras trepidando nos lábios entorpecidos. — Porque só de saber que você me ama, já é suficiente. Sempre será suficiente. Se você não estiver pronta para fazer amor, então vamos esperar. Eu vou esperar. Durante o tempo que for preciso até você ter certeza de que é isso, de que eu sou o que você quer. Nós temos todo o tempo do mundo.

Jenna pegou as mãos dele e pousou os lábios na palma que vinha acariciando sua bochecha. Ela fechou os olhos e deu um beijinho na mão imensa, e segurou-a de encontro a seu rosto.

— Você é a única coisa sobre a qual tenho certeza, a única coisa sólida na minha vida. A única coisa certa, depois de tantos anos de medo, desespero e incertezas. Talvez eu nunca tenha visto como é o amor de verdade, mas sei como *não* é. Também sei que nunca me senti como me sinto agora. Só com você. Então, sim, Isaac, estou preparada. Passei a minha vida inteira esperando por você. Não me faça esperar por mais tempo — implorou Jenna enquanto acariciava ainda mais a mão dele, salpicando beijinhos em todos os pontos que seus lábios tocavam.

Isaac se deixou dominar e demorou um tempo para recuperar a compostura e engolir a onda de emoções que o desestabilizava. Ele piscou para afastar as lágrimas que embaçavam sua visão. Então, ainda segurando o rosto dela, abaixou a boca, beijando-a com uma ternura que nem sequer sabia possuir.

— Eu vou ser muito lento e gentil, amor — sussurrou Isaac. — A última coisa que quero é te machucar, mas...

Ele estava atormentado pelo fato de que, independentemente de quanto fosse devagar ou delicado com Jenna, a machucaria. Ela nunca tinha experimentado sexo, era virgem. E se isso não fosse suficiente, ainda era pequenina e delicada, e Isaac, um sujeito grande e pesado que poderia facilmente esmagá-la sem sequer perceber.

Isaac já estava duro, a ereção estufando dolorosamente a calça, fazendo-o gemer. Deus, ele era *todo* grande. Como diabos Jenna não se machucaria? Isso sem contar com o fato de estar prestes a gozar sem nem mesmo tê-la penetrado. Duvidava que conseguiria colocar mais do que a ponta de sua ereção antes de se aliviar todo em cima dela. Como Jenna teria prazer desse jeito? A última coisa que Isaac queria era que a primeira vez dela fazendo amor terminasse em dois segundos e que Jenna se perguntasse se era só isso.

Cristo, ele precisava se recompor. E, por enquanto, ia continuar de calça. Precisava tornar o momento especial para Jenna. Queria fazê-lo bem, que ela gozasse gritando seu nome com prazer.

Isaac se afastou, deslizando as mãos do rosto para o corpo dela, até chegar à bainha da camiseta. Enfiou os dedos por baixo, mas parou e olhou nos olhos dela.

— Vou tirar sua roupa, linda. Eu não quero que você tenha medo ou vergonha. Você é a mulher mais linda que já vi e pretendo mostrar o quanto te acho maravilhosa. Mas se estiver indo rápido demais, se eu fizer alguma coisa que te assuste, por favor, me avise e vou parar e diminuir um pouco o ritmo, e depois vamos treinando até que você se sinta confortável o suficiente para avançar, está bem?

— Tudo bem — sussurrou Jenna, lambendo o lábio nervosamente.

Isaac a encarou com seriedade, certificando-se de que o olhar deles se encontrassem.

— Prometa, meu anjo. Temos todo o tempo do mundo. Prometa que vai me dizer se sentir medo, se qualquer coisa que eu fizer machucar ou se quiser parar.

Jenna sorriu e foi como se todo o quarto de repente tivesse sido banhado pela luz do sol. Ele sentiu o calor até os ossos, correndo em seu sangue e disparando rapidamente por todo o corpo.

— Eu prometo — respondeu ela.

Isaac começou a tirar a camiseta de Jenna, sem nunca parar de encarar seus olhos azuis, assim poderia ter certeza de que estariam juntos durante todo o trajeto e que o pânico jamais surgiria na expressão dela. Quando passou a camiseta pelos seios, fez outra pausa.

— Levante os braços — pediu Isaac com a voz rouca.

Jenna os levantou devagar, até ficarem acima da cabeça. Isaac logo puxou a camiseta até se livrar da peça. Jogou-a de lado para pôr as mãos no quadril de Jenna, puxando-a para mais perto. Jenna se desequilibrou e caiu de costas, deitada na cama, seus cabelos espalhados em um emaranhado de cachos. Isaac se atrapalhou um pouco com o botão da calça dela, mas conseguiu abrir o zíper, trêmulo. Quando começou a puxar o jeans para baixo, ele se inclinou por cima de Jenna, beijando a barriga macia.

Ela estremeceu e algo que soou como um gemido escapou de seus lábios. Isaac roçou o nariz no umbigo de Jenna, rindo baixinho enquanto sentia o estremecimento e os arrepios que tomavam a pele feminina. Beijando, lambendo e mordiscando, Isaac foi puxando a calça para baixo. Ele se afastou de Jenna apenas por tempo suficiente para desembolar pacientemente a calça de seus pés.

Ele cutucou as pernas de Jenna para que se entreabrissem. Enquanto isso, Isaac olhava para a calcinha que cobria aquele pedacinho de pele que estava morrendo de vontade de provar. Ele queria fazê-la gozar em sua boca. Queria mostrar o quanto poderia lhe dar prazer, para que Jenna ficasse completamente mole e saciada antes mesmo de ele penetrá-la.

Isaac engatinhou para além dos joelhos dela, se abaixou e passou um dedo por cima da calcinha, bem entre os lábios inchados. E gemeu.

— Você está tão molhadinha para mim, querida. Esse doce todo só está esperando pela minha boca.

Jenna corou intensamente, mas seus olhos estavam cheios de paixão. Ela parecia quase bêbada com a boca inchada, os cabelos desgrenhados e os olhos nebulosos. Olhando-o, Jenna o surpreendeu.

— Sim, Isaac, é tudo para você. Só você.

Ah, que merda! Sua ereção estava muito dolorida e ele sentia a umidade invadindo o interior de sua cueca enquanto lutava para não gozar bem ali. Levando uma das mãos à própria virilha, apertou com força, respirando fundo várias vezes, tentando se acalmar.

Jenna inclinou a cabeça para o lado, com um rosto visivelmente confuso.

— Você está com dor? — perguntou ela com uma careta.

Isaac soltou uma risada pouco convincente.

— Você não faz ideia, querida. Eu te desejo tanto, que só de te olhar, de te ouvir me dizendo essas coisas e saber que estou prestes a finalmente te provar, já me faz querer gozar, e olhe que nem tirei minhas roupas ainda.

— Então tire — sussurrou ela, seus olhos brilhando de repente com curiosidade e desejo.

Ele grunhiu.

— Ainda não, linda. Eu não vou gozar antes de ter a chance de te dar prazer. Só vou gozar depois que estiver dentro de você.

Jenna corou de novo, mas sorriu, o rosto inteiro se iluminando enquanto continuava a olhá-lo.

Isaac se inclinou, passando o nariz e a boca pela calcinha úmida e inalando seu aroma intoxicante e feminino. Era inebriante, a ambrosia mais doce. Ele fechou os olhos, sentindo-se tonto e bêbado enquanto sorvia o máximo possível dela.

— Isaac, por favor — pediu Jenna, sua voz tensa quando se inquietou embaixo dele.

Isaac desviou o olhar do corpo feminino até encontrar os olhos azuis atentos.

— É só me dizer do que você precisa, querida. Você sabe que te darei qualquer coisa.

— Eu preciso... Eu quero... Por favor, toque-me — pediu, desesperada. — Tem alguma coisa acontecendo, mas não sei o que é. Tudo que sei é que preciso que você me toque para melhorar de alguma forma.

Isaac não a provocou nem prolongou sua agonia. Simplesmente rasgou a calcinha, deixando o que sobrou de lado, e se abaixou, usando os ombros para separar mais as pernas de Jenna, até estarem completamente abertas para ele.

— Segure um pouco, linda, porque vou te provar — resmungou ele.

Isaac deslizou a língua por entre os lábios inchados e lambeu até chegar ao clitóris, passando a ponta da língua em um movimento circular ao redor do botão teso. O corpo feminino se contraiu e Jenna gemeu de repente, mas não era para que ele parasse.

Isaac desceu mais a língua, até tocar na pequena abertura antes de finalmente deslizar para dentro dela, repetindo os movimentos que faria com sua ereção depois.

— Ai, Deus, Isaac! O que você está fazendo? O que está acontecendo comigo? — perguntou Jenna, perplexa.

— Está tudo bem, linda — acalmou ele. — Não lute contra isso. Estou aqui. Tudo o que precisa fazer é se soltar e confiar em mim. Eu sempre estarei aqui para te pegar.

— Mas parece que vou explodir em um milhão de pedaços! — protestou.

— Eu só vou te dar muito prazer — disse Isaac antes de voltar à doce intimidade dela, lambendo e sugando com avidez, sem querer perder uma única gota do que aquele corpo lhe oferecia.

Queria que ela gozasse com a sua boca, queria que seu primeiro orgasmo fosse fantástico. O segundo seria em torno de seu pênis.

Cada vez que a língua de Isaac saboreava Jenna, os gemidos dela ficavam mais altos. As pernas de Jenna tremiam, o corpo começou a ter espasmos, quase como se fosse mais do que ela conseguia suportar. Isaac deslizou um dedo pelos cachos macios entre os pequenos lábios inchados e voltou a acariciar o clitóris, enquanto continuava a banhar sua língua em toda aquela doçura.

— Isaac! — choramingou ela, o pânico em sua voz.

— Entregue-se, Jenna. Confie em mim. Nunca vou fazer nada que te machuque — abrandou ele. — Entregue-se. Solte-se! Dê o que eu quero.

O corpo dela se contraiu por inteiro quando Isaac aumentou o ritmo e a pressão, sabendo que Jenna estava prestes a gozar. Quando o tremor aumentou até o ponto de um frenesi, Isaac fechou os lábios ao redor da abertura feminina, para não perder uma única gota de néctar quando ela chegou ao clímax.

Jenna arqueou as costas, erguendo-se do colchão, e um grito com o nome de Isaac ecoou pelo quarto. O corpo dela se contraía e estremecia, jogado sem força debaixo dele, enquanto Isaac gentilmente a trazia de volta do orgasmo, lambendo e sugando sua carne trêmula, com muito mais delicadeza do que antes.

Depois de lamber cada gota do prazer de Jenna, ele se deitou sobre o corpo dela, beijando da barriga até os seios. Jenna parecia atordoada, seus olhos brilhando de contentamento enquanto o observava dedicar-se aos seios dela preguiçosamente. Quando Isaac fechou a boca sobre um mamilo e sugou com força entre os dentes, ela arqueou da cama, a boca se abrindo e os olhos perdidos na satisfação enfraquecedora e lânguida de apenas um minuto atrás.

— Preciso levar você ao limite outra vez, linda — disse ele com uma voz rouca. — Quero te deixar à beira de um orgasmo antes de entrar em você. Na primeira vez, você gozou na minha boca. Agora vai fazer isso no meu pau.

Jenna lambeu os lábios e a fome acendeu em seus olhos. Quando Isaac se inclinou para dar uma atenção fantástica a seus seios novamente, os dedos dela cravaram em seus ombros, as unhas deixando marcas. Isaac fechou os olhos e gemeu.

— Deus! Sim, linda. Me marque. Tome posse de mim do mesmo jeito que estou fazendo com você.

Ele voltou a atenção para o outro seio, lambendo ao redor do mamilo e deixando uma trilha úmida. A ponta deliciosamente rosa despontava, rígida e dura como se estivesse implorando por sua boca. Isaac mordiscou de leve, deixando o bico mais duro para depois roçar os dentes levemente da base até a ponta, antes de tomar o botão inteiro na boca.

Isaac sugou com força o mamilo, encontrando seu ritmo, e depois se voltou para o outro lado, oferecendo o mesmo tratamento. Jenna se contorcia debaixo dele, suas mãos tocando-o em todos os lugares, deixando marcas em sua pele que o faziam querer bater no peito e rugir como um homem das cavernas.

Isaac beijava e sugava a pele macia, formando uma trilha desde os seios até o pescoço, e depois até a orelha, chupando o pequeno lóbulo enquanto Jenna estremecia incontrolavelmente sob seu corpo muito maior. Ele a cobriu por completo. Não havia um único pedaço de Jenna que não estivesse colado à pele dele. Ela fazia parte de Isaac, uma parte essencial. A melhor parte dele. Jenna o tornava uma pessoa melhor. Fazia-o querer ser um homem melhor. Por ela. E pelos filhos que eles teriam um dia. Nunca seu futuro tinha parecido tão bom quanto agora, e era tudo por causa do toque perigoso de um anjo.

Isaac deslizou a boca até o maxilar de Jenna, quando finalmente ele capturou os lábios dela mais uma vez, deslizando a língua para dentro, compartilhando o sabor do corpo dela. Seu membro implorava para possuí-la. Para deslizar tão fundo dentro daquele corpo feminino que Jenna jamais poderia se ver livre dele. Estava inchado e duro, apontando para cima enquanto Isaac se remexia e se acomodava sobre a barriga dela.

Quando ele ergueu o corpo só um pouco, Jenna olhou para baixo e seus olhos se arregalaram numa mistura de medo e apreensão.

Então encarou Isaac, mordendo o lábio, nervosa.

— Acho que isso nunca vai dar certo. Como é que vai caber? Você é tão... grande — guinchou ela, enquanto apontava para eles tentando explicar.

Antes que Jenna pudesse ter um ataque de pânico, Isaac a silenciou com outro beijo profundo e suave. Quando ambos estavam sem fôlego novamente, ele recuou e a olhou com amor.

— Você foi feita para mim, Jenna. Meu doce anjo. Vai caber. Vamos nos encaixar. Sempre vamos nos encaixar. Você é a metade da minha alma, a metade que faltava. E agora não sei dizer qual metade é você e qual metade sou eu, porque nós nos encaixamos tão perfeitamente. Não tenha medo, meu amor. Nunca tenha medo de mim. Jamais vou te machucar de propósito. Isto vai ser desconfortável no começo, por um momento, mas vai passar, e, depois disso, vamos em direção ao paraíso. Você confia em mim?

Jenna assentiu, mas a ansiedade ainda era visível em seus olhos.

Ele se abaixou, beijando-a enquanto deslizava a mão entre as dobrinhas escorregadias. Jenna estava encharcada de desejo depois do orgasmo devastador, mesmo Isaac tendo lambido cada gota do prazer dela. Ele deslizou um dedo para dentro dela enquanto sua boca retornava aos seios.

Jenna ficou tensa quando o dedo a penetrou, mas ela não conseguia deixar de relaxar toda vez que Isaac sugava seu mamilo ainda mais para dentro da boca. A cada chupão, ela se contraía ao redor do dedo dentro de si.

— Quando eu ficar entre as suas pernas, quero que você as enrole ao redor da minha cintura e agarre meus ombros, certo, querida? Você pode fazer isso por mim? — perguntou Isaac com ternura.

Jenna assentiu, os olhos arregalados.

— Você está preparada para mim, linda. Seu corpo está pronto. Está tão úmida e quente, tão macia e suave — murmurou ele.

Ante aquelas palavras reconfortantes, Jenna relaxou, seu corpo amolecendo contra a cama.

Isaac guiou a ereção para entre as pernas dela e roçou a pontinha sobre a pele acetinada, para cima e para baixo, até que estivesse coberta da umidade de Jenna. Devagar, foi encaixando a ponta na pequena abertura, investindo o mínimo dos mínimos só para que se acomodasse ali, liberando sua mão para fazer outras coisas.

Isaac abaixou o corpo sobre Jenna, cobrindo-a enquanto se apoiava em um antebraço, para não sufocá-la. Ele usou a outra mão para mergulhar entre eles e acariciar o clitóris, apertando e fazendo movimentos circulares.

Jenna o envolveu com as pernas, tal como lhe fora pedido, apertando firmemente toda vez que Isaac massageava o seu clitóris. Ela estava com a cabeça tombada para trás, seu corpo avançando, e Isaac jamais experimentara uma visão mais bela e erótica em sua vida.

— Segure firme, linda — sussurrou ele. — Vou tentar fazer com que essa primeira parte seja breve.

Ela abriu os olhos, confusa com as palavras.

— Eu te amo — disse ele. — Sempre vou te amar.

Então Isaac avançou, com força e profundamente, rasgando a frágil barreira que proclamava sua inocência. Jenna gritou, lágrimas brilhando em seus olhos ao agarrar os ombros dele. O coração de Isaac quase se partiu em dois quando uma lágrima escorreu pelo lado do rosto dela para desaparecer em seu cabelo.

— Desculpe, querida — disse ele, seu peito doendo quando baixou a boca para beijá-la. — Desculpe por machucar você. Eu não te machucaria por nada nesse mundo. Apenas fique quietinha. Não vou me mexer até que a dor desapareça, e então vou fazer você sentir prazer de novo. Eu juro. Por favor, me perdoe — implorou ele.

Jenna acariciou o rosto masculino e deu um sorriso trêmulo.

— Eu sei que você não queria me machucar, Isaac. Só me pegou de surpresa, só isso. Vai ser assim toda vez? Quero dizer, quando você entrar pela primeira vez?

Ela estava desconfortável por fazer uma pergunta tão íntima, e Isaac teve que beijá-la novamente.

— Não, linda, eu prometo. Nunca mais vai doer assim. Você era virgem e a primeira vez com um homem muitas vezes é dolorosa porque o hímen se rompe. Mas já acabou, e de agora em diante você não vai sentir nada além de prazer.

Mesmo enquanto a tranquilizava, seus dedos estavam tocando-a no clitóris, acariciando e apertando. O corpo dela se contraía e se enrijecia em torno dele, banhando seu membro com um jorro de excitação.

Jenna flexionou os músculos hesitantemente ao redor dele, as paredes de sua intimidade agarravam-no com firmeza. Isaac gemeu e fechou os olhos, cerrando os dentes.

— Tenha dó, querida — disse ele, a dor expressa na voz. — Se você continuar fazendo isso, vou gozar cedo demais e aí vai terminar.

Jenna sorriu e arqueou o corpo, trazendo-o mais para dentro de si.

Isaac soltou um palavrão e tentou se retirar, mas ela apertou as pernas com mais força em torno da cintura dele, impedindo-o de se afastar.

— Não dói mais como antes — disse ela, com timidez. — Eu sinto um... formigamento. *Preciso* que você se mexa. *Eu quero* que você se mexa.

Com mais calma do que jamais imaginou que poderia ter, Isaac avançou, até que apenas o mínimo dele permanecesse fora de Jenna. Recuando um pouco, Isaac gemeu ao sentir Jenna contraindo e arqueando o corpo em torno dele. Quando estava quase todo fora, só a pontinha dentro dela, voltou a avançar de novo, vigorosamente, erguendo-se o máximo possível.

Jenna arregalou os olhos com a sensação e suas pernas tremeram com violência, os calcanhares cravados nas costas de Isaac.

— Por favor — implorou ela. — Eu preciso... não sei do que preciso — disse ela, frustrada.

— Eu sei do que você precisa, querida — disse ele, com amor. — Me abrace com força.

Assim que as pernas e braços de Jenna envolveram o corpo dele totalmente, Isaac passou a empurrá-la cada vez mais depressa, metendo fundo antes de tirar, só para fazer de novo. Ele já não conseguia mais se segurar, já não controlava suas estocadas. Começou a se mexer cada vez mais rápido, os quadris estalando contra o corpo de Jenna quando ele alcançava a profundidade máxima, cada centímetro de seu membro banhado no calor dela.

O suor acumulou em sua testa e a tensão era evidente em sua expressão.

— Eu preciso que você goze para mim — disse Isaac entredentes. — Solte-se, Jenna. Deixe acontecer.

Seu polegar massageou o clitóris com firmeza, enquanto a cabeça abaixava para sugar um mamilo, usando os dentes para acrescentar uma pequena centelha de dor.

Foi tudo de que Jenna precisava. Os olhos dela dispararam para os dele e a boca se abriu em um grito sem som. O corpo ficou tenso até quase parecer sentir dor. E assim que percebeu que não ia aguentar nem mais uma investida, Isaac se viu cercado por uma onda repentina de libertação quente e suave.

Ele rugiu o nome dela e depois enterrou o rosto no pescoço macio, ao mesmo tempo que a penetrava o mais profundo possível. Seu orgasmo surgiu dolorosamente, disparando de seu membro para aquele refúgio acolhedor e convidativo. Ele jamais gozara tanto na vida. Dava para sentir que o líquido vazava de dentro, espalhando-se pelas coxas dela e pela pélvis dele.

E Isaac jamais se sentira tão satisfeito — tão *completo* — em toda sua vida. Havia encontrado seu lar. Jenna. Não um lugar, uma casa. Mas Jenna. Seu anjo. Onde quer que ela estivesse, contanto que estivessem juntos, estaria em casa.

dezenove

Jenna acordou esparramada sobre o corpo de Isaac e deu uma olhada, ainda sonolenta, para ver se ele estava acordado. Para sua surpresa, Isaac a encarava fixamente, passando a mão pelas costas dela em uma carícia íntima.

— Precisamos nos levantar. Você precisa comer — disse ele, seus olhos ainda brilhando da experiência que tinham compartilhado.

Jenna bocejou lentamente e envolveu a cintura dele com o braço para se posicionar melhor.

— Não estou com fome. Podemos ficar na cama? — perguntou Jenna, fazendo beicinho.

Isaac riu e lhe deu um beijo na testa.

— Linda, tem três dias que não saímos do quarto. Você deve estar morrendo de fome.

Ela ergueu a cabeça e o olhou, horrorizada.

— Três dias?

O sorriso de Isaac ficou maior, com um ar meio arrogante.

— Não me surpreende que você tenha perdido a noção de tempo, afinal, te deixei bem ocupada. Peguei pesado com você, amor — disse Isaac, o sorriso desaparecendo quando a preocupação chegou aos olhos.

Jenna sabia que tinha corado, mas ofereceu um sorriso deslumbrante.

— Eu não chamaria o que você fez de "pegar pesado". Além disso, acho que provavelmente te cansei do mesmo jeito.

Ele riu e apertou o nariz dela carinhosamente.

— Você *definitivamente* não vai me ouvir reclamando, querida. Mas precisamos tomar banho e depois comer, e eu ainda preciso procurar os outros antes que alguém resolva conferir se estamos vivos.

O pânico a agarrou e Jenna se afastou da cama, procurando por sua roupa, desesperada. Ela morreria de vergonha se alguém entrasse e os flagrasse sem roupa na cama. Mas Isaac pegou sua mão e a puxou de volta, beijando-a demoradamente, fazendo com que se esquecesse de todo mundo.

— Estava te provocando, linda. Eles sabem muito bem que eu cortaria as bolas deles se tentassem entrar aqui. Ninguém vê o que é meu. Ninguém *jamais* vai ver o que me pertence a partir de agora.

Suas palavras a deixaram radiante, seu peito apertando de absoluto contentamento e tanto amor, que Jenna sequer conseguiu processar o bombardeio de emoções incitadas por ele.

— Você está falando sério, não é?

Isaac franziu a testa para ela, os olhos avaliando sua expressão.

— Claramente não fiz um trabalho bom para convencê-la. Talvez eu precise de mais três dias na cama até você ver alguma luz e entender completamente que você é minha, Jenna. Você me pertence e eu, a você. Não brinco com uma coisa dessas. Nunca cheguei nem perto de falar isso para mulher nenhuma. Só para você. E sempre vai ser só para você.

— Ok, ok, entendi! — disse ela, rindo. Então seu tom ficou pesaroso. — Não tenho certeza se vou conseguir caminhar até o chuveiro.

Isaac a olhou de um jeito que sugeria que Jenna estava louca por ao menos cogitar andar. Ele simplesmente a carregou para o banheiro.

— Quem disse que era para você ir andando? Depois do susto que você me deu, não vou querer que você saia do meu radar nunca mais. Inferno, eu quero você numa distância em que eu possa tocá-la, porque pretendo fazer muita coisa. Não tenho disciplina quando se trata de você — murmurou Isaac.

— Você age como se isso fosse ruim — provocou Jenna.

O banho lento e demorado a deixou tão excitada que Jenna teve vontade de levar Isaac de volta para a cama, querendo satisfazer o desejo ardente que ele havia transformado em um incêndio. No entanto, Isaac não deixou. Ele a ajudou a sair do chuveiro e depois a secou muito cuidadosamente.

Até mesmo escovou o longo cabelo embaraçado, uma consequência da maratona de amor, antes de lhe dar um tapinha no bumbum e ordenar que ela se vestisse.

Os dois finalmente deixaram o quarto e seguiram para a cozinha, onde Isaac a colocou num dos banquinhos diante do balcão com instruções para não se mexer enquanto preparava o café da manhã. Jenna estava constrangida, ciente de que os homens na sala ao lado sabiam muito bem o que ela e Isaac tinham feito nos últimos três dias.

Ela manteve a cabeça abaixada, enroscando os dedos juntos, e olhou na direção da sala várias vezes pelo canto do olho.

Isaac colocou um prato na frente dela, que estava amontoado com tanta comida que Jenna sabia que nunca conseguiria dar conta de comer tudo. Porém, ter permissão para comer algo além dos vegetais que consumira durante tanto tempo era um luxo que ela ainda apreciava.

— Relaxe, linda — disse Isaac em voz baixa. — Ninguém vai falar nada e jamais vai fazer alguma coisa para te constranger.

Jenna assentiu, sentindo-se boba por estar tão preocupada. Os companheiros de Isaac não foram nada além de solícitos com ela, e nem uma vez Jenna tivera a impressão de que fariam qualquer coisa para deixá-la desconfortável.

Ela examinou o conteúdo do prato com uma satisfação entorpecida. Nunca ninguém havia lhe oferecido tanta comida cheirosa e bonita. Jenna percebeu que estava sorrindo feito uma idiota quando suas bochechas realmente começaram a doer, mas não podia conter seu deleite com a nova experiência e a liberdade de comer — ou não comer — o que quer que desejasse.

Depois de examinar bem todos os alimentos diferentes, ela pegou o garfo e parou por um momento, a testa enrugando enquanto olhava para o banquete que Isaac simplesmente chamara de refeição. Qual ela gostaria de experimentar primeiro? Nenhuma daquelas comidas tinha cheiro ou aparência ruins, embora não soubesse o que eram. O constrangimento tomou conta dela e o calor subiu pelo seu pescoço e pelas bochechas. Mesmo uma criança saberia identificar os diferentes pratos que Isaac tinha preparado. De repente, Jenna não estava tão encantada com a nova experiência como estivera há alguns instantes.

Sentindo que estava sendo observada, ela olhou para cima sem levantar a cabeça, apenas espreitando por debaixo dos cílios para flagrar Isaac fitando-a com tanta tristeza que seu constrangimento a deixou levemente nauseada. Jenna perdera o apetite.

Recusando-se a olhar para cima, ela sutilmente empurrou o prato e olhou para o garfo que ainda segurava, desejando que houvesse um buraco para engoli-la.

— Linda, coma — estimulou Isaac, sua voz sustentando uma leve aflição. Como se estivesse condoído por ela.

Jenna fechou os olhos e, um segundo depois, sentiu que Isaac se acomodava no banquinho bem ao seu lado, o calor a envolvendo durante o abraço.

— Querida, você não tem nada do que se envergonhar — disse ele, a sinceridade ecoando solidamente em sua voz. Quando Jenna reuniu coragem para olhá-lo, notou a mesma sinceridade absoluta gravada em cada traço de seu rosto.

— Eu queria que você tivesse a oportunidade de experimentar várias coisas novas — explicou. — É por isso que preparei isso tudo. Você vai aprender do que gosta e do que não gosta, e é disso que preciso, assim nunca vou servir algo que você não ache gostoso.

Jenna encarou-o, horrorizada e confusa ao mesmo tempo.

— Você não se importa se eu não gostar de algo que você cozinhou para mim? Mas seria tão grosseiro não gostar de algo que você se esforçou para fazer.

Jenna voltou a olhar nervosamente para o prato. A ideia de não gostar de algo que fora feito para ela, sendo que Isaac fizera tanto esforço para agradá-la, a enchia de temor.

Isaac suspirou, e então pousou a mão no joelho de Jenna, virando-a no banco para encará-lo. Ele levantou o queixo dela com um dedo para que seus olhares se encontrassem.

— Linda, todo mundo tem alguma comida que adora e alguma que absolutamente odeia e que não comeria sob nenhuma circunstância. Isso é ser humano e ser um indivíduo. Não há duas pessoas que gostem exatamente das mesmas coisas. Eu quero que você sempre goste do que come toda vez que nos sentarmos para fazer uma refeição, e para que isto aconteça, temos que testar vários pratos até você ter uma boa noção do que prefere, do que não gosta e do que *ama* comer. Você vai aprender que eu tenho minha lista de comidas que não tocaria nem com uma vara de três metros.

— Sério? — perguntou Jenna cheia de esperança. — Você não vai ficar bravo comigo se não gostar de algo que você cozinhou para mim?

— Eu nunca, ouça muito bem o que estou dizendo, *nunca* vou ficar com raiva de você por ser sincera comigo. Eu ficaria com raiva se você continuasse comendo alguma coisa que odiasse só porque estava com medo de me dizer que não gostou.

Isaac sorriu e apertou o nariz dela.

— Eu já sei que não devo lhe servir vegetais, ou vou acabar tendo que dormir no sofá.

Jenna piscou de surpresa e depois percebeu que ele estava brincando, aí riu, aliviada.

— Agora, você vai comer o que quiser e largar no prato tudo o que não gostar, ok?

Sentindo-se bem boba depois da explicação, Jenna assentiu, e então pegou o prato ansiosamente, puxando-o para si. Ela provou um pedacinho de cada item, dando uma única mordida em todos, absorvendo os gostos e as texturas, vendo o que parecia o mais gostoso e o que parecia menos apetitoso.

Enquanto fazia seu pequeno experimento, Jenna foi comentando sobre cada alimento que provava, dando a Isaac sua nota. Os favoritos foram os biscoitos macios e amanteigados. Os ovos mexidos ficaram dentre os menos estimados, mas o bacon se provou absolutamente corruptível e ela comeu todos os pedacinhos. Jenna franziu a testa para o mingau enquanto deixava a mistura granulada dissolver na boca, concluindo que não tinha interesse em voltar a comer aquilo. O presunto grelhado estava delicioso e as frutas frescas foram devoradas, e ela fez questão de lamber o sumo dos dedos para não perder uma única gota.

Quando estava mais do que satisfeita, Jenna empurrou o prato com um suspiro pesado de satisfação.

— Estou cheia — gemeu. — E preciso ir de novo ao banheiro.

Isaac pegou o prato vazio e deu um beijo nos lábios dela.

— Volte depressa.

Jenna sorriu e saiu da cozinha em direção ao quarto que havia ocupado antes.

Isaac estava enxaguando a louça quando Shadow o chamou da porta que dividia a cozinha e a sala de estar.

— Você precisa ver isso, irmão — disse ele em voz baixa, olhando para onde Jenna tinha desaparecido, em um sinal silencioso de que era algo que ela não precisava saber.

Mas ela tinha retornado nesse exato momento e percebeu o olhar dele na sua direção. Shadow comprimiu os lábios, e ficou óbvio que estava segurando um palavrão. Ele enviou a Isaac um olhar de desculpas.

— O que é? — perguntou Jenna bruscamente, o medo substituindo seu brilho e risada anteriores.

Isaac xingou pela mudança súbita.

— Você não tem como me proteger de tudo — disse Jenna suavemente.

— O cacete que não tenho! — berrou Shadow.

A provocação ardeu nos olhos dela.

— O que quer que seja, não pode me machucar. Estamos aqui e eles estão em outro lugar. Ver algo pela televisão não pode machucar ninguém. Somente pessoas podem prejudicar pessoas, e estas devem ser capturadas para serem feridas. Eu entendo que sou tola, ignorante, e irremediavelmente ingênua, mas como posso esperar aprender as coisas que preciso saber se vocês parecem determinados a me manter trancafiada, onde eu não possa ver nada perturbador? Preciso saber o que está acontecendo. A única vez que sinto medo é quando não sei o que está acontecendo — disse ela com uma voz suplicante.

— Você *não* é tola e ignorante, e *não* é ingênua. Não vou ficar brigando toda vez por você ficar se colocando para baixo ou se convencendo de que é menos do que todos os outros. Que ninguém se importa com você — rebateu Isaac com ferocidade.

— Mas que droga, Jenna, você ficou isolada do mundo desde que tinha quatro anos. Ninguém esperaria que você aprendesse tudo em alguns dias, e é por isso que estamos te protegendo e ajudando a obter o conhecimento que precisa. Mas você tem que estar disposta a nos deixar fazer o nosso trabalho e ouvir quando lhe dissermos o que você precisa fazer para poder se proteger também — finalizou Isaac exasperado.

— Nós temos alguns minutos — disse Shadow, com calma. — Vai dar o intervalo comercial agora e, quando o jornal retornar, vai entrar a reportagem principal. — Ele voltou seu olhar para Jenna, empinando o queixo numa pose respeitosa. — A decisão é sua. Apenas seja rápida.

Embora Isaac soubesse que Shadow estava certo e que não poderia continuar a tratar Jenna como se ela fosse desabar a qualquer sinal de adversidade, ele ainda ficava irritado com o fato de não conseguir protegê-la da dor e da angústia, e sabia que isto estava evidente em sua fisionomia e em sua linguagem corporal tensa.

A expressão de Jenna ficou perturbada e ela franziu a testa. Seus lábios tremiam e era óbvio que estava lutando contra as lágrimas. *Merda.* Não tinha sido a intenção de Isaac chateá-la ou ferir seus sentimentos, mas ele estava sem saber como convencê-la de que ela estava longe de ser um nada. De que era importante, e que era *tudo* para ele. Jenna era a razão pela qual respirava, pela qual se levantava todas as manhãs, e pela primeira vez desde que ela tinha roubado seu coração e tomara posse dele para sempre, Isaac não ia vivendo os dias no automático. Pelo contrário, saboreava cada momento, se permitindo algo que jamais sonhara ser capaz de possuir. Esperança. Empolgação com o futuro. Passar o restante da vida se esforçando apenas para que Jenna continuasse a sorrir e a ser feliz. Durante muito tempo a vida dele fora consumida por sombras e trevas, lugares escondidos onde não se embrenhava por medo de desencadear lembranças dolorosas e de fazer transbordar todos os erros já cometidos. Porque uma vez tendo feito isso, não havia volta. Se acontecesse, Isaac teria que se afastar de tudo o que conhecia e das pessoas que o acolheram como uma família, porque não poderia olhar nos olhos delas e fingir que tudo estava bem. Perfeito. Só mais um dia como todos os outros.

Precisou de meses para parar de beber e ficar sóbrio, e depois mais um ano para voltar à boa forma física, comer os alimentos certos ou ao menos tentar comer. Isto tinha permitido que ele fizesse bem o seu trabalho, porque acabou se tornando muito habilidoso em parecer distante e indiferente em relação às coisas, escondendo suas emoções e mantendo qualquer informação reveladora longe de suas expressões. Mas, por melhor que tivesse se tornado no ato de conseguir enganar não apenas os outros, mas também a si mesmo enquanto trabalhava, as noites eram um assunto completamente diferente.

Foi então, em momentos vulneráveis e desprotegidos, que os pesadelos começaram a aparecer, buscando as mais tênues fendas em sua mente para que pudessem se derramar insidiosamente em seus sonhos, presunçosos e vitoriosos, sempre fazendo-o sentir-se uma concha oca em forma de pessoa. Uma fraude, porque ele passava seus dias fingindo e suas noites revivendo acontecimentos que o destruíram de tal forma que foi preciso muito tempo para se recuperar. E Isaac ainda não tinha conseguido se reconstruir por inteiro. E sabia, porque ainda tinha pesadelos que o faziam acordar sobressaltado, encharcado de suor da cabeça aos pés e com o coração batendo tão forte que às vezes temia estar enfartando. Os sonhos só não eram tão frequentes como costumavam ser.

E, no entanto, com um toque, Jenna tinha curado não apenas a ferida no peito que o teria matado em minutos, talvez segundos, mas também fizera o impossível ao preencher seu coração e sua alma com tanta luz, sol e doçura que, por um momento, Isaac realmente chegou a pensar que *estivesse* morto e que tinha ido para o paraíso. Apesar de todos os pecados de seu passado.

Mas, principalmente, Jenna lhe dera um alívio de anos de constante descontentamento sob o peso insustentável do luto, da censura e do sentimento de culpa que nunca foram esquecidos ou perdoados. Isaac não tinha se *permitido* ser livre, não tentara esquecer nem perdoar porque aquilo era sua penitência, uma que merecia. E no lugar de toda a dor e remorso com os quais convivera durante tanto tempo, Jenna lhe dera a coisa mais preciosa que ele já havia recebido, atrás apenas do amor dela: sua confiança e sua inocência. Absolvição. Libertação de uma vida inteira de autoflagelação e ódio.

De alguma forma, ela havia removido cada um dos espaços vazios feios e sombrios que Isaac enterrara tão fundo, em um esforço para escondê-los até mesmo de si, para que pudesse fingir que não estavam lá até que voltassem rugindo à superfície com uma represália. Jenna os preencheu de uma luz angelical tão brilhante que jamais poderia ser coberta ou disfarçada. Era simplesmente uma parte tão grande dela, que jorrava, englobando e ultrapassando tudo no qual concentrara seu dom. Natural e efervescente, assim como seus olhos cintilantes e o longo cabelo loiro que caía pelas costas em um monte de cachos indisciplinados. Jenna havia feito o impossível: selado suas feridas para que nunca mais ficassem em carne viva, dolorosas ou expostas novamente em um único momento de fraqueza e vulnerabilidade.

Ela havia lhe dado um milagre pelo qual Isaac tivera vergonha demais de pedir em oração. Algo pelo qual estivera desesperado, mesmo que por um momento, mesmo sabendo que não merecia isso.

Paz.

O tipo de paz que não poderia ser apagada em um momento de culpa, quando seu passado tinha voltado para assombrá-lo. Era uma parte definitiva dele agora, tanto quanto Jenna era uma parte permanente — a melhor parte — de tudo o que ele era. Mesmo agora, Isaac desejava apenas se lembrar da beleza daquele momento. Assim que ela o tocou, não houve separação. Seus corações e almas se reconheceram e naquele breve segundo, quando o tempo pareceu congelar, eles ficaram realmente ligados, de um jeito que Isaac nunca sentira com outro ser humano. Coração, alma e mente, mais perto do que quaisquer duas pessoas poderiam ficar. Por um momento, Isaac não acreditou que outras pessoas seriam capazes de compartilhar algo tão inexplicável quanto o tipo de vínculo que se formara instantaneamente entre ele e Jenna, e para sempre.

E porque ela curara mais do que apenas as feridas físicas e trouxera a luz de volta a um mundo que passara tanto tempo escuro para ele, Isaac não tivera mais um único pesadelo desde que a encontrara e a trouxera para casa consigo, sabendo — admitindo — que nenhuma outra mulher jamais possuiria cada pedacinho de seu coração e de sua alma como Jenna, e sempre seria assim. Se a perdesse — céus, doía só de pensar! — ele nunca mais olharia para outra mulher. Ela era dele. Cada centímetro daquele corpo feminino era de Isaac e, muito embora Jenna pensasse que ele estava brincando sobre isso, era completamente sério. Isaac a amarraria à sua cama num piscar de olhos se ao menos imaginasse que Jenna pensava em abandoná-lo de novo.

Shadow pigarreou de um jeito não muito sutil e deu a Isaac um olhar contundente.

— Deixe para viajar depois, quando não precisarmos que você preste atenção ao assunto gravíssimo que temos diante de nós.

Isaac olhou para Jenna, observando o temor em seus olhos, mas o mais evidente era sua mandíbula, o jeito como seus lábios estavam contraídos e a maneira determinada com que ela o encarava, com firmeza.

— Droga – murmurou ele. — Não estou gostando disso, querida. Jurei pela minha vida amar e proteger você sempre, nunca permitir que o mal se aproxime e dar tudo o que tenho para fazê-la feliz. Seja lá qual for a merda que vai passar no noticiário agora, é algo que destrói completamente qualquer uma de minhas promessas porque, se não fosse ruim, e se não fosse incomodar você, Shadow não teria resistido à sua presença.

Jenna fez uma careta.

— Ah, vejamos. Não me deixar decidir sozinha se quero assistir a um programa de notícias *não* vai me deixar feliz. E estar aqui cercada por homens que fazem lutadores profissionais parecerem um bando de fracotes é mais do que suficiente para minha segurança e proteção. E, a menos que você esteja planejando me dizer que não me ama mais porque não fui uma boa menina e não te obedeci indo de mansinho para o meu quarto, não consigo ver como suas promessas estão correndo risco, a menos que você resolva passar pelo primeiro e quarto itens da minha lista.

— Agora você está me irritando — disse Isaac. — É claro que eu te amo, droga. E, claro, você está a salvo aqui.

Jenna levantou uma sobrancelha enquanto esperava que ele abordasse a primeira questão.

Dane entrou na cozinha.

— Está na hora, então façam o que tiverem que fazer, mas sejam rápidos — criticou.

Jenna estreitou os olhos assim que passou por Isaac, como se o estivesse desafiando a detê-la. E ele estava tentado a fazer isso. Estava tão tentado a cumprir a ameaça de amarrá-la à cama. Isto certamente facilitaria o cumprimento das suas promessas. Mas Isaac se resignou a um leve rosnado, mostrando os dentes, quando Jenna acompanhou Shadow para a sala de estar e sentaram-se no chão, um ao lado do outro, os dois de pernas cruzadas bem na frente da TV.

— O que você acha que é? — perguntou para Shadow, nervosa. — O que eles disseram antes da pausa? — Ela se contorceu por um momento, seus lábios franzidos em concentração, claramente confusa. — Intervalo comercial. Foi assim que você chamou, não foi? O que é isso?

Ah, que merda! Se Jenna precisasse de informações, de conforto, de alguém para abraçá-la caso o noticiário a aborrecesse ou a assustasse, com certeza não seria Shadow a fazê-lo. Isaac então se meteu bruscamente entre os dois, empurrando Shadow até afastá-lo por uns bons centímetros, mas não sem antes lhe lançar um olhar incomodado.

— Vamos apenas ver o que o apresentador vai falar — disse Shadow calmamente. — Depois eu explico o que é um intervalo comercial.

Dane ergueu a mão pedindo silêncio quando apareceu a âncora sentada à bancada com uma tela à direita mostrando imagens de luzes intermitentes de dezenas de ambulâncias, carros de polícia e caminhões de bombeiros.

Assim que as imagens começaram, Jenna endureceu, seu corpo tão rígido que a tensão ficou evidente no rosto e nos olhos. Um olhar assombrado e tão apreensivo que Isaac quis quebrar a porcaria da televisão para acabar com aquilo. Os outros lançaram olhares preocupados a Jenna, e Shadow inclinou-se para a frente, lançando um olhar seco para Isaac.

Foi preciso reunir todas as forças para Isaac se concentrar no que a repórter estava dizendo, quando tudo o que queria fazer era proteger Jenna daquela angústia. Mas as imagens significavam algo para ela, então precisavam de todas as informações que a notícia pudesse lhes fornecer.

— *Temos uma grande novidade sobre o caso que exibimos mais cedo. O que se acreditava ter sido um suicídio em massa em um complexo de uma região isolada ao norte de Houston, realizado por uma seita que até então era desconhecida e altamente secreta, se provou um homicídio em massa* — disse a jornalista com uma voz sombria.

Isaac soltou vários palavrões, e não foi o único. A tensão disparou no ambiente e os olhos de todos ficaram grudados à televisão, na qual os detalhes terríveis estavam sendo relatados tão calmamente quanto a previsão do tempo.

Jenna se afastou da televisão, cobrindo o rosto com as mãos. Ela balançava o corpo para a frente e para trás, emitindo sons de angústia, muito embora estivesse cobrindo a boca em um esforço para impedir que sua voz escapasse. Jenna estava tremendo incontrolavelmente e Isaac sabia que ela estava à beira de surtar.

Ele trocou olhares com Shadow e então com Dane, que estava encarando Jenna com compaixão e também certa fúria por tudo o que ela havia sofrido. Todos sabiam o que aquilo significava. O que não sabiam é se Jenna juntara as peças ou se estava apenas reagindo ao lembrete do horror que sua vida tinha sido durante duas décadas.

— Me deem um minuto com Jenna — pediu Isaac em voz baixa. — Vou levá-la para o quarto e tentar convencê-la a descansar. — Ele lançou a Dane um olhar firme. — Façam o que precisa ser feito enquanto cuido dela.

— Tem um frasco com calmantes no armário da cozinha — ofereceu Dane. — Nossos esconderijos estão sempre abastecidos com coisas que as mulheres podem precisar quando é necessário se esconder. Os calmantes são de Tori. Ela ainda sofre crises de ansiedade e raramente dorme porque vive aterrorizada pelos sonhos.

Dane esfregou a mão no rosto, os olhos tempestuosos de raiva.

— Tori tem pesadelos com o passado e com tudo o que aquele desgraçado fez com ela, e sonha com o futuro, com coisas que vão acontecer. Ambos são muito difíceis de lidar, e às vezes tomar um sedativo é o único jeito de conseguir dormir.

Isaac assentiu.

— Obrigado — respondeu calmamente. Então ele olhou para Shadow. — Você pode pegar o remédio enquanto levo Jenna para o quarto? E traga algo para ela beber junto com os comprimidos.

Shadow se levantou sem hesitar e Isaac se virou para Jenna, que tinha se fechado do mundo enquanto lutava contra os muitos demônios que a assolavam. Com toda a ternura de que era capaz, ele pegou o corpo encolhido e o aninhou contra o peito. Abraçou-a forte para que ela soubesse que estava em segurança, que Isaac estava ali e que jamais a abandonaria. Então deu um beijo gentil em seu cabelo, acariciando as mechas sedosas enquanto caminhava lentamente até o quarto.

Isaac se deitou na cama e imediatamente se acomodou ao lado dela, puxando-a para seus braços. Jenna aninhou o rosto no pescoço dele, o corpo tremendo. Sua pulsação era uma batida frenética, e as lágrimas quentes pingavam no pescoço de Isaac e escorriam para desaparecer sob a gola da camiseta.

— Não chore, querida. Não por eles. Não valem suas lágrimas. Eu não quero que você tenha motivos para chorar de novo.

Jenna o abraçou com mais força por um momento, pressionando o rosto e os lábios com mais firmeza contra o pescoço dele antes de soltá-lo e lentamente levantar a cabeça para fitá-lo.

No entanto, ao tentar falar, se viu interrompida por uma batida silenciosa à porta. Isaac disse a Shadow para entrar. Em uma das mãos ele trazia um copo d'água, e a outra estava fechada, segurando alguma coisa.

Shadow entregou o copo a Isaac e abriu a palma da mão para revelar o pequeno comprimido.

— Preciso que você tome isto, querida. Pode fazer isso por mim?

— O que é? — perguntou Jenna cautelosamente.

Isaac acariciou sua bochecha com a mão livre.

— É só uma coisinha para ajudar a relaxar e aliviar o pânico e a ansiedade. E o mais importante, vai ajudar a dormir. Você precisa descansar um pouco. Ficou acordada nos últimos três dias por minha causa e tenho certeza de que está exausta.

Jenna corou, e estava tão adorável que Isaac teve vontade de deitá-la, beijá-la e de lamber cada centímetro de pele que agora estava numa tonalidade rosada.

Mas então a expressão de Jenna ficou incomodada e ela levantou os olhos cheios de tristeza para ambos.

— Mas o que aconteceu lá, afinal? O que significa tudo isso? Quem faria algo tão horrível?

— Vamos falar sobre isso depois que você acordar da sua soneca — disse Isaac calmamente, acariciando o cabelo dela. — Agora preciso que descanse. Faz isso por mim? Não vou esconder nenhuma informação. Prometo.

Jenna olhou para o comprimido oferecido por Shadow, bem diante de seus lábios, esperando que ela abrisse a boca para tomá-lo, e hesitou.

— Eu nunca te daria nada que fizesse mal — disse Shadow, a sinceridade tocando sua voz. — Você tem minha palavra, Jenna. Vou proteger você de qualquer coisa ou de qualquer pessoa que possa machucá-la. Eu não sou o inimigo.

Ela fez uma careta e pareceu envergonhada.

— Desculpe, Shadow. Não era minha intenção fazer você pensar que eu estava duvidando. É só que tenho a sensação de que não possuo controle algum sobre nenhum aspecto da minha vida, e tenho medo que o remédio me faça sentir ainda mais indefesa.

Shadow sorriu.

— É meio difícil sentir-se indefesa quando está dormindo, carinha de anjo. Agora abra a boca para que Isaac possa lhe dar a água.

Jenna pegou o comprimido e fez uma careta na mesma hora, voltando-se para o copo na mão de Isaac. Então bebeu, engoliu e depois estremeceu. Em seguida deu a Shadow um olhar acusador.

— Você *estava* tentando me matar! Que negócio horroroso!

Shadow riu e então meneou o queixo para Isaac antes de bagunçar carinhosamente o cabelo de Jenna. Sem mais uma palavra, ele saiu do quarto, e Isaac a acomodou em seus braços mais uma vez, determinado a ficar com ela até que o medicamento fizesse efeito e Jenna caísse em um sono profundo e, com sorte, sem sonhos.

— Eu não fiquei chateada porque os anciões morreram — disse Jenna, interrompendo a quietude que havia caído sobre o cômodo. — Eu sei que é errado, mas eles são o mal em pessoa e tiveram o que mereceram.

— O que te chateia então, querida?

Os olhos dela brilhavam por causa das lágrimas.

— Eles mataram *todos*. Até as crianças. E as mulheres. Muitos dos membros da seita não eram maus. Só estavam equivocados e tinham sofrido lavagem cerebral. Pensavam estar fazendo a vontade de Deus. Não mereciam morrer só porque acreditaram nas pessoas erradas.

Isaac assentiu, apoiando a cabeça de Jenna em seu peito para firmar o queixo em sua cabeça.

— Eu sei que pode não parecer assim agora, mas, querida, logo, logo isso vai acabar, e uma vez que terminar, você vai ser legalmente minha. E vou me esforçar para te fazer tão feliz, que um dia você vai olhar para trás e tudo não vai passar de uma lembrança distante.

Jenna bocejou e aconchegou-se mais perto, envolvendo-o com as pernas.

— Você não faz ideia do quanto eu quero isso, Isaac. Mas tenho medo de sonhar. Tenho medo de criar esperanças. Antes, eu não tinha nada pelo qual ansiar, sonhar ou que me desse esperança, então não importava o que acontecesse. Mas agora há tantas coisas que eu quero, e não vou aguentar se tudo for tirado de mim depois que tive a oportunidade de experimentar, mesmo que por pouco tempo.

— Com amor, milagres acontecem, e você já era um milagre, então nossas possibilidades são boas. Não nos tire da jogada antes mesmo de começarmos nossa jornada juntos. Eu te juro que, se me confiar seu coração e sua felicidade, você vai desfrutar de cada minuto dessa jornada.

vinte

Isaac se levantou da cama, depois de esperar até Jenna sucumbir totalmente ao sedativo. Ele se abaixou para beijá-la na testa, fechando os olhos, o coração incomodado pelo que ele sabia que os aguardava. Jenna havia tolerado dor e tristeza suficientes para uma vida inteira, e Isaac ficava um tanto frustrado por não ser capaz de simplesmente fazer com que tudo desaparecesse para ela de imediato. E antes de tudo terminar, Jenna ainda sofreria muito emocionalmente, mas Isaac daria a vida para evitar que ela passasse por qualquer dor física. Ele torcia com fervor para que Jenna nunca mais fosse tocada pela violência, embora soubesse que não poderia garantir uma coisa dessas. A única promessa que podia fazer era que a protegeria com até mais ferocidade do que tinha protegido qualquer pessoa até então, e sabia que seus homens fariam o mesmo. A determinação deles era equivalente à sua, e estava lá, visível nos olhos e na postura de cada um.

Isaac saiu do quarto em silêncio, fechando a porta suavemente. Caminhou até a sala de estar, sua mente já avaliando o obstáculo seguinte para manter Jenna colada ao seu lado pelo restante de suas vidas.

— Relatório da situação — disse Isaac, sem perder tempo para chegar ao coração do problema.

Dane se voltou para ele com uma expressão austera, a mandíbula contraída e os olhos queimando de raiva e preocupação. E isto deixou Isaac muito mais desconfortável, pois Dane não era de se preocupar com muita coisa. Ele só perdia sua característica calma imperturbável quando pessoas mais próximas a ele e de seus subordinados estavam envolvidos.

Tinha sido quase doloroso olhar para ele quando Lizzie sumira do radar, e eles ficaram sabendo que ela tinha agido sozinha a fim de poupar as vidas das únicas pessoas com quem se importava: Dane, os homens com quem ela trabalhava na DSS, e as mulheres, Tori, Ramie, Ari e Gracie. E quando Dane se ajoelhou ao lado de Lizzie, enquanto Sterling abraçava o corpo quase inerte com o sangue correndo feito um rio pela ferida horrorosa deixada pela bala em seu peito, foi a primeira vez que Isaac o viu numa batalha emocional, lutando contra as lágrimas e a tristeza quando os paramédicos chegaram e Lizzie permanecera estática.

Quase perdê-la fez Dane mudar em um nível fundamental. Embora ele continuasse tranquilo e raramente se abalasse com qualquer situação, havia ficado mais protetor com todas as pessoas que trabalhavam sob suas asas, e duas vezes mais cuidadoso com as mulheres que tinham vínculos estreitos com os homens que trabalhavam para a DSS.

Se antes Dane dava muita liberdade de ação e adotava uma abordagem de pouco envolvimento quando se tratava de missões que não estivesse liderando, agora ele acompanhava meticulosamente cada trabalho. Comparecia a todas as reuniões, estivesse ou não trabalhando naquele caso específico, e conferia o andamento regularmente com quem quer que estivesse no comando, sempre garantindo que seus homens obtivessem todos os recursos disponíveis.

E se ele ao menos imaginasse que existia algum perigo arriscando qualquer uma de suas equipes, não hesitava em se meter e trabalhar lado a lado com todos os agentes, mas sem nunca tentar tomar o comando. Dane não era egocêntrico, e esta era uma das coisas que Isaac mais gostava quando estava sob sua liderança. A única prioridade de Dane era fazer o trabalho de forma rápida e eficiente, sem que nenhum agente da DSS fosse ferido ou morto.

— Liguei para Caleb, Beau e Zack primeiro — disse Dane, sucinto. — Expliquei o que aconteceu e que temos noventa e nove por cento de certeza de que foi um ataque calculado e planejado antes mesmo da fuga de Jenna. Que depois da permuta preestabelecida, o desgraçado que a comprou ordenou que todas as pessoas que tivessem conhecimento da existência dela fossem eliminadas. Faz sentido. Jenna passou a vida quase toda com a seita e ninguém fora dali teria como saber qualquer coisa a respeito dela, então não haveria ninguém para questionar seu desaparecimento. O traficante coloca as mãos naquilo que estava louco para ter, sem medo da possibilidade de alguém causar um alvoroço por causa do sumiço de Jenna. Ela simplesmente não existiria, assim como não existiu nas últimas duas décadas.

— Mas nossa interferência mudou tudo e fodeu completamente o plano do idiota — rosnou Knight. — Principalmente depois que entramos para resgatar Jenna bem debaixo do nariz dele. Agora vai ter que lutar contra a gente, e sabe que, se um dia pegar Jenna de novo, vamos caçá-lo implacavelmente. Aquele idiota entende que não pode se dar ao luxo de acrescentar mais um inimigo à longa lista de pessoas que gostariam de cortá-lo em pedacinhos e transformá-lo em comida de peixe.

— Exatamente — disse Dane. — O que significa que ele vai vir até nós com tudo o que tem, e vai agir rápido, porque não pode dar chance de a existência de Jenna vazar para além da nossa empresa.

— Mas que merda! — disse Isaac, a fúria fervilhando em suas veias. — Jenna já suportou o suficiente! Quanto mais vai ter que sofrer? Por quanto tempo vai ter que conviver com o medo constante? Ela vai querer fugir assim que perceber que somos o alvo daquele narcotraficante de merda, e tenho que convencê-la de que isso não faria a mínima diferença agora. Estando Jenna conosco ou não, eles vão tentar acabar com cada um de nós por causa de tudo o que já sabemos.

— Caleb, Beau e Zack vão isolar as mulheres e se posicionar em locais diferentes para que não nos tornemos um alvo único. Tori vai ficar com Caleb e Ramie. Eu vou convocar auxílio porque não quero que eles fiquem sozinhos, mas precisamos de todos os agentes da DSS envolvidos nos pormenores de Jenna. Por isso vou providenciar proteção de fora — disse Dane.

— E quanto a Lizzie? — perguntou Isaac, preocupado.

— Dei um resumo a Sterling e, mesmo que Lizzie não vá ficar satisfeita porque também será isolada, eles estão indo para um local não revelado. Sterling tem mão de obra suficiente para fornecer proteção adequada.

Isaac suspirou de alívio. Ele sabia que Lizzie ia ficar possessa porque era uma agente excelente e, em qualquer outra circunstância, ele ficaria feliz por dar cobertura a ela. Mas Lizzie ainda não estava cem por cento recuperada de seu encontro com a morte. Ela havia enfrentado o próprio inferno particular e a última coisa de que precisava era estar de volta à linha de tiro. Não que Sterling fosse permitir isso. O marido de Lizzie era um dos poucos homens que não se deixavam intimidar por ela e não tinha nenhum problema em bater de frente quando se tratava de sua segurança. O fato de se colocar em risco era uma discussão que ela jamais venceria contra Sterling. O sujeito era tão chato, teimoso e rígido quanto Lizzie conseguia ser, especialmente se havia a possibilidade de sua esposa estar em situação de risco. Sterling não pensaria duas vezes antes de algemar o pulso dela à cadeira ou à cama, porque já havia feito isso, sem qualquer remorso.

— O que fazemos enquanto isso? — perguntou Isaac, observando que cada um de seus companheiros tinha entrado em alerta e se concentrado intensamente em Dane. Obviamente, eles queriam saber do máximo de detalhes possível. Todos odiavam ficar sentados simplesmente esperando pela chegada do inimigo.

Isso não era do feitio deles. Não era assim que operavam. Jamais. Eles levavam a luta ao adversário. Tomavam decisões. Escolhiam quando, como e onde, e sempre optavam pelo elemento-surpresa. Funcionara muito bem desse jeito.

— Nós mantemos Jenna a salvo. Vigiamos os arredores o tempo todo. Não quero ninguém saindo sozinho, a lugar nenhum. Nada de alvos fáceis. Se eles nos quiserem, vão ter que levar a todos — disse Dane.

— Então vamos ficar aqui, sentadinhos, brincando de casinha, fingindo que não estamos sendo caçados e que aqueles desgraçados não vão tentar capturar Jenna de novo — zombou Isaac amargamente.

Os outros não pareceram mais felizes do que Isaac com a ordem de Dane, que agora passava a mão na nuca, esfregando-a, visivelmente agitado.

— Se acham que estou gostando disso mais do que qualquer um de vocês, estão todos muito enganados — criticou ele. — Nosso objetivo é evitar que uma mulher inocente caia nas mãos de um monstro. Um homem que ordenou o abate de mais de cem pessoas, incluindo bebês, crianças e mulheres. Ficar aqui é a melhor coisa a fazer por enquanto, até termos informações sobre o que eles sabem a nosso respeito. Se sairmos em público, estaremos delatando Jenna, sendo que já tínhamos jurado a ela que faríamos qualquer coisa dentro do alcance para garantir que nunca mais se sujeitasse à brutalidade daquele açougueiro. Isso é um saco? Merda, é. E eu fico com o estômago revirado por ficar escondido aqui como um covarde, como se disséssemos que estamos morrendo de medo.

Dane ficou ainda mais furioso, seu rosto corando de raiva.

— Não temos medo de canalhas incompetentes que saem por aí causando sofrimento a uma mulher inocente. Só que somos mais espertos. Enquanto eles estão saindo por aí em plena luz do dia e em público, estamos quietinhos, à espera que estraguem tudo e cometam um erro, e é aí que vamos arrebentar com eles. E sabem de uma coisa? Deixem que pensem que estamos com medo. Isso só vai torná-los muito mais confiantes e ousados e, já que são estúpidos para cacete, uma hora vão acabar estragando tudo. Só precisamos ser pacientes e não metermos os pés pelas mãos primeiro.

— Devo dizer, chefe, essa lógica é muito deturpada, mas também muito sensata — disse Dex.

Zeke assentiu, e todos foram concordando, um a um, até que sobraram apenas Shadow e Isaac em silêncio.

— Você tem razão. É uma merda — rebateu Isaac. — Mas não vou arriscar Jenna de forma alguma. E se for preciso se entocar aqui pelo tempo necessário até eles cometerem alguma presepada, então é isso que vou fazer.

Shadow apenas assentiu, permanecendo em silêncio, embora seus olhos ardessem de raiva e frustração.

— Quem você vai colocar para cuidar das mulheres? — perguntou Brent, falando pela primeira vez. — Elas já aguentaram medo, dores e horrores demais. Essa confusão não precisa afetá-las de forma alguma. — Seus olhos queimavam com as lembranças de todas as mulheres que vieram a significar tanto para todos da DSS, não apenas para seus maridos. Mulheres que sofreram, mas sobreviveram. Ele estava com raiva, e ainda assim havia uma preocupação evidente refletida em sua expressão.

— Elas são fortes, sem dúvida — continuou ele. — Mas mesmo a noz mais dura se quebra diante de tantos golpes. Não gosto da ideia de ver

Caleb cuidando tanto de Ramie quanto de Tori. A atenção dele não pode ser dividida de forma alguma, e nenhuma delas merece sofrer os efeitos colaterais dessa situação. Tori não... — Ele inspirou bruscamente. — Eu não creio que desta vez ela sobreviveria — disse ele baixinho.

O rosto de Dane era uma máscara de pura fúria gélida, seu corpo inteiro tenso, seu queixo projetado por cerrar os dentes com tanta força.

— Eu assumo a proteção de Tori. Não tenho esposa, por isso não vou viver um dilema caso o pior aconteça. Isaac vai assumir a liderança aqui e todos vocês vão ficar como um reforço e, acima de tudo, serão a proteção de Jenna. Quando eu disse que Tori ficaria com Caleb e Ramie, eu falava sério, mas não expus que era só até que eu pudesse conseguir o máximo de proteção para Ramie, Ari e Gracie. Sempre planejei que Tori iria ficar comigo. Sterling tem mão de obra suficiente para proteger Lizzie, então, ele pode me ajudar na proteção de Tori se for preciso. Ninguém sabe para onde vou levá-la. O local é um dos poucos segredos que guardo de Caleb e Beau, mas não era para ser um esconderijo até agora. Levando em conta que ninguém, nem mesmo um único membro da DSS, sabe onde fica, é a escolha óbvia. Os homens de Sterling vão reforçar o lugar e cercar completamente a instalação. Se, mesmo assim, alguém passar por eles, tenho um quarto do pânico impenetrável com um arsenal meticulosamente abastecido à minha disposição. Ninguém vai pegar Tori enquanto estiver sob minha proteção.

Isaac franziu a testa.

— Se este lugar é impenetrável e tão fortificado assim, então por que não levar Jenna para lá?

Shadow falou antes de Dane:

— Porque precisaríamos deslocá-la, e Jaysus, ou qualquer um de seu exército, a reconheceria com facilidade. Além disso, é exatamente o que esperam de nós. Que a gente a leve para um esconderijo fodão, escoltada por todos. É isso o que eles querem, porque assim terão a oportunidade não só de interceptar a maioria dos nossos funcionários, mas também de sequestrar Jenna. Seria dois coelhos com uma paulada só. A última coisa de que precisamos agora é agir de maneira previsível. Temos que ser capazes de adivinhar o que eles esperam, e aí fazer o contrário.

Isaac estava irritadíssimo por estar tão emocionalmente ferrado a ponto de não conseguir pensar direito e Shadow precisar explicar algo que ele sabia muito bem. Isaac não era um recruta inexperiente, mas esta não era uma missão qualquer. Ele não estava protegendo alguém porque havia sido contratado para isso, podendo ficar alheio e avaliar objetivamente qualquer ameaça em potencial. Estava apavorado com a ideia de perder Jenna. De um narcotraficante sádico colocar as mãos nela e fazer com que sofresse coisas que Isaac nem sequer conseguia pensar sem abandonar o pouco de sanidade que lhe restava e perder completamente as estribeiras.

Dane assentiu.

— Esse é precisamente o nosso objetivo. O local está abastecido com comida e suprimentos suficientes para seis meses. Se a coisa demorar muito, Jenna vai surtar e ficar louca por liberdade. Depois de passar a vida inteira como prisioneira, eu não a culpo nem um pouco, mas vocês vão ter que mantê-la ocupada e distraída, não importa o que façam para conseguir isso, porque não podemos nos dar ao luxo de nenhum descuido. Os nossos olhos devem estar em cima dela o tempo todo, no caso de ela enfiar na cabeça de novo que precisa se sacrificar por todos nós — resmungou Dane, obviamente contrariado por Jenna já ter feito isso uma vez.

— Como você vai sair daqui sem comprometer nossa localização? — perguntou Knight a Dane.

Dane deu um sorriso fraco.

— Nunca uso um esconderijo que não possua mais de uma saída. Eu não vou ser visto e com certeza não serei seguido ao deixar o prédio. Preocupem-se apenas com suas atribuições e deixem que eu me preocupe em proteger Tori por precaução, sem cair no radar de ninguém.

Isaac se colocou na frente de Dane e o encarou bem nos olhos, sem tentar esconder o tumulto que sabia estar presente em seu olhar.

— Jenna é minha vida, Dane. Nunca vou ser capaz de agradecer a você, ou a qualquer um de vocês, o suficiente por isso. Ela fez mais do que curar uma ferida a bala no meu peito. Jenna me transformou. Trouxe-me para a luz quando eu estava me afogando em tanta escuridão, em tanta desolação e culpa pelos erros cometidos há uma eternidade.

— Então devo agradecer a ela — disse Dane, seu tom seriamente austero. — Você não tem nada pelo que me agradecer. Eu é que devo a Jenna por te trazer de volta.

— Tori tem alguma ideia do que está acontecendo? — perguntou Capshaw calmamente.

Os quatro recrutas mais novos estavam olhando para os membros mais antigos da DSS, a confusão e o questionamento nítidos nos olhos de todos. Eles não trabalhavam para a DSS quando Tori tinha sido sequestrada e violentada. Nenhum deles. A DSS fora criada logo depois do sequestro dela, resultado do juramento de Caleb de nunca mais deixar sua família desprotegida. Mas aqueles contratados desde o início — e depois os outros, quando Caleb quase tinha perdido Ramie e prometera contratar ainda mais pessoal, e apenas os melhores —, sabiam da terrível provação que Tori havia passado. Eles também sabiam o que Caleb havia obrigado Ramie a enfrentar ao não lhe dar escolha senão usar suas habilidades de rastreamento psíquico para encontrar Tori antes que fosse tarde demais. Como resultado, todos eles eram ferozmente protetores para com o irmão caçula da Devereaux e sua única irmãzinha.

Isaac lançou um olhar rápido aos quatro homens que ele havia contratado pouco antes de Lizzie sair de licença, o qual lhes dizia que explicaria toda a história mais tarde. Eles tinham que saber sobre Tori porque precisavam tratá-la com extremo cuidado e não acabar fazendo qualquer coisa que pudesse incitar um ataque de pânico.

A expressão de Dane endureceu.

— Tori só vai saber do que precisa saber. Não há motivo para causar mais traumas. Os sonhos a estão corroendo noite após noite e ela está levando a vida só com força de vontade e quase sem energia. Vou garantir que descanse como necessita, mesmo que eu precise sedá-la. Caleb a ama demais e acredita rápido demais quando Tori diz que está bem, porque *quer* que ela esteja bem. Mas eu consigo ver que ela está ficando sem energia e à beira de um colapso. Não vou ficar aqui e permitir que ela se mate lentamente.

As palavras de Dane saíram com raiva, mas houve um ligeiro tremor em sua voz que Isaac se lembrava de ter ouvido apenas uma vez antes: quando Gracie tinha invadido os escritórios da DSS com uma carta de

Lizzie — que deveria estar de férias —, a qual era ao mesmo tempo uma despedida e a confissão de uma missão suicida. Dane havia ficado tão abalado que desabara na cadeira assim que terminou de ler a tal carta. A expressão de agora estava muito parecida com a daquele dia, exceto que havia uma determinação sombria em seus traços.

— Quero voltar para Jenna — disse Isaac. — Não quero que acorde sozinha. Ela ficou profundamente abalada pelas notícias, e em algum momento vou ter que dizer por que teremos que ficar aqui e por que todos estão se separando.

Ele passou a mão pelos cabelos, de repente esgotado pelo peso de sua preocupação e de temor por seu anjo.

— Vamos providenciar alguma coisa para o jantar — disse Zeke, tranquilo. — Faremos o nosso melhor para animá-la e fazê-la se divertir. Talvez tirar a cabeça dela de toda essa merda que está rolando pelo menos por um tempinho.

— Agradeço por isso — disse Isaac sinceramente. — Vamos sair mais tarde, quando eu perceber que Jenna está disposta a enfrentar uma sala cheia de gente.

vinte e um

Isaac entrou no quarto, seus olhos pousando diretamente na cama onde Jenna estava deitada ao fechar a porta atrás de si sem fazer barulho. Ela estava de costas para a entrada e bem encolhida, seus joelhos ligeiramente dobrados junto ao corpo. Isaac não ia acordá-la ainda. Jenna precisava descansar, e ele só queria estar perto dela, tocá-la, abraçá-la, mergulhar em sua beleza e em sua luz, fazendo com que toda a preocupação, o estresse e o medo desaparecessem, nem que fosse por um tempo.

Esta era uma missão diferente de qualquer uma que já tinha enfrentado, e não apenas porque tinha um papel tão pessoal nela. Antes, em todas as vezes, Isaac abordava o plano, a resolução e o resgate com calma confiança, certo de seu sucesso. Não importava o quão terríveis fossem as circunstâncias, mesmo nos piores momentos, quando uma das esposas se via em perigo extremo e eles enfrentavam chances aparentemente impossíveis. Ele jamais tinha duvidado, nem por um momento sequer, por exemplo, que Ari não seria encontrada e que o grupo extremista que a sequestrara seria tirado de cena de forma coordenada e metódica.

Quando estava cuidando da proteção de Gracie e Lizzie desapareceu — e Zack partira de repente, no que mais tarde seria revelado como sua missão de vingança contra o mal terrível feito contra a mulher que ele amara durante metade de sua vida —, fora Gracie que recrutara o auxílio de Ramie e Ari para irem atrás de Lizzie. E embora na época Isaac quase tivesse infartado quando elas apareceram no esconderijo onde Gracie estava, ele soubera, assim como soubera no ato do resgate de Ari, que encontrariam Lizzie a tempo de salvá-la.

Mas agora? Isto era maior do que qualquer coisa que já tinha enfrentado pela DSS. A ameaça da seita já não existia mais, graças a Deus, mas Jaysus, que era o verdadeiro inimigo, tinha um exército enorme à disposição e aliados que lhe deviam mais favores do que poderiam pagar. Era assim que o barão das drogas trabalhava. Ele saía distribuindo favores e, quando os cobrava, seus devedores não se atreviam a recusar a fazer o que quer que exigisse. Jaysus era implacável e não valorizava nenhuma vida, senão a própria. Todos os seus homens eram dispensáveis, mesmo oferecendo lealdade absoluta; enquanto que Jaysus não lhes dava absolutamente nada em troca, exceto a esperança de que um dia não se voltaria contra eles, mesmo que sem nenhum motivo, apenas para se divertir ou provar alguma coisa que só ele mesmo compreendia.

A DSS era a melhor em seu ramo. Isaac escolheria trabalhar com qualquer um de seus companheiros de equipe em qualquer dia da semana. Confiava nos colegas e daria sua vida por eles. Mas estavam derrotados em quantidade de homens e de armas. Jaysus tinha recursos ilimitados e, enquanto Dane era um safado rico e esperto que tratava de garantir que a DSS sempre estivesse melhor equipada do que qualquer agência de segurança do país, pela primeira vez eles enfrentavam alguém com mais poder, influência, capacidade de intimidar, dinheiro e armamento.

Bem agora, quando o sucesso da missão mais importante da vida de Isaac era necessário para *a sua própria* sobrevivência, ele não podia conjurar a mesma confiança absoluta que sempre sentira em todos os outros casos dos quais já tinha participado.

Isaac ficou de pé junto à beira da cama, observando os volumosos cachos platinados bagunçados sobre os travesseiros, e sentiu a inquietação de algo que o horrorizava e o fazia questionar tudo sobre o homem que ele pensava ser. Pânico.

Ele ergueu as mãos, olhando-as com incredulidade enquanto tremiam sem parar. O medo atormentava seu estômago e sua garganta, incitando uma vontade de vomitar para aliviar aquela maldita ansiedade que o paralisava.

Um leve movimento chamou sua atenção, desviando seu foco do ataque de emoções que o dominava e o tornava inútil. Isaac franziu a testa e se aproximou de Jenna, em dúvida se havia imaginado o leve tremor nos ombros dela.

Merda. Ele não estava imaginando. Tinha pensado que Jenna estivesse dormindo o tempo todo enquanto se entregava ao seu colapso particular, quando, na verdade, ela estava encolhida de maneira protetora, virada de costas para a porta, chorando — e claramente tentando esconder isso.

No mesmo instante, Isaac se arrastou pela cama e passou um braço pela cintura feminina, virando-a para que ela o encarasse. Seus olhos e nariz estavam vermelhos e inchados. Seu lábio inferior, ferido de tanto ser mordido. Jenna também tinha olheiras, o que conferia ao olhar um ar vazio e magoado. Também havia tanto desespero que o nó na garganta de Isaac ameaçava sufocá-lo.

— Linda, por que você está chorando? — perguntou, desesperado. — Qual é o problema? Você está com dor? Me diga qual é o problema, assim posso resolver, por favor — implorou Isaac. — Não suporto te ver tão infeliz. Isso está destruindo o meu coração, querida. Você precisa saber que não há nada que eu não faça neste mundo para arrancar um sorriso seu. Para te animar, para te fazer feliz. Por favor, fale comigo, me faça entender.

Ele não se importava por soar como o homem mais desesperado de todos. Sentia como se a estivesse perdendo, e era a sensação mais terrível, desamparada e dolorosa do mundo. Isaac jamais sentira esse tipo de agonia. O pânico que experimentara há apenas alguns segundos, diante da impotência de protegê-la, não era nada comparado ao seu pavor de perdê-la para algo que sequer sabia como combater.

Jenna se aproximou o máximo possível do corpo de Isaac e puxou o braço dele para que envolvesse sua cintura ainda mais, agarrando-se com muita força. O mesmo desespero que estava inundando as veias dele refletia-se nos gestos dela. Jenna enterrou o rosto no pescoço de Isaac, as lágrimas quentes escaldando sua pele. O corpo dela tremia e sua respiração bufava erraticamente enquanto ela tentava se controlar. Jenna enredou os dedos à camisa dele, como se quisesse garantir que Isaac nunca mais iria embora.

— Você está me assustando, querida — comentou ele, completamente atordoado. E isso nem estava muito longe de ser verdade, porque Isaac estava desabando rapidamente, o pânico destruindo o último fio de controle que mantinha sua compostura.

— Estou com medo — arquejou ela. — Ai, Deus, Isaac, o que foi que eu fiz? Sei por que assassinaram todos os membros da seita e não posso suportar isso. Estou tão apavorada e me sinto tão indefesa e egoísta... e ainda enfiei todos vocês nisso até o pescoço. Não sei o que fazer.

Isaac respirou fundo, sabendo que Jenna estava à beira de um surto completo e que ele precisava ser forte. Não podia deixar que Jenna visse o quão perto *ele* estava de se desestabilizar, ou ela desmoronaria de vez.

Isaac a abraçou fazendo todo o corpo deles se tocarem. Começou a acariciar as costas dela, dando beijinhos em sua cabeça, na testa, nas pálpebras, no nariz, nas bochechas, no queixo e, finalmente, nos lábios, inalando o hálito dela como se estivesse ávido por oxigênio. Isaac se concentrou em diminuir a frequência cardíaca e a cessar a agitação que tinha se espalhado tão rápido por todo o seu corpo até deixá-lo fraco demais para ficar de pé, mesmo que quisesse.

Por longos momentos, ele se focou em derramar todo o amor que sentia por Jenna em cada toque, carinho e beijo terno, ao mesmo tempo que comandava seu corpo para ficar firme e inabalável, para ser uma rocha em que Jenna pudesse se apoiar e confiar, para consertar tudo no mundo dela.

Quando finalmente voltou a controlar suas emoções, recuou apenas o suficiente para tomar o queixo dela com a ponta dos dedos e obrigar seus olhares a se encontrarem. Isaac quase estremeceu com a dor e a vulnerabilidade cruas nos olhos de Jenna, mas se obrigou a não reagir.

Isaac roçou o polegar preguiçosamente sobre a bochecha macia dela, repetindo o movimento não só para acalmá-la, mas também porque precisava desse contato. Tocá-la era fundamental, pois, Jenna também era sua fonte de tranquilidade e calma.

— O que está te assustando, querida? Fale comigo. Desabafe para que a gente possa lidar com isso juntos e depois deixar o assunto de lado, para que você não precise passar tempo demais pensando nisso. Você sabe que vou fazer qualquer coisa para evitar que fique numa situação em que não deseje estar. De agora em diante, você está no comando do seu destino e vai ser a responsável pelas decisões. Não vai ser aquela seita maldita. Nem um barão das drogas maluco com complexo de Deus. E nem eu.

Os olhos de Jenna se encheram de lágrimas novamente, que deslizaram pelas bochechas até colidir com o polegar de Isaac.

— Linda, fale comigo — implorou ele. — Está me corroendo te ver tão assustada e triste. Sei que todo mundo só te decepcionou até agora, mas, juro, nunca serei como os outros. Você é a pessoa mais importante da minha vida. Minha prioridade, a primeira e única. Não há nada que você não possa me contar.

— Ah, Isaac, não é óbvio o motivo pelo qual eles aniquilaram cada homem, mulher e criança na seita? — Jenna engoliu um soluço e pegou uma das mãos dele para aninhá-la em sua bochecha, como se necessitasse tocá-lo tanto quanto Isaac precisava tocá-la. — Eles estão se livrando sistematicamente de qualquer um que tenha me conhecido ou tomado conhecimento da minha existência.

Os olhos de Jenna estavam cheios de dor, diferentes de tudo o que ele já tinha visto. Mesmo tendo testemunhado pessoas gravemente feridas, até mesmo seus próprios companheiros de equipe, a dor que vira nos olhos deles era pouca em comparação ao que via agora enquanto encarava Jenna. Ele sentiu um aperto por dentro, aquilo o estava matando. Não suportava vê-la sob tanta agonia quando ele mesmo nada podia fazer, exceto ouvir o que Jenna tinha a dizer. E Isaac tinha um péssimo pressentimento sobre as conclusões alcançadas por ela. O medo enchia seu coração porque sabia que era exatamente a mesma conclusão à qual ele e os homens da DSS tinham chegado.

— Eles vão vir atrás de vocês, de todos, a seguir — disse Jenna, engasgada. — Ele é louco, se acha invencível e está convencido de que, se tiver a mim, será imortal, que nada poderá detê-lo. A morte não significa nada para ele. Deus, Isaac, ele provocou ferimentos horrorosos em alguns de seus homens e me forçou a assistir. Eu estava a poucos metros de distância quando eles imploravam para serem salvos, e ainda assim não pude fazer nada além de assistir porque ele não me permitiu ajudá-los.

Isaac fechou os olhos, sabendo que ele e Shadow tinham adivinhado com precisão a que tipo de coisa o sádico desgraçado tinha submetido Jenna durante suas poucas horas em cativeiro.

— Ele não vai parar — continuou ela em um sussurro dolorido. — Ele não vai parar até conseguir o que quer, e não dá a mínima para quantas pessoas terão que morrer para ele alcançar seu objetivo ou nem mesmo quanto tempo isso vai levar. Ele sempre vai estar por aí, à espreita e vigiando e, quando menos esperarmos, vai atacar. Mesmo que demore muito tempo e mesmo que tenha que esperar durante anos, ele vai matar todas as pessoas que trabalham na DSS, assim como todos os seus familiares. Nós nunca teremos uma vida normal juntos porque durante todo o tempo ficaremos com medo de um ataque, e eu não posso perder você, Isaac. Não posso. Você é a única pessoa que já me amou, que se importou tanto comigo e que não liga para o meu dom de curar ou tenta usá-lo em vantagem própria. Quando estamos juntos, não sou uma bizarrice que passou vinte anos presa num complexo, sem conhecimento ou compreensão do mundo lá fora. Quando estou com você, é o único momento em que me sinto normal. Eu me sinto uma pessoa de verdade, e não uma mercadoria para ser usada, comercializada ou vendida como um objeto inanimado desprovido de sentimentos, de coração, de alma ou inteligência. Eu não quero que você me abandone. Não quero que você *morra*! — gritou ela, mergulhando de volta em seu abraço, pressionando o rosto com tanta força no pescoço dele que Isaac se perguntava se Jenna estaria ao menos conseguindo respirar.

Ele estava sobrecarregado pelas palavras de Jenna. Seu peito estava apertado, mas não pelo pânico, e, sim, com emoção, que foi crescendo, crescendo até fazer os olhos dele arderem com a chegada das lágrimas. Isaac piscou furiosamente, inalando com vigor enquanto buscava controlar a onda de amor que ameaçava dominá-lo por completo.

— Eu nunca vou abandonar você, linda — prometeu, mal conseguindo verbalizar as palavras por causa do aperto na garganta.

Isaac a beijou na testa e passou os dedos pelo longo cabelo embaraçado, querendo que Jenna não se restringisse a ouvir suas palavras de amor e seu voto de jamais deixá-la. Queria que ela *sentisse* seu juramento. Que ela sentisse o quanto ele ficava admirado e fora do rumo diante da força de suas declarações e o que aquilo significava. O que *ela* significava para ele.

Jenna ergueu o rosto, que não escondia nada do que pensava ou sentia. Ela esfregou as lágrimas, irritada por ter se permitido tal fraqueza momentânea. No entanto, Isaac estava admirado por ela ter sido capaz de segurar as pontas tão bem durante tanto tempo. Estava simplesmente admirado por tudo o que ela era e por sua força interior indestrutível, que se mantinha mesmo após vinte anos de tentativas de subjugação diária.

— Acredito que você não queira me abandonar — disse Jenna. — O que temo é que essa escolha seja tirada de nós dois e você acabe morto por minha causa. Eu jamais conseguiria ficar em paz sabendo que você sacrificou sua vida por mim. Eu não teria nada pelo qual viver.

— Não fale assim — disse Isaac, com raiva, as palavras sinceras quase fazendo seu coração parar. — Jamais diga isso, Jenna. Não importa o que aconteça, quero que me prometa que nunca vai parar de lutar, que nunca vai desistir e que vai continuar, livre e capaz de fazer suas escolhas sobre a sua vida e os seus sonhos. Prometa isso, linda, ou não serei capaz de nem mesmo seguir em frente. Não vou conseguir pensar em nada além do medo sufocante de você desistir se algum dia acontecer alguma coisa comigo.

Isaac agarrou os ombros de Jenna e fundiu os lábios aos dela, tomando sua boca com avidez, o desespero o atingindo, uma força incessante e implacável.

Os olhos de Jenna brilhavam com lágrimas, mas ela assentiu lentamente e, com uma voz hesitante e rouca pela tensão de segurar tanta emoção, falou:

— Eu prometo, Isaac. Mas só se você me prometer o mesmo.

Ele semicerrou os olhos quando a raiva o consumiu de novo. De jeito nenhum, em nenhuma versão de sua vida, nunca existiria outra Jenna, mas ele a obrigara a prometer, mesmo vendo a angústia que aquilo lhe causava, então não poderia fazer nada além de repetir a mesma promessa — mesmo que não estivesse sendo nem um pouco sincero. Uma vida sem Jenna era impensável. Ele seria uma mera sombra de seu antigo eu, uma concha fazendo os movimentos como um robô programado para desempenhar funções específicas, mas seu coração e sua alma estariam para sempre com ela.

Isaac assentiu, incapaz de dar voz à declaração que Jenna mal conseguira verbalizar.

— O que vamos fazer? — perguntou ela, seus olhos implorando por uma solução milagrosa, e como ele desejava poder dar algo assim. Isaac queria lhe dar tudo o que o coração dela desejava, mas isso estava fora de seu alcance e milagres não existiam, salvo aqueles que Deus escolhera para conceder aos dignos, e Isaac já havia provado sua indignidade muito antes de Jenna ter entrado em sua vida e restaurado a fé que ele tinha perdido ao longo do caminho.

— Assim que vimos o noticiário, soubemos por que a seita foi massacrada, e, com toda a sinceridade, esse abate já estava planejado muito antes da sua fuga. Ocorreu poucos dias depois da troca. A seita ainda queria manter o acesso a você mesmo depois de vendê-la a um traficante, e sob hipótese alguma Jaysus permitiria que alguém usasse seu bem precioso. Se a troca tivesse se concretizado e você estivesse nas mãos dele agora, o massacre teria acontecido do mesmo jeito, porque ele não queria dar chance para alguém tomar conhecimento de sua existência ou de sua capacidade de cura. Sem ninguém sobrando para atestar sua existência, ninguém jamais questionaria seu desaparecimento e Jaysus não teria que se preocupar com alguém que soubesse do seu dom, porque só ele saberia.

A expressão de Jenna ficou amedrontada uma vez que percebeu o quão perto chegara de ser engolida em um buraco do qual jamais poderia escapar, pois não teria absolutamente ninguém para procurá-la.

— Nós temos um plano que já foi posto em prática — começou Isaac para tranquilizá-la. — Caleb, Beau e Zack levaram suas esposas para um esconderijo e vão manter a guarda intensa o tempo todo. Tori está com Dane e ele tem dinheiro e contatos, isso sem mencionar o poder de fogo, que provavelmente vai chegar perto de fazer jus ao do próprio Jaysus. Sterling levou Eliza para um local que nem mesmo nós sabemos onde fica e, como Dane, ele não tem apenas muito dinheiro, mas muito poder e toda uma equipe de segurança de profissionais treinados.

— E a gente? — quis saber Jenna, muito ansiosa. — O restante dos homens?

— Nós ficamos aqui. Este lugar é altamente fortificado, abastecido com provisões para seis meses, isso sem falar num arsenal muito impressionante, cortesia de Dane. Estamos escondidos mas, ainda assim, à vista, e creio que nem mesmo Jaysus pensaria em nos procurar em um arranha-céu no centro da cidade. E mesmo que o fizesse, temos um quarto do pânico que exigiria alto poder de fogo, armamento de nível militar para ser violado, e, além disso, há várias rotas de fuga, se precisarmos fazer uma saída rápida.

— Então simplesmente vamos ficar aqui? — perguntou ela com hesitação, mordendo o lábio.

— É exatamente o que vamos fazer — respondeu, injetando confiança e tranquilidade em seu tom.

— Mas não podemos simplesmente ficar escondidos para sempre — disse Jenna, hesitante.

— Não. Vamos esperar que ele venha até nós. Jaysus está desesperado e homens desesperados em alguma hora acabam fazendo bobagem. Sempre fazem. Em algum momento ele vai ficar cansado de esperar que a gente saia, vai ficar furioso por ter sido contrariado, e vai vir atrás da gente. E estaremos observando e esperando. Quando ele se tornar um problema inevitável, vamos acabar com isso.

Jenna deu um suspiro de alívio meio soluçado e caiu contra ele, apoiando a bochecha em seu peito.

— Enquanto estivermos juntos, não importa onde a gente esteja — disse ela, a sinceridade audível em cada palavra.

— Você sempre vai ter a mim, linda. Não vou a lugar algum e nem você. Preciso de você, Jenna. Não tenho vergonha de admitir que preciso de você para respirar, para não perder os últimos vestígios de uma alma recuperada com seu amor e sua luz. Antes de te conhecer, eu vivia nas sombras, sem nunca ver o sol, até o dia em que me tocou e me preencheu com a paz mais bonita que já encontrei.

— Eu não sei o que dizer, o que fazer quando você fala coisas assim — disse Jenna, os olhos tomados pela perplexidade, as palavras carregadas de emoção.

— Apenas diga que também me ama e precisa de mim, mesmo que seja só uma fração do quanto preciso de você — disse Isaac, sabendo que sua expressão, seus olhos, toda sua postura estavam tão sérios quanto poderiam estar. E verdadeiros. Era tudo de que ele precisava dela. Apenas seu amor. Ela sequer precisava amá-lo tão profundamente, porque ele amava o suficiente pelos dois.

— E me prometa que nunca vai desistir de mim — acrescentou ele, a ansiedade agarrando-o porque não havia incluído isso em sua declaração anterior. — Nunca desista de nós dois. Eu sei que estamos em um bom momento e que, às vezes, não vai ser fácil conviver comigo. Sei bem a diferença do que você me oferece, do quanto me oferece e pode me dar comparado ao que posso oferecer em troca. Estarei sempre tentando estar à altura e, embora eu saiba que não será possível, o que posso oferecer está sendo dado com todo meu coração, minha alma, minha vida. Eu pertenço e sempre vou pertencer a você, Jenna. Você pode me comandar. Qualquer desejo que você tenha, vou mover céus e terra para torná-lo realidade. Nunca desista de mim, querida. Por favor. Eu nem consigo pensar na possibilidade de uma vida sem você, porque isso me deixa louco. Isso *dói*.

Isaac sentia como se tivesse acabado de arrancar o coração do peito e exibi-lo ainda batendo como prova do quanto era total, completa e insanamente apaixonado por ela. Ele acabara de se despir de todas as defesas, de todos os escudos que haviam se tornado acessórios permanentes ao longo do tempo. E jamais tinha permitido, até então, que alguém visse para além dessas barreiras. Agora Isaac estava completamente vulnerável, seu coração, sua expressão, seu corpo tenso implorando a Jenna que não o renegasse e confiasse nele o suficiente para se entregar para sempre, mesmo nos momentos mais difíceis.

Os olhos de Isaac abrandaram, e seu rosto se iluminou de repente, e então o sorriso de Jenna espantou toda a dúvida, medo e preocupação. Ela acariciou-o no rosto, aninhando-o na palma da mesma mão que segurava o coração dele, e o encarou com tanto amor que aquilo causou uma dor física no peito de Isaac.

— Parece que você não ouviu nada do que andei dizendo... — brincou Jenna, passando os dedos pelos lábios dele e depois voltando à bochecha. — Fiquei doente de preocupação com a ideia, a possibilidade muito real de te perder, de você morrer por minha causa.

O olhar dela ficou enevoado e Jenna engoliu em seco várias vezes, como se numa tentativa de se recompor.

— Você sequer precisa pedir que eu prometa não desistir de você ou de nós dois. Também não deve se preocupar que, ao primeiro sinal de dificuldade, eu resolva que você não é o que quero ou preciso e simplesmente vá embora. Você é meu mundo inteiro, Isaac — sussurrou ela baixinho. — Acredito com todo o meu coração e minha alma que Deus enviou você para mim. Para me salvar. Para me proteger. Para me amar. Para ser o homem que vai me dar todas as coisas que jamais sonhei ter e nunca imaginei serem possíveis. Ser livre já era um sonho impossível, mas conseguir a liberdade *e* um homem que é tudo o que já imaginei é a coisa mais fantástica da minha vida, ainda mais quando tudo o que eu tinha eram minhas esperanças e fantasias de uma vida trancafiada. Sou eu quem deveria estar de joelhos, implorando que você nunca desista ou chegue à conclusão de que não valho o esforço e a angústia que causei a *você* e a todas as pessoas com quem você trabalha. Você está em desvantagem nesse negócio — disse ela com ironia antes de continuar.

— Eu sou ignorante a respeito de tantas coisas que os outros dão por certo. O mundo, o que eu vi até agora, ainda me ilude, e às vezes me sinto completamente perdida, com a sensação de que nunca vou me encaixar. Não sei o que é correto e o que não é. A cidade me oprime e eu me sinto como se estivesse sendo engolida e jamais conseguisse encontrar a saída. As pessoas me intimidam e eu sou tão tímida que chega a doer. Ainda não entendo por que você deseja alguém como eu, mas não estou questionando o destino ou o fato de você me amar e de eu te amar. Jamais vou abrir mão de você, mas, por favor, não abra mão de mim também. Preciso da sua paciência e compreensão e que me ajude a encontrar meu caminho num mundo vasto e desconhecido que de repente foi jogado para cima de mim.

Isaac a silenciou com a boca, esmagando seus lábios. Não podia suportar ouvi-la se depreciando e duvidando de si mesma. Ele a beijou longa e profundamente, com ferocidade no começo, infundindo toda a paixão, o amor e a ânsia que sentia pela mulher que era dona de todos os pedaços dele.

Isaac suavizou os beijos, que foram ficando mais delicados e carinhosos, absorvendo e saboreando a doçura de seu sabor, de seu cheiro, o contato com ela em seus braços. Finalmente, muito tempo depois, ele recuou, tomando grandes lufadas de ar para seus pulmões ansiosos por oxigênio. O rosto de Jenna estava corado e radiante, seus olhos brilhavam com admiração e os lábios estavam inchados e num tom rosa mais escuro. Era a aparência de uma mulher que havia sido beijada com intensidade. Isaac adorava aquela imagem dela, sabendo que tinha sido o único a marcá-la, aquele que a animava e que colocava nos olhos azuis aquele olhar um tanto atordoado de amor e felicidade.

— Vamos mesmo ficar a salvo aqui, Isaac? — perguntou Jenna, colocando a mão no peito dele, bem no coração.

Isaac pousou a mão sobre a dela para que Jenna pudesse sentir o ritmo do seu coração, que só batia por ela.

— Estamos a salvo, querida. Precisamos apenas ter paciência e esperar que Jaysus fique *impaciente* e comece a cometer erros. E ele vai cometer. Homens tão obcecados e aficionados como ele sempre estragam tudo e assumem riscos estúpidos. E é aí que acabamos com ele.

vinte e dois

JENNA ESTAVA SENTADA NO CANTINHO do sofá em formato de L, em meio a um monte de almofadas, apontando o controle remoto para a televisão enquanto zapeava lentamente pelos diferentes canais. Ela havia levado todos os homens à insanidade em apenas meia hora, depois de lhe darem o controle remoto quando ela perguntou timidamente se poderia tentar usá-lo.

Jenna não fazia ideia de por quê eles ficaram tão exasperados a ponto de sair da sala, resmungando em voz baixa. Todos sabiam que ela nunca tinha visto uma televisão até aquele dia em que reagira com pavor quando alguém ligara uma no primeiro esconderijo, quando conhecera Eliza e Wade.

Jenna se sentira um tanto tola por sua reação, e quando percebera que ainda vinha evitando a televisão — seu único outro contato com o aparelho fora quando ela vira as notícias do massacre horroroso de todos os membros da seita —, ela se flagrara determinada a parar de passar tanto tempo no quarto ou na cozinha e de fato ver do que se tratava o tal aparelho.

Ela preferia suas visitas à cozinha, que estavam entre os pontos altos de seu confinamento forçado. Os homens a mimavam de um jeito ridículo, se revezando em turnos não só para preparar suas autoproclamadas especialidades, para o deleite das papilas gustativas dela, como também para ensiná-la a cozinhar pratos simples. Eles eram extremamente pacientes e nunca pareciam irritados quando Jenna os perturbava com dezenas de perguntas.

Durante a maior parte do tempo, Jenna parecia diverti-los com seu entusiasmo infantil. Mesmo os homens que não tinham sido escalados para as aulas de culinária costumavam se reunir na cozinha para assistir, todos ostentando sorrisos quando ela ria abertamente após uma tentativa bem-sucedida.

No entanto, mesmo Isaac, que nunca saía do lado de Jenna, abandonara a sala de estar depois do zapear enlouquecedor de canais. Mas como ela poderia escolher um sem saber o que estava passando em todos eles? E se Jenna escolhesse um programa e algo mais interessante e educativo estivesse passando a apenas alguns cliques de distância?

Era verdade que o conceito de televisão ainda a confundia, principalmente o grande número de canais e programas. O que acontecia se dois programas dos quais você gostasse estivessem passando ao mesmo tempo? No entanto, ela tinha descoberto um uso prático para a televisão.

Jenna percebeu que aquela era uma boa fonte de conhecimento e informações sobre o mundo moderno. Alguns dos programas eram fascinantes, enquanto outros eram horrorosos. Certa noite, seus colegas de confinamento tentaram estimulá-la a assistir a algo que eles chamavam de reality show, e explicaram a diferença daquele para outros programas. Porém, depois de apenas alguns minutos assistindo a algo que estava acontecendo na vida real, que não era um programa fictício de entretenimento, Jenna fugiu correndo da sala, tão horrorizada que não se aventurou a chegar perto da televisão de novo pelos três dias seguintes.

Mas, naquele momento, ela estava no comando do controle remoto. Havia uma certa satisfação em poder ficar apertando o botão para mudar o canal quantas vezes quisesse. E passava a entender por que os homens brigavam todas as noites para ver quem ficava com o controle nas mãos.

Jenna se aconchegou mais fundo em seu ninho de almofadas, suspirando ao constatar como era bom fazer tudo o que queria, ou fazer nada. Ela nunca havia desfrutado da liberdade que todo mundo considerava normal. Durante os primeiros anos no complexo, Jenna considerara sua vida dentro dos padrões e aquilo não a incomodava. Só quando chegou aos nove ou dez anos de idade, que uma vozinha no fundo de sua mente começou a perturbá-la para olhar em volta e prestar mais atenção aos outros membros daquilo ao qual eles sempre se referiram como uma organização religiosa.

Jenna não conhecia nada melhor. Sentia-se à vontade sobre tudo que ensinaram a ela. Mas, quando começou a prestar mais atenção aos acontecimentos, notou o quanto era tratada diferente em relação aos demais participantes da seita.

Embora não pudesse dizer que as outras mulheres do culto um dia tivessem recebido um tratamento decente, podia assegurar que eram muito mais bem tratadas do que ela.

Jenna franziu a testa, voltando a se concentrar na televisão, e parou em um canal por um instante enquanto seus pensamentos vagavam. Com raiva por ter se permitido voltar a se recordar de sua vida de prisioneira, ela afastou as lembranças dolorosas e humilhantes e se censurou por ter se debruçado em acontecimentos que deveriam permanecer no passado.

Jenna estava prestes a trocar de canal mais uma vez quando fez uma pausa, reconhecendo o programa de notícias que havia exibido o assassinato em massa dos membros da seita. As informações mudavam diariamente. Por isso era interessante assistir todos os dias, para se manter atualizada. Então talvez assim Jenna não se sentisse tão perdida neste mundo que tanto temia.

Mas quando a reportagem seguinte começou, ela ficou rígida de choque, seus olhos fixos à tela. Aumentou o volume afobadamente, querendo ouvir todas as palavras, porque com certeza tinha entendido mal.

— *Esta noite, o apelo de uma mãe por informações que possam levar ao paradeiro de sua filha sequestrada há vinte anos. Vamos ao vivo para a coletiva de imprensa onde Suzanne Wilder está dando declarações depois de saber da trágica história do massacre coletivo, que parece ter dizimado todos os membros de um culto misterioso numa área rural ao norte de Houston. O local existia há cerca de vinte e cinco anos.*

Uma mulher visivelmente perturbada apareceu na televisão, cercada por vários repórteres, todos segurando microfones para captar cada palavra. Jenna se levantou do sofá e parou bem diante da tela, sem acreditar no que estava vendo e ouvindo.

Ela ficou boquiaberta. Tentou chamar Isaac, mas sua garganta estava tão fechada que não conseguia falar. Respirava rapidamente, e sentiu a sala girando, exceto a televisão, que permanecia fixa. Jenna queria fechar os olhos e parar de ver aquilo. Queria cobrir os ouvidos para não escutar mais. Só que não dava para fazer nada disso. Estava paralisada, com uma mistura de medo e esperança revirando em seu estômago, fazendo com que ela se sentisse ainda mais enjoada do que já estava pelo movimento das paredes.

A mulher segurava um lenço com delicadeza junto ao nariz, vermelho e inchado, como se tivesse chorado. E olhava para câmeras com uma expressão desesperada e suplicante.

— *Meu nome é Suzanne Wilder, e há vinte anos minha filha, Jenna Wilder, foi arrancada de mim violentamente. Meu marido tentou salvar nossa filhinha de todos os jeitos, mas os sequestradores o mataram a tiros antes de fugir numa van preta, com Jenna nos braços de um deles. Ela estava chorando e chamando por mim quando fecharam a porta e fugiram com minha única menina* — disse a mulher, sua voz falhando quando um soluço irrompeu e ela levou o punho à boca numa batalha visível para controlar suas emoções.

— *Passei os últimos anos procurando minha filha, sem nunca perder a esperança de tê-la de volta. Embora eu mesma tenha investigado e tenha contratado muitos detetives particulares, nunca consegui saber onde a tal seita estava instalada, onde moravam ou estavam alocados* — continuou ela, tropeçando nas palavras como se não soubesse direito como chamar o local onde Jenna passara quase a vida inteira como prisioneira.

— *Só quando vi as notícias na semana passada, mostrando o assassinato em massa de uma seita inteira num condado ao norte de Houston, percebi que aquele era o cativeiro da minha filha, onde ela tinha crescido. Eu me pergunto se ela ainda se lembra de mim ou se sabe quem eu sou* — disse ela às lágrimas. — *Reconheci dois dos homens identificados e mostrados na televisão como os assassinos do meu marido e sequestradores da minha preciosa filha.*

Ela abaixou a cabeça por um longo tempo, aparentemente emocionada demais para continuar.

Jenna encarava a televisão num silêncio atordoado, simplesmente incapaz de compreender o que estava testemunhando. Uma lágrima quente rolou por uma bochecha, mas ela não levantou a mão para secá-la. Estava ainda mais ofegante. Não fazia sentido. O que é que ela temia? A verdade?

— Fiz o reconhecimento de cada um dos corpos na esperança de encontrar respostas, algo que me dissesse se minha Jenna ainda estava viva ou o que poderia ter acontecido com ela. Minha filha não estava entre os mortos, mas encontrei uma foto dela. Era minha filha! Não tenho dúvidas. Eu imploro, quem tiver informações sobre onde ela está, ou qualquer informação que leve ao paradeiro de Jenna Wilder, por favor, denuncie. E, Jenna, se você estiver por aí, nunca abri mão da esperança de um dia voltar a ver você.

Jenna continuou a olhar fixamente para a tela, sua mente fluindo para um acontecimento de muito tempo atrás. O bolo de aniversário e as quatro velinhas. O rosto orgulhoso e sorridente de seu pai, cheio de amor. Ela recuou um pouco, fechando os olhos enquanto se esforçava para colocar a lembrança em foco. Uma mulher segurando uma caixa embrulhada, um sorriso estranho em seu rosto ao observar o pai de Jenna jogando-a para o alto enquanto a menina dava gritinhos e gargalhadas.

— Mamãe? — disse Jenna, sua voz mais aguda, soando mais como a criança em sua memória.

Ela sentia como se seu peito estivesse em chamas, e sua respiração ofegante foi interrompida por algum motivo. Por que não estava respirando? A sala ficou turva, entrando e saindo de foco enquanto a coletiva de imprensa zunia sem parar. Naquele momento, o único som nos ouvidos de Jenna era um zumbido alto e persistente.

vinte e três

— SERÁ QUE A GENTE não devia pegar o controle remoto de volta, antes que as pilhas morram e Jenna espanque o controle porque não sabe que precisa de pilhas para funcionar? — perguntou Shadow a Isaac, divertindo-se.

Isaac riu.

— Fiquei na cola dela 24 horas por dia, sete dias por semana desde... bem, desde que a tirei do meu carro, que ela tentava roubar, e resolvi que a queria na minha vida. Eu não conseguia pensar em uma situação em que não quisesse ficar o máximo possível perto de Jenna. Mas, às vezes, ela é como uma criança com um brinquedo novo, daqueles bem irritantes que tocam sem parar.

Shadow estava morrendo de rir, seguido de Knight e Dex, que tinham entrado na cozinha na hora em que ele sugeriu montar uma missão de resgate para recuperar o controle remoto. Então Dex fez uma pausa e voltou a atenção para a sala de estar, ficando em silêncio por um instante.

— Sei lá, talvez já seja seguro voltar. O canal não mudou no último minuto ou algo assim... é o mesmo noticiário que ouvi quando estava vindo para a cozinha — disse Dex com uma voz esperançosa.

— Só acredito vendo — resmungou Shadow enquanto caminhava até a porta que levava à sala.

Shadow parou de repente, e sua linguagem corporal colocou Isaac em alerta imediatamente. Ele estava prestes a perguntar o que raios Shadow estava olhando, quando este disse, sem se virar:

— Isaac, você precisa vir aqui, rápido.

O tom da voz de Shadow fez com que Isaac sentisse um frio na barriga, e ele passou por Dex e Knight correndo. Então empurrou Shadow para que se afastasse e entendeu o motivo do alerta.

Jenna estava tão rígida e lívida quanto uma estátua, a poucos metros da televisão, que zumbia. Mesmo de onde estava, Isaac podia ver que ela estava hiperventilando. Quando se aproximou um pouco mais, ouviu uma voz aguda e infantil — de Jenna, só que ao mesmo tempo não era dela —, que dizia sem parar:

— Mamãe?

Ai, cacete. Isaac começou a sentir um rugido maçante em seus ouvidos quando percebeu que Jenna tinha parado de hiperventilar. Na verdade, ela estava tão quieta que sequer parecia estar respirando. Jenna oscilou como um bêbado e Isaac correu para pegá-la, gritando para que os outros ajudassem.

Ele a pegou na mesma hora que as pernas de Jenna falharam e ela foi ao chão. Isaac a tomou nos braços, o medo sufocando-o pela garganta. Que merda tinha acontecido para deixá-la traumatizada naquele nível?

Isaac a levou para o sofá, sentando-a e segurando-a quando Jenna começou a tombar para a frente, como se estivesse prestes cair de cara no chão. Ele a agarrou pelos ombros, virando-a para encará-lo, sacudiu-a levemente, apenas o suficiente para chamar sua atenção.

— Respire, caramba! Respire, Jenna!

As pálpebras tremularam e, por um momento, ela o olhou de um jeito vago e confuso, como se não o reconhecesse.

— Jesus Cristo — murmurou Isaac.

Shadow apareceu de um lado, colocando um pano frio na nuca de Jenna, e Knight pegou seu pulso delgado para verificar os batimentos. Dex estava concentrado no ritmo de sua respiração quase inexistente enquanto Isaac tentava despertá-la.

— Mamãe? — perguntou outra vez, em uma voz hesitante.

— Ah, querida — disse Isaac, o coração estilhaçado.

Ele não tinha uma sensação muito boa sobre o que havia despertado aquele ataque de pânico. Nada boa. Isaac se virou para Zeke, que tinha entrado na sala ao ouvir a gritaria, e rapidamente fez um pedido:

— Volte o programa por uns trinta minutos e aí faça uma pausa. O que quer que Jenna tenha visto, ferrou com ela completamente.

— Algo mais que possamos fazer para ajudar? — perguntou Brent com tranquilidade, postando-se ao lado de Zeke, ao mesmo tempo que Eric e Capshaw se aglomeravam atrás deles.

— Eu preciso saber que merda ela viu que a deixou neste estado — vociferou Isaac para ninguém em particular. — Mas só dê play depois que eu tirá-la da sala.

Ele voltou sua atenção para Jenna, que agora estava emitindo sons que lembravam um peixe fora d'água. Suas pupilas estavam dilatadas, os olhos arregalados e o rosto completamente pálido. Tinha a aparência de alguém que havia acabado de perder tudo o que mais importava, restando apenas o nada. Os olhos desprovidos de alma voltados para Isaac representaram sua destruição completa. Ele precisava tirá-la de qualquer que fosse aquele inferno no qual Jenna se encontrava. Recusava-se a deixá-la daquele jeito por um minuto a mais que fosse. Jenna exibia sinais claros de choque e isso, combinado a todos os outros fatores em jogo, o deixava morrendo de medo.

Isaac agarrou as mãos frias de Jenna e as esfregou para infundir calor em seus dedos, enquanto falava com uma voz calma e tranquilizante sobre nada em particular. Depois de um momento, parou com aquela bobagem sem sentido e se inclinou para que o nariz dele ficasse a poucos centímetros de distância do dela.

— Linda, volte para mim — implorou, tomando o rosto de Jenna entre as mãos, afastando as mechas de cabelo das bochechas e ajeitando-as atrás das orelhas. — Estou aqui. Estou com você. Seja lá o que esteja te assustando, você não está sozinha. Preciso que respire fundo. Inspire pelo nariz, solte pela boca. Assim.

Depois de ter certeza que Jenna estava prestando atenção, ele demonstrou, inalando e exalando devagar, desacelerando a própria respiração. Lentamente, ela foi começando a mostrar sinais de consciência. Ela encarou-o e Isaac pode ver o instante em que Jenna saiu do transe, porque viu o reconhecimento no rosto dela. Mas foi o alívio esmagador que explodiu nos olhos de Jenna antes de se atirar nos braços dele e lhe apertar com tanta firmeza, que fez Isaac se ver fora do prumo.

— Estou aqui, querida — consolou ele, ninando-a enquanto Jenna se agarrava a Isaac como se fosse seu único salva-vidas. — Nunca vou te abandonar, querida. Apenas respire por mim e tente relaxar. Concentre-se na coisa mais maravilhosa que conseguir pensar. No sonho mais lindo que já teve. Veja só isso e nada mais, e deixe-me cuidar de você. Eu nunca vou te deixar cair. Sempre vou estar lá para te pegar.

Isaac sabia que estava balbuciando, mas tinha ficado muito perto de sucumbir, ele mesmo, a um ataque de pânico. Quando a respiração de Jenna se ajustou a um ritmo mais uniforme, ela ficou mole contra ele, como se sua força tivesse sido completamente drenada. Isaac a pegou no colo com gentileza, levantando-se do sofá, acomodando-a mais firmemente contra o peito.

Ele olhou para Shadow.

— Pegue mais um daqueles calmantes que demos para ela da última vez. Por mais que eu queira saber o que diabos aconteceu e o que ela viu para ficar tão desligada da realidade, Jenna não tem condições de rever isso agora. Ela precisa descansar e relaxar e, caso se sinta mais forte quando acordar, posso entrar nesse assunto de novo.

Shadow assentiu e correu para a cozinha, enquanto Isaac levava sua preciosidade para o quarto. Ele a deitou, tirou seus sapatos, sua calça jeans e o restante da roupa antes de vesti-la rapidamente com uma de suas camisetas imensas que engoliam o corpo dela.

Embora percebesse o que havia a sua volta e não mais se encontrasse perdida no inferno em que estivera por um tempo, Jenna permaneceu quieta, apenas movendo os olhos, acompanhando todos os movimentos de Isaac. Quando Shadow entrou com o remédio e um copo d'água, ela nem sequer protestou. Permitiu que ele botasse o comprimido em sua língua, e Isaac logo segurou o copo para que ela pudesse engolir o remédio antes que o sabor amargo dominasse sua boca.

Jenna afundou de volta no travesseiro, as lágrimas inundando seus olhos ao encarar fixamente o teto, evitando os olhos dos homens no quarto. Shadow lançou um olhar cheio de preocupação para Isaac, que o encarou sem muita expressão, sem ter ideia do que dizer ou fazer. Ele não tinha como resolver um problema desconhecido, não tinha como lutar contra um inimigo que não sabia qual era.

— Vou deixar vocês dois a sós — murmurou Shadow, seu olhar se voltando para Jenna, a preocupação crescendo mais em seu rosto. — Vou ver o que consigo descobrir.

— Obrigado — disse Isaac com a voz rouca.

Jenna já estava sucumbindo aos efeitos do sedativo. Suas pálpebras pesavam e ela piscou várias vezes, como se tentasse lutar contra o sono, até que seus olhos se fecharam e permaneceram assim. Isaac pensou que ela tinha finalmente cedido, mas, quando estava prestes a voltar para a sala, Jenna lentamente abriu os olhos avaliando onde estava, até encontrar Isaac.

Uma lágrima escorreu pela bochecha dela, sua palidez ainda mais intensa do que antes.

— Eu fui amada — sussurrou. — Meu pai. Ele me amou.

Isaac franziu a testa, confuso.

— O que você quer dizer, querida? Você se lembrou de alguma coisa?

Mas os olhos dela se fecharam após aquela declaração enigmática, e desta vez Jenna deu um pequeno suspiro e não voltou a abri-los. Logo sua respiração ficou estável e o subir e descer suave de seu peito atestavam que ela estava dormindo em paz.

Isaac afundou na beira da cama e enterrou o rosto nas mãos durante um bom tempo. Que merda tinha acontecido? Por que a deixara sozinha? Ele não a deixara sozinha até aquele momento. E Jenna tinha pago caro por sua negligência, porque ficara sozinha para lidar com o fantasma de seu passado que agora voltava para assombrá-la.

vinte e quatro

Quando Isaac voltou para a sala de estar, apenas a postura dele já demandava respostas, sem que precisasse dizer uma palavra. Brent o olhou e Isaac não gostou do que viu nos olhos dele.

— Com certeza o surto e o choque dela são compreensíveis — disse Brent com severidade. — Ela estava zapeando pelos canais e aproveitando novas descobertas, sem esperar pela bomba que foi despejada, do nada, em cima dela.

— Que merda de metáfora é essa? — perguntou Isaac.

— Seria muito mais rápido e fácil se você simplesmente visse isto aqui — disse Brent. — Nem tenho certeza se consigo explicar a tempestade de merda que está por vir. O pior de tudo é que eu nem sei se é algo bom ou ruim. Pode ser ou um ou outro.

— Ou poderia ser uma porcaria de uma armação — grunhiu Zeke.

— Mas que droga, parem de especular e simplesmente desembuchem. Enquanto estamos aqui discutindo, tem uma mulher no quarto que está tão confusa e sofrendo tanto que me sinto mal só de olhar, e não posso fazer merda nenhuma até eu saber o que diabos ela viu de tão traumático.

— Não é muito demorado — murmurou Brent. — Acho que você vai perceber que isso explica bastante a reação de Jenna.

Mesmo tendo visto o colapso total da mulher que amava e tendo ouvido as reações de seus homens, que viram o motivo do drama enquanto ele estivera cuidando de Jenna no quarto, Isaac estava totalmente despreparado para a cena que se desenrolou no televisor à sua frente. Jamais imaginaria algo assim acontecendo, e não sabia o que pensar ou como se sentir em relação às alegações da mulher.

Sua mente se voltou para o "mamãe" infantilizado de Jenna, como se ela tivesse reconhecido a mulher ou tivesse vagas lembranças. Mas o negócio é que pouco tinha sido dito sobre sua mãe durante a breve conversa sobre seu passado. Jenna tinha lembranças mais concretas do pai, porém, parecia ter feito um grande esforço para resgatar uma imagem ou lembrança da mãe.

Deus, não era de se admirar que tivesse ficado tão atordoada, perdida e desnorteada. O modo como ela havia chegado à seita era uma dúvida que provavelmente a assombrara desde quando tinha idade suficiente para se perguntar a respeito. Será que fora amada? Que os pais a queriam? Será que fora tirada deles ou eles entregaram sua guarda à seita? Será que ainda estavam vivos?

Jenna tinha lembranças felizes com o pai, e então descobriu que ele fora assassinado ao tentar impedir seu sequestro? Não era de se admirar que estivesse tão arrasada. Mas, mesmo assim, a noção de que um dia fora amada parecia lhe dar um pequeno consolo. As últimas palavras que Jenna disse antes de cair no sono voltaram a Isaac: *eu fui amada*.

Isaac queria ficar de luto pela dor de Jenna e, ao mesmo tempo, exigia respostas. Mas onde a mãe dela se encaixava na equação? Seu lado desconfiado considerava bem oportuno o momento em que a mãe dela reapareceu em rede nacional procurando pela filha. Ainda mais considerando que havia um traficante poderoso e desesperado em possuir Jenna como seu bem mais valioso.

Mas o surgimento da suposta mãe e o apelo poderiam muito bem ter a ver com o fato de a seita ter alcançado as manchetes nacionais quando o massacre fora noticiado. À primeira vista, até que a história dela parecia plausível, mas, caramba! O que deveria fazer? Proibir Jenna de encontrar a mãe porque aquela coincidência era suspeita? Era função dele desconfiar de qualquer pessoa que tentasse se aproximar de sua mulher?

Mas que inferno, Isaac nem sequer sabia o que Jenna pensava ou queria fazer sobre o assunto. Ela sofrera um choque que jamais esperara na vida, nunca, e que era muito mais forte do que os outros acontecimentos estressantes que suportara em um período tão curto. Quanto mais Jenna poderia tolerar antes de desabar sob o peso daquela loucura constantemente empilhada em cima dela?

A frustração fervia dentro de Isaac, ameaçando explodir. Ele odiava aquela sensação de impotência. De não saber o que fazer para melhorar as coisas. Para dar a Jenna o tipo de vida que ela merecia, uma família que a amasse.

— Isso é pesado, cara — murmurou Shadow. — Que merda você vai fazer?

Isaac suspirou e passou as mãos pelo rosto.

— Depende do que Jenna quiser fazer com a bomba que acabou de cair em cima dela. É nosso trabalho garantir que tudo será checado e que ela vai estar protegida a todo custo.

— Antes de alimentarmos ou frustrarmos as esperanças de Jenna, acho que seria uma boa ideia fazermos algumas investigações discretas sobre a mãe dela, para ver se as informações batem. Nenhum cuidado é demais até que Jaysus esteja fora de cena para sempre, e não podemos simplesmente exibir Jenna em público para um encontro com a mãe. Isso acabaria em um banho de sangue.

— Nós vamos cuidar disso agora mesmo — disse Shadow. — E você, preocupe-se apenas com Jenna. Veja como ela lidou com as notícias, e descubra o que ela vai querer fazer.

Isaac assentiu, uma onda de pânico serpenteando por seu estômago. Ele não estava gostando daquilo, principalmente daquela coincidência toda, ainda que fosse razoável, dada a atenção nacional que o assassinato em massa tinha recebido.

Ele voltou para o quarto, e seu peito apertou quando viu Jenna enroscada em uma bolinha mínima. Ela estava encolhida na cama, seus olhos fechados, mas, mesmo durante o sono, os pensamentos estavam agitados e os sonhos estavam assombrados.

Isaac se deitou ao lado dela sem hesitar e a envolveu em seus braços, puxando-a contra o peito, para confortá-la com sua força e calor. Jenna relaxou um pouco, como se o reconhecesse mesmo durante o sono, e soltou um pequeno suspiro antes de enterrar o rosto no pescoço dele, amolecendo quando sentiu-se protegida.

Ele não soube dizer quanto tempo passou ali abraçado a Jenna, mas não dormiu. Ao invés disso, permaneceu acordado para vigiar seu anjo precioso. Isaac não ia fechar os olhos e sucumbir ao sono, não importava o quanto estivesse extenuado, porque não podia arriscar estar dormindo quando Jenna acordasse.

Depois do que pareceu uma eternidade, ela começou a se remexer, soltando murmúrios suaves contra o pescoço de Isaac. Um até mesmo soou como "papai". O coração de Isaac ficou despedaçado. Quanto mais perdas Jenna poderia suportar quando tudo já lhe havia sido tirado?

Ela levantou a cabeça, se afastando até conseguir olhar nos olhos dele.

— Isaac?

— Sim, linda — respondeu, acariciando sua bochecha num gesto reconfortante.

— É verdade? O que eu vi é verdade?

Isaac soltou o ar, desejando poder dar respostas definitivas a ela.

— Eu ainda não sei. Estamos verificando. Assim que confirmarmos alguma coisa, você será a primeira a saber.

— Eu não me lembro muito da minha mãe — disse Jenna, meio incomodada. — Será que ela vai ficar com raiva por isso?

— Não, querida — apressou-se em responder. — Você era só uma criança e sofreu muitos traumas depois. Ninguém poderia esperar que você tivesse lembranças nítidas de uma vida perdida há duas décadas.

Jenna olhou para baixo por um momento, seus dedos remexendo na camisa dele.

— O que é, linda?

Ela olhou de volta para Isaac, um brilho de umidade em seus olhos. Então lambeu os lábios, sua incerteza evidente em todos os movimentos.

— Devemos entrar em contato com essa mulher? — perguntou, hesitante. — Será que eu deveria encontrá-la?

— Essa é uma decisão que só você pode tomar, querida.

— É estúpido que eu esteja morrendo de medo de encontrar minha própria mãe?

— Claro que não. Linda, eu ficaria mais preocupado se você não estivesse tensa com essa ideia. Mas ouça uma coisa, ok? Você não precisa tomar essa decisão hoje. Ou amanhã. Leve todo o tempo do mundo que quiser. E quando sentir que está preparada, vamos tomar as providências, mas vai ter que ser em um local seguro, ou não vai acontecer.

Jenna assentiu e depois engoliu em seco.

— Eu quero vê-la. Eu *tenho* que vê-la. As lembranças vagas que tenho são de uma mulher que se parece tanto com ela... Mas a maioria das minhas lembranças são com meu pai.

Agora lágrimas tomavam os olhos de Jenna e corriam silenciosamente por suas bochechas.

— E agora eu sei que ele está morto — disse ela, engasgada. — Durante tantos anos me apeguei a esse fio de esperança de que talvez um dia eu voltasse a vê-lo. De que ele se lembraria de mim e que estaria com saudade... que gostaria que eu voltasse para casa. Mas eles o mataram. Deus, eu salvei a vida daqueles monstros tantas vezes. Estou feliz porque estão mortos — sibilou ela, seu maxilar apertado. — Eu só queria que tivessem sofrido mais.

Isaac a puxou para seus braços novamente, massageando suas costas, sem dizer nada, só fazendo o que podia para reconfortá-la quando doía tanto.

— Se você quer ver sua mãe, podemos dar um jeito, Jenna. Mas só se for mesmo o que você quer, e só depois de conferirmos algumas coisas para termos certeza de que ela é quem alega ser.

Jenna assentiu.

— Eu entendo. Acho que é algo de que preciso, mesmo que seja só para finalmente constatar que havia pessoas que me amavam. Uma família. Alguém que ficou de luto, que sofreu depois que fui levada. Eu sempre me senti tão sozinha no mundo, como se não tivesse ninguém.

— Você tem a mim — disse Isaac com ferocidade. — Sempre vai ter a mim. Nunca mais vai estar sozinha. Nunca, Jenna. Entende o que estou dizendo?

Ela ofereceu um sorriso vacilante, mas assentiu, se inclinando para roçar os lábios nos de Isaac.

— Eu sei — sussurrou. — E obrigada. Isso significa mais para mim do que você jamais saberá.

— Você tem certeza de que quer isso? — perguntou ele.

Lentamente, Jenna assentiu.

— É o que preciso fazer, independentemente do que eu quero. Preciso fazer as pazes com essa parte da minha vida se eu quiser ser alguém realmente livre.

Isaac a beijou, suave e calidamente, tão leve como se não quisesse perturbá-la quando estava tão vulnerável, mas o bastante para lembrá-la de que ele estava ali, de que sempre estaria presente, e que a amava com todas as suas forças.

— Vou avisar aos outros, então — disse Isaac assim que se afastou. — Depois de tudo verificado, vamos pensar em como fazer o encontro assim que tivermos um plano que proporcione o menor risco para você.

— Vai estar comigo? — perguntou Jenna, hesitante. — Não quero encontrar com ela sozinha.

Isaac abarcou as bochechas dela entre as palmas e a fitou diretamente nos olhos.

— Querida, ouça-me. Aonde você for, eu vou. Sempre. E isso é um fato. Você nunca vai a lugar algum se eu não estiver ao seu lado. Se eu pudesse evitar, você nunca mais sairia do meu campo de visão.

Jenna relaxou, dava para ver em seu rosto parte da preocupação e da tensão diminuindo.

— Obrigado — sussurrou. — Estou com medo de encontrá-la, e não sei por quê. Estou tão nervosa que poderia vomitar. Mas meu coração me diz que preciso fazer isso, e, enquanto você estiver comigo, sou capaz de fazer qualquer coisa, Isaac.

vinte e cinco

TORI DEVEREAUX ACORDOU SOBRESSALTADA, COM lágrimas escorrendo em seu rosto devido ao horror do sonho que pareceu um tanto realista, como se tivesse estado lá, a poucos metros de tudo que aconteceu.

Braços familiares a envolveram e Tori se viu contra o peito de Dane, enquanto ele acariciava o cabelo dela a fim de acalmá-la. Tori piscou, confusa, mesmo com as lágrimas continuando a escorrer. Como ele soube? Por que estava no quarto dela?

Dane gentilmente a afastou para acender o abajur da cabeceira da cama. Os contornos implacáveis do rosto dele foram imediatamente iluminados, e por um instante Tori pensou que ele estivesse com raiva. Mas então seus olhos se suavizaram ao se encherem preocupação. Por ela?

Os dois com certeza tinham batido de frente no passado, mas ele estivera presente e a consolou quando ela sonhara com Caleb coberto de sangue e tivera certeza de que vira a morte do irmão. E a opinião dele em relação a ela parecia variar entre extremos, embora, na maior parte do tempo, Dane a tratasse com indiferença e mantivesse distância. Foi por isso que ela ficou tão chocada quando ele assumiu sua proteção assim que todas as mulheres foram isoladas devido a uma possível ameaça à DSS.

Parte da confusão que Tori sentia deve ter ficado evidente em sua expressão, porque Dane limpou suas lágrimas com muita ternura e disse, tranquilizador, como se estivesse tentando acalmar um animal selvagem:

— Você gritou enquanto dormia.

Com a lembrança do sonho ainda crua na memória, o rosto dela se transformou numa máscara de tristeza.

— Foi um pesadelo? — perguntou baixinho.

"Pesadelo" era um eufemismo para o horror duradouro que ela sofrera nas mãos de um louco que a torturara e estuprara, e que a teria matado se Ramie não tivesse sido capaz de fornecer informações a Caleb sobre seu cativeiro. Como resultado, ela fora resgatada, mas não sem antes ter sua alma dilacerada por um monstro.

Tori abaixou a cabeça e a sacudiu, apertando os olhos com força.

— Vi alguém ser assassinado a sangue frio.

— Quem? — quis saber Dane com urgência.

— Nenhum dos nossos — sussurrou. — Eu não sei quem era. — Ela bateu a mão no colchão, a raiva misturada à impotência intensificava sua fúria e frustração. — Nunca vi a mulher na minha vida! Por que sonho com uma pobre infeliz que vai morrer em breve se não posso fazer nada para impedir? — questionou com uma voz estridente. — Eu odeio isso, Dane. Odeio esse dom idiota. Isso não ajuda ninguém, mas *me* tortura, porque sei o que está por vir e não tem droga nenhuma que eu possa fazer!

Dane a puxou para seus braços outra vez e ficou esfregando suas costas enquanto ela socava o punho contra seu ombro, esbravejando toda a sua frustração e tristeza.

— Eu sei, querida. Eu sei. E lamento tanto que você tenha que suportar isso, além de todo o resto — murmurou ao ouvido de Tori. — Eu queria poder fazer essa sensação desaparecer. Mas você precisa saber de uma coisa, se não for capaz de entender mais nada. Aquilo que aconteceu nunca mais vai acontecer. Eu... nós... vamos te proteger. Sempre.

Ela suspirou.

— Eu sei, Dane. Acredito em você. E sei que meus irmãos se culpam e fico mal por vê-los carregar esse sentimento. Nunca culpei ninguém pelo que houve. Eu queria que eles conseguissem enxergar isso. Mas ainda me encaram com dor e culpa nos olhos. E o resultado disso foi que passaram a ficar superprotetores e estão sempre me rondando. Me sinto tão mal, como se fosse soar ingrata ou insensível por querer questioná-los, afinal como vou poder esquecer e superar o que aconteceu se eles não conseguem fazer isso?

— Então é exatamente isso que você deve dizer a eles — disse Dane de encontro ao cabelo dela. — Essa história não é deles, Tori. Você deve dizer e fazer exatamente o que te faz se sentir melhor e o que vai proporcionar uma cura. Você não é responsável pelo sentimento de culpa dos seus irmãos. Eles te amam e se preocupam com você. Todos nós nos sentimos assim. Mas você deve ser franca. Vocês estão em um impasse: todos estão machucados, mas ninguém vai querer abordar o assunto, e evitá-lo não é a melhor resposta.

Tori suspirou de novo.

— Como foi que você ficou tão sábio, Dane?

Ele enrijeceu de surpresa e depois riu, embora não houvesse diversão em sua voz.

— Estou longe de ser sábio, pequena. Na verdade, fiz algumas coisas bem estúpidas na minha vida.

Tori era esperta, por isso não perguntou mais nada. Dane era uma das pessoas mais reservadas que ela conhecia, por isso ficou até surpresa por ele ter feito um comentário daqueles. Tori não ia fazer nada que pudesse afastá-lo. Nem iria assumir seus verdadeiros sentimentos em relação a ele. Humilhar-se não estava no topo de sua lista de prioridades, e achava que Dane a via apenas como uma riquinha mimada e ingrata. Ele provavelmente lhe daria tapinhas na cabeça, como se ela fosse um cãozinho, e acharia engraçadinha sua "paixonite".

— Vou pegar seus remédios para ajudá-la a voltar a dormir — disse Dane, afastando-se. — Ainda é uma da manhã e você precisa descansar mais um pouco, Tori. Está sem energia e, se não começar a se cuidar melhor, uma hora vai pifar.

Tori se preparou para negar, dizer que não queria mais nenhuma porcaria de remédio, mas Dane ergueu a mão e a silenciou com um olhar. Ele pegou o frasco na mesa de cabeceira, pôs um comprimido na mão e lhe ofereceu junto com um pouco de água.

Ela bufou de frustração, mas não discutiu — de quê adiantava? Dane não entendia. Nunca entenderia. Tori odiava dormir porque era o único momento em que se sentia verdadeiramente vulnerável. Quando era atormentada por pesadelos com os acontecimentos muito reais do passado ou assombrada por coisas que ainda estavam por vir e que não tinha como mudar ou dar fim.

Para seu choque, foi como se ela tivesse verbalizado seus pensamentos, porque, assim que tomou o remédio, Dane segurou seu queixo e os olhares deles se encontraram.

— Se tomasse os remédios como deveria, os sonhos não seriam tão frequentes e você não ficaria tão exausta o tempo todo.

Quando Dane se virou para sair, Tori jurou ter visto mais do que apenas a preocupação e o interesse normais em seus olhos, mas a sensação, assim como ele, foram embora antes que pudesse decifrar exatamente o que tinha visto.

Quando chegou à porta, Dane fez uma pausa e, sem olhar para trás, disse com uma voz mal-humorada:

— De vez em quando vou voltar aqui para ver como você está. Não quero que você se preocupe, Tori. Não vai acontecer nada enquanto estiver sob meus cuidados. Não vou permitir que nada aconteça.

vinte e seis

— ZACK E GRACIE ACABARAM de entrar — soou a voz de Shadow no fone escondido de Isaac. — Caleb e Ramie, Beau e Ari já estão em posição. Os outros estão no bar, bebendo e fazendo as coisas de sempre, assistindo ao jogo na televisão, agindo como um grupo normal de amigos sem chamar muita atenção. A mesa onde você, Jenna e a mãe dela ficarão está cercada e temos olhos em todas as entradas e saídas. Aguarde dois minutos e, em seguida, leve Jenna e a acomode à mesa reservada. Vou vigiar a entrada e alertar quando a mãe dela chegar.

— Entendido — respondeu Isaac calmamente.

Ele olhou para Jenna, que estava nitidamente agitada, sentada no banco do carona. Estendeu a mão para segurar a dela tentando deixá-la mais confortável.

— Você está preparada para entrar, querida?

O medo e a incerteza giravam em seus olhos azuis e ela mordeu o lábio com nervosismo.

— Estou com medo — assumiu. — Não sei o que dizer nem o que perguntar.

— Então deixe que ela guie a conversa — aconselhou Isaac. — Você vai saber o que dizer ou como lidar com a coisa toda quando chegar a hora. E se em qualquer momento quiser encerrar o encontro, a gente vai levantar e ir embora, ok?

Jenna assentiu, então estendeu a mão para acariciar o rosto dele.

— Eu te amo, Isaac. Este encontro significa tudo para mim.

— Qualquer coisa por você, anjo. Eu lhe daria qualquer coisa no mundo. E também te amo. Demais.

Ela sorriu, parecendo relaxar à medida que a ansiedade diminuía em seu olhar. Então respirou fundo.

— Estou preparada.

— Vamos entrar — Isaac avisou a Shadow.

Ele saiu e contornou o carro até a porta de Jenna, seus olhos examinando a área rapidamente, buscando com muito afinco qualquer ameaça em potencial. Isaac abriu a porta, ajudou-a a sair e, em seguida, puxou-a para si, envolvendo-a com o braço.

Momentos depois, estavam sentados à mesa reservada e, conforme Isaac a instruíra, Jenna não reconheceu nem olhou na direção dos outros casais.

Ela deu uma folheada no cardápio, mas nem sequer se rendeu à empolgação por estar comendo em um restaurante de verdade pela primeira vez ou por poder escolher qualquer um dos pratos que pareciam deliciosos. Jenna sentia como se mil borboletas voassem em sua barriga.

Seu olhar disparava para a porta toda vez que alguém entrava, sua pulsação frenética, se perguntando quando ou se sua mãe viria. O telefonema entre elas fora breve. As duas foram tomadas pela emoção, e Jenna não conseguiu parar de chorar, nem para conseguir entrar em detalhes sobre sua provação. E a mãe dela simplesmente tinha repetido sem parar que havia rezado todos os dias por esse encontro desde que a filha fora roubada.

Agora que o tal dia havia chegado, Jenna não fazia ideia do que dizer. O fato de possuir uma família, de ter alguém que a amava e que havia temido por ela durante tanto tempo, deveria ser algo animador. Só que ela estava... com medo. Não um medo bobo, mais totalmente apavorada.

Isaac não tirava os olhos dela, a preocupação estampada neles. Então ele se esticou e segurou-lhe a mão. Um toque com muita firmeza, sem soltar nem um minuto.

— Ela já vai entrar — murmurou Isaac.

A pulsação de Jenna era como um martelo latejando em suas têmporas, seu coração acelerando tanto que se sentia tonta.

— Eu não vou sair daqui, querida — disse Isaac, puxando a mão dela para o seu colo.

O olhar de Jenna colou na entrada quando uma loira, a mesma mulher que Jenna reconhecia do noticiário, chegou, seu olhar examinando ansiosamente os clientes. A recepcionista sorriu para a recém-chegada e, depois que as duas trocaram algumas palavras, a funcionária gesticulou para a mesa onde eles se encontravam e a acompanhou para acomodá-la na cadeira em frente a Jenna.

A mulher mais velha parou, olhando para Jenna, aparentemente em estado de choque. Ela deveria cumprimentar sua mãe? Com certeza. Mas deveria abraçá-la? Dizer olá?

Jenna levantou-se, as pernas trêmulas, e encontrou a mãe no meio do caminho, ao lado da mesa, e logo foi encurralada num forte abraço quando a outra a envolveu.

— Ah, minha querida... minha bebezinha — disse Suzanne, a voz sufocada por causa das lágrimas. — Você não faz ideia de quanto tempo eu rezei por este dia. Nunca deixei de ter esperanças de que te encontraria. Senti tanta saudade.

— Mamãe — sussurrou Jenna, fechando os olhos enquanto se agarrava à mulher.

Quando as duas finalmente se separaram, um dos botões do casaco de sua mãe prendeu no punho de Jenna e a arranhou.

— Ah, me desculpe — pediu Suzanne, preocupada, passando o dedo sobre o arranhão nítido na pele de Jenna. — Este botão sempre prende nas coisas. Eu preciso consertá-lo.

— Tudo bem — disse Jenna suavemente. — Não foi nada. Mesmo.

— Garotas, por favor, sentem-se e vamos pedir algo para comer. Jenna ficou tão tensa com o reencontro que não consegui convencê-la a comer nem o café da manhã — sugeriu Isaac.

— Você deve ser Isaac — adivinhou a mãe de Jenna, sorrindo para ele.

— Ai, estou sendo muito mal-educada — disse Jenna, ruborizando. — Sim, este é Isaac. Ele é... — olhou para Isaac, parado de forma tão protetora ao lado dela, e uma onda de amor a inundou, seu coração doendo com a ferocidade das emoções que sentia.

— Ele é o homem por quem você está apaixonada — exclamou a mãe com uma risada. — Ah, querida, está na cara, assim como é óbvio que ele também ama você.

— Amo mesmo, senhora, e é um prazer conhecê-la — afirmou Isaac, inclinando-se para beijá-la na bochecha.

Os olhos de Suzanne brilhavam quando se acomodou diante de Jenna e Isaac.

— Estou tão feliz por Jenna poder contar com você, por haver alguém presente para ela quando eu mesma não pude estar — disse Suzanne a Isaac. — Você olha para ela do jeito que o pai de Jenna costumava me olhar. Fiquei arrasada quando ele morreu, e ainda perdi minha querida filha ao mesmo tempo. Não houve um único dia em que eu não tenha sentido saudades dos dois.

Jenna ficou tensa, e Isaac acariciou a perna dela enquanto fazia o pedido discretamente à garçonete.

— Eu me lembro do meu pai... — murmurou Jenna, em um tom lamurioso.

Sua mãe a olhou de súbito.

— Você lembra? Do que se lembra?

Jenna sorriu com pesar.

— Da minha festa de aniversário. Eu estava fazendo quatro anos, acho. É a última lembrança que tenho de fora da seita. Ele estava me rodopiando no colo e havia um bolo com muitas flores cor-de-rosa e glacê.

A expressão de sua mãe mudou, para raiva.

— Sim, era seu quarto aniversário. E no dia seguinte ele foi morto e tiraram você de mim.

Jenna abaixou a cabeça, olhando para a própria mão, entrelaçada à de Isaac. Sentiu um nó no estômago. De repente estava sendo invadida pela náusea e lutava contra a vontade de vomitar.

— Você está bem? — perguntou Isaac, inclinando a cabeça para poder olhar nos olhos dela.

Ela assentiu, não querendo incomodá-lo ainda mais.

— Eu só preciso comer alguma coisa — respondeu ela. — Estou com fome. Pular o café da manhã definitivamente não foi uma boa ideia.

— Não gosto quando você pula refeições — disse ele, resmungando. — Não gosto de nada que deixe você irritada ou preocupada a ponto de não querer comer.

A expressão abrandou para o alívio quando o garçom chegou com os pratos. Jenna nunca tinha comido camarão, e, pelos comerciais que vira de vários restaurantes, bem como o cardápio que tinha examinado, distraída, parecia ser algo delicioso. Depois que Isaac pacientemente respondera a todas as cem perguntas que ela fizera sobre os alimentos que vira na televisão, Jenna ficara ávida para experimentar o crustáceo na primeira oportunidade possível. E agora ela estava diante de um prato aparentemente delicioso de massa com camarão salteado na manteiga e tempero cajun.

Isaac e Suzanne escolheram filés suculentos. Ele acabou cortando um pedacinho da carne e ofereceu para Jenna experimentar. Enquanto comiam, o frio na barriga dela só crescia, mas Jenna se distraiu ouvindo e respondendo à tagarelice empolgada de sua mãe.

Isaac e os outros haviam ressaltado a importância de Jenna não divulgar nada que tinha acontecido após sua fuga da seita e, certamente, jamais revelar a existência de uma ameaça. A única história que poderia dividir era que ela tinha fugido dias antes do infeliz assassinato do restante da seita, e que Isaac a encontrara e entrara em cena para protegê-la, e eles se apaixonaram durante o processo.

Suzanne pareceu achar a história toda extremamente romântica, embora sua expressão tivesse endurecido quando Jenna falou da seita. Suas únicas observações foram que os desgraçados mereceram o que sofreram.

— Mas com certeza não existem mais ameaças a ela agora — afirmou Suzanne a Isaac, deixando-o tenso.

— Estou protegendo Jenna de qualquer pessoa cuja intenção seja machucá-la ou explorá-la de qualquer forma.

— Estou feliz que ela tenha você — respondeu a mãe.

Então o olhar afiado de Suzanne se fixou em Jenna e sua expressão mudou para preocupação.

— Algum problema, querida?

Isaac se virou imediatamente e Jenna desejou que Suzanne não tivesse chamado a atenção para o seu estado. Mas a verdade era que seu estômago estava prestes a revirar, apesar de seus enormes esforços para comer sem causar um alvoroço.

— Qual é o problema, linda? Você está pálida e não comeu quase nada.

— Estou enjoada — admitiu. — Não tenho certeza se me dei bem com o camarão.

— Vou levar você ao banheiro — ofereceu Suzanne, levantando-se rapidamente.

— Ela não vai a lugar nenhum sem mim — interveio Isaac com uma voz de aço.

A mulher sorriu.

— É claro que não. Mas você não pode entrar no banheiro feminino, então vou entrar e me certificar de que Jenna fique bem, e você pode ficar de pé à porta e garantir que ninguém mais entre.

Jenna percebeu que Isaac estava prestes a discutir, porque ele iria, sim, entrar no banheiro feminino, e ninguém o impediria. Mas ele se refreou quando ela colocou a mão no seu braço e o encarou com súplica nos olhos.

— Por favor, espere à porta. Eu vou estar logo ali. E acho que realmente vou vomitar.

Enquanto falava, o suor irrompia em sua testa e seu estômago dava cambalhotas. Até suas mãos ficaram úmidas e o restaurante começou a virar um borrão.

Jenna ouviu Isaac soltando um palavrão, e sentiu o braço dele ao seu redor, guiando-a até o banheiro. Uma vez lá, ele abriu a porta e rapidamente fez uma varredura do local, garantindo que estivesse vazio. Era um banheiro de um único ocupante, sem cabines, fato que obviamente aliviou a preocupação de Isaac. Após a checagem, ele indicou para que a mãe de Jenna a acompanhasse.

— Me chame se ela precisar de mim — pediu Isaac a Suzanne com firmeza.

— É claro que chamo — respondeu ela com uma voz tranquilizadora.

Jenna estava grata por estar dentro do banheiro e fora da vista dos clientes do restaurante. Sentia-se fraca, mas a maior parte do conteúdo em seu estômago parecia querer subir pela garganta.

Ela correu para o vaso sanitário e vomitou violentamente, colocando uma das mãos no assento para se firmar enquanto o outro braço envolvia a cintura, em um esforço para acalmar o estômago.

Ela continuou a vomitar até não sobrar mais nada. Sentia-se tão fraca que sabia que não conseguiria sair andando sem a ajuda de Isaac. E era ele quem queria agora. Precisava dos braços fortes para apará-la, porque Isaac jamais a deixaria cair.

Ela tentou se endireitar, mas não teve forças. O aperto surpreendentemente forte de sua mãe a ajudou a ficar de pé, então Jenna murmurou, chocada com a fraqueza que sentia e com o modo como suas palavras estavam saindo arrastadas:

— Por favor, chame Isaac para mim.

Para seu choque derradeiro, ela viu uma arma surgir na mão de sua mãe. Depois sentiu o metal frio do tambor apertando a lateral do seu corpo.

— Não é Isaac que você vai ver, Jenna, querida — disse sua mãe friamente. — Tem alguém bem além daquela janela que quer muito te ver.

Jenna encarou a mãe, em choque, incapaz de compreender o que estava acontecendo.

— Você não pode resistir — disse ela friamente. — O botão que te arranhou? Eu dopei você. Está tão fraca quanto um gatinho e, se não vier comigo depressa, não só vou atirar em você, mas também no seu precioso Isaac. Se não quiser que ele morra, venha comigo por aquela janela ali. E seja rápida, antes que ele fique preocupado e invada o banheiro. Só avisando, se isso acontecer eu o mato, Jenna. Então vamos logo!

Suzanne empurrou Jenna pela janela com persianas ao mesmo tempo que berrou alto o suficiente para Isaac ouvir:

— Ela está bem, Isaac! Está apenas se limpando agora. Vamos sair em um minuto. Jenna só precisa lavar o rosto e se recompor.

— Você está bem, Jenna? — gritou Isaac de volta, a preocupação evidente em seu tom.

— Responda-lhe — sibilou sua mãe. — E é melhor você ser convincente, ou ele morre.

O medo quase impediu Jenna de falar. Sua mente estava cheia de um milhão de coisas, lembranças, fragmentos breves de acontecimentos de muito tempo atrás, todos se agrupando.

— Estou bem, Isaac. Sairemos em um minuto.

Sua mãe conseguiu lidar rápido com as persianas e abriu a janela, empurrando-a para fora e descendo logo atrás. Jenna tropeçou quando seus pés tocaram o chão, a droga deixando-a instável e tonta.

— *Você* o matou — sussurrou ela. Jenna ergueu o olhar e encarou diretamente os olhos do mal em pessoa. — Você matou meu pai, e foi você quem me vendeu à seita — disse, histérica.

vinte e sete

DANE ESTAVA DE PÉ EM frente à televisão, segurando uma xícara de café, enquanto reexibia a entrevista em que a mãe de Jenna implorava por informações sobre a filha há muito desaparecida. Não sabia por que estava tão incomodado com aquilo. Eles verificaram tudo sobre a mulher, vasculharam todo seu passado, e tudo o que encontraram foi uma pessoa que havia perdido o que tinha pouco depois da filha, Jenna, completar quatro anos.

Não era pessoal. Nunca tinha sido. Suspeitos eram suspeitos até deixarem de ser. As pessoas eram investigadas ou eram consideradas uma fonte útil, ou não. Então por que essa mulher deixava Dane com uma sensação tão ruim? O que havia naqueles olhos para incomodá-lo tanto?

Ele estava prestes a desligar a televisão quando ouviu Tori entrando na sala. Mas uma olhada para a cara de pavor dela, a constatação de que estava rígida e de que seu rosto tinha ficado totalmente branco, o fez congelar por um instante.

— Quem é ela? — exigiu saber Tori, histérica. — Quem é a mulher na televisão?

Ela correu para Dane, lutando para tomar o controle remoto, esperneando e socando. Ele nunca a vira reagir daquele jeito com nada. Dane cedeu o controle, deixando que Tori fizesse o que queria: apertar o botão para aumentar o volume. Ele ficou atrás dela e a envolveu em seus braços, com medo de que ficasse mais violenta e acabasse se machucando.

— Tori, querida, sou eu, Dane. Fale comigo. Fale agora. Diga o que está acontecendo. Quem é esta mulher para você? Você não entende o quanto isso é importante. Se sabe de alguma coisa, precisa me contar agora.

Ela girou o corpo, seus olhos selvagens exibiam tanto medo que Dane se condoeu por ela.

— Quem é ela? — berrou Tori.

— Quem é ela para você? — quis saber Dane, ainda segurando-a pelos ombros para que Tori não fizesse nada de louco, como fugir do esconderijo onde estavam totalmente ocultos dos olhos públicos... ou particulares.

— Ela é a mulher do meu sonho — respondeu Tori com a voz rouca. — Você não entende, Dane? Ela é a mulher que vi sendo morta a tiros, mas não estava vestindo esta roupa. Deus, se pudermos descobrir quem ela é, então poderemos salvá-la!

Dane sentiu o sangue drenar de seu próprio rosto enquanto olhava para Tori, horrorizado.

— Você tem certeza, Tori? Você não faz ideia do quanto isso é importante. Esta mulher é a mãe de Jenna, ou pelo menos é o que ela diz. Isaac levou Jenna para encontrá-la hoje. Esta reportagem é de vários dias atrás, quando ela fez um apelo público para localizar a filha desaparecida, e Jenna viu isso.

Tori ficou boquiaberta.

— Ai, meu Deus, Dane. Você tem que dizer a eles o que eu vi. Você tem que dizer agora!

Dane sacou o celular e olhou de novo para Tori enquanto discava para uma linha segura, assim Isaac saberia que podia atender, independentemente da situação na qual pudesse estar.

— O que ela estava vestindo quando foi baleada? Você disse que não era a mesma roupa do programa de TV. *Pense*, Tori. Preciso dessa informação.

— Calça jeans azul, de grife, botas de salto alto, uma camisa branca de gola alta com mangas compridas. É por isso que o sangue estava tão vívido no sonho — sussurrou ela. — A camisa branca toda vermelha. Tanto sangue.

Dane a abraçou, puxando-a para ficar ao seu lado. Tori virou o rosto para o corpo masculino, sobrecarregada por ter que descrever o acontecimento que já havia rodado sem parar em sua cabeça. Ele odiava ter que fazê-la reviver aquilo, mas agora percebia o impacto que isso poderia ter sobre… tudo.

— Tori, desta vez você vai poder fazer alguma coisa… eu vou poder fazer alguma coisa… Só precisamos torcer muito para que não seja tarde demais.

Tori o encarou, olhos arregalados.

— Eu não vi Jenna ou Isaac. Ninguém da DSS. Por que só vi a mãe dela? O que poderia ter acontecido… Quero dizer, o que vai acontecer, se é que ainda não aconteceu?

— Não tenho como responder a isso, querida. Eu só preciso tentar avisá-los antes que seja tarde demais.

vinte e oito

Jenna foi obrigada a se levantar só para ser empurrada para a frente, a arma sempre próxima a alguma parte vital de seu corpo. Ela estava violentamente abalada pela onda súbita de lembranças e pelo lado perverso da mãe que havia se revelado. Jenna estremeceu diante daquele mal, se perguntando como a mãe conseguira fingir tanta sinceridade. Ela enganara a todos, mas Jenna acima de tudo.

— Não é sempre que tenho a oportunidade de vender minha pirralha por uma fortuna, não uma vez, mas duas — zombou Suzanne. — Quando Eduardo aniquilou o complexo, ele me rastreou e me pediu para ajudá-lo a te encontrar. Por um preço, claro — acrescentou com uma risada. — Ah, ele está aqui agora — disse enquanto a empurrava para um grupo de homens que haviam se materializado junto às árvores que dividiam aquela região comercial de uma área residencial.

O homem a quem Suzanne chamara de Eduardo, Jenna só conhecia como Jesus, ou "Jaysus", como Isaac e os outros homens da DSS costumavam chamar para desinflar sua egolatria ao se comparar com o filho de Deus.

Antes que qualquer outra coisa pudesse ser feita ou dita, Jaysus sacou uma arma com silenciador e rapidamente disparou dois tiros em Suzanne, acertando primeiro no peito e depois na cabeça. A mulher desmoronou no chão, a blusa branca agora carmesim com todo o sangue que vazava da enorme ferida no peito. Jenna caiu de joelhos, cobrindo as orelhas e fechando os olhos enquanto seus gritos silenciosos ecoavam sem parar dentro de sua cabeça. Ela não era uma curandeira com um dom lindo e milagroso que salvava vidas. Era suja, maculada, alguém que só atraía sangue e morte, disfarçada de algo que parecia ser bom. Jamais deveria ter deixado o complexo. Todos os inocentes que cometiam o erro de protegê-la ou de serem bons com ela, ficavam marcados para morrer. Jenna não era mais do que uma sentença de morte ambulante e a única culpada de toda essa bagunça. Essa era a sua penitência por ousar sonhar com uma vida melhor e por desejar tantas coisas que lhe tinham sido negadas.

— De pé — ordenou Jaysus, agarrando o braço de Jenna e levantando-a. — Você me custou tempo e atraso demais. Tudo o que fez foi matar todos que tentaram te ajudar.

— Mãos para cima, Jaysus! Afaste-se da mulher, ou você e cada um de seus homens morrerá.

Jenna ouviu a voz de Isaac ao longe, mas estava chocada demais para distinguir à distância. Ela só conseguia pensar que sua própria mãe a havia traído não uma, mas *duas vezes*. A mãe que tinha matado seu pai, a única pessoa que a amou quando ela era criança. E havia colocado Jenna em vias de perder a única pessoa a amar a mulher que se tornara. Ela ia perder tudo e *mais uma vez* ser sentenciada ao inferno.

De repente Jenna se flagrou puxada bruscamente contra o corpo musculoso de Jaysus, cujo fedor cheirava à morte. Para seu pavor, ele parecia estar procurando alguém entre os agentes da DSS que o haviam perseguido. Então ela viu o olhar triunfante dele ao erguer a arma, e Jenna começou a gritar e a espernear com toda a força que possuía.

Jaysus simplesmente a empurrou, instruindo seus homens a cuidarem dela quando mirou com todo o cuidado, atirando.

Um grito de dor erigiu ao longe e um rugido de raiva e tristeza brotou de Beau.

Ah não. Ah não! Jenna se virou, lutando contra seus captores enquanto observava uma barreira se formar em torno de Ari, mas já era tarde demais. Ela estava deitada no chão numa poça de sangue.

O olhar de Beau encontrou o de Jenna em meio ao turbilhão caótico, seus olhos implorando.

— Ela está grávida — disse ele, a voz falhando. — Nós acabamos de descobrir. Por favor, ajude-a. Você precisa salvá-la, salvar nosso bebê.

Jenna tentava lutar contra o efeito das drogas que haviam retardado o tempo e o mundo inteiro à sua volta. Tudo parecia saído de um pesadelo e, por um momento, ela fechou os olhos, torcendo para acordar nos braços de Isaac, acalmando-a enquanto dizia que era tudo apenas um sonho. Que ela estava a salvo. Mas, quando os abriu, se deu conta de que era muito real. E precisava agir rápido se quisesse salvar Ari.

Isaac fez um gesto desesperado para que seus homens encontrassem a melhor posição para pegar Jaysus e seu bando assim que conseguissem um tiro certeiro. Ele via que Jenna lutava contra os efeitos de qualquer que fosse a droga que a vadia de sua mãe lhe ministrara no restaurante. Aquilo era tudo culpa dele. Nada daquilo parecera adequado desde o início, e pior, tinha permitido que Jenna saísse de sua vista, acreditando que nada poderia acontecer a ela no pequeno espaço do banheiro, com ele do lado de fora. Mas que idiota era por não ter sido mais observador. Por não insistir em cuidar de Jenna pessoalmente. Isaac havia decepcionado Jenna e todos os membros de sua equipe, e jamais se perdoaria por isso.

O traficante desgraçado tinha feito sua lição de casa em relação à DSS e tirara de cena a maior ameaça para longas distâncias na primeira oportunidade — Ari.

Isaac ficou olhando, mesmo enquanto seus homens relatavam de um jeito sombrio que não tinham mira para atirar e que simplesmente não poderiam começar um tiroteio desenfreado contra os homens de Jaysus, porque a refém seria atingida.

Jenna se endireitou nas mãos de Jaysus e lhe lançou um olhar de puro ódio. Era um olhar que dizia a Isaac que ela estava prestes a agir, e ele silenciosamente pediu para que isso não despertasse ainda mais a raiva do sujeito. Eles só precisavam ganhar um pouco mais de tempo. Apenas um escorregão e poderiam pegar o filho da mãe e dar cabo a cada um de seus homens.

— Deixe-me curá-la — disse Jenna com frieza.

Jaysus gargalhou.

— Você não está em posição de fazer exigências. Vou matar cada um deles e não dar a mínima.

— Então você vai perder o que mais deseja. Eu — disse ela, dando de ombros, como se não se importasse de um modo ou de outro.

Ele realmente pareceu confuso por um momento e depois riu novamente, de nervoso dessa vez, e não de pura confiança.

— Eu não perco. Nunca — contradisse ele, agarrando o braço de Jenna e agitando-a como a uma boneca de pano. — Principalmente quando precisei me esforçar tanto para conseguir o que quero.

Zeke e Dex juntos tiveram que conter Isaac quando ele ficou louco, tentando chegar até Jenna.

— Você vai matá-la — silenciou Dex. — Segure a onda até que a gente possa agir.

Isaac odiava que eles estivessem certos, mas o pior era ter que ver as mãos daquele nojento em cima dela.

Jenna encarou Jaysus friamente até ele semicerrar os olhos em um questionamento. A voz dela veio suave, mas cheia de promessas quando falou em alto e bom som para que todos pudessem ouvir.

— Nada que fizer comigo vai me convencer a trabalhar para você. Vou deixar que todas as pessoas que você trouxer para mim morram, e isso inclui você — disse ela rispidamente.

— Você diz isso agora, mas vai passar a dançar em outro ritmo quando eu terminar com você — ameaçou ele.

Jenna não reagiu à ameaça e continuou a encará-lo com firmeza, a voz e os gestos calmos.

— As surras, a tortura, a lavagem cerebral, todas as coisas que fizeram comigo enquanto era prisioneira funcionaram porque eu não conhecia nada diferente. Não tinha conhecimento do mundo, e sabia que *precisava* suportar e fazer o jogo até o dia em que pudesse fugir. Se Ari e seu bebê, Isaac e todos os outros morrerem, não vou mais ter motivos para viver, de qualquer forma. Você vai ter matado todas as coisas que mais me importam, as únicas que valem algo para mim neste mundo louco, então, não importa o que você fizer comigo. Eu jamais vou ceder — jurou ela, sua voz tão fria e desafiadora que o narcotraficante pareceu genuinamente afobado.

E aquilo fez Isaac congelar até os ossos, porque sabia que ela estava levando muito a sério cada palavra de sua ameaça. Sabia que Jenna desafiaria Jaysus até seu último suspiro. Nunca em sua vida ficara tão apavorado assim. Tão inseguro de si e totalmente impotente para salvar a mulher que adorava além de todos os limites.

— Então o que você propõe? — perguntou Jaysus, arqueando uma sobrancelha para Jenna.

— Uma troca — disse ela suavemente. — Deixe-me curar Ari e você liberta a todos sem mais incidentes. Em troca, irei com você e farei o que quiser. Você sempre vai ter vantagem sobre mim porque vou fazer *qualquer coisa* para mantê-los vivos, para manter Isaac vivo.

— Mas que droga! Deus, não, Jenna! — berrou Isaac roucamente. — Você não vai a lugar algum com este filho da mãe!

O olhar dela encontrou o de Isaac e instantaneamente foi tomado por amor, tanto amor.

— Sou eu quem escolhe, e eu escolho salvar Ari, o bebê e todos os outros. Você é a melhor parte da minha vida, e saber que está vivo e bem será tudo que vou precisar. Posso sobreviver a *qualquer coisa* desde que eu saiba que você está a salvo.

Então o olhar dela se voltou para o traficante e seus olhos se estreitaram em aviso.

— Jamais pense em me enganar, porque se em qualquer momento eu achar que quebrou sua palavra, vou deixar que você ou qualquer outra pessoa morra, sem um único arrependimento, mesmo que isso signifique minha própria morte.

Houve um certo respeito rancoroso nos olhos do traficante, mas também uma presunção, como se acreditasse que ainda detinha a vantagem. Ele era um idiota. Jenna estava sendo absolutamente honesta, já que não tinha nada a perder caso tudo lhe fosse tirado. Isaac sabia disso porque, se a perdesse também, nenhuma força na Terra o impediria de buscar sua vingança, ainda que isso lhe custasse a vida.

Porque sem Jenna, ele não tinha vida. Não tinha motivos para viver. Nenhuma das razões pelas quais ele trabalhava e era tão apaixonado por sua função na DSS se sustentaria caso perdesse a pessoa que mais lhe importava. Assim como Beau — que estava ajoelhado, arrasado, sobre Ari —, jamais sobreviveria à perda de sua esposa e de seu filho. Por mais que odiasse ver Jenna negociando com o diabo para poder curar Ari e dar uma chance a ela e ao filho, Isaac sabia que, no lugar de Beau, imploraria, daria qualquer coisa, faria qualquer promessa, até mesmo para o diabo em pessoa, a fim de garantir que sua esposa e filho sobrevivessem.

Finalmente, Jaysus assentiu.

— Muito bem. Temos um acordo. Você pode curar a mulher, mas não totalmente — disse ele, em tom de aviso. — Eu não quero que ela fique disposta o suficiente a ponto de conseguir usar seus poderes contra mim, e sei bem quais são os dons dela, então, não tente me enganar minimizando-os.

Isaac olhou para Caleb, lançando um olhar de advertência. Era óbvio que Jaysus tinha estudado a DSS e sabia do poder de Ari, mas nem sequer olhou na direção de Ramie ou mencionou seu nome. Enquanto ambos se encaravam, Caleb assentiu e empurrou Ramie para trás, tirando-a de vista e recuando lentamente enquanto as atenções estavam focadas em Jenna e Ari.

Sim, Ari era provavelmente a arma mais poderosa em seu arsenal, mas apenas no que dizia respeito à força bruta. Ramie era tão poderosa e valiosa quanto, e se, que Deus tivesse piedade, a coisa saísse como Jenna queria e eles não conseguissem impedir que Jaysus a levasse, precisariam de Ramie para ajudar a encontrá-la.

Jenna olhou em direção a Gracie, para onde ela estava solidamente atrás de Zack, que agia como uma barreira entre ela e o perigo, arriscando seu corpo para proteger o dela.

— Gracie — chamou Jenna, alto o suficiente para calar os outros, que agora a fitavam com mais curiosidade.

Alguns dos homens de Jaysus balançaram a cabeça e murmuraram que Jenna estava maluca. Que ela era do diabo e que traria a morte sobre todos eles. Isso irritou Jaysus e ele vociferou uma ordem para que todos se calassem.

Mas seus homens estavam certos — só que não seria Jenna quem traria a morte e o fogo do inferno até eles. Isaac e seus homens levariam tal missão a cabo, e seria a mais gratificante da vida deles.

— Ele está falando a verdade? — perguntou Jenna a Gracie com uma voz solene.

Gracie espiou para além das costas de Zack, que protestou, e depois saiu para o lado, quase fazendo-o perder a cabeça. Mas Gracie concluiu que, se Jenna estava arriscando tanto para salvar Ari, ela não seria a única a fazê-lo.

Gracie assentiu com relutância, olhando para o narcotraficante com uma mistura de medo e desgosto.

— Ele está falando a verdade.

Jaysus estava visivelmente confuso quando alternou o olhar entre as duas mulheres. Então franziu a testa, as rugas evidentes enquanto olhava para Gracie, como se finalmente percebesse o dom dela.

— Se você tiver a pretensão de mudar o acordo de alguma forma, eu recomendo nem tentar — disse Jenna, a voz puro aço. — Se você não mantiver sua palavra, então também não vou manter a minha.

— Como vou saber que *você* está dizendo a verdade? — questionou ele, zombeteiro.

Ela meneou a cabeça para Gracie.

— Pergunte a ela — sugeriu desafiadoramente.

Jaysus bufou.

— Ah, eu deveria acreditar que ela *realmente* lê mentes.

A expressão de Gracie se transformou em desgosto, mas ela começou a recitar com grande precisão exatamente o que o senhor das drogas estava pensando. Como, por exemplo, que elas eram um monte de mulheres insolentes que nunca tinham lidado com um homem de verdade e, por isso, tinham permissão para passar dos limites, especialmente quando se tratava de desrespeitar os homens que detinham poder sobre elas. E que elas deveriam ser colocadas em seus devidos lugares por um macho de verdade — ele, claro. Gracie pareceu prestes a vomitar quando acrescentou que não havia nada que ele quisesse mais do que transar com elas para, digamos assim, lhes enfiar a verdade goela abaixo. E que, quando terminasse, todas saberiam quem é que mandava ali.

Ele arregalou os olhos, divertido e nem um pouco magoado por divulgarem seus pensamentos. Jaysus sorriu, como se para dizer a Gracie que ela certamente estava inclusa em sua fantasia lasciva. Então levantou a mão.

— Muito bem, então me diga, *Jenna* está dizendo a verdade? Se eu honrar meu acordo permitindo que cure a mulher e permitir que o restante de vocês saia daqui, são e salvo, então ela vai comigo sem resistência e vai fazer tudo que eu exigir?

Os olhos de Gracie se encheram de lágrimas, o que deveria ter sido resposta suficiente. Mesmo assim, ela assentiu e depois engasgou:

— Sim, ela nunca vai quebrar a promessa, contanto que você não lhe dê motivos para isso.

— Muito bom — disse Jaysus com satisfação.

Ele empurrou Jenna na direção de Ari, as armas dos bandidos apontadas para ela e para todas as outras mulheres enquanto a tensão crescia rapidamente na área.

— Seja rápida — ordenou ele.

Jenna passou pelo corpo de sua mãe, seu rosto empalidecendo. Mas ela fechou os olhos e continuou, endireitando os ombros mesmo enquanto a dor ardia em seus olhos. Tantas dores e traições, que Isaac se sentia enjoado. Traição da qual fizera parte, porque não cumprira sua promessa com Jenna.

— Todo mundo longe da mulher, exceto Jenna — berrou Jaysus. — Quem fizer qualquer movimento que eu não gostar, vai levar chumbo, e depois vou matar todos os outros.

Jenna flagrou Isaac ao longe e seus olhos se encheram de lágrimas.

— Eu te amo — articulou ela.

Antes que ele pudesse responder, Jenna se virou e flagrou Beau, que fora obrigado por seus próprios companheiros a se afastar de Ari, e estava arranjando uma confusão danada.

— Beau — chamou Jenna suavemente.

Ele parou de imediato e se virou para Jenna, os olhos brilhantes pelas lágrimas, seu rosto a imagem da ruína completa.

— Eu vou salvar Ari, vou salvar o filho de vocês. Por favor, confie em mim. Vou fazer o suficiente para eles ficarem bem caso sejam levados ao hospital, juro por minha vida.

— Estou confiando em você com tudo o que tenho ou um dia terei — disse Beau com uma voz dolorida. — Por favor, salve Ari, Jenna. Você jamais vai entender o que o seu sacrifício significa para mim. Jamais. Vou ter uma dívida com você que nunca poderei pagar. Mas saiba que vou fazer tudo o que puder para tentar te compensar.

Jenna se ajoelhou ao lado de Ari e tomou as mãos dela. Falando suavemente para verificar se ela estava consciente ou não. Os olhos de Ari se abriram fracamente e fitaram Jenna com uma expressão cheia de dor, as lágrimas se acumulando em um redemoinho de cores impressionantes.

— Você tem que salvar meu bebê — sussurrou Ari. — Ele atirou na barriga. Tenho tanto medo de ter perdido meu bebê!

— Jamais desista de ter esperança — disse Jenna. — Preciso que você fique quietinha e tente acreditar. Tenha fé e não desista, Ari. Você não pode desistir. Preciso que me ajude fazendo isso.

Sem demora, Jenna colocou as duas mãos diretamente na ferida abdominal de Ari, o sangue cobrindo seus dedos e palmas. Ela fechou os olhos, evocando o dom que às vezes parecia mais uma maldição, mas que agora Jenna abraçava pelo que ele realmente era. Um milagre. A misericórdia e a graça de Deus. Ela irradiou uma luz pelo ventre ferido de Ari e gentilmente embalou a pequena vida em sua palma, envolvendo-a com a luz mais radiante, quente e brilhante que fora capaz de criar.

Isaac e os outros ficaram observando, atordoados quando a luz iluminou tudo ao redor, transformando Jenna no anjo que ele a apelidara da primeira vez em que ela usara sua bondade radiante e sua luz para curá-lo. Mesmo Jaysus observava com espanto, como se realmente não tivesse certeza se Jenna era tudo o que diziam ser.

O corpo inteiro de Ari estava banhado pela luz dourada e foi erguido do chão, onde ficou pairando a uns quinze centímetros de onde estivera alguns minutos atrás.

Jenna começou a entoar uma canção de ninar e ficou óbvio que ela estava segurando a forma de vida do bebê, recusando-se a deixá-la ir embora. As notas da música ergueram-se assustadoramente e percorreram o ambiente até que nenhuma pessoa mais fora capaz de passar incólume pelo acontecimento incrível diante de seus olhos.

— Seja forte, bebezinho — cantarolou Jenna. — Deus está com você. Você é filho Dele e Ele sempre lhe concederá misericórdia e graça. Você deve lutar enquanto sua mãe luta e se agarrar à luz em seu ventre. Nunca se afaste da luz até o momento em que você for chamado. Você é o escolhido Dele — sussurrou ela, aí continuou a cantarolar a doce cantiga de ninar.

Então Jenna fechou os olhos e se inclinou sobre Ari, que lentamente voltara a abaixar até pousar no chão. O processo de cura tinha finalmente terminado, mas Jenna estava tão cansada que continuou deitada sobre o corpo de Ari como uma forma de proteção, e ao mesmo tempo extenuada demais para se mexer.

Beau correu para a frente quando Ari abriu os olhos.

— Ari? — chamou ele, hesitante.

Os olhos de Ari se encheram de lágrimas.

— Eu não sei como ela fez isso, mas nos salvou e senti a presença do nosso filho. Foi tão poderoso. Foi a coisa mais bonita que já senti na vida. Naquele momento, eu soube que tudo ficaria bem. Por favor, Beau, você deve cuidar dela agora. Não permita que esse monstro a leve. Não iria suportar se Jenna trocasse sua vida pela minha e do nosso filho.

Jenna despertou por tempo suficiente para levantar a cabeça, embora estivesse óbvio que mal tinha forças para fazê-lo.

— Você deve levá-la ao hospital para que ela seja monitorada agora mesmo — disse Jenna, fraquinha. — Eu fiz o que pude para satisfazer a exigência de Jaysus, mas seu filho e Ari vão ficar bem. Eu juro pela minha vida.

— Obrigado — respondeu Beau, engasgado.

Jenna olhou para os outros, lágrimas escorrendo pelas bochechas.

— Desculpem — sussurrou. Então seu olhar encontrou o de Isaac e ele quase caiu de joelhos, porque sua expressão era de despedida. — Eu sempre vou te amar — disse ela em voz baixa. — Seja o motivo para eu *suportar* qualquer coisa. Permaneça vivo.

Então Jaysus apareceu e a vontade de Isaac foi avançar para acabar com a raça dele e de todo seu séquito dos infernos, porém, eles estavam em situação desfavorável e sabiam disso. A única carta na manga era Ramie, e, se eles fizessem qualquer coisa que estragasse tudo agora, Jenna morreria, todos morreriam, e a coisa toda teria sido em vão.

— Que tocante. Acho até que senti uma lagrimazinha — disse Jaysus com ironia. — Agora caiam fora — ordenou, acenando a arma enquanto seus homens se reuniam para reforçar a ameaça.

Isaac e os outros não tiveram escolha senão recuar quando Beau tomou Ari nos braços e correu para a ambulância à espera.

— Acho que mantive minha promessa no negócio — zombou Jaysus para Jenna.

Ela assentiu, esgotada.

— Sim, e agora vou honrar a minha parte.

Quando ele se virou, seus homens ficaram de frente para Isaac e o restante da DSS. Jaysus jogou Jenna sobre o ombro e saiu rapidamente, até onde um helicóptero aguardava para levá-lo embora com ela.

Isaac se virou procurando desesperadamente por Ramie, quando os homens de Jaysus começaram a se dissipar e a fugir.

— Ramie! — gritou ele. — Deus... por favor, Ramie, você tem que me ajudar. Tem como tocar em alguma coisa dela para conseguirmos localizá-la? Tenho o suéter que ela trouxe para o restaurante, mas foi deixado na cadeira quando Jenna foi ao banheiro.

Caleb nem sequer discutiu. Sabia que todos tinham dívidas impagáveis com Jenna. Ele olhou ansiosamente para sua esposa em busca de respostas, mas a expressão dela se revelou arrasada quando lágrimas cortaram suas bochechas.

Ela o olhou com tanto pesar que Isaac sentiu a morte em sua alma.

— Eu ainda não consigo usar meus poderes — disse ela com urgência, como se tentasse fazê-lo entender. — Tudo o que já sei é o que está acontecendo aqui e agora, e *sabemos* onde eles estão agora. Eles estão em um helicóptero. Eu não consigo prever o futuro, e se tentasse usar meus poderes agora, ficaria cansada demais para usá-los novamente mais tarde, quando eles realmente seriam necessários e eu pudesse dizer para onde ela foi levada.

Isaac perdeu completamente as estribeiras. Seus homens tentaram acalmá-lo, mas ele estava à deriva, sem âncora e sem jeito de encontrar a mulher que significava mais para ele do que sua própria vida. Ter que esperar sabe lá Deus por quanto tempo enquanto Jenna vivia o inferno, apenas para que pudessem localizá-la e só então começar a organizar um resgate que poderia vir tarde demais, era muito mais do que poderia suportar.

vinte e nove

Cada agente da DSS – assim como Tori, Ramie e Gracie –, estava na fortaleza particular impenetrável de Dane, onde ele e Tori haviam se escondido antes. Beau e Ari estavam fortemente protegidos pelo pai dela, Gavin Rochester, um sujeito muito poderoso, rico, bem-relacionado, e com um passado sombrio. Ele oferecera seus serviços a Beau para a missão de resgate, que seria montada assim que Ramie fosse capaz de identificar a localização de Jenna.

Dane também estava ocupado ao telefone, ligando para cada contato que colecionara meticulosamente durante seus longos anos trabalhando em segurança — e era uma quantidade surpreendente de pessoas, o que deixou Isaac muito chocado.

E ainda havia Wade Sterling, o marido de Eliza, que antes de se casar com ela estava tão mergulhado em práticas comerciais escusas e questionáveis quanto Gavin Rochester. Wade simplesmente ofereceu todos os seus recursos, sem ligar se a DSS tinha ciência de algum deles ou se descobriria a respeito. Ele não escondia nada de sua esposa, mas, mesmo que Lizzie não estivesse feliz por ver a roupa suja do marido sendo exposta na frente de seus colegas de trabalho, também não ia interferir enquanto a vida de Jenna estivesse em jogo.

Não depois da mulher ter feito tanto para salvar a vida de todas as pessoas com quem Eliza se preocupava tanto e pelas quais se mostrara disposta a sacrificar tudo. Ela reconhecia uma alma boa em Jenna e se lembrava bem da escolha horrorosa que fora obrigada a fazer quando acreditava que a vida de seus companheiros — de sua família — estava em perigo.

Os humores estavam tensos e as emoções à flor da pele. Com os temperamentos por um fio, não foi surpresa ver que um bate-boca explodiu de imediato quando Eliza disse a Dane e a Wade, em termos inequívocos, que não ia ficar de fora da missão para salvar Jenna. Principalmente porque o seu marido estava indo com um contingente de seus melhores homens. Ela batera o pé, obstinada, e Isaac, que teria normalmente tomado partido de Dane e Wade e priorizado a segurança de Eliza, já que ela ainda não estava totalmente de volta a seus deveres na DSS, ficou grato pelo apoio extra. Não havia ninguém melhor para lhe dar cobertura do que Eliza, aquela mulher obstinada e extremamente leal.

Isaac se mostrou humilde e muito grato por tantas mãos diferentes terem se estendido para ajudá-lo naquele momento difícil, quando muitos não se mostrariam tão dispostos a expor seus vínculos ou áreas escusas de seu passado. Mas, por Jenna, nenhum deles deixou o orgulho ficar na frente do que era certo, todos abriram suas vidas ao escrutínio e ao conhecimento dos outros.

Havia confiança envolvida naquela oferta, e Isaac sabia que jamais poderia pedir por homens ou mulheres melhores para apoiá-lo a recuperar a mulher que amava com todo seu coração e sua alma.

Ele conferiu o relógio de pulso, xingando frustrado. Embora parecesse uma eternidade desde que Jaysus decolara com a vida inteira de Isaac naquela porcaria de helicóptero, no tempo real tinham se passado apenas algumas horas. Todos os agentes da DSS, e aqueles conectados a eles, reuniram seus recursos em tempo recorde, e Dane ainda estava ao telefone, organizando o que parecia uma operação militar em grande escala com um grupo de operações especiais altamente secreto, embora fosse um mistério para Isaac a qual ramificação das Forças Armadas eles pertenciam. Isso se ao menos existissem oficialmente.

Desde a concessão de protótipos de aeronaves de alta velocidade ultrassecretas até a parceria e a coordenação de uma equipe militar de operações especiais, Dane sempre conseguia descobrir o impossível e sacar as soluções nos momentos decisivos. Um dia desses, Isaac iria perguntar a Dane exatamente quem diabos ele era e o que fazia antes de concordar em liderar a DSS para os Devereaux. Porque aqueles não eram sinais de um homem comum. Uma pessoa normal não coordenava um serviço de segurança civil especializado em proteção pessoal e em arrebentar a cara de bandidos para ganhar a vida.

Dane tinha mais segredos do que todos os recrutas da DSS juntos, e isso queria dizer muita coisa, levando em consideração os homens e as mulheres que Dane recrutava — sendo que sempre eram os melhores dentre os melhores — para trabalhar sob seu comando numa agência que nem sequer lhe pertencia. E isto incitava a pergunta: por que ele era empregado de outras pessoas quando era tão óbvio que não precisava do apoio, reforço ou marca comercial de Caleb ou Beau para operar?

Mas, apesar de todos saberem o segredo que não era um segredo — que a palavra de Dane era lei quando se tratava da DSS, e que Caleb e Beau eram meros representantes que se submetiam a ele —, Dane nunca agia como se exercesse esse tipo de poder ou influência. Sim, ele queria ser mantido informado de todas as idas e vindas de seus homens, mas jamais se deixava levar pelo poder e não insistia em comandar ou se inserir em todas as situações. Apenas nas que tinha uma participação pessoal. Como quando Lizzie enlouquecera e resolvera agir sem seus colegas de equipe e, o mais importante, sem seu parceiro e a pessoa de quem era mais íntima na DSS: o próprio Dane.

Mesmo assim, para a frustração de Dane, ele não tinha sido capaz de assumir a liderança e teve que cedê-la, a contragosto, a Wade Sterling, que fora chamado pelo próprio Dane, quando soube que Lizzie não seria totalmente receptiva a ele. Mas, por ela, e o que Dane acreditava ser o melhor, ele permitira que Wade ditasse o plano. E assim ele e o restante da DSS agiram como uma equipe de apoio, algo que provavelmente ainda corroía Dane.

Isaac aguardava com impaciência. A cada minuto que passava, morria um pouco mais ao imaginar o que seu anjo estaria suportando. O que aquele desgraçado pretensioso e arrogante estaria fazendo para mostrar a ela o que achava de sua audácia por negociar em vez de recuar diante das ameaças? Que inferno, Jenna tinha atirado as ameaças dele de volta, como se não desse a mínima para o que Jaysus faria, e foi isso que fez Isaac suar e ser tomado pelo pânico que agora devorava suas entranhas. Porque ele conhecia o tipo de homem que Jaysus era e sabia que o sujeito faria Jenna pagar por cada um de seus insultos.

Ele olhou, impotente, para Ramie, que estava pálida e parecia prestes a vomitar. Caleb estava por perto, segurando-a, beijando-a, fazendo o máximo para lhe oferecer qualquer tipo de conforto. Como se estivesse sentindo o olhar de Isaac, Ramie olhou para cima, com um pesar franco horroroso nos olhos. Ele implorou silenciosamente, sabendo que estava se desnudando a todos naquela sala de um jeito que, há um mês, o teria deixado louco de constrangimento. Que inferno, ele jamais teria permitido que alguém enxergasse algo além do estoicismo rigoroso que sempre levava às suas missões. Mas isto foi antes de Jenna. Isaac não ligava para seu orgulho quando se tratava dela. Não havia nada que não faria ou diria para tê-la de volta em seus braços, a salvo e amada. Ele havia jurado nunca pedir mais nada a Deus, mas isso não era apenas a continuação da mesma oração? Isaac pediria por nada além de tê-la de volta aos seus braços, para passar o restante de sua vida amando-a tanto que Jenna jamais teria um dia nebuloso para assombrá-la de novo.

Caleb olhou para Isaac, a compaixão reluzindo em seus olhos.

— Cara, não sou eu que a estou segurando. Nem Ramie. Ela está pronta para procurar informações assim que receber a aprovação. Mas não faz muito sentido se Ramie não puder nos fornecer dados sobre as quais possamos atuar. Temos que colocar cada homem, cada fonte de poder de fogo que pudermos conseguir, de prontidão para ir no minuto em que Ramie nos disser o que precisamos. Se esperarmos mesmo que só um pouquinho depois de ela ter encontrado Jenna, as informações podem ser equivocadas, porque o desgraçado pode se deslocar novamente antes de agirmos. E só entregaríamos o nosso jogo, nos ferrando. Acabaríamos sem chance alguma de usar o elemento-surpresa em nosso favor.

Isaac engoliu o nó que ameaçava sufocá-lo. Ele queria berrar que já sabia daquilo tudo. Que merda, ele sabia! Mas só porque era o jeito certo de lidar com aquela missão, ou qualquer outra, não significava que era fácil ficar ali com a bunda na cadeira enquanto seu motivo para viver estava por aí, apavorada, ferida, se perguntando se um dia voltaria a ficar em segurança.

Todos olharam para cima quando a porta foi aberta e Ari e Beau entraram, acompanhados pelos pais dela, Gavin e Ginger Rochester. Felizmente, Ari não mostrava sinais de que tinha sido baleada e sorriu diante dos cumprimentos e abraços de alívio recebidos.

O olhar penetrante de Gavin, no entanto, encontrou Isaac imediatamente em meio à multidão de agentes da DSS. Gavin caminhou diretamente para onde o agente estava encostado na parede, o coração dolorido e todos os músculos, os instintos e os nervos prontos para a ação. Qualquer coisa, exceto este jogo de espera terrível, onde cada minuto que passava significava mais um minuto no qual Jenna permanecia nas mãos de um maníaco depravado e doentio que não teria escrúpulos para tornar da vida dela um inferno.

— Sr. Washington, não sei se você se lembra de mim, mas sou Gavin Rochester, o pai de Ari.

— É claro que me lembro, senhor — respondeu Isaac educadamente.

— Nunca pude agradecer pessoalmente por sua participação na missão para recuperar minha preciosa filha e salvá-la daqueles monstros que mataram seus pais biológicos.

— Eu só estava fazendo o meu trabalho — disse Isaac entredentes.

— Eu também nunca serei capaz de agradecer à sua mulher, Jenna, pelo sacrifício que fez hoje para salvar minha filha e meu neto. Filho, existe apenas uma outra pessoa neste mundo que significa mais para mim do que minha única filha e o neto que ela carrega, e é minha esposa. Nós dois estaríamos enlutados pelas duas mortes se não fosse pela atitude mais valente da qual já tomei conhecimento. Jenna salvou não só Ari, que poderia ou não ter sobrevivido ao ferimento na barriga, mas também tirou meu neto das garras da morte. Ela combateu o mal em nome daquela criança inocente e acabou com ele. Não estive presente para testemunhar o milagre, mas me contaram tudo o que aconteceu, nos mínimos detalhes. Além disso, minha filha disse que nunca sentiu nada tão bonito quanto a luz de cura de Jenna e o jeito como ela fez o bebê se agarrar à luz que oferecia até que fosse seu momento de chegar ao mundo.

O sujeito imponente agia como se seu mundo inteiro tivesse sido abalado, a emoção brilhava em seus olhos. Suas palavras rachavam sob o peso do amor que sentia pela filha e pelo alívio de saber que ela e o neto estavam bem.

— Tenho dedicado tudo o que tenho, tudo ao meu alcance, à missão de recuperar sua mulher, mas minha dívida não acaba aqui. Nunca terei como pagar o que devo à mulher que você ama, mas juro por minha vida e pela vida da minha filha e do meu neto que, se houver alguma coisa que eu possa fazer por você ou por Jenna Wilder, é só dizer. Você jamais vai precisar pedir. É só falar o que é e farei tudo o que estiver sob meu considerável poder e influência para garantir que você receba.

Isaac engoliu as lágrimas que ameaçavam detoná-lo completamente e que destruíam a armadura de ferro com que mantinha sua compostura.

— Tudo o que eu quero, a única coisa que vou querer na vida, é tê-la de volta — sussurrou Isaac com a voz rouca. — Eu a amo mais do que a qualquer coisa, e não há nada que eu não faça para tê-la de volta ao lugar dela. E, juro por Deus, enquanto eu viver, nunca mais a deixarei ir embora.

Gavin colocou a mão reconfortante sobre o ombro de Isaac e deu um apertão.

— Nós vamos resgatá-la, filho. Já passei por isso também. Pensei que fosse perder minha esposa e minha filha, e me vi impotente para evitar aquilo. Mas você e seus homens mudaram isso. Você e seus companheiros devolveram minha família e, Deus é minha testemunha, vou recuperar o pedaço perdido da sua alma, o mesmo que já arrancaram da *minha* alma e que foi devolvido a mim. Com os recursos que temos à disposição? Olhe à sua volta, filho. Ninguém tem chance alguma contra o poder de nossos contatos e, mais importante, contra a determinação de ferro de cada agente DSS nesta sala. Você não está sozinho nisso. Não tem um único ser nesta sala que não esteja disposta a morrer para recuperar aquela jovem depois de tudo o que ela fez pelas pessoas mais amadas por todos daqui.

— Obrigado. O senhor nunca terá ideia do quanto sou grato por isso.

— Pense no seu casamento e para onde vai querer ir depois — disse Gavin, numa mudança abrupta de assunto, que fez Isaac perder o equilíbrio ao imaginar a beleza do dia em que desposaria Jenna sob os olhos de Deus e da lei. — Se você for ao menos um pouquinho como eu, tudo o que vai querer fazer é se casar com ela o mais depressa possível, e depois sair para uma lua de mel muito longa, muito isolada, onde a única preocupação vai ser atender a todas as necessidades de sua esposa.

Isaac assentiu, incapaz de falar por medo de desabar.

— Eu posso fazer isso acontecer. É só dizer. Vamos cuidar da segurança. Ninguém vai se aproximar nem um quilômetro de você e Jenna, e vamos atender a todas as necessidades e desejos de vocês.

— Obrigado pela oferta — Isaac finalmente conseguiu dizer, superando o nó na garganta. — Pode ser que eu queira que o senhor cuide mesmo disso. Mas primeiro, preciso tê-la de volta.

— Ouçam — berrou Dane do outro lado da sala.

Isaac avançou. Graças a Deus o outro finalmente havia largado a porcaria do telefone. Ele fez contato visual com Isaac, que se aproximou. Dane assentiu, com a expressão rija e os olhos sérios e, totalmente concentrados.

— Nós vamos recuperá-la, Isaac — afirmou Dane calmamente. — O desgraçado do Jaysus não vai nem se dar conta do que o atingiu.

Então Dane olhou para o outro lado da sala, na direção de Caleb e Ramie, e assentiu.

— Está na hora — disse solenemente.

A pulsação de Isaac acelerou e ele precisou engolir a ânsia de vomitar quando seus nervos o tomaram de assalto.

— Assim que Ramie puder nos dar informações que identifiquem o local onde Jenna está sendo mantida, vamos entrar em ação — disse Dane. — Eles já não nos superam mais em quantidade e nem têm um, ou melhor... dois grupos de operações especiais que quase gozaram nas calças quando ofereci Jaysus numa bandeja de prata, sendo que tudo o que eles tinham a fazer era entrar com a gente e arrebentar umas fuças.

Um coro de "isso aí" e de aplausos ecoaram pela sala até os ouvidos de Isaac começarem a zunir. Mas a coisa toda ainda não tinha acabado. Nem de longe. Eles não tinham ideia de onde Jenna estava. E se Ramie não conseguisse ver? Seu dom não era infalível. Mas era a única chance. Porque não importava quanto poder de fogo e músculo houvesse por trás deles, ou que todos os homens e mulheres envolvidos na missão tivessem prometido trazer Jenna de volta a todo custo. Se não pudessem encontrá-la, então todo o poder e a determinação do mundo se provariam completamente inúteis.

trinta

Meia dúzia de grupos de agentes, incluindo dois grupos militares especiais, estavam aguardando o comando para se deslocar uma vez que o paradeiro de Jenna fosse determinado. O clima lá dentro ficou silencioso e tenso, pois toda a atenção estava direcionada para Ramie.

Sabendo muito bem o quanto o processo acabava com ela, deixando-a um tanto vulnerável durante e depois, Caleb pediu a Dane que apenas eles e Isaac estivessem presentes durante a provação de Ramie.

— Eu entendo, Caleb, e normalmente você sabe que concordaria em manter o mínimo de gente com Ramie, mas neste caso, acho que devemos chamar Gavin e Wade também, pois os dois estão familiarizados com o submundo onde Jaysus opera e é possível que captem as nuances do que Ramie disser melhor do que a gente. Também acho que Eliza deveria estar presente, em apoio a Ramie — concluiu calmamente.

Caleb assentiu, fechando os olhos.

— Compreendo. Odeio, mas compreendo. E Ramie também vai entender. Merda, ela nem deve se importar se todo mundo estiver presente. Sou eu que fico tão protetor e tento poupá-la o máximo possível quando está mais vulnerável.

— Vamos lá — disse Dane. — Não temos mais tempo a perder se quisermos encontrar Jenna.

Todos, exceto os mencionados por Dane, deixaram o cômodo e foram se preparar para sair assim que fossem avisados. A tensão podia ser sentida por todo canto, com os agentes armados até os dentes e a determinação talhada em suas expressões. Esta noite, apenas Caleb e Beau permaneceriam na fortaleza de Dane para cuidar de Ari, Tori, Gracie e Ramie. As mulheres haviam contra-argumentado com veemência para acompanhá-los, mas foram censuradas com tanta convicção, que não tiveram escolha senão desistir.

Convencer Eliza de ficar foi um problema depois do confronto entre ela e Wade. Ninguém ousaria sugerir que ficasse para trás. Ela arrancaria as bolas de cada homem que sugerisse isso. No final, fora Gracie que conseguira fazer Eliza concordar em ficar, dizendo a ela, com total sinceridade, que dessa forma se sentiria muito mais segura, com Eliza presente para ajudar Beau e Caleb se alguém invadisse o esconderijo.

Wade dera a Gracie um olhar cheio de gratidão e alívio, se certificando de que sua esposa não visse sua comunicação silenciosa, claro.

Ramie afundou em um dos sofás agora vagos e imediatamente encontrou o olhar de Isaac.

— Eu não vou parar até que tenhamos feito todo o necessário para encontrá-la. Eu juro. — Então se virou para o marido, cujo rosto era a mais pura imagem da agonia. — Prometa que não vai me impedir, que não vai me trazer de volta até que a gente tenha feito o necessário. Jure, Caleb. — A expressão dela estava igualmente atormentada e seu medo de não ser capaz de fornecer a informação de que precisavam com urgência era quase tangível.

Caleb apenas assentiu laconicamente e depois se posicionou ao lado de sua esposa. Isaac sentou-se do outro lado dela, enquanto o restante do pessoal lhe deu o espaço adequado, mas permaneceu próximo o suficiente para ouvir e testemunhar qualquer coisa que Ramie dissesse ou vivenciasse.

O restante do cômodo desapareceu, ficando apenas Isaac, Ramie e o juramento silencioso entre eles enquanto Ramie segurava de maneira hesitante o suéter que Jenna estivera usando no início daquele dia. Ela respirou fundo, olhando-o por um momento antes de se concentrar na peça de roupa, envolvendo-a fortemente nas mãos.

Isaac se afastou para abrir espaço, ao mesmo tempo que Caleb se aproximou, pairando ansiosamente sobre a esposa. Os olhos de Ramie brilharam com intensidade por um momento, antes de fechá-los e tombar para a frente. Caleb a capturou e a deitou no chão, onde ela continuou em posição fetal.

Isaac a encarou fixamente, incapaz de desviar o olhar, avaliando todas as nuances do comportamento de Ramie, buscando um sinal de que havia se conectado com Jenna. Então ela se encolheu, grunhindo de dor, os braços ao redor da barriga. Isaac sentiu as lágrimas incomodando seus olhos quando uma fúria impotente começou a devorar sua alma.

— Você acha que pode me enganar fácil assim diante dos meus homens e de todas aquelas pessoas que você diz que são tão preciosas para você.

Era uma voz rude, que soava assustadora como a de Jaysus. Saindo da boca de Ramie ficava ainda mais esquisito, pois não carregava nada de seu tom delicado e feminino. Era como se ela estivesse canalizando o diabo em pessoa naquele momento.

Então Ramie tombou a cabeça para trás a apareceu a marca de mão bem no seu rosto, como o rastro de um tapa.

— Mas que diabos? — gritou Isaac.

Ele tentou ir até Ramie, de algum modo tentando proteger a ela e a Jenna, que estava a quilômetros de distância daquela violência que era instigada sobre ambas. Foi necessária a força combinada de Dane, Sterling e Gavin para detê-lo e contê-lo no chão, mas nem assim Isaac desviou o olhar, por um segundo sequer, daquela situação horrorosa diante de si.

— Você é uma idiota por ao menos pensar que eu manteria minha promessa, principalmente se não fizer exatamente o que eu mandar todas as vezes — continuou Jaysus, provocando Jenna por intermédio de Ramie.

— Você é um idiota — gritou Jenna, a dor evidente em sua voz.

Ai, Deus. Isaac engasgou, incapaz de formar as palavras que desejava gritar. *Não o enfureça. Não lhe dê nenhum motivo para continuar machucando você, linda. Estou chegando para te salvar. Juro por Deus, jamais vou desistir até ter você de volta. Continue viva e mantenha-se a salvo por mim.*

— Nessa arrogância exagerada, você acredita de verdade que poderia simplesmente voltar e matar todas aquelas pessoas? — disse Jenna sem emoção, em um tom monótono. — Você teve sorte e conseguiu manipular uma mulher que já me desprezava para fazer seu trabalho sujo para você. Do contrário, nunca teria se aproximado de mim um metro que fosse.

Nunca conseguirá alcançá-los, e muito menos matar um deles que seja. Então talvez devesse refletir se vou cumprir minhas promessas, seu desgraçado, porque não é me irritando que vai conseguir isso.

— Que garota — sussurrou Dane.

A expressão de Eliza estava feroz de tanto orgulho ante a afirmação de Jenna, assim como a de seu marido, e também Gavin Rochester.

— Você tem uma mulher e tanto — sussurrou Gavin para Isaac, ainda agarrando-o para evitar que perdesse o controle de vez.

Isaac simplesmente fechou os olhos quando as lágrimas começaram a escorrer.

— Faça o que quiser se isso te faz sentir mais homem — respondeu Jenna com uma voz cansada e tomada pela dor. — Mas lembre-se disso quando alguém atirar no seu rabo e você vier abanando-o para mim para curá-lo. Posso resolver mandar você se danar e te deixar a mercê de uma morte lenta e dolorosa.

Isaac abriu os olhos, que se arregalaram em choque. Ele nunca tinha ouvido Jenna falar daquele jeito. Mas nunca a vira com raiva, certamente não tão furiosa quanto parecia estar naquele momento. Ele sempre a vira um tanto confusa com o mundo à sua volta, tentando desesperadamente absorver tudo. Talvez Isaac sempre a tivesse enxergado como uma pessoa fraca e que necessitasse de proteção constante. E naquele momento estava vendo um lado de Jenna que o deixava cheio de orgulho por ela ser sua mulher, porém, ao mesmo tempo, o deixava loucamente preocupado, pois ela poderia pagar muito caro por cada uma de suas provocações.

Ramie acabou escorregando dos braços de Caleb e ficou caída no chão, a vários metros de distância. Isaac rosnou, tentando socar alguma coisa, qualquer coisa.

— Você não vai me matar, Jaysus. Você também é covarde — provocou Jenna novamente, com uma voz muito mais fraca, que deixou Isaac assustadíssimo. Quanto mais ela poderia suportar? — Precisa de mim porque a única coisa que você teme acima de tudo é a morte. A sua morte. É por isso que começou essa perseguição louca pela imortalidade e, quando percebeu que é tão maluco quanto todo mundo te rotulava, você se conformou em ter o melhor que pudesse do que fosse mais próximo disso. Uma garota pobre e ingênua, facilmente manipulável, que havia sido sequestrada por uma seita aos quatro anos, e que passou os últimos vinte anos como prisioneira. Uma mulher que por acaso era dotada da habilidade de curar. Achou mesmo que eu seria grata por me afastar da seita? — alfinetou Jenna. — Achou que eu fosse cair aos seus pés, agradecendo sem parar e jurando obedecer aos seus comandos em gratidão eterna? Na minha opinião, essa barganha foi bem bosta.

— Cale a boca! — gritou Jaysus, a voz contundente fez todos se arrepiarem. — Eu posso até não te matar, mas, por Deus, você vai implorar por isso quando eu terminar com você.

— Pelo amor de Deus, Caleb — implorou Isaac. — Nós já sabemos onde ela está? Podemos acabar com isso?

Caleb não tinha melhores perspectivas e meneou a cabeça negativamente.

— Mas que droga, Ramie não disse nada que identifique a localização deles. Não conseguimos nada! Apenas o relato de Jenna e daquele filho da mãe desgraçado que está torturando as duas.

Ramie estremeceu, mas não havia sinais de que ela, ou melhor, Jenna, tivesse sido estapeada de novo. Em vez disso, Ramie de repente foi arrastada pelo chão por mãos invisíveis e obrigada a se sentar reta contra a parede.

— Por que você atirou nele? — perguntou Jenna histericamente. — Você está louco? Por que atiraria em um de seus homens? Acha que os outros vão continuar fiéis a você quando perceberem que é isso que vão ganhar? Pelo amor de Deus, deixe-me curá-lo antes que seja tarde demais.

— Você não vai botar a mão nele — disse Jaysus friamente. — *Você* fez isso com ele. Você o matou, sua vadia estúpida. E agora fique sentadinha aí e observe-o morrer quando poderia salvá-lo.

— Você é louco — disse Jenna, levantando a voz, a ira vibrando pelo corpo inteiro de Ramie. — Não matei este homem. *Você* atirou nele. E ao não me impedir de fazer o que você parece tão desesperado a me obrigar a fazer, o sangue dele está em suas mãos. Não nas *minhas* — disse ela, ríspida. — Ou você só quer manter minha habilidade de cura para si? Acho que você vendeu um papo furado a seus homens ao fazer com que eles se *sentissem* invencíveis, dizendo que tem uma pessoa que faz milagres aqui, que, não importa o que aconteça, eu poderei curá-los. Mas, na verdade, você não se importa com eles, não liga se morrerem.

Simplesmente quer uma lealdade inabalável e inquestionável, e a *pose* da invencibilidade, assim vão obedecer aos seus comandos, sem se importar que sejam tão loucos quanto *você*.

Ramie se encolheu novamente e aí tapou as orelhas, balançando para frente e para trás, os olhos bem arregalados, fixos e sem piscar.

— Que merda — disse Dane, esfregando as mãos no rosto em suprema agitação. — Meu Deus, ele acabou de atirar em outra pessoa e vai torturar Jenna, obrigando-a a ver o homem morrer, quando sabe muito bem que ela pode curá-lo e que faz parte da natureza dela querer curar, mesmo quando a pessoa não merece. Ela não julga.

— Jenna não sente que é seu direito julgar — disse Isaac, a tristeza pesando sua voz. — Ela acredita que seu dom veio de Deus, e não importa se os líderes da seita tentaram fazê-la negar essa crença durante toda sua vida. Queriam fazer uma lavagem cerebral nela, fazê-la acreditar que era instrumento de Satanás, que somente Deus decidia a vida ou a morte, e que ela era má, que seu dom era maligno. Até mesmo a espancaram para que confessasse o que queriam ouvir, mas eles jamais foram capazes de destruí-la ou impedi-la de crer que seu dom lhe fora concedido por um Deus misericordioso e amoroso. Ela não sente que possa escolher quem deve receber sua cura, e nem se vê qualificada para julgar alguém como sendo digno ou indigno de ser salvo.

— Isso não é bom — murmurou Wade. — Isso não é nada bom. Ele a está torturando física e psicologicamente, pelo amor de Deus. Nós precisamos encontrar a porcaria da localização!

— Espero que alguém atire em você — disse Jenna, a voz arrasada. — Juro pela minha vida, não vou levantar nem um dedinho para te salvar. Pode me matar, pode me torturar. Não ligo. Consegui o que eu queria, e você? Você é um monstro que não conseguiu nada no final, só a promessa de uma vida muito curta.

— Ah, não. Não, não, Jenna! — berrou Isaac. — Ah, Deus, querida. Não deixe ele acreditar que não vai ser curado, cacete.

Mais uma vez, Ramie foi voando pelo chão, babando quando as palavras de Jaysus vieram num jorro:

— Retire o que disse! — gritou ele. — Retire ou juro que vou fazer você pedir para morrer.

— Já chega, cacete! — rugiu Isaac. — Nós precisamos da porra da localização!

Caleb, incapaz de suportar ver o horror ao qual sua esposa vinha sendo submetida, se abaixou e começou na mesma hora o processo de tentar trazê-la de volta. Enquanto isso, Isaac rezava com todo o seu ser para já ter sido suficiente, torcendo para que Ramie tivesse conseguido vasculhar a mente de Jaysus o bastante para poder contar onde Jenna estava.

— Ramie, por favor, volte para mim — implorou Caleb, aninhando-a e sacudindo-a num esforço para trazê-la de volta do lugar maligno e sombrio no qual ela parecia estar se afogando.

Depois de cinco longos minutos, Ramie arfou e despertou em um sobressalto, os olhos límpidos e não mais perdidos em outro momento e lugar. Ela olhava para os lados como se estivesse confusa. Então se voltou para Isaac e começou a implorar loucamente para que se apressasse.

Isaac se ajoelhou diante de Ramie e segurou-lhe as mãos, apertando de leve para oferecer consolo. Ele próprio estava sendo devorado vivo pela tristeza e pelo pavor em função da vida de Jenna.

— Me apressar para onde, Ramie? Conte pra gente. Você sabe onde ele a prendeu?

Ramie assentiu, mesmo com as lágrimas brotando.

— Você precisa correr ou não haverá esperança. Ele a levou para um lugar a poucas horas daqui, porque estava com o orgulho ferido e foi desleixado, graças a Deus. Ele queria uma oportunidade de castigar e repreender Jenna, dobrá-la ao seu desejo antes de desaparecer no coração do distrito mexicano controlado pelo cartel. Uma vez que chegarem lá, você nunca mais vai conseguir encontrá-la, e muito menos vai ter Jenna de volta.

— Então onde ele está agora, Ramie? — perguntou Dane com urgência. — Quanto tempo temos antes de ele se deslocar?

— Vocês têm quatro horas, e o lugar onde ela está presa fica a três horas daqui — disse ela, arrasada.

— Que merda! — xingou Dane, a fúria explodindo por cada parte do seu corpo. Ele estava tremendo de raiva, abrindo e cerrando os punhos de forma tão agitada que parecia muito perto de perder *as próprias* estribeiras.

Isaac se postou bem ao lado dele.

— Nós vamos chegar lá em duas horas e nem um minuto depois — prometeu Dane. — Juro pela minha vida! Agora vamos cair fora daqui. Vão, vão, vão, caramba!

trinta e um

Os dois grupos de operações especiais se encontraram com Dane e os agentes da DSS, enquanto os homens de Wade e Gavin tomaram posição nos únicos outros dois pontos de entrada. Tudo isso enquanto aguardavam pelo relatório de reconhecimento de área de Shadow sobre a localização de Jenna no prédio, e sobre exatamente o que teriam de encarar. Poucos minutos depois de Shadow sair, ele reapareceu para dar os resultados de sua vigilância.

— Deus, isso vai ser como tirar doce de criança — bufou Zeke quando ouviu o resumo nada impressionante de Shadow sobre a avaliação da segurança. — O ego do desgraçado é bem maior do que o tamanho ou a força do exército dele. Vamos conseguir entrar e sair em vinte minutos, no máximo.

Enfurecido, Isaac enrolou os dedos no colete *Kevlar* que Zeke estava vestindo e o encostou bruscamente na árvore logo atrás.

— Cale a porcaria da boca — grunhiu. — Quando todo o seu mundo estiver nas mãos de um torturador doentio e abusivo, aí quero ver *você* ficar aqui se gabando de que vai ser como tirar doce de criança. Até esse dia chegar, cale a boca, continue calado e obedeça à maioria das porcarias das ordens. Quando eu precisar ou quiser seu comentário, eu peço.

Ninguém tentou acalmar Isaac ou mesmo se colocar entre ele e Zeke. Sabiam que Zeke tinha passado dos limites e pareciam tão descontentes quanto Isaac.

Zeke fechou os olhos.

— Desculpe, cara. Falei merda. Minha única defesa é que isso *tem* que ser apenas mais uma missão para mim, ou eu perco a perspectiva e não faço o trabalho que preciso porque se torna pessoal. Meus comentários foram estúpidos e desnecessários, mas é o que eu diria em qualquer outra situação onde um merdinha descerebrado tivesse se permitido ficar praticamente indefeso. Inferno, ele torturou uma boa parte de seus homens só para obrigar Jenna a assistir a morte deles. E, pelo que Shadow está falando, o restante de seus seguidores "oh-tão-leais" estão repensando a relação, e alguns até mesmo abandonaram o navio antes de se tornarem sua próxima vítima.

Isaac soltou Zeke e bufou.

— Eu entendo. Entendo *mesmo*. Mas não *tenho* nenhuma perspectiva, e enquanto Jenna estiver lá e não aqui, em meus braços, onde sei que finalmente estará em segurança, então não vou *ter* porra de perspectiva nenhuma.

— Eu não esperava que tivesse, irmão — murmurou Shadow, lançando um olhar sombrio para Zeke.

Dane estava se aconselhando rapidamente com os dois líderes dos grupos militares, e então se voltou para seus homens.

— Os grupos de operações especiais vão entrar, limpar a rota com o máximo de discrição possível. É o trabalho deles. São os melhores nisso. Precisamos aguardar e deixá-los fazer o trabalho. Quando derem o sinal para avançarmos, então todos vão de uma vez, bloqueando por todos os lados. Isaac, pelo relatório de Shadow, Jenna ainda está na ala leste com Jaysus. Nosso objetivo é limpar qualquer outro obstáculo ou ameaça possível até chegarmos onde ela está sendo mantida refém. Você vai com o primeiro grupo de operações especiais, enquanto o segundo vai na retaguarda para dar apoio e garantir que ninguém nos pegue de surpresa. Shadow e eu vamos ficar de olho em todas as direções, e todos os outros estão assumindo o papel de buscar-e-proteger.

Isaac assentiu, a impaciência queimando suas entranhas. Pelo menos Dane não o deixou fora da ação, especialmente depois de seu discurso eloquente sobre não ter nenhuma perspectiva. Em qualquer outra situação, Isaac teria sido colocado no banco mais depressa do que uma piscadela, mas todos provavelmente sabiam quais seriam as consequências caso tentassem isso agora. Ele iria pessoalmente ao inimigo e acabaria com todos usando apenas as mãos, assim como destruiria qualquer outro obstáculo que o impedisse de chegar a Jenna e de levá-la à segurança.

— Vamos lá — disse Dane quando o primeiro grupo saiu, o segundo vindo logo atrás.

— Que merda, odeio esperar — grunhiu Isaac.

— Todos nós odiamos — disse Dane com uma voz ranzinza com que Isaac não estava acostumado. — Fico injuriado por ter precisado chamar cada contato que me devia alguma coisa porque nós não conseguimos dar conta do recado. Essa merda vai mudar. Se não temos mão de obra para proteger nossas *próprias mulheres*, então é porque temos algum problema. Não dou a mínima para os custos... Estamos expandindo as operações e aumentando pessoal, e isso significa que contrataremos mais dos melhores e *apenas* os melhores. Se eu tiver que roubar alguns deles dos militares, vou fazer isso, mesmo que tenha que pagar por isso do meu bolso. É ridículo que nossas mulheres precisem sofrer porque nos pegam com as calças na mão e nos superam em número.

— Você não vai ter que pagar por nada — grunhiu Beau, surpreendendo a todos com sua chegada. — Caleb e eu ficaremos mais do que felizes em pagar a conta. Nosso velho tinha mais dinheiro do que Deus, e provavelmente era um idiota ainda maior do que Jaysus, por isso é justo que o dinheiro dele seja usado para algo bom, para variar.

— Que diabos você está fazendo aqui, Beau? — perguntou Dane em uma voz baixa e perigosa.

— Olha, estou tão irritado com isso quanto você, embora também seja uma droga ficar à margem enquanto o restante arrisca a vida pela mulher que salvou tudo o que tenho de mais precioso. Mas era eu ou Ari, e então acho que você entende por que estou aqui e ela não. As mulheres ficaram bem chateadas por estarem com babás e sendo mantidas fora da ação. Pelo amor de Deus, a teimosa da Ari acabou de ser baleada e quase perdeu nosso filho, e eu quase perdi os dois, e ela está chateada porque queria se vingar daquele imbecil que ousou mexer com seu filho.

— Não consigo ver muito problema nisso — admitiu Zeke.

— Justo — foi a resposta lacônica de Dex.

— Ari mandou um recado para você, Dane, já que sabia que teria um ataque de ansiedade por haver uma pessoa a menos no esconderijo para proteger as mulheres. Caleb está lá, mas meu irmão dificilmente é páreo para os poderes de Ari, então, se precisarem de qualquer proteção, Ari e Eliza estão mais do que dispostas a oferecer isso. Confie em mim, elas estão tão furiosas. Só a minha ameaça de denunciar Ari para o pai a fez sossegar o facho, embora, enquanto conversamos aqui, ela com certeza está planejando dar o troco com a mãe dela. Então estou ferrado de um jeito ou de outro. Ari disse para avisar que as mulheres estão bem, obrigada, e que, se você dedicar a sua missão para resgatar Jenna o mesmo tempo que gasta se preocupando com as outras, então Jenna vai ficar bem e chegar em casa antes do dia nascer. Só devo acrescentar que alguém teria que ser um idiota para enfrentar Ari *e* Eliza.

Houve uma série de tosses abafadas e supressões de risadas quando Dane bufou com desgosto e balançou a cabeça.

— Deus do céu, Beau. Você não dá conta de controlar sua mulher?

Beau simplesmente mostrou o dedo médio para Dane em resposta.

— Espere só até você se apaixonar, sr. Maciota. Aí veremos quem controla sua mulher e quem não controla. Ainda nem sei quem vai ser sua mulher, mas aposto minha grana que vai ser ela quem vai mandar em tudo, sem dúvida.

— Meu Deus, fico feliz que Lizzie não esteja aqui para ouvir este comentário em especial, Dane, ou você estaria sem as bolas e com voz de soprano agora. Por sorte, Gracie a convenceu a ficar — explicou Brent, olhando ao redor cautelosamente, como se estivesse preocupado que Lizzie fosse a próxima a chegar de surpresa e *tivesse* ouvido todos aqueles comentários.

Dane franziu a testa para Brent e depois jogou um colete *Kevlar* em Beau, acertando-o diretamente no peito.

— Se você vai aparecer numa operação, então pelo menos venha preparado. Poderia ter levado um tiro no caminho e Jenna nunca teria chegado a tempo de salvar seu traseiro.

— Alguém precisa de um lembrete sobre quem assina os contracheques por aqui — murmurou Beau, vestindo-se.

— Que se fodam você *e* seus cheques — retrucou Dane, ácido.

— Justo — repetiu Dex, e Isaac apenas assentiu.

Isaac já havia jogado conversa fora o suficiente e estava cada vez mais impaciente. Ele sabia que só haviam se passado alguns minutos desde que os grupos de operações especiais tinham se infiltrado no prédio, mas parecia uma eternidade. E Isaac permanecia ali, morrendo um pouco mais a cada respiração, tenso, com medo de ouvir o primeiro som do combate. Mas o silêncio se esticou até parecer que a sanidade estava escapando dele, pouco a pouco.

Isaac fechou os olhos e se concentrou no sorriso de Jenna. Em seus olhos lindos e incomuns, em seus traços angelicais, em especial no cabelo claro, quase branco, que se derramava pelas costas em cachos indomáveis. Ele amava o cabelo dela, a natureza selvagem dele, o modo como nunca podia ser domado e como combinava com ela.

Eu estou chegando, querida. Por favor, eu imploro. Espere por mim. Não me deixe só neste mundo. Nunca. Não vou sobreviver. Não quero sobreviver sem acordar ao seu lado todos os dias pelo restante de nossas vidas.

De repente, Dane se endireitou, a mão no fone de ouvido, seu olhar aguçado ao se concentrar no relatório que estava recebendo. Uma fração de segundo depois, ele pegou seu rifle, ficando na posição "preparado-para-o-que-der-e-vier", e disse:

— Hora de mandar ver. Eles limparam o andar inferior e estão esperando por Isaac nas escadas. Jenna não saiu da ala leste, nem Jaysus.

Dane se virou para trás quando todos se colocaram em posição, e então emitiu outra ordem para Wade e Gavin, para que seus homens limpassem a ala oeste e bloqueassem tudo, assegurando que ninguém entraria.

Os músculos de Isaac se contraíram com uma energia tensa, em prontidão para finalmente pegar o filho da mãe que havia transformado em obsessão a caçada por Jenna e que enxergava sua posse dela como se fosse um prêmio. E Jaysus estava mesmo obcecado. Com a ideia de imortalidade. Jenna o acertou em cheio ao provocá-lo com sua busca pela vida eterna, como se fosse um idiota por acreditar que tal coisa existia e que, ao tomar conhecimento das habilidades dela, tinha se convencido de que Jenna poderia mantê-lo vivo pela eternidade. O ponto falho em seu raciocínio, provando o quanto Jaysus era uma besta estúpida e instável? O fato de que *Jenna* não viveria para sempre, e, quando ela morresse, o canalha infeliz também deixaria a Terra, felizmente.

Ela não viveria para sempre, mas com certeza iria viver por muito tempo, porque Isaac transformaria a segurança dela na obsessão *dele*: protegida, feliz e bem, era assim que queria Jenna. Se tivesse que colocá-la numa bolha à prova de balas para garantir sua proteção, então iria muito bem entrar junto e permanecer isolado para sempre.

Isaac engoliu sua insegurança repentina, porque, Deus do céu, estava tão louco e obcecado e alterado como Jaysus. Só que sua missão era fazer Jenna gargalhar, sorrir, lhe dar tudo, sem se importar com o quão grande ou pequeno fosse. Queria dar o que o coração dela desejasse desde agora até o fim de seu tempo juntos na Terra. E então ele simplesmente a seguiria na vida após a morte, onde continuaria a enlouquecê-la, assim como provavelmente sabia que faria nesta vida, e Isaac não sentia nenhuma parcela de remorso ou jamais pediria desculpas por *sua* obsessão.

Ele não ligava nem um pouco para o que as pessoas pensavam ou o que certamente passariam a achar quando se tratava de Jenna. Alguns poderiam até mesmo estabelecer comparações entre ele e Jaysus, sendo a única diferença a motivação por trás da obsessão para com a mesma mulher. Mas Isaac só se importava com o que *ela* pensava e com o fato de *Jenna* amá-lo o suficiente para suportar seu jeito sufocante e superprotetor de demonstrar todo o amor que sentia.

Tais pensamentos o levaram pela entrada do complexo não muito bem fortificado ou guardado e, finalmente, até a escadaria que levava à ala leste, onde as duas equipes militares haviam se instalado. O líder da Equipe Um assentiu para Isaac e emitiu uma pequena saudação de respeito. Depois fez um gesto para que ele fosse atrás de seus homens ao subirem as escadas. Conforme Dane havia afirmado, ele e Shadow iam fazer a cobertura de Isaac enquanto os outros iriam se espalhar para garantir que ninguém subisse atrás, encurralando-os entre qualquer que fosse a equipe que Jaysus ainda tivesse e quem quer que pudesse subir as escadas para pegá-los.

Isaac tinha uma confiança absoluta não só em seus companheiros, que sabia que dariam suas vidas um pelo outro sem hesitar, como também nos dois grupos de operações especiais que Dane tinha encontrado sabe-se lá de onde, bem como nos homens que Wade e Gavin tinham trazido à operação. Como já estava familiarizado tanto com Wade quanto com Gavin há algum tempo, Isaac nutria total respeito pelo poder que exerciam e pelo fato de colocarem a proteção de seus entes queridos acima de tudo. E agora estavam estendendo tal proteção para Jenna. Eles falaram sobre dívidas que jamais seriam capazes de pagar, mas era Isaac quem estaria enterrado sob uma montanha de dívidas, a tantas pessoas, que jamais conseguiria retribuir, mesmo que fosse requerido para fazê-lo.

Eles estavam literalmente salvando toda a sua vida, o seu *mundo* inteiro.

Diante da porta fechada do cômodo em que Shadow relatara que Jenna estava presa por um Jaysus obviamente muito descontrolado, o líder da Equipe Um levantou a mão para os outros esperarem. Ele grudou um dispositivo à porta e depois colocou a orelha ali, escutando. Então franziu a testa.

Ele levantou a mão e deu a seus homens um sinal rápido.

— O capitão diz que está tudo silencioso demais para o seu gosto — relatou o homem que estava mais próximo de Isaac.

O coração dele quase explodiu. Deus, o que isso significava? Eles chegaram tarde demais? Jaysus a matara?

O líder articulou "ao meu sinal" e na mesma hora colocou um dispositivo explosivo na porta e fez um gesto para que todos dessem vários passos para trás.

— Sem piedade — murmurou o líder. — Entrem depressa e abaixados e atirem em todo mundo que não for Jenna Wilder. Se não fizermos isso agora, ele vai ter uma chance de matá-la. Entendido?

Isaac entendia. O suor deixava suas mãos úmidas e o peito estava prestes a explodir sob a força dos batimentos cardíacos.

Então o líder fez algo inesperado. Ergueu uma sobrancelha, e um olhar de diversão contorceu seus lábios. *O que diabos?*

— Eu costumo me esquecer de que nem todos trancam a porta — murmurou. — Não precisamos entrar de repente e correr o risco de matar Jenna se pudermos simplesmente abrir a porta e optar por um ataque furtivo. Esse idiota já provou que não é o espermatozoide mais esperto da corrida.

Ele gesticulou para que todos ficassem em posição, apontando para cada um dos homens e ordenando-lhes que assumissem uma parte diferente da sala para que tudo fosse coberto simultaneamente. Então ergueu os dedos e contou "três, dois, um", antes de abrir a porta silenciosamente, a menor fresta possível.

Todos congelaram quando a porta foi finalmente escancarada, preparando-se para invadir, quando ouviram o pesado silêncio sendo quebrado por uma voz:

— Você não quer fazer isso.

Isaac franziu a testa e trocou olhares com Dane e Shadow, que diziam "que merda...?". Era Jaysus, um Jaysus muito tenso, morrendo de medo, como se estivesse prestes a mijar na calça. O que diabos estava acontecendo?

Eles congelaram novamente à porta, só que desta vez veio a voz de Jenna em alto e bom som, e tão desprovida de emoção que matou Isaac de susto.

— É aí que você se engana — disse ela com uma voz que Isaac sequer reconheceu. — Você não faz *ideia* do que eu quero, seu pedacinho inútil de ser humano.

— Então o que você quer? — perguntou ele, balbuciando e soando extremamente nervoso, começando a implorar. Foi quando Isaac percebeu que a coisa estava para ficar séria de verdade. — Por favor. Eu dou o que você quiser. Qualquer coisa. Dinheiro. Poder. Escolha, e é seu.

— Jesus amado! O homem está chorando — disse o líder das operações especiais com uma careta.

Então eles ouviram o som de uma arma sendo engatilhada.

Ai, Deus, não. O pânico de Isaac cresceu. Eles precisavam entrar agora.

— O que quero é que você morra — disse Jenna, sua voz fraca e trêmula, mas cheia de convicção. Não havia um único homem à entrada daquela sala que não acreditasse nela.

— Vão, vão, vão! — sussurrou o líder da equipe com rispidez.

Eles entraram na sala e Jaysus se virou, ficando estranhamente aliviado. Será que o idiota achava que estavam ali para salvá-lo?

E então o olhar de Isaac finalmente encontrou Jenna, e seu estômago se apertou. Ela estava ferida, marcada e suja de sangue. Havia mais de meia dúzia de corpos espalhados pela sala, sangue cobrindo o chão numa cena macabra. E Jenna estava de pé, o corpo inteiro rígido, apoiado na parede em busca de apoio, e ela segurava uma arma apontada diretamente para a cabeça de Jaysus.

Isaac avançou, deixando que os outros cuidassem de qualquer ameaça em potencial que tivesse sobrado.

— Jenna, não! Querida, sou eu, Isaac. Estou aqui, linda. Não faça isso. Por favor, não é o que eu quero para você — falou, suavemente. — Não precisa matá-lo. Vamos cuidar dele, mas deixe-me cuidar de você, isso é o que importa. Deixe-me levá-la para longe daqui. Nunca mais vai precisar se preocupar com este filho da mãe — prometeu Isaac.

Os olhos de Jenna estavam aflitos e as lágrimas escorriam quando ela girou um pouco para reconhecer a presença de Isaac.

— Você *não* faz ideia do que ele fez — sibilou ela. — Ele tem que morrer. Ele *merece* morrer.

— Eu sei, linda. Enfrentei tudo isso com você, e não há uma única pessoa aqui que ache que ele não mereça morrer — disse Isaac com tristeza. — Desculpe se decepcionei você. Mas, por favor, querida. Solte a arma e venha comigo agora, e deixe-me te tirar de tudo isso para sempre. Você não precisa ser a pessoa a fazer justiça.

— A justiça é minha — sussurrou ela.

Jaysus, com certeza acreditando que estava verdadeiramente ferrado, começou a fazer a coisa mais estúpida de todas — e seu ato final. Sacou uma arma de um coldre escondido na coxa enquanto Jenna estava momentaneamente distraída e apontou para Isaac, com a óbvia intenção de atirar nele. Ou talvez só estivesse tentando negociar com Jenna. De qualquer forma, tinha sido a coisa errada a fazer quando a mulher que ele torturara durante horas estava inclinada a deixar sua marca justiceira.

Antes que qualquer um dos homens pudesse acabar com Jaysus com uma das muitas armas apontadas diretamente para ele, Jenna puxou o gatilho e atirou bem no meio da testa. Ele desabou como uma fileira de dominó e Jenna franziu os lábios com desgosto e ódio, dando-lhe um último olhar de desprezo antes de deslizar colada à parede, suas pernas já incapazes de sustentá-la. Ela respirou fundo e colocou a arma ao seu lado com cuidado, enterrando o rosto nas mãos, emitindo soluços de partir o coração, que sacolejavam seu corpo inteiro.

Isaac sentou ao lado dela e simplesmente a abraçou, puxando-a para o seu colo, ancorando-a em seu peito enquanto a ninava, os olhos ardendo com as lágrimas recém-chegadas, enquanto Jenna chorava como se seu coração estivesse estraçalhado.

— Linda, você tem que parar de chorar — disse Isaac, com um nó na garganta. — Não posso suportar isso. Não consigo te ver chorar. Isso me deixa louco. Você sabe que fico totalmente desamparado diante de suas lágrimas. Eu faria qualquer coisa para consertar isso, querida. Senhor, eu te amo tanto. Você não tem ideia de como fiquei com medo desde que desapareceu do banheiro. Meu coração parou, meu amor. E não voltou a bater até... agora. Bem aqui e agora, neste momento, com você em meus braços, eu finalmente consigo voltar a respirar. Eu consigo voltar a viver. Por favor, olhe para mim, linda. Diga que está bem. O que posso fazer por você?

Isaac estava implorando e suplicando, sem se importar se alguém estava vendo. Ele ignorou a presença de todos que examinavam a carnificina resultante do ódio de Jaysus.

Jenna finalmente levantou os olhos, cheios de tanta dor e devastação que Isaac poderia morrer ali mesmo.

— Ele m-matou todos — choramingou ela, gesticulando para os corpos que ainda estavam frescos. — E não me deixou curá-los. Queria que os visse morrer, e tudo o que eu queria era que *ele* morresse — sussurrou como se estivesse confessando um imenso pecado.

Isaac a embalou suavemente em seus braços e então se levantou, vacilante, optando por tirá-la daquela sala de horrores. O cheiro de sangue e morte se agarrava às narinas, e ele não desejava nada mais do que livrar os dois daquela experiência.

Shadow esperou até que todos estivessem longe para parar Isaac e botar a mão na bochecha de Jenna.

— Olhe para mim, carinha de anjo — pediu gentilmente.

Quando ela levantou o olhar para encontrar o dele, Shadow se inclinou e lhe deu um beijo na testa.

— Ninguém aqui culpa você por querer vê-lo morto ou por ter sido a pessoa a matá-lo. Jaysus mirou e teria atirado em Isaac. Você salvou a vida de Isaac, bem como a sua. Não sei como você conseguiu ficar em vantagem, merda, você sequer precisava da gente. Mas com certeza gostaria de ouvir a história em algum momento, quando estiver disposta a contá-la.

Jenna ofereceu um sorriso trêmulo.

— Talvez um dia. Agora, eu só quero ir para casa. — Ela olhou para Isaac, um olhar suplicante. — Pode me levar para casa agora? Para a nossa casa? Por favor?

Se Isaac não a estivesse segurando, seus joelhos teriam falhado naquele momento e teria desabado no chão de alívio. Depois de falhar com ela sem parar, tudo o que Jenna lhe pediu foi que fosse levada para casa. A casa *deles*.

— Linda, você nem precisa me pedir algo que já estou pronto para lhe dar — prometeu Isaac. — Vou adorar te levar para cara, para que descanse nos meus braços pelo tempo que precisar. Sempre que você precisar. Eu vou dar tudo o que tenho para te fazer feliz, meu anjo.

trinta e dois

Isaac levou Jenna para o quarto, em sua casa, deleitando-se por finalmente poder trazê-la para ali — a casa *deles* —, em vez de ficar pulando de esconderijo em esconderijo por causa das constantes ameaças sob as quais era forçada a viver.

Ela já estava em sono profundo nos braços dele, tendo sucumbido à exaustão na metade do caminho. Isaac a deitou com toda a gentileza e retirou suas roupas com muito cuidado, a raiva crescendo outra vez enquanto examinava os hematomas no corpo feminino devido aos repetidos golpes que Jaysus lhe dera.

Seu rosto estava inchado de um lado e um hematoma escuro cobria uma das bochechas. Isaac se inclinou para beijar ali, incapaz de se controlar. De manhã, lhe daria um banho e lavaria todas as últimas lembranças desta noite que envolvessem o desgraçado que a aterrorizara, e cuidaria de todas as necessidades dela até estar satisfeito como o nível de sua recuperação.

Recuando, ele tirou as próprias roupas e, depois de hesitar em deixá-la, ainda que pelo mais breve dos instantes, seguiu para o banheiro para tomar o banho mais rápido do universo, porque não queria manchar a cama e nem a ela com uma gota que fosse do sangue que estava em suas roupas e em sua pele.

Isaac caminhou de volta para o quarto ainda se secando e correu para deitar, enfiando-se sob as cobertas para abraçar Jenna, quando então ouviu os gemidos chorosos durante o sono.

Ele a abraçou com força, acariciando seu corpo, beijando seu cabelo, seu rosto, sussurrando seu amor por ela, dizendo que sempre a amaria e a protegeria com todo o seu fôlego.

Depois de um momento, Jenna se acalmou e Isaac relaxou, se encaixando completamente ao redor dela, de modo que não houvesse nenhum pedacinho sem contato nos corpos deles. Isaac quase se afastou do paraíso que era o corpo feminino quando os pesadelos começaram de novo. Jenna começou a chorar baixinho.

De coração partido, ele beijou cada lágrima assim que deslizavam dos olhos dela. Então começou a falar outra vez sobre o amor que tinha achado e que jamais permitiria que Jenna fosse ferida de novo.

Toda vez que Isaac tentava acalmá-la, Jenna relaxava na mesma hora, mas não demorava até que voltasse a se perder na agonia de mais um pesadelo, convencida de que ainda estava no inferno. Ela gritava o nome dele, sem parar, e Isaac ficava em agonia quando nada do que fazia parecia ser capaz de despertá-la dos horrores que aconteciam em seus sonhos. Ele finalmente desabou e chorou com ela, porque partia seu coração pensar que Jenna precisava de ajuda e pensava que ninguém vinha em seu socorro.

— Por favor, querida, volte para mim. Acorde e veja que estou aqui. *Nunca* mais vou te abandonar. Vou te amar mais do que qualquer mulher já foi amada. Nunca mais vou deixar ninguém te machucar. Vou te proteger com todo cuidado e nunca mais vou permitir que você nem mesmo dê uma topada no dedinho sem que eu enlouqueça! Apenas imagine, anjo, você já pode estar carregando meu filho — sussurrou Isaac. — E vou amar vocês dois tanto que passarei todos os dias cuidando muito bem de você e de todos os nossos filhos, e você nunca vai querer mais nada.

Mais uma vez, Jenna se acalmou, enterrando-se com mais afinco em seu abraço, se agarrando a ele como se nunca mais fosse largar, mesmo durante o sono. Isaac jamais *permitiria* que Jenna o abandonasse, e jurou isso com tanto fervor que chegou a tremer.

Ele passou o restante da noite acordado, vigiando seu anjo adormecido, acalmando-a quando Jenna começava a choramingar e se agitar ao ser envolvida pelos pesadelos. E Isaac continuou a jurar seu amor por ela e a fazer todas as promessas até ficar praticamente rouco pelas garantias constantes que oferecia.

Quando os primeiros raios do alvorecer entraram no quarto, emprestando a luz e o calor suaves ao casal abraçado tão forte na cama, Jenna se agitou. A princípio Isaac presumiu que mais uma vez ela estivesse na rede dos sonhos terríveis que a atormentaram pela noite toda. Ele se viu tão imerso na urgência de calar os demônios que a atacavam, que não percebeu que os olhos de Jenna haviam aberto preguiçosamente. Isaac se sobressaltou ao perceber que ela o fitava, sua expressão tão quente de amor que deixou-o sem fôlego.

— Isaac, não preciso que você me prometa o sol, a lua, as estrelas e o mundo — disse Jenna, seus lábios dando um sorriso suave e convidativo. — Tudo o que eu quero ou preciso é de *você*. Do seu amor. É só o que peço.

— Primeiro, *nunca* precisa pedir por algo que já é seu, que sempre foi e vai ser, desde o dia em que lutou contra a morte por mim e curou mais do que apenas meu corpo — falou ele, seu tom totalmente sério. — E em segundo lugar, vou te mimar até você não aguentar mais, porque este é meu direito e não há nada que você possa dizer ou fazer que vá me incitar a mudar de ideia. Então, se você não vai me pedir nada que deseje ou necessite, é meu dever provê-la com o que acho ser mais conveniente.

A risadinha satisfeita o aqueceu completamente, derrubando os trechos de gelo e escuridão que voltaram a se formar no momento em que Jenna fora levada embora.

— Vamos nos casar o mais rápido possível — disse Isaac com total seriedade, encarando-a de um jeito que ela não pudesse interpretar sua intenção erroneamente.

Jenna arqueou uma sobrancelha e o encarou com um ar desafiador.

— Pode ser que eu seja ignorante sobre como as coisas funcionam em um mundo que me negaram durante quase toda a minha vida, mas tenho certeza de que você precisa me *pedir* em casamento.

Ela franziu os lábios como se estivesse pensando e fingindo ponderar sobre o assunto.

— E também tenho certeza de que tem aquele negócio, sabe, de você ficar de joelhos, e eu *definitivamente* sei que tem uma aliança maravilhosa envolvida no pedido.

Jenna fungou e olhou ao redor.

— Engraçado, mas não vejo nada disso. E você?

Isaac semicerrou os olhos e depois gemeu, sabendo que tinha caído numa cilada.

— Você andou conversando com as outras mulheres — resmungou ele.

Jenna sorriu para Isaac, mesmo enquanto tomava o rosto dele entre as mãos, na mais delicada das carícias.

— Claro que sim! De que outra forma vou saber quando você não estiver fazendo as coisas do jeito certo e se aproveitando da minha falta de conhecimento? Todas me mostraram suas alianças e... uau. E *aí* me contaram sobre o quanto seus pedidos de casamento foram românticos, e, tenho que admitir, chorei completamente com a história de Gracie. — Ela suspirou, seus olhos brilhando com a lembrança. — Uma linda história de amor — completou com um suspiro profundo.

Isaac também suspirou e depois se inclinou e a beijou, incapaz de resistir àqueles lábios perfeitos. Deus, mas esta mulher tinha a habilidade de torcê-lo em nós cegos. Isso não era bom para seu futuro — não que se importasse um mínimo que fosse. Deus, e se suas filhas saíssem parecidas com a mãe? Isaac estaria *tão* ferrado. Precisava conversar com Deus de novo. Um último pedido: para lhe dar filhos homens. *Muitos* filhos. Bem, depois podia dar muitas filhas, mas ele precisava de meninos primeiro, assim teria muita ajuda para proteger suas lindas meninas, isso sem mencionar a necessidade de ensinar aos filhos sobre todos os meninos catarrentos que jamais deveriam se aproximar de suas preciosas irmãzinhas.

— Eu vou te mostrar o que é lindo e romântico — murmurou Isaac, colado à boca de Jenna.

— Ah, ótimo, porque eu concluí que gosto muitíssimo dessas partes — disse ela, de forma travessa.

Ele não conseguia evitar ser afetado pela felicidade que irradiava da sua mulher. Ficou surpreso com a forma como ela era capaz de se recuperar tão rapidamente, parecendo ter deixado de lado todo o tormento que sofrera na outra noite e se concentrando apenas no futuro deles. Juntos.

Mas Isaac percebeu que, muito provavelmente, Jenna estava tentando *distraí-lo* do terror que ele mesmo suportara. E isso seria tão típico de sua alma generosa e amorosa. Essa situação não podia continuar... se alguma distração precisava ser feita, isto seria função dele, e Isaac também faria o pedido de casamento mais romântico e lhe daria a aliança mais linda que Jenna já vira na vida.

E havia uma grande *chance* de ele mesmo ter analisado as alianças das outras esposas há algum tempo, para garantir que sua noiva teria o direito de se gabar quando o assunto fossem alianças de noivado. Mas espere... eles estavam ficando noivos? Ah, que *inferno*, não. Não ia ter nada disso, dessa porcaria de esperar. Ele ia lhe dar um anel e então carregá-la correndo até um padre antes até que a joia pudesse ser considerada um anel de noivado.

Com um suspiro exagerado, Isaac saiu da cama e tomou as mãos de Jenna para que ela se sentasse, em seguida, a pegou e a colocou com muito cuidado na beirada da cama, assegurando-se de que ela não estivesse tonta ou sofrendo quaisquer efeitos colaterais das lesões.

Então Isaac meteu a mão debaixo do travesseiro, onde escondera a aliança na noite anterior, quando se deitara, de modo que a joia estaria bem ali quando fosse o momento certo e, bem, ele não tinha qualquer intenção de deixar Jenna sair da cama até o momento *ser* o certo.

Isaac se ajoelhou e voltou a tomar as mãos dela, depois de ter colocado a caixinha no chão, fora da vista. Ele entrelaçou os dedos dela aos seus.

— Jenna Wilder, eu me apaixonei por você no momento em que me tocou e me preencheu de tanto amor, luz e calor que fiquei totalmente subjugado. Você não apenas curou as feridas físicas que eu tinha sofrido poucos momentos antes, mas também curou feridas tão profundamente enterradas em mim que estavam sem ver a luz do sol por mais anos que eu seria capaz de contar. Você é meu milagre particular, mesmo eu tendo parado de acreditar em milagres quando era apenas uma criança. Você me trouxe de volta à vida e à luz. Devolveu minha crença em uma força superior. Mas o que realmente me modificou, e me deu esperança de ser o homem que eu queria, foi... paz. Você me deu *paz*, meu anjo — sussurrou ele, ficando em silêncio antes de continuar.

— Nada nem ninguém jamais conseguiu me dar o que você fez com um único toque, e eu soube bem ali que minha vida tinha acabado de ser mudada para sempre, da melhor maneira possível. Eu sabia que você era a única mulher que viria a amar na vida, a única mulher que *já* amei. E também sabia que faria qualquer coisa para ficarmos juntos, não importando o que tivesse que fazer para que isso acontecesse. Eu simplesmente agradeço a Deus, todos os dias, por você também me amar, por desejar uma vida comigo tanto quanto desejo uma vida com você. Então não estou pedindo para que você se case comigo, meu anjo. Estou *implorando* para que se case comigo e torne minha vida completa, para que passe o resto da sua vida ao meu lado, permitindo que eu faça você feliz todos os dias. Que lhe dê tantos filhos, que você ficará totalmente consumida pela nossa vida juntos e pelos frutos do nosso amor.

Isaac estendeu apenas uma das mãos, se recusando a soltá-la totalmente, porque suas mãos tremiam sem parar e apenas o toque de Jenna o impedia de fazer papel de bobo. Ele se atrapalhou um pouco com a caixinha, abrindo-a com os dedos trêmulos e, depois de deixá-la cair uma vez, finalmente a ergueu, virando-a para Jenna para que ela pudesse ver o enorme anel de diamante guardado no tecido de veludo.

Lágrimas se amontoaram nos olhos azuis, mas desta vez Isaac não entrou em pânico nem exigiu saber o que precisava fazer para ajudá-la a parar de chorar, porque Jenna parecia totalmente em êxtase, tão feliz que estava radiante da cabeça aos pés. Um brilho genuíno emanava do corpo feminino e a cercava como um halo dourado em sua pureza, irradiando como os raios do sol, exatamente como seu anjo *deveria* ser.

Por um momento, Jenna o encarou, seus olhos brilhando, o rosto suave com um amor correspondente. Então ela tomou o rosto de Isaac em suas mãos e, ignorando o anel, o puxou para si, seus lábios se encontrando em uma confusão de quente e doce. A língua dela lambeu amorosamente os lábios de Isaac, até ele suspirar, se abrindo para Jenna exatamente como ela fizera tantas vezes antes. Ela deslizou para dentro, explorando a boca masculina, provando-o enquanto espalhava seu sabor doce e muito particular pela língua dele.

— Sim — sussurrou de encontro aos lábios de Isaac. — Ah, sim, sim!! Tudo o que quero é ser sua. Sempre. Para sempre. Até o fim dos tempos.

Isaac puxou uma das mãos de Jenna para o colo enquanto continuava a beijá-la com fervor, se banqueteando em sua boca como um homem faminto. Ele deu apenas uma olhadinha breve para baixo para se certificar de que estava colocando o anel no dedo correto, antes de retomar seu beijo apaixonado. O primeiro usando a aliança de noivado e depois da promessa de Jenna de se casar com ele, tudo ainda fresco em seus lábios.

Finalmente, Jenna olhou para a própria mão e a ergueu, examinando o anel com admiração por um bom tempo.

— Ah, meu Deus, Isaac. É enorme! Nunca vi um anel tão lindo na minha vida!

— Gostou? — perguntou, meio bruscamente.

Ela o abraçou, apertando-o até que ele pedisse por clemência, em meio a muitas risadas.

— Eu *amei* — jurou ela. — Eu *nunca* mais vou tirar.

— E não vai mesmo. Agora que já resolvemos a questão do pedido e da aliança, vou levar você para comprar o vestido de noiva dos seus sonhos, porque, querida, não sei o que sabe sobre casamentos e noivados, mas tudo o que você *precisa* saber é que eu não gosto de noivados longos. Na verdade, não quero saber de noivado. Isso significa que no minuto em que encontrarmos um vestido que goste, vamos convidar todas as pessoas da DSS, nossa família, e pedir que corram até a igreja para que possam ver a noiva mais linda que já existiu e testemunhar nosso casamento.

Jenna riu com alegria, e então sua expressão ficou séria quando olhou profundamente para os olhos de Isaac.

— Eu te amo, e jamais quero ficar sem você. Sei em meu coração que Deus me enviou para você, que você foi destinado para mim, e serei eternamente grata a Ele por isso.

A expressão de Isaac ficou ainda mais séria do que a dela.

— Você está enganada, meu anjo. Deus deu você para *mim* e *você* me salvou, por isso *eu* sempre serei grato. Não vai se passar um único dia em que eu deixe de agradecer pelo presente mais precioso que já ganhei na minha vida. Eu estava perdido até te conhecer e jamais me senti tão grato por alguém tentar roubar meu carro, porque, se não fosse por isso, eu ainda estaria perdido em um mundo tão sombrio e sem esperanças. Nada teria sido capaz de atravessar a escuridão e preencher meu coração e minha alma com a luz do sol. Exceto você, minha anjinha. — Isaac parou, encarando Jenna profundamente.

— Você trouxe a luz mais linda e repleta de esperança para apagar de uma vez por todas as manchas escuras que eu pensava terem se tornado cicatrizes permanentes em mim, e que nunca *permiti* que ninguém visse. Você me fez inteiro de novo, e, por sua causa, posso olhar para o meu passado com uma sensação de paz e perdão, em vez de enxergar a dor e o sofrimento esmagadores que tinham se infiltrado tão fundo em minhas lembranças a ponto de eu jamais me achar capaz de me livrar deles.

Isaac a envolveu firmemente, segurando uma das mãos dela para que o anel captasse a luz numa miríade ofuscante de brilhos.

— Você é mesmo um anjo. *Meu* anjo. E não há uma única sombra ou lembrança vergonhosa e dolorosa, ou tormento constante incitado pela culpa, que seja capaz de sobreviver à luz brilhante, dourada e pura que irradia de um anjo tão lindo quanto você.

epílogo

Jenna ficou observando, se divertindo, enquanto Isaac carregava com cuidado extremo a filhinha de três meses deles com suas mãos grandes que, mesmo diante do tamanho e peso atuais, a deixavam completamente diminuta. Ele a ninava na cadeira de balanço enorme que tinham mandado fazer especialmente para acomodá-lo. Mesmo enquanto a menininha soltava sons ininteligíveis, não escapava à atenção de Jenna o quanto Isaac era cuidadoso em todos os seus movimentos. Ele ficava sempre morrendo de medo de machucar Evangeline, esmagando-a com suas "mãos desajeitadas e gigantes", que era como se referia a si mesmo. Jenna simplesmente revirava os olhos e balançava a cabeça, o que sempre rendia um "O quê?" muito ofendido de seu marido.

O homem tratava sua primogênita como se fosse feita do vidro mais frágil e delicado, mas sua pegada era sempre segura e estável. Foi então que Jenna lembrou-lhe, como sempre fazia, que era mais provável que *ela* deixasse a filha cair. É claro que, aos olhos de Isaac, sua esposa era perfeita, e ele discordava imediatamente por ela ao menos pensar nisso.

Isaac também não mantinha as opiniões sobre a esposa e a filha só para si. Ele gostava de proclamar orgulhosamente que Jenna era a mãe mais perfeita que um marido poderia desejar e que Evangeline — ou a pequena Evie, como tinha sido apelidada por Jenna, embora muitas vezes Isaac insistisse em chamar a garota de Anjo, "já que ela certamente descendia de um" —, era a menininha mais bonita que já existira.

Felizmente, Ari e Beau tinham sido abençoados com um menino, porque senão as discussões entre os dois pais orgulhosos ficaria feia e chegaria às vias de fato. Agora eles poderiam reivindicar serem pais do bebê mais inteligente, mais esperto e mais bonito em seus respectivos gêneros. Quanto a Ari e Jenna, elas simplesmente toleravam os absurdos de seus maridos, balançando a cabeça e saindo da sala para que os homens pudessem se render a todas as conversas de bebê tolas que adoravam, enquanto as duas mulheres poderiam falar de assuntos de adulto.

Geralmente, Jenna se contentava em observar seu marido mimando Evangeline por horas, mas naquele dia faziam um ano de casados, e Jenna tinha planos para o marido, que não incluíam passar a tarde inteira falando o idioma do "gugu" e do "dadá". Fiel à sua palavra, Isaac a engravidara o mais depressa possível, e era por isso que eles estavam comemorando seu primeiro ano juntos com uma criança de três meses de idade.

Isaac morria de orgulho disso, e também era algo que sempre repetia presunçosamente para sua esposa. Mas Jenna só dava seu sorrisinho secreto, como se ela de alguma forma estivesse aguentando um monte de bobagens, quando na verdade estava vivendo o sonho mais maravilhoso que jamais já tinha imaginado.

— Ela já está pronta para a sonequinha? — perguntou Jenna baixinho enquanto se aproximava da cadeira de balanço, notando que Isaac tinha ficado calado.

Isaac assentiu e sussurrou:

— Ela está de barriguinha cheia, com a fralda trocada, e papai acabou de niná-la até dormir. Eu diria que vamos ficar numa boa por pelo menos algumas horas.

— Ótimo, porque tenho planos para você, senhor — disse ela em seu tom mais ameaçador.

Isaac arqueou uma sobrancelha, mas Jenna notou o brilho instantâneo em seus olhos. Aquele brilho predatório que nunca falhava ao fazê-la tremer até a ponta dos pés.

— Dependendo do quão rápido a coloque no berço e volte para o quarto, pode ser que ainda consiga me flagrar tirando a roupa. Claro, se você demorar muito, infelizmente já vou ter feito isso e você vai ter que me encontrar debaixo das cobertas.

O olhar de Isaac foi impagável.

— De que planos exatamente você está falando? — perguntou com a voz rouca.

Ela semicerrou os olhos.

— Do tipo de plano que uma esposa tende a fazer no aniversário de um ano de casamento com seu marido. Mas... Se você não estiver interessado, tenho certeza de que consigo encontrar outra pessoa.

Isaac ficou de pé o mais depressa que conseguiu sem acordar Evie. Felizmente para eles, depois que finalmente adormecia, a bebê se entregava a um sono pesadíssimo.

— O caramba que não estou a fim — explodiu Isaac, se encolhendo ao perceber o quanto tinha falado alto, aí imediatamente abaixou a voz. — Chego lá em trinta segundos, e não me agrada em nada e ideia de já encontrar você despida, sra. Washington.

— Então sugiro vir depressa, sr. Washington — provocou Jenna.

Ele quase tropeçou nos próprios sapatos quando correu para o quarto ao lado para colocar Evie no bercinho. Jenna riu e depois contou até cinco mentalmente antes de se sentar em seu lado da cama e começar a tirar as roupas.

No começo, ela ficara muito constrangida com as mudanças em seu corpo devido à gravidez — mudanças que não haviam exatamente desaparecido depois do parto. O fato de seu bumbum ter ficado um pouco mais largo e mais farto, de sua barriga ter ficado mais flácida e seus seios... Deus do céu — ela havia aumentado dois números de sutiã durante a gestação e aparentemente estava travada neles.

Isaac tivera um ataque quando Jenna tinha perguntado, com muita hesitação, se ele tinha perdido o tesão por causa das mudanças aparentemente permanentes em seu corpo. Isaac a olhara como se Jenna tivesse perdido a cabeça, e se dispôs a mostrar, em vez de apenas falar, com precisão o que achava de cada (em suas palavras) curva deliciosa e maravilhosa que tinha surgido. Isaac demonstrara um apreço especial pelo upgrade recém-descoberto no decote, e a tomara com ternura em seus braços, dizendo com sinceridade absoluta que não havia nada que o faria deixar de adorá-la e de louvar seu corpo em todas as oportunidades possíveis. Que Jenna era a mulher mais bonita em seu mundo, a única. Ele tinha sido tão sincero que suas palavras trouxeram lágrimas aos olhos de Jenna, e então Isaac a beijara e fizera amor com ela novamente, demonstrando o dobro do apreço no final.

Jenna havia apenas começado a deslizar a camisa dela — ou melhor, dele — pelos ombros quando Isaac entrou pela porta do quarto, o olhar cálido imediatamente pousando na esposa. Ela adorava usar nada além das camisas abotoadas, pois envolviam totalmente sua figura muito menor do que a dele, e Isaac adorava saber que Jenna não usava mais nada além de camisas. Era rápido em testar se era só a camisa que cobria o corpo dela, levando suas mãos rapidamente ao meio das pernas dela.

E nos dias em que não estava? Bem, nem precisava dizer: onde quer que estivessem quando ele descobrisse, seria onde fariam amor avidamente, Isaac mal conseguindo abrir a calça antes de penetrá-la tão profundamente que Jenna era capaz de senti-lo em seu útero.

Ele ficou rondando Jenna de propósito, seus olhos brilhando com o desejo que não havia diminuído nem um pouco ao longo do ano de casados. Se houvera alguma mudança, tinha sido na paixão, que ficava ainda mais louca, mais ávida e mais desesperada dia após dia.

— Por favor, me diga que você não está de calcinha debaixo da roupa — disse ele em um grunhido.

— Pode ser que eu esteja — provocou ela. — Ou não. Acho que você precisa descobrir — incitou, sabendo que, se Isaac investigasse e a encontrasse nua, como mais gostava, eles fariam amor loucamente do jeito que Jenna desejava quando Isaac se revelava intensa e dolorosamente excitado.

Ele fechou os olhos e xingou baixinho, surpreendendo-a por não ser sua reação típica numa situação como aquela, Isaac lhe deu um beijo faminto.

— Fique aqui. Não se mexa — disse ele antes de entrar no banheiro.

Isaac voltou segurando algo no punho e parou diante dela, sua expressão séria de repente. Então abriu a palma da mão e Jenna olhou para baixo para ver um teste de gravidez. Ela voltou a encará-lo, em evidente confusão.

— Acho que você deveria usar isto aqui, linda — disse Isaac gentilmente.

— Por quê? — perguntou Jenna, sua confusão só aumentando.

— Certamente você não achou que eu estava brincando quando disse que ia engravidar você tantas vezes que jamais pensaria em me abandonar — disse ele, olhando-a com um sorriso presunçoso.

— Isaac, não estou grávida! Ainda estou amamentando, pelo amor de Deus, e Evie tem apenas três meses de idade! Eu sei que você quer muito ter um monte de filhos, mas até mesmo você tem que dar tempo à natureza para seguir seu curso.

Ele se inclinou e mordiscou o lábio inferior dela.

— Linda, eu conheço seu corpo melhor do que conheço o meu, e sei dizer. Você menstruou uma vez depois de ter Evie, e mesmo que eu saiba que nem todas as mulheres menstruam direito antes de parar de amamentar, e que a amamentação por si só às vezes já é um controle de natalidade... como eu disse, conheço seu corpo, meu amor. E bem lá no fundo eu sei — disse ele, sua voz decaindo para um sussurro rouco. — Vá fazer o teste. Por mim? Eu preciso saber, porque do jeito que você está agora e do jeito que estava me olhando quando disse que tinha planos para mim... Estou duro feito uma pedra, e, se você estiver grávida, preciso ter mais cuidado, principalmente porque ainda não se recuperou totalmente depois de ter Evie.

Jenna ficou boquiaberta enquanto encarava seu marido em silêncio.

— Isso é uma piada? Você está brincando comigo por causa do nosso aniversário? Acha mesmo que estou grávida? E por que você saberia, e eu não? Tem ideia do quanto parece doido o marido saber antes da esposa?

— Não quando se trata de você, anjo — sussurrou Isaac de encontro aos lábios de Jenna, e os tomou nos seus de novo. — Conheço cada centímetro do seu lindo corpo e prestei atenção a cada detalhe dele quando você estava grávida do nosso anjinho. Seu cheiro muda, e seu gosto... Ai, Deus — gemeu ele. — Você não percebeu que nas últimas semanas tenho devorado você lá embaixo como um homem fazendo sua última refeição antes de ser executado?

Jenna corou até as raízes do cabelo, suas bochechas tão quentes que teve certeza de que parecia um pimentão. Isaac lhe deu um tapinha carinhoso no bumbum e a incitou para seguir para o banheiro.

— Faça isso para me deixar tranquilo antes que eu faça sexo com você com tanta força que vai ficar me sentindo por uma semana inteira — implorou Isaac. — Como meu presente de aniversário, ou vou transar com você com força e demoradamente toda vez que tiver oportunidade... e acredite, linda, vou criar todas essas oportunidades... ou você vai, mais uma vez, fazer de mim o homem mais feliz do mundo ao me contar que vai ter um filho meu de novo.

Então Isaac abaixou a boca para sussurrar ao ouvido de Jenna:

— Eu sei que disse que queria um monte de meninos primeiro, mas eu não trocaria o nosso anjinho por nada neste mundo. E, devo admitir, meio que estou esperando por mais uma como ela.

— Ai, Deus, você está falando sério — disse Jenna, chocada. Então ela balançou a cabeça, mesmo enquanto seguia para o banheiro da suíte. — É bom você ficar feliz por eu estar tão disposta a ter todos esses bebês que me prometeu, ou você estaria numa encrenca séria agora.

Isaac a puxou para seus braços quando já estavam no banheiro, e então abriu a embalagem do teste e o colocou reverentemente na mão de Jenna.

— Você precisa saber que, se em algum momento você mudar de ideia e quiser parar, mesmo no primeiro filho... ou, bem, dois, pois é possível que já tenhamos outro aí... Eu jamais amaria você ou nossas meninas menos do que já amo. Só quero que você seja feliz, meu amor. E vou passar o restante da minha vida me matando para fazer você feliz todos os dias.

— Bem, vamos ver o quão feliz você me fez hoje — disse Jenna, um brilho suave iluminando seu rosto enquanto olhava o teste de gravidez na mão.

Exatamente cinco minutos depois, com Jenna de pé junto ao balcão e completamente envolvida pelo abraço de Isaac, as mãos dele na barriga feminina, os olhares de ambos se encontraram no espelho.

— Hora de olhar para baixo — sussurrou Isaac, quase como se tivesse medo de estragar o momento.

— Vamos olhar juntos — sussurrou ela de volta. — No três.

Após contar até três, os dois olharam para baixo, ansiosos, e a visão de Jenna se encheu de lágrimas quando viu as provas claras e inegáveis de que mais uma vez ela estava grávida.

Isaac a virou para encará-lo, e Jenna ficou chocada ao ver o brilho das lágrimas nos olhos dele.

— Você não tem ideia do quanto me tem feito feliz, minha anjinha. E não tem ideia do quanto vou te amar pelo resto de nossas vidas.

— Feliz aniversário, querido — disse Jenna. — Embora eu deva dizer que este não foi o presente que planejei.

A expressão dele se tornou pensativa.

— Ah, sim, eu sei exatamente qual ia ser meu presente, e pretendo recebê-lo agora mesmo.

Com isso, Isaac a carregou para a cama, deitando-a antes de cobri-la com seu corpo, enquanto começava a fazer amor lenta e carinhosamente com a mulher da sua vida.

Este livro foi impresso pela umlivro, em 2023, para a Harlequin.
A fonte usada no miolo é Adobe Caslon Pro, corpo 11/15,2.
O papel do miolo é pólen natural $80g/m^2$, e o da capa é cartão $250g/m^2$.